鐵湖疑案

IRON LAKE

WILLIAM KENT KRUEGER

威廉·肯特·庫格——譯 李斯毅——譯

落魄警長 寇克·歐康納系列首部曲

給臺灣讀者的話

在我的童年時期，我搬過很多次家。在我三十歲來到明尼蘇達州之前，我從不知道有一個地方會讓我有家的感覺。《鐵湖疑案》是我出版的第一本小說，是我長久以來的心血結晶，是我在清晨的黑暗時分，趁著妻子和孩子睡著，去附近大學上班之前寫成的。我希望它是一部引人入勝的懸疑作品，同時也是向明尼蘇達州致敬的一種方式。我一直希望我的作品能夠幫助世界各地的讀者瞭解，和欣賞這個我現在稱之為家的地方的人民和獨特風景。

威廉・肯特・庫格

這本書同樣獻給黛安
因為她對我始終深信不移

序

寇克・歐康納初次聽聞半獸人的故事，是在一九六五年的秋天。當時寇克與山姆・凜冬之月一起殺了那隻巨大的猛熊，他只有十四歲，而他父親剛剛過世一年。

那一年的秋天，山姆・凜冬之月在野鹿經常出沒的一條小徑上設置了一個捕熊器，那條小徑沿著一條名為寡婦溪的溪流通往藍莓密集生長的古代伐木區。藍莓成熟時，山姆在溪流邊、小徑上和藍莓田都發現了熊隻的糞便。山姆打造那個捕熊器的方式與古人的手法相同，他先在一棵樹木旁以樹枝圍成一個只有單一出口的狹窄圍欄，然後用彈簧竿將沉重的圓木懸吊在圍欄入口上方，再以煮熟的魚漿、魚油和少許楓糖漿當成誘餌。那是山姆頭一次打造捕熊器——這種捕熊器是即將失傳的奧吉布韋族[1]傳統獵技——他請寇克幫他一同完成。寇克對這種事並不感興趣，自從他父親去世後，任何事物都已經無法再讓他提起興致。他認為山姆找他幫忙並不是真的想找他一起學習打造古代補熊器的方法，而是又一次釋出善意，希望他能忘掉喪父的悲慟，因為寇爾克朗・歐康納一直無法做到這一點。就某種程度而言，寇克很害怕如果自己放下了傷痛，就等於永遠忘記他的父親。儘管如此，他仍然禮貌地接受了山姆・凜冬之月的邀請。

那天下午稍晚時，他們發現補熊器的彈簧竿已經彈開，但是熊隻不在捕熊器裡。他們看得出

1 譯注：奧吉布韋族（Ojibwe）是北美的原住民族之一。

那隻熊在哪個位置被巨大的圓木擊中。當初他們拖著那根圓木設置陷阱時，山姆曾估算那根木頭的重量超過三百磅。那根圓木可能會打斷熊隻的背脊，因此一般的黑熊應該會趴在那裡等他們過來，也應該會被巨大的圓木壓著，已經死去或者瀕臨死亡。補熊器的陷阱已經被觸發，懸吊的木頭也掉下來了，可是那隻熊卻將沉重的木頭甩開了。

山姆．凜冬之月一臉嚴肅地轉向年輕的寇克。「我想牠應該已經受傷了。」他說。「我得去追捕牠。」

然後他的目光從寇克身上移開，沒有表示要這個男孩跟他一起去。

「能把整棵樹的重量從背上甩開的熊。」寇克說。「這麼厲害的熊值得一看。」

山姆．凜冬之月蹲下身子，用手摸摸那隻熊的巨爪在鬆軟地面上所留下的深刻抓痕。「這隻熊具有危險性。」他說，然後他抬起頭看著男孩。「如果你想跟我一起去，你必須完完全全照著我的話去做。」

「我答應你。」寇克承諾山姆。這是寇克這一年來第一次感到興奮。「我會完完全全照著你的話去做。」

於是當天接下來的時間，他們兩人都禁食，只呼吸燃燒西洋杉所產生的煙霧。隔天清晨的天色一亮，他們就用西洋杉燒成的灰燼把臉部塗黑，以向森林深處的精靈表示他們已經徹底潔淨自己。山姆用一條以老鷹羽毛裝飾的皮繩將自己灰黑色的長髮綁起來，他們兩人都抽了混合著紅柳葉與紫菀花根粉末的菸草，作為狩獵時的護身符，然後再以各種動物脂肪製成的獸脂膏塗抹全身，以避免熊隻聞到他們身上的人類氣味。山姆在他背上的那個小鹿皮袋裡裝進更多的獸脂、火柴、磨刀石和一盒一百八十顆裝的步槍子彈，不過他略帶懷疑地看著那盒子彈。他告訴寇克，他攜帶的是溫徹斯特點三〇—〇六手動式步槍，適合獵殺鹿隻和體型較小的熊，但如果要對付他們所追捕的那隻熊——一隻可以將整棵樹從身上甩開的熊——可能就不是那麼適用。山姆交給寇克一個帆布背包，背包裡有睡袋、炊具、煮熟的野生稻米、咖啡、鹽和鹿肉乾，最後他又將幾根長長的皮繩放進那個背包，因為倘若他們真的獵到那隻熊，那些長長的皮繩可以把熊隻的屍體綁在雪橇上，再將雪橇推到馬路邊，好讓他開著卡車將熊隻的屍體載回家。山姆將他的綠河獵刀掛至腰帶，並且把步槍扛在肩膀上。

他們在補熊器的彈簧竿周圍繞了一圈，尋找熊隻經過時被踩扁的植物。山姆找到了線索，他發現一條清晰的路線。在那條路線上，白樺樹的落葉都被踩壓到地面柔軟的土壤中。他們決定往北方前進，因為那隻熊就是朝北方離開的。

山姆·凜冬之月每年秋天都會殺死一隻熊。他會與鋼鐵湖印第安保留區的其他人分享煙燻熊肉，尤其是那些已經無法再狩獵或誘捕動物，但是依然喜愛肥美熊肉的年長者。他也會與寇克的家人分享熊肉。寇克的母親擁有一半的尼什那比[2]血統，而他的父親則是白人。多年來，寇克的父親與山姆一直是很好的朋友。山姆有時候會為了賺取賞金而將熊皮賣掉，但更多時候他會自己保存。他對於黑熊一向心懷感激，因為黑熊讓他和身邊親友可以享用美味的熊肉。不過那年秋天當他們沿著小徑往前走時，山姆告訴寇克，若能讓他親眼看見那頭有辦法輕鬆擺脫陷阱的龐然大物，他心中就會更充滿感激，哪怕只能瞥見一眼也好。

山姆告誡寇克，熊隻是森林裡最難追蹤與獵殺的動物，因為牠們的視力不錯，聽力也好，而且嗅覺是所有動物中最頂尖的。此外，牠們也很聰明。而如果牠們受了傷，就會變成人類最危險

---

2 譯注：尼什那比民族（Anishinaabeg）是居住於加拿大和美國五大湖區的原住民民族。

的敵人。山姆很喜歡獵殺熊隻，並且感激將獵人、獵物與大地結合為一的狩獵儀式。這片土地就是人類和熊隻的母親。他喜歡透過自己對於動物和森林的了解來挑戰追蹤熊隻，而不是像白人那樣帶著狗出門獵熊。

山姆偶爾會停下腳步，仔細觀察鬆軟的泥土或植物。接近中午的時候，他們發現一截熊隻在覓食時挖斷的樹木殘幹，稍晚的時候又發現一根熊隻為了採食橡實而折斷的橡樹樹枝。

天空呈晴朗的藍色，空氣沁涼且無風，偌大的樹林盡是深秋時節的赤褐色和金黃色。他們迅速地往前移動，寇克的心情相當興奮，他的肚子因禁食而咕嚕咕嚕地大聲叫，行走時身子在擦過乾燥的樹葉時不停發出沙沙聲。山姆說不必太擔心這些噪音，因為熊隻不太在意周遭的聲響，尤其是大型的熊隻。只有人的氣味才會驚動牠們，因此山姆希望他們可以從順風處接近這隻動物。但如果他們沒能遇上順風，他希望他們身上的獸脂能夠掩蓋人的氣味。

他們一路走到傍晚，寇克發現他已分不清自己身於大森林裡的何處。他問山姆熟不熟悉這片樹林，而山姆給了否定的答案。他們已經走出保留區，來到白人口中的奎蒂科蘇必略荒野區。山姆不曾到過這一區的森林，可是他似乎一點也不擔心。太陽下山的時候，他們不再前進，在溪邊生了火。山姆將野生的稻米加熱，然後他們就配著鹿肉乾吃飯。天色變暗了，夜空裡佈滿星星，秋夜的寒意也悄悄向他們襲來。山姆煮了咖啡，將咖啡倒進錫杯裡。

「那隻熊會不會趁我們睡著的時候逃走？」寇克問。

山姆把老舊的咖啡壺放在火堆旁的餘燼上，並且用棍子攪動一下火堆。「熊也需要睡覺。我們今天追蹤得很順利，我認為這是一個好徵兆。」火焰從棍子末端周圍冒出來時，山姆停頓了片刻，然後又說：「不過，你知道，我一直在想，這隻熊的動作非常快，顯然圓木沒有對牠造成太大的傷害。像牠這麼強壯的熊，呃——」他看了寇克一眼。「我一直在想，如果我們殺了牠，實在有點可惜。但前提是如果我們有辦法殺掉牠的話。」

「我想親眼看到這隻熊。」寇克說。

「我也想。」山姆笑了笑。「我相信我們一定能看到牠。」

那個老舊的咖啡壺突然跳起，往煤炭那邊滑去，寇克因此受到驚嚇，手上的咖啡全灑了出來。

山姆・凜冬之月環顧了四周，然後抬頭望向天空。他壓低聲音，聲音低到像耳語一般。「有個半獸人剛剛從附近經過。」

寇克擦掉灑在他牛仔褲上的咖啡。「什麼是半獸人？」

山姆・凜冬之月的黑色眼眸火光中看起來極為嚴肅，並且帶著一絲恐懼。

「你沒聽過半獸人？」他問寇克。「你這輩子都住在這個地方，竟然不知道半獸人？」他說完後搖搖頭，彷彿寇克的無知是件相當糟糕的事。

寇爾克朗・歐康納坐在營火的另一頭，眼睛盯著剛剛從煤堆上跳起來且嘎嘎作響的發黑咖啡壺。他確定沒有人伸手去碰那個咖啡壺。

「那麼我想我應該告訴你。」山姆・凜冬之月表示。他也謹慎地望著咖啡壺。「這樣對你比較好。」他又小心翼翼地看看天空和星星，然後才壓低聲音說：「半獸人是一種巨人，一種有著冰封之心的食人魔，一種吃人的族類，一種冰冷且飢餓的怪物。牠會從樹林裡跑出來吃人，無論男人或女人或小孩的肉牠都吃，而且絕不留情。」

「牠是來吃我們的嗎？」寇克看著火光邊緣處閃動的陰影問。

「據我所知，當半獸人找上你的時候，你自然會知道。」

「你打得過牠嗎？」

「噢，當然。我甚至可以殺死牠。」

「要怎麼殺死牠？」

「呃，半獸人是一種強大的生物，據我所知，要殺死牠只有一種方法。」淡灰色的晨光照在山姆臉部的平滑處，使得他臉上每道深邃的線條及凹痕都變得更為陰暗，在火光中看起來就像一個破碎的人。「那就是你自己也得變成半獸人。有一種魔法可以讓人變成半獸人，亨利・梅魯很可能知道這種魔法。不過，你必須小心，因為即使你殺死了半獸人，你還是會有危險。」

「什麼危險？」

「你可能會永遠成為半獸人，成為被你殺死的食人魔。所以你必須有所準備，你必須在殺死半獸人之後得到幫助，有人必須備妥熱騰騰的獸脂，讓你在殺死半獸人之後喝下，以便融化你身體裡的寒冰，讓你變回正常人類的體型。」

「我希望永遠不要遇到半獸人。」寇克盯著那個老舊的咖啡壺說。

「我也希望如此。」山姆附和地表示。

寇克沉默了一會兒。火苗持續劈啪作響，將燃燒的煙霧和發光的餘燼送入黑暗中。「這應該只是個故事罷了？對不對？」

山姆捲起一根菸，一邊以舌尖封住菸紙一邊思忖。「或許吧，但是我們最好要相信樹林裡有著各種可能性。樹林裡隱藏的事物，比我們眼睛能看見的還多，也比我們希望理解的還多。」

雖然寇克已經很累了，不過他還是在火堆旁保持清醒了很長一段時間。山姆則是一邊抽菸，一邊講述關於寇克父親的故事，有些故事讓他們兩人都笑了。那天晚上當寇克躺在睡袋裡時，心裡想著他們正在追捕的那隻大熊。他很高興山姆已經不打算殺死這隻碩大的動物，但他希望至少能夠看到牠一眼。他也想著半獸人的故事，並希望自己不要遇上這種怪物。他還想起他的父親，但是他再也沒有機會看見他的父親了。這些都是他生活中的各種元素，雖然彼此無關，此刻卻不知何故像樹根般互相交纏。他一輩子都會記得這次與山姆・凜冬之月一起獵熊的經歷。不知道為什麼，這次狩獵在他心裡開出了一條通道，讓他得以排解他的傷悲。他這一生都將感激他父親的這位朋友。

然而，在經過將近三十年的時間，寇克才有理由記住半獸人。因為在三十年後，他聽見半獸人呼喊了他的名字。

1

這個星期以來，這樣的感覺一直緊緊跟隨著年輕的保羅．勒博，讓他整整一星期都處於恐懼之中。他說不出自己到底在害怕什麼，因為每當他試著去思考時，這感覺就會像水銀一樣溜走。不過他很清楚，無論將發生什麼，都會是非常嚴重的事，因為這個感覺就像他父親消失前的那種等待一樣可怕。他每天都試著以自己的各種感官去探知到底即將發生什麼事，因此到了最後，在十二月中的那天早晨，當雲層變得像煙霧般又濃又黑、冷風在松樹與紅杉上方呼嘯、白雪開始不停飄落時，保羅．勒博在代數課堂上望著窗外，滿心期盼地想著：也許這種不安的感覺就是天氣即將變糟的預感吧？

吃完午餐後不久，奧羅拉中學就宣布停課了。同學們迅速穿上外套、背起書包，不到幾分鐘的時間，黃色的學生巴士便已陸續駛離學校，往那些馬上就要被大雪覆蓋的道路而去。

保羅也走出學校，逆著風雪步行回家。他回家後換了衣服、穿上雪靴，從櫃子裡的小錢箱拿出五美元，然後用蝴蝶狀的磁鐵在冰箱門上留一張紙條給他的母親。他把派報時所背的帆布袋從車庫裡的掛鉤拿下來，接著前往他的派報箱。下午兩點半的時候，他已經把要遞送的報紙都裝進帆布袋裡，準備上路。

他負責兩條派報路線，範圍大約為兩英哩半的距離。他先從奧羅拉的小型商業區開始送，最後在鎮邊緣處的北尖路結束。保羅今年十四歲，身材比大多數同年齡的男孩子魁梧，而且身體非常強壯，如果他動作快一點，可以在不到一個半小時之內就完成派報。然而他知道這天的情況不同，因為積雪以每小時超過一英吋的速度增加，從加拿大吹來的刺骨寒風讓這場雪下得又快又深。

保羅在父親嚴重酗酒且母親需要收入的時候接下這份派報工作。他認真地看待送報紙的責任，尤其在這種看似難以完成使命的日子。事實上，他很喜歡暴風雪，強風的力度以及持續下雪的強度都讓他感到興奮。別的男孩子可能只看見眼前沉重的任務，但是保羅看見的是挑戰。為了完成工作，保羅逆著風、迎著雪，步履艱難地往前走，並因為自己擁有對抗惡劣天氣的本領而深感自豪。

他是一名鷹級童軍[3]，亦是箭勳章[4]的成員，同時隸屬聖艾格尼斯天主教教會的一三五部隊。他訓練自己學會一百種本事：他會用打火石和鋼鐵生火、從三十碼外射箭命中紅心，以及運用單套結、縮結與滑結將一座能承受數個男人體重的渡橋綁穩；他還知道如何搶救休克、溺水、心跳停止與中暑的人。他的座右銘是「隨時做好準備」，每次他送報時，他都會想像奧羅拉這個地方可能發生的各種災難，希望自己有機會展現全部的祕密技能。

當他即將結束這天的派報任務時，沿街的房屋都已經亮起了燈。他有點累了，肩膀因為報紙的重量而發疼，雙腿因為在深及膝蓋的雪地裡跋涉而開始痠痛。他負責派送報紙的最後一戶人家位於北尖路的盡頭。北尖路是一片伸向鋼鐵湖的長條狀土地，這片地長滿松樹，兩旁矗立著價值不菲的房屋，其中最後一棟也是最孤立的一棟房屋，裡面住著羅伯特．帕倫特法官。

法官是個老先生，有一張堅毅的蒼白臉孔，雙手骨瘦如柴，眼神犀利且充滿警惕。出於恐懼，保羅對法官畢恭畢敬，總是把法官的報紙安穩妥當地放在防風雪門與沉重的實木大門之間，不讓報紙風吹雨淋。保羅每個月來收取送報服務費的時候，法官都會賞他一筆豐沃的小費，並與他分享許多他絲毫不感興趣的政壇軼事。

法官的屋裡黑漆漆的，只有壁爐裡閃爍的火光映照著客廳的窗簾。保羅手裡拿著這天的最後一份報紙，朝樹枝上積滿白雪的西洋杉之間狹長步道走去。他拉開防風雪門，門廊的積雪畫出一道弧線。他發現法官家的大門微微開著，冷空氣呼嘯地吹進屋裡。當他伸手將大門關上時，突然聽見屋裡傳來一聲沉重的槍響。

於是他又將大門推開。「帕倫特法官？」保羅喊了一聲。「您還好嗎？」他猶豫了一會兒，然後才走進屋裡。

保羅曾在法官的要求下進來過很多次，可他一向不喜歡這棟房子。這是一棟雄偉的雙層建築，以明尼蘇達州的砂岩打造而成，室內的牆壁是深色的橡木，窗戶則為鉛玻璃。客廳裡有一座巨大的石造壁爐，牆壁上掛滿了狩獵的戰利品——鹿頭、羚羊頭和熊頭。每次法官要保羅進屋裡來的時候，保羅總覺得那些動物已經看不見的眼睛彷彿會跟隨著他的腳步而轉動。

屋裡瀰漫著蘋果木燃燒的煙味。突然間，壁爐裡燃燒的木頭發出了一聲爆裂，讓保羅嚇得跳起來。

「帕倫特法官？」他又喊了一次。

他知道自己應該立刻轉身離開，並且將門關上，可是他剛才聽見了槍聲，此刻便有了一種責任感，以致他無法拋下這棟死寂的屋子一走了之。他背對著敞開的大門，當寒風吹進來時，他低下頭看見雪花有如生物般飛過空蕩的拋光地板，聚積在他的靴子周圍。他知道這裡一定發生了可怕的事情，他很清楚地感覺到這一點。

3 譯注：鷹級童軍（Eagle Scout）是美國童軍階段計畫中的最高成就。
4 譯注：箭勳章（Order of the Arrow）是美國童軍的榮譽社團。

倘若沒有看到血跡，他可能會轉身跑開，可是他看見樓梯底端的拋光硬木地板上有一灘閃發亮的黑色液體。他慢慢往前走去，蹲下身子，以指尖摸摸那個黑色的小水窪，並藉由壁爐的火光確認它的顏色。有一道鮮血形成的拖痕，一路延伸至他左側的走廊。

他腦中浮現出急救功績徽章手冊裡關於動脈出血，以及直接加壓止血法和止血帶止血法的圖片，這些程序他都已經練習過上百次，可是從來不曾想過真有派上用場的機會。他發現自己迫切地希望法官沒有受重傷，因為一想到自己可能真的必須搶救一條性命，就讓他感到有點恐慌。

那道鮮血引導他走到一扇緊閉的門前，下方的門縫透出昏暗的燈光。

「帕倫特法官？」他小心地喊了一聲，並將身子倚到門邊。

他不想直接闖進房間，不過他最後還是轉動了門把，然後站到門檻上。他發現這裡是一間書房，房間兩側有擺滿書籍的書櫃，遠處的牆邊有張深色的木桌，桌上放著一盞燈。這盞桌燈雖已點亮，可是未能提供充足的光線，因此房間裡非常陰暗。桌子正後方的牆壁上掛著一幅明尼蘇達州的地圖，地圖上有一灘像紅色湖泊的紅色血痕，還有宛如紅色河流的紅色線條從紅色湖泊往下方流出。桌子後面有一張翻倒的椅子，法官躺在椅子旁。

儘管保羅心裡非常恐懼，讓他雙腿發軟，他還是勉強自己往前走去。當他走近桌子並且更清楚地看見法官時，他頓時忘光了使用止血帶的所有程序，因為對於頭部已經消失一大半的人而言，止血帶毫無用處。

保羅全身僵住，他覺得自己彷彿癱瘓，甚至無法思考。他看著法官血肉模糊的頭顱，粉紅色的大腦碎塊有如新鮮的西瓜。當保羅聽見身後傳來門扇輕輕關上的聲音時，他甚至連動都沒有動一下。最後當他設法從死者面前轉過身去時，看見了這個晚上他的童軍訓練永遠無法為他做好準備的第二件事。

2

「寇克？」莫麗在床上喚著。

寇爾克朗．歐康納聽見了，可是沒有做出任何回應。他站在窗邊，雙手停在長褲拉鍊的位置，眼睛望著院子裡的積雪。他停在車道上的那輛老舊紅色野馬款越野車已經披上一層白的細雪。松樹林另一側那些位於湖畔的廢棄休閒小木屋，在宛如薄紗般的大風雪中幾乎已經看不清楚。

「寇克，你不會真的想要回家去吧？」莫麗問。「今天的天氣這麼糟。」

「如果我被大雪困在這裡，人們會怎麼說？」

「人們只會說出事實，說你和莫麗．努爾米那個不知羞恥的蕩婦上床。」

他轉身面對她，皺起眉頭。「沒有人這樣說過妳。」

「是沒有人當著我的面這樣說過。」當莫麗發現寇克不太高興時，忍不住笑了出來。「噢，別這樣，寇克。我這輩子經常被人這樣批評，我根本不介意。」

「呃，可是我介意。」

「我很高興你介意。」她撥開垂落在眼睛前的髮絲，她深紅色的頭髮因為汗水而變溼。「寇克，留下來吧。我去把三溫暖房加熱，我們可以在裡面變得又熱又溼，接著在雪地裡打打滾，然後回到床上再做愛一次。這個主意聽起來如何？」

寇克拉上長褲的拉鍊，扣上皮帶，從窗邊走到床旁，拿起他稍早匆促掛在床柱上的紅色燈芯絨襯衫，把襯衫套在長袖內衣外面，慢慢地扣上鈕釦。他彎下腰穿襪子，冰冷的地板幾乎把他的腳凍僵了。「可以遞一支菸給我嗎？」

莫麗從寇克放在床邊的那包菸裡抽出一支，將香菸點燃再遞給他。「香菸會害死你的。」

「哪個東西不會害死我？」他環顧房間四周，想找他的靴子。

「你今天好像有點心煩意亂。」

「是嗎？對不起。」

「你因此覺得內疚？」

「我一向覺得內疚。」

「沒有必要。」她說。

「妳說得容易，妳不是天主教徒。」

「過來，坐在我旁邊放鬆一下，順便把你那支菸抽完。」她拍拍自己身旁的床位。

他望向窗外。「我該走了。在這種天氣下，要回到鎮上就已經夠困難了。」

莫麗把毛毯和被單拉向自己，倚著床頭板坐起身來。她雙膝縮到胸前，以手抱著雙腿，彷彿感覺很冷。「寇克，為什麼你總是那麼在意別人怎麼說你？你以為自己還是以前那個大紅人嗎？」

「我不在乎別人怎麼說我。」他跪在床邊，將手伸進床底下找他的靴子。「我擔心的不是我自己。」他終於找到了，然後坐到床上。

「你是擔心你太太？」她無辜地問。

寇克吐了一口菸，透過菸霧冷冷地看她一眼。

「你知道我的意思。」她說。

莫麗從寇克手上接過香菸，把菸灰彈進床頭櫃上一個紅唇造型的菸灰缸。她把那支菸留在菸灰缸裡，讓寇克專心綁鞋帶。她伸出手，順著他背脊輕輕往下滑。「你覺得我們在這裡做的事情代表什麼？你和我之間是什麼關係？讓我告訴你我的想法，寇克，我覺得這是一種恩典，這是神在創造天地時所說的『好事』之一[5]。」

寇克繼續繫著鞋帶，彷彿沒有聽見莫麗在說什麼。或許他聽見了，但覺得她所說的話無關緊要。

「警長，我可以說一件事嗎？」

「我已經不是警長了。」他提醒她。

「我可以說一件事嗎？」她繼續說道。「但我希望你不會被嚇到或者被氣跑。」

「我什麼時候被嚇到或者被氣跑過？」

「可是你會突然沉默下來，然後找藉口離開。」

「我不會突然沉默下來。」他向她保證。

「寇克，我覺得你很想念你的家人。」

「我經常見到我的家人。」

「那不一樣，現在是聖誕節。我真心覺得你想念他們的程度遠遠超出你願意承認的程度。」

「胡說八道。」他說，並且站了起來。

「你看吧，我惹你生氣了，你要走了。」

---

5 譯注：本句原文為'This is one of those things that God, when He created it, said, 'That's good.'。聖經《創世紀》第一章曾多次提及「神看著是好的」（God saw that it was good）。

「我沒有生氣。我剛繫好鞋帶，妳知道我必須離開。」

「為什麼？如果你留下來，人們發現我們的事，那又如何？你並沒有背叛你摯愛的妻子。」

「這裡是個小鎮，我沒有離婚，人們聊天時會說我們的閒話，就像隨意伸出腳踢踢足球那樣。我不希望我的孩子們聽見這種流言蜚語。」

「好吧。」她下了床，用被單緊緊裹住身體。「那就照你的意思去做吧。」

寇克拿起香菸，抽了最後一口，然後在紅唇造型的菸灰缸裡熄掉這支菸。他將那包菸塞進襯衫口袋裡。「妳要送我出去嗎？」他問。

「你知道門在哪裡。」

「現在冷漠的人是誰？」

「你去吃屎吧。」她說。

「莫麗，假如人人只能吃屎，這世界將會是個令人沮喪的地方。」他溫柔地俯身親吻她的頭頂。

「走開啦。」她說，並輕輕推開他，但終究忍不住笑了出來。「你等我一下，我送你出去。」

寇克走到這間舊木屋的走廊上，經過莫麗那張有飾帶鑲綴的地毯，然後踩著吱吱作響的樓梯下樓並進入廚房。稍早莫莉讓他填飽肚子，餐點包括淺棕色的發芽麵包和扁豆湯，餐後的甜品是優格和草莓。他們用餐時她只喝礦泉水，但是她給了寇克一瓶啤酒。酒瓶裡還剩一口酒，寇克將它一飲而盡。啤酒還很冰涼，可是已經沒有氣泡了。他從後門旁邊的掛鉤拿起他的連帽大衣，將大衣穿上，然後將黑色的冬帽拉到蓋住耳朵。他戴上手套時瞥了掛在牆面上的一塊小匾飾一眼。那塊匾飾是莫麗的父親在很久之前自己親手做的，裡面有一段古老的芬蘭諺語，由她父親簡略地譯成英語：

寒冷，你是風的孩子，
不要凍僵我的指甲，
不要凍僵我的雙手。
去凍結水柳，
去凍結粗壯的樺樹。

就如同莫麗的族人所傳承的諸多咒語，這段話也是希望這世上的各種壞事——輕者如打嗝，重者如死亡——改向其他對象施展不幸，例如織布機、針頭或灌木叢，或是在緊要關頭時也可改找左鄰右舍出手。寇克轉過身時發現莫麗正站在門廊上看著他。她穿著一件有絨線飾邊的紅色浴袍，腳上套著鮮紅色的羊毛襪。

「你會來松林烤肉店嗎？」莫麗問。

「路上已經開始積雪了，妳明天沒辦法上班的。」

「我可以從這裡滑雪到鎮上。」

「服務生的工作有這麼重要嗎？」

「每年這個時候，大家都是以滑雪的方式到鎮上。」

寇克走過去親吻莫麗。「如果沒機會見到妳，我會打電話給妳的。」

「我可不會癡癡地等你打電話來。」

他將後門往堆放雜物的門廊推開，走向全然寒冷的雪地。他費勁地走到野馬款越野車旁，清掉排氣管上和駕駛座車門邊的積雪，並且刮去擋風玻璃上的結冰，然後坐進車裡發動引擎，擦掉他的呼吸在擋風玻璃上所形成的霧氣。他看見莫麗站在廚房的窗邊，雙手交叉於胸前。她身後的燈亮著，光線從她的髮絲間透出來，宛如一縷縷紅色的煙霧。莫麗是一個很漂亮的女人，骨架大且身體強壯，比寇克年輕十歲。她很注重健康——不抽菸、不喝酒、不吃紅肉——因此看起來更為年輕。寇克超出標準體重十幾磅，抽菸抽得很凶，頭頂的髮絲開始變少。他實在不知道莫麗看上他哪一點。

女人心真讓人摸不透啊。寇克想著這一點時閃過一絲暖暖的感激。

他把野馬款越野車的排檔打入四輪傳動模式，開始慢慢地在風雪中駛向通往高速公路的郡道，以便返回鎮上。當他駛離莫麗的木屋時，回頭往廚房的窗子看了一眼，準備揮手道別，可是莫麗已經不在窗邊。

高速公路的路況不比從莫麗家穿越樹林的郡道好，沿途有被風雪堆起的白色小丘，而且除了寇克的野馬款越野車之外沒有任何動靜。根據天氣預報，寇克確定這場暴風雪是在加拿大邊境生成，沿途經過明尼蘇達州的箭頭郡，一路吹往威斯康辛州。他看不清楚前方的道路，因此車子開得很慢很穩。行駛二十分鐘之後，他看見一個穿著紅格子厚呢外套的身影。那個人彎著腰，朝鎮上的方向踽踽而行。寇克放慢車速，最後把車子停下來，下車對著那人大喊：「上車！」

那個人蒙著臉，寇克看不見他的面孔。他慢慢轉過身子，朝野馬款越野車走過來。等到他們兩人都安穩地坐在車裡，寇克才又繼續往奧羅拉駛去。

「今天真是適合散步的好天氣。」寇克看著那人說。那個人的針織帽拉到眉毛處，羊毛圍巾蓋住鼻子以下的部位。

他脫掉手套時，寇克看見一雙佈滿老人斑與青筋的手。那雙手將塞在外套衣領內的圍巾兩端抽出來，鬆開了圍巾。等到他拿下圍巾，寇克才認出是亨利・梅魯，住在奧羅拉附近的白人有時稱他為「狂人老梅」。寇克知道梅魯是尼什那比族的靈醫[6]，獨自住在鋼鐵湖西北端的偏僻之境。他肯定在暴風雪中走了一整天，才有辦法來到距離奧羅拉這麼近的地方。

「告訴我，亨利，你有什麼重要的事情必須在這種鬼天氣大老遠跑到這裡來？」

梅魯看著雨刷將雪花掃到擋風玻璃兩側。「不管有沒有下雪，對我來說每天都一樣。」

「真是崇高的哲學，亨利，但是這種哲學可能會害你凍死。」

「我看過的暴風雪比你想像的還多。更糟的是，我除了看過暴風雪，還看過其他東西。」

寇克將手伸進大衣裡，拿出他的那包香菸。「亨利，來一根吧。」

老先生抽出一支菸，寇克也拿了一支，但是在寇克點燃香菸之前，老先生先聞了聞野馬款越野車裡的氣味，然後對著寇克露齒而笑。對於一個年紀這麼大的人而言，梅魯的牙齒非常好。

「你身上有一種味道，來自女人最美也最深沉的部位。」

「亨利，我猜寒風把你的鼻子凍壞了。」寇克說。

「我的鼻子很好。」老先生繼續對著寇克笑。「這種天氣最適合男人進去女人身體裡的那個部位。」梅魯輕輕地笑出聲。「你懂嗎？」

老先生用寇克遞過來的打火機點燃香菸，然後又變得沉默。他們來到奧羅拉的外圍地區，駛經約杭森打撈公司的波浪狀圍欄。這道圍欄是奇佩瓦大賭場興建時順便打造的，如此一來約杭森

6 譯注：靈醫（Midewiwin）是指北美洲新英格蘭地區與五大湖地區某些原住民祕密宗教的神職人員。

打撈公司廢鐵處理場的破銅爛鐵與生鏽殘骸才不會破壞賭客對這個小鎮的印象。再過去一點是貝斯特韋斯特連鎖飯店在鋼鐵湖的分館，這間全新落成的飯店擁有一百五十間客房和一座附按摩浴池及三溫暖室的室內游泳池，飯店入口的大天篷歡迎著各界賭客的光臨，並提醒他們鋼琴家萊爾·波特每晚八點開始直到午夜都會在大湖廳裡進行現場演奏，現在飯店的停車場裡已經幾乎沒有空的車位。貝斯特韋斯特飯店旁邊有一家新開幕的柏金斯連鎖餐廳，馬路對面則是一間有十二臺閃亮加油機的大型加油站。

奧羅拉的街道上除了幾輛寬輪卡車之外幾乎沒有車輛經過，路旁的商店也都已經提早打烊，因此鎮中心大部分的櫥窗都暗著。整體來說，這個小鎮的三千七百五十二名鎮民都躲在家裡等待這場暴風雪結束。

老先生安靜了很久，若有所思地抽著香菸。最後寇克開口問他：「亨利，什麼原因讓你在這種天氣還到鎮上來？」

老先生說：「我看見牠了。」

「什麼東西？」寇克問。「你看見什麼？」

老先生直視著前方。「兩天前，牠從我的小屋前經過，朝西北方向而去。牠在這場暴風雪來臨前就已經走向風暴，我看見牠的黑影遮蔽了夜空，天上的星星也因此失去光亮。」

「你到底看到什麼？」寇克又問了一次。

「而且我也聽到了，我聽到牠呼喊的名字。」

梅魯的聲音低到幾乎聽不見，寇克感覺得出梅魯看到的不是什麼好東西。「你聽到什麼東西在呼喊名字？」

然而老先生不再繼續談論這個話題。「我現在可以自己走了。」他說。

「路上的積雪被鏟乾淨之前，你應該沒有辦法走回家。」

「早在這些道路還沒鋪成之前，我就已經在這裡四處走動了。」

「亨利，那是你還年輕的時候。」

老先生抽了最後一口菸，將香菸在菸灰缸裡熄滅。「謝謝你，歐康納警長。」

「拜託，我已經不是警長了。」

梅魯戴上他的手套，打開車門走出去。「光是你身上的氣味，就已經值得這段聊天時間。」

他再次露齒一笑，然後關上車門。

寇克看著梅魯把圍巾兩端塞進厚呢外套裡，往鋼鐵湖的方向走去，走向那個在暴風雪中難以看清的閃亮圓頂。最近來奧羅拉的人都會去那家新開設的大型賭場，那裡明亮的霓虹燈不分白天黑夜都閃閃發光，即使在最糟糕的天氣下，新賭場的大門也總是為客人敞開，獻上溫暖宜人但菸霧瀰漫的歡迎之意，並許諾客人輕鬆致富的期盼。

梅魯的身影消失於一片雪白之中。寇克對自己笑了笑，並說出老先生不敢說出口的名字。

「半獸人。」

3

史都．格蘭瑟在南西．喬．歐康納法律事務所，佇立於一幅掛在牆壁上的裂岩燈塔[7]照片前。他雙手握在背後，眼睛盯著這個位於蘇必略湖北岸的著名地標。他保持這種專注、沉默、動也不動的姿勢已經將近一分鐘，喬也不想打擾他。她已經把他逼到絕境，她知道，如果讓他思考一會兒，他會想通的，這樣他們就可以繼續討論。

這時傳來一陣敲門聲，喬的祕書法蘭探頭進來。「喬，不好意思，我知道妳不想被打擾，可是我從收音機裡聽見州巡邏隊剛才已經關閉一號高速公路。」

喬看了窗外一眼，奧羅拉專業大樓的停車場已經幾乎淨空，她的藍色豐田轎車被白雪覆蓋，甚至還結著垂冰，宛如某種北極圈的野獸蜷伏著，等待這場暴風雪結束。其餘之處盡是一片雪白，在茫茫雪海中沒有任何動靜。

「謝謝妳，法蘭。」喬說。「妳趕快回家，免得被困在這裡。」

「那妳呢？」法蘭問，並看了格蘭瑟一眼，但格蘭瑟似乎對她分享的消息不為所動。

「我和史都結束這裡的事情之後也會盡快離開。」

法蘭走向喬，交給她幾張電話便箋。「我依著妳的意思，沒有把電話轉進來。這些是留

7 譯注：裂岩燈塔（Split Rock Lighthouse）位於美國明尼蘇達州的萊克郡（Lake County）。

言。」

「謝謝妳。開車小心。」

「妳也是。」

喬迅速瀏覽了那些電話留言。一則來自自然資源部的法蘭克・孟羅：「回電給他，討論賭場造成鐵鏽河變異的問題。」兩則來自羅伯特・帕倫特法官：「請回電。」一則來自朵洛西亞・海耶斯，詢問新紙漿工廠的地役權。一則來自山帝・帕倫特，沒有留言。

史都・格蘭瑟靜靜地走到喬放置不鏽鋼咖啡機和馬克杯的小桌子旁，替自己倒了咖啡，然後坐了下來。格蘭瑟是房地產經紀人，也是選民投票選出的郡委會主席。他已經年近六十，雖然頭髮都已灰白，面容依然英俊。爽身粉讓他的臉頰變得柔軟，喬還聞到了麝香鬍後水的香味，好奇格蘭瑟在來訪前是不是先刮過鬍子。男人有時候會刻意為她這麼做，以為這樣就能得到差別待遇。

喬是一個身材苗條的女人，有一頭幾乎接近白色的金髮，眼睛則是冰河般的淺藍色。她和她的丈夫寇克・歐康納已經分居好幾個月了，有些男人（顯然包括格蘭瑟）覺得自己可以趁虛而入。

「喬，妳到底是怎麼回事？」格蘭瑟終於開口問道。「每次我找妳幫忙時，妳都忙得沒時間，可是妳卻花時間接這種——」他突然停住，沒把話說完。

「這種什麼，史都？」

「妳懂我的意思。這種慈善服務性質的原住民案件。其實他們現在有賭場了，他們可以聘僱自己的律師。」

「那間賭場是鋼鐵湖的奧吉布韋族人開的，但露易絲・威萊特是拉科塔[8]族，賭場賺到的錢，她分不到半點好處。她必須勤奮地工作，郡政府才會付她薪水。她的同事不應該一直騷擾她。」

「看在老天的份上，喬，她是修路工裡唯一的女性，她能期待什麼？那些工人根本管不住自己的嘴巴。」

「如果他們那些話是對著我的客戶或任何女性說出口，他們就得留意自己的措辭。」喬放下那幾張電話留言，將雙手放在桌面上耐著性子說：「聽著，史都，我可以輕易地向郡政府提起訴訟，因為證據全都清清楚楚。可是我讓你先看過證據，因為我不希望你和郡委會的其他委員太尷尬。我的客戶願意私下解決這件事。明年十一月就要選舉了，我相信你會樂見露易絲和我不把這件事變成頭條新聞。」

「幫我一個忙。」格蘭瑟咧嘴一笑，露出鑲銀的門牙。他把咖啡杯放在桌上，開始轉動手指上一枚大大的奧羅拉高中紀念金戒。一九五二年或一九五三年的畢業班，喬暗忖，奧羅拉高中的好學生。「妳知道我在想什麼嗎？」格蘭瑟表示。「我猜是汪達·梅尼迪茲教她這麼做的。」

「沒有人教她任何事，但你想得沒錯，確實是汪達帶露易絲來找我幫忙。這有什麼不對嗎？我是奧羅拉最好的律師。」

「自從妳和梅尼迪茲認識之後，塔馬拉克郡就變了。」格蘭瑟感嘆地說。

「沒錯。」

喬盡量以和藹的口吻回答。自從將近十年前她開始在奧羅拉執業以來，她就一直對付史都·

8 譯注：拉科塔（Lakota）是美國原住民族群之一。

格蘭瑟和類似的人，要應付他們並不容易。

他們搬回寇克的老家，準備在不像芝加哥的地方養育孩子。寇克提醒她日子會變得很不好過，因為她是外人，而且是女人。她原本沒有想過日子到底會有多困難，直到她將近三個月都沒有任何客戶上門。

然後，在春季的某一天，汪達．梅尼迪茲走進她的辦公室。

汪達是個魁梧的女人——不是胖，她又高又結實。她穿著褪色的牛仔褲和一件藍色的法蘭絨襯衫，袖子捲到手肘上，黑色的長髮編成單辮，上面還插著裝飾用的羽毛。她戴著顏色鮮豔的串珠耳環和串珠手鍊，喬很少見到像她這種勇於與別人目光相接的女性。一個二十歲左右的年輕女子站在汪達身後，身形幾乎像是個小女孩。她微微躲在汪達背後。

「妳是什麼樣的律師？」戴著耳環和手鍊的魁梧女子問。

「好的律師。」喬回答。

「妳當律師是為了賺錢還是為了伸張正義？」

「如果要在這兩者之間做出選擇，我傾向選擇正義。」

「很好，因為我們沒有錢。」

「那麼我們就來討論正義吧。妳們兩位為何不坐下來談呢？」

這兩個女人接受了喬的提議，魁梧的大女人充滿傲氣地坐著，背挺得很直；年輕的女子則顯得有點消沉，眼睛沒有看著喬。

「妳們知道我是律師。」喬說。「我的名字就在門上。請問妳們是——？」

「我是汪達．梅尼迪茲。」魁梧的大女人回答。「這是莉絲．法夫爾。」年輕的女子抬起頭看了喬一眼，然後馬上又低下頭。

「妳們來找我的原因是？」喬問。

「我們打算與一些有權有勢的人抗爭。」汪達．梅尼迪茲回答。

「對方是誰？」

「大北方開發公司。」

「大北方開發公司。」喬往椅背一靠，感覺到胃部一陣抽搐。「羅伯特和山帝．帕倫特。妳們有什麼事情要與他們抗爭？」

「他們不肯聘僱莉絲。」

喬看著那個年輕的女子。「因為妳是女性的緣故？」

莉絲遲疑了一會兒，然後才小聲地回答：「也因為我是奧吉布韋人。」

「大北方開發公司負責招募事宜的那個人叫做切斯特，我聽到他說我們是番女。」汪達．梅尼迪茲表示。

「但他沒有當著妳們的面說？」喬問。

魁梧的大女人搖搖頭。「他是懦夫。」

「那種人都是這樣。」喬一邊思考著情況，一邊拿著一支削尖的鉛筆徒然地輕敲拍紙簿。「羅伯特．帕倫特法官。山帝．帕倫特。」她喜歡這種感覺，一種期待著一場精彩對戰發生的微乾澀感。「要對付那個老先生，就像對著鐵絲網揮拳。可是他的兒子——」她自信地傾身看著這兩位女性客戶。「據說他正準備競選州議員，我想我們可能有機會從這一點下手。」

「妳願意對抗他們？」汪達．梅尼迪茲問。她的臉如同堅硬的黃褐色砂岩，沒有透露出任何情緒，不過她的眼中閃過一道光芒，喬將之解釋為心滿意足。

「我們會一起對抗那些人。」喬回答。

而且她們真的這麼做了。

「山帝準備去華盛頓了嗎？」史都．格蘭瑟問。

「什麼？」喬從自己的思緒中回過神來，發現史都．格蘭瑟正站在她辦公桌前。

「我們的新科參議員準備去華盛頓了嗎？」

「他會準備好的。」

「妳讀過《聖保羅先鋒報》的那篇文章嗎？他們說山帝將會是下一個甘迺迪：哈佛大學畢業、自由派，而且相貌英俊。他是一個所有女性都欣賞的男人。」格蘭瑟停頓了一會兒，再度轉玩起他那枚沉重的高中畢業紀念戒指。「妳會跟他一起去嗎？」

「你說什麼？」

「我聽說他想邀妳加入他在華盛頓的工作團隊。」

「我的事務所和我的家人都在奧羅拉。」喬冷冷地回答。「我無意離開這個地方。」

「我只是以為，既然妳和寇克之間——」

「我不會丟下我的客戶不管。」喬切回正題。「我們要在這裡耗一整晚嗎？還是你願意接受我提出的條件？」

「和妳耗一整晚？」格蘭瑟從辦公桌那頭靠向喬，並且露齒一笑。「這倒是一個不錯的主意。」

「史都，你知道嗎？」喬平靜地回答。「你的那些修路工就是因為這樣說話才會惹上大麻煩。」

「啊，喬，妳聽我說——」

「不，你聽我說。」她對著他伸出一根手指，雖然她根本沒有碰到他，可是他整個人猛然往後彈開。「我要一個答案，現在就要。你願意建議郡委會接受我們開出的條件嗎？還是我們要把這一切搬上法庭，將你們性別歧視的骯髒嘴臉公諸於世？如果你想知道這會有什麼後果，史都，我可以儘快向法庭提出告訴。我可以立刻拿你們的修路團隊來殺雞儆猴，甚至順便給郡政府的領導階層一個教訓。」

喬原本還想繼續說下去，可是電話突然響了。她轉過身背對格蘭瑟，不高興地拿起電話筒：「哪位？」

是她的姊姊蘿絲。

「安妮有沒有和妳聯絡？」蘿絲問。安妮是喬的女兒，今年十一歲。

「沒有。她不是和妳一起待在家裡嗎？」

「她放學回家後說有一些雜事要辦，我沒有多問，可是那已經是三個小時之前的事了。她出門後我就沒有她的任何消息。」

喬看著窗外狂暴的大風雪，試著讓自己的聲音保持平靜。「珍妮知道安妮去哪裡嗎？」

「她也不清楚。」

「安妮的朋友呢？」

「我已經打給每一個我能想到的人。」

「妳有沒有問過寇克？」

「我在他的電話答錄機上留言了。」

「也許他帶她去冰釣了。」喬安慰蘿絲，雖然她相信寇克不可能沒先打電話告知她們就這麼做。

「喬，我很擔心。」

「史帝夫和珍妮在妳身邊嗎？」

「嗯。」

「不要讓他們亂跑，我馬上就回去。」

喬掛了電話，然後看了格蘭瑟一眼。「怎麼樣？」

這通電話壞了喬的氣勢。格蘭瑟拉拉領帶，冷冷地問：「家裡有事？」

「沒什麼。」

「我不想匆促做決定，喬。」格蘭瑟說。他走回椅子，似乎打算再次坐下。

喬走到門口，將門打開，示意格蘭瑟他們的對話已經結束。「我會再與你聯絡。」

「我相信妳會的。」那個男人帶著微笑離開。

喬把幾樣東西丟進公事包裡、穿上外套、鎖上辦公室的門，然後走向空蕩蕩的停車場。在大雪中，她的豐田轎車擋風玻璃上覆蓋著一層厚厚的冰，甚至使用塑膠刮刀也無法清除，於是她將除霧器開到最強，等到引擎變熱、車內的空氣熱得開始融掉擋風玻璃上的一小塊結冰時，她奮力將車身其餘部分的積雪鏟除。

突然間，在冰冷的暴風雪中，她感覺有一種更深的寒意觸碰到她的背，彷彿一隻冷若寒冰的手穿過了她的外套，直接觸摸到她的皮膚。一陣寒意從她的背脊傳來，她立刻轉過身，望向身後那片雪花紛飛的白色之境。她緊張地看著幾十碼外位於停車場角落的那一排西洋杉。

「是誰？」她知道，認為人類的手可以從那麼遠的地方伸過來是荒謬的念頭，而且觸碰到她的那個東西根本沒有人類的感覺。

除了淒厲的風聲，沒有任何聲音回應她。於是她停止鏟雪，坐進車內並且鎖上車門。除霧器只清掉擋風玻璃上的一小塊區域，但是對於南西．喬．歐康納而言已經足夠。她以最快的速度將車子駛離停車場。

4

寇克把車子停在湖邊一間被白雪覆蓋的昆賽特小屋[9]旁。小屋的前半部被改建為販賣漢堡的店面，有兩扇滑窗和一個狹長的櫃檯可以服務顧客，正面上方裝飾著各種口味的霜淇淋圖片。服務窗口的夾板關著，窗口上面有一塊寫著「山姆小店」的白底紅字木製招牌。

寇克把車子停在後門邊，下車走進小屋。小屋的後半部被改造為生活空間——大大的空間裡有爐具、冰箱、洗碗槽，以及一張餐桌和兩把椅子、一張沙發、一張床、一個小書桌和一個書架。其中一個角落被隔為衛浴，裡面有馬桶、洗臉槽和淋浴間。在第二次世界大戰期間，國民警衛隊曾使用過這間小屋。大戰結束後，國民警衛隊的相關設施都被棄置或鏟平，只有這間昆賽特小屋被保存下來。寇克不知道這間小屋為什麼倖免於難，反正山姆．凜冬之月將它買下，並改造成夏季供應甜筒、奶昔和漢堡的小吃店。夏天的時候，山姆會住在小屋後半部的空間裡，到了秋末，山姆就把店關了，回到他位於保留區的小木屋居住。山姆在遺囑中將這間昆賽特小屋留給了寇克。

小屋裡很冷，甚至比它該有的溫度還冷。寇克走進地下室，發現暖爐的燃燒器已停止運轉。這是老問題了。他按下紅色的重置鍵，可是暖爐毫無反應。他踢了小型馬達一下，燃燒器發出一

9　譯注：昆賽特小屋（Quonset hut）是一種輕型預製結構的半圓橫截面的鍍鋅鋼造小屋。

聲輕微的聲響。寇克心裡默默期盼暖爐的燃燒器能夠撐過這個冬天，如果山姆小店夏天時生意不錯，到了明年秋天，或許他就有錢買新的燃燒器。

他走回樓上，穿過一扇隔間門，進入販售漢堡的店面。一箱箱不易腐爛的物資堆積如山，等待著春天到來。乾淨且閃亮的大型霜淇淋機在小小的烤肉架旁閒置著，門邊的牆面則堆放著一袋乾玉米粒，還有一個塑膠水桶和杓子。寇克舀了大約四分之一水桶容量的玉米粒，回頭穿過小屋走到室外。

大雪掩蓋了鋼鐵湖，寇克在風雪中踽踽走向山姆這片土地邊緣處的高大圍欄。**這塊地已經是我的了**，寇克到現在仍得提醒自己。圍欄另一側是熊掌釀酒廠，那棟建築物巨大又陰暗，在紛飛的大雪中看不清楚。寇克沿著圍欄走到湖邊。雖然鋼鐵湖其餘的部分都已經結冰好一段時間了，但因為釀酒廠持續排水，圍欄附近有一大片水域全年保持流動。冰凍的湖面上豎立著警告標示，湖岸邊也設置著備有雪橇和救生圈的安全站。這時寇克驚訝地發現有個穿紅色外套的熟悉身影蜷縮在湖邊。

「安妮？」他喊道。「是妳嗎？」

他的女兒轉過身來。就安妮的年齡而言，她的身高很高，臉上一年四季都有雀斑。她有一頭愛爾蘭血統的狂野紅髮，但是她父親的尼什那比基因給了她一雙深沉的黑色眼眸。

「我擔心羅密歐與茱麗葉。」安妮望著湖面說。

沒結冰的湖面在強風中起起伏伏，看起來冰冷且灰暗。兩隻加拿大野雁在距離湖岸邊二十碼的水面上緊緊相偎，牠們的身體迎著風，面對著這場暴風雪。被安妮取名為羅密歐的那隻野雁在夏末時傷了一支翅膀，因此當其他的野雁往南飛去時，牠只能留下來。牠的伴侶也留著陪伴牠，於是安妮將另一隻野雁取名為茱麗葉。牠們從來沒有離開過湖面，一直待在開闊的流動水域中。

寇克意識到牠們身處困境，便開始餵食牠們。安妮也很在意牠們的狀況，默默關心著牠們。

寇克把水桶交給安妮。「妳要不要餵牠們？」他問安妮。

野雁在寇克走近時都轉過身子，等著吃他裝在水桶裡的乾玉米粒。牠們靠得很近，可是不敢貿然上岸。寇克用靴子踢掉積雪並挖出一個圓形的凹洞，直到露出結冰的地面。

「安妮，把玉米倒進去。」他說。

她將乾玉米粒撒在圓形凹洞裡，然後他們兩人退開十幾步。羅密歐和茱麗葉搖搖擺擺地走過雪地，來到玉米粒旁開始大聲地吃起來，同時小心翼翼地看著寇克和安妮。

「你覺得牠們敢不敢從我們手中吃玉米粒？」安妮滿懷希望地問。

「我想大部分的動物都可以被人類馴服。」寇克回答。「問題是，妳真的想這麼做嗎？如果將牠們馴服，牠們就很容易被不像妳這樣善待牠們的人獵捕。」

「會有人傷害牠們嗎？」安妮問。這個想法讓她感到驚訝。

「有些人會，而且只是為了好玩。走吧，讓牠們安心吃東西。」寇克開始往小屋的方向走去。

寇克在小屋裡花了一點時間聽他的答錄機。當他聽見蘿絲擔心的聲音之後，便對著安妮皺皺眉頭。

「妳沒告訴蘿絲阿姨妳要來這裡？」

「我說了。」安妮堅稱。「可是她正在看食譜，所以她可能沒聽到。」

這是很有可能的。如果蘿絲忙著閱讀複雜的新食譜，即使身邊遭到核彈攻擊，她也不會有感覺。但寇克覺得是安妮利用蘿絲專心研讀食譜時偷偷溜出來。蘿絲並不介意安妮來找寇克，不過蘿絲覺得外面很危險，因此她可能不會同意她的外甥女在暴風雪中還跑到離家這麼遠的地方來。

寇克打電話給蘿絲，解釋了一切的情況。蘿絲聽起來鬆了一口氣，以致於忘了生氣。寇克表示他會開車載安妮回家。

當他們走到野馬款休旅車旁時，安妮在漫天風雪中望著開闊的湖面。

「牠們不會有事吧？」她問。

「希望不會有事。只要湖面不結冰，而且我們提供了足夠的食物給牠們。」

「我很擔心牠們，我還為牠們禱告。你覺得我可以為野雁禱告嗎？」

「妳可以為任何事情禱告。」

安妮看著她的父親，她的臉頰被寒風吹得發紅。「你心裡才不這麼認為。」

「我想請妳在接下來這幾天替我為牠們禱告。親愛的，妳禱告得比我好。」

他們坐進野馬款越野車裡，寇克駛過小徑，往中央街的方向駛去。

「你知道我最常為哪件事禱告嗎？」安妮看著車窗外飛舞的白雪說。

「哪件事？」

「我希望你和媽媽復合。」

寇克沉默了一會兒，然後說：「反正禱告不會有任何壞處。」

這棟位於醋栗巷的房子很大，有兩層樓，外觀是白色牆面搭配深灰色百葉窗，有環繞式的門廊。大門前種著一棵高大的美洲榆樹，後院則有一棵差不多同樣高度的紅楓樹。紫丁香花叢在北側形成茂密的樹籬，南側則有葡萄藤架。這間房子以前曾是寇克母親的父母家，後來變成他父母的家。寇克的父親過世後，他母親把這間房子改成提供膳宿的住家。他們生活簡樸，寇克還得盡力幫忙家裡增加收入，但起碼他們設法保住了這棟房子，一家人沒被拆散。在寇克的記憶中，他們過得很幸福。

這個街區的每一棟房子都差不多——屋況老舊、夏季成蔭、環境靜謐。這裡看不見任何圍欄，因此寇克一直對於「有圍欄才會有好鄰居」[10]這種說法抱持異議。在喬要求寇克搬出去之前，寇克一直樂於將醋栗巷這個地方稱為自己的家，把住在這一區的人都當成他的鄰居。

他用遙控器打開車庫門，將車子停在喬的藍色豐田轎車旁。那輛車的保險桿上貼著兩張貼紙，一張寫著：「山帝・帕倫特競選美國參議員」，另一張則以政治圈的口吻寫著：「候選人之最，帕倫特出類拔萃。」其實選舉早已結束，帕倫特也當選，寇克認為喬早就應該撕下這兩張保險桿貼紙。

他和安妮一起從後門走進廚房，迎面而來的是一陣烤火腿的香氣。

「聞起來很棒，蘿絲。」寇克說。他將他的大衣和帽子掛在門邊的掛鉤上。

他看得出來，蘿絲想生他的氣。她只點了點頭回應他的讚美，然後走到烤箱前，將烤箱門打開，彎腰檢查裡面的烤肉。她穿著花色緊身褲，那條褲子完全壓不住她肥胖的臀部和大腿。她穿著一件寬鬆的紅色毛衣和老舊的藍色帆布鞋，她深褐色的頭髮看起來像是馬路上的灰塵，肉肉的手臂上佈滿雀斑。無論外表或性情，她和她姊姊喬都不相似，若不是因為寇克與她們熟識，可能會猜測她們其中一人是被收養的。

「我超想念妳的廚藝。」寇克露齒一笑。

---

10 譯注：這句話出自羅伯特・佛洛斯特（Robert Frost）於一九一四年所寫的詩〈修補圍牆〉（Mending Wall），原文為：good fences make good neighbors。

蘿絲忍不住笑意，不過她轉而嚴厲地盯著正試圖悄悄走出廚房的安妮。「安妮，我擔心得要命。」

「蘿絲阿姨，我有告訴妳我要去哪裡。」安妮禮貌地爭辯。「但我想妳可能沒聽到。妳那個時候正在看聖誕布丁的食譜。」

「是嗎？」蘿絲瞥了攤放在廚房桌上的食譜一眼。「不管怎麼說，妳這麼晚回來，應該要先打個電話。」

「是我的錯，蘿絲。」寇克說。「她在幫我做一些雜務。」

「好吧。」蘿絲想了一下，然後對安妮說：「去洗把臉，晚餐馬上就好了。至於你——」她皺著眉轉向寇克，但隨後露出微笑。「你要不要留下來吃晚餐？我準備了很多菜。」

「喬在哪裡？」

「在她的書房。她想和你談一談。」

「我和她談過之後，她可能不會歡迎我留下來吃晚餐。」

「你知道這句話不是真的。」蘿絲說。「如果你願意留下，就告訴我一聲，我會叫珍妮準備你的餐具。」她轉身面對爐子，拿起一根木杓開始攪拌平底鍋裡的菜餚。

寇克看見他五歲大的兒子史帝夫正在客廳裡趴著玩樂高積木，電視機開著，畫面上是卡通影片。史帝夫在他父親靠近時翻過身，大喊一聲：「爸爸！」

寇克蹲到史帝夫身旁。「帥哥，你好嗎？」

史帝夫拿出一個樂高作品，看起來像間房子。「這是監獄。」史帝夫說。

「做得很棒。」寇克對他說。「誰在裡面？」

史帝夫裝出凶惡的表情。「你。」

「嗯——我是這間監獄的警長嗎？」

史帝夫搖搖頭。

「我是壞人嗎？那麼我要讓你看看我有多壞。」

寇克開始和他的兒子玩摔角遊戲，玩了一會兒之後，他說：「你太厲害了，我這種老人打不過你。」

「你摸摸看。」史帝夫試著以他瘦小的手臂擠出二頭肌，寇克摸摸兒子皮包骨的手臂，臉上裝出欽佩的表情。史帝夫滿意地轉過頭，繼續看他的卡通影片。

寇克十四歲的女兒珍妮從走廊走到客廳，她瞥了父親一眼，然後蜷縮在沙發上，將一本書放在腿上閱讀。從她看他的眼神，他看得出來她反映著她母親的一些情緒。這整間屋子似乎都充滿著喬安靜又冷酷的怒意。

「嗨，孩子，妳媽媽呢？」

「她在書房裡工作。她等著和你說話。」

他看看她腿上的那本書。「那是什麼書？」

「卡瓦諾老師叫我在下星期的聖誕活動中表演朗讀。」

「朗讀什麼內容？」

「我想朗讀什麼都可以。我想讀一首詩。我想讀希薇亞・普拉斯[11]的作品。」

「她是不是因為自殺而過世？」

---

11 譯注：希薇亞・普拉斯（Sylvia Plath，1932.10.27—1963.02.11）是美國詩人、小說家及兒童作家。

「她是一個非常聰明的女人。」

「妳想朗讀她的哪一首詩？」

「我還沒決定。」

寇克在他女兒身旁坐下，她側身挪出空間。「妳和卡瓦諾老師討論過了嗎？」

「她說由我自己決定就可以。」

「希薇亞．普拉斯的作品好像與聖誕節的氣氛不搭，也許我們應該討論一下。」寇克建議道。

「由我自己決定。」他的女兒強調。

珍妮變得越來越像喬，即使她才十四歲，她臉上已經有著相同的嚴肅表情。珍妮的身型瘦小，但發育較早且早熟，全身充滿激進的能量。她的眼睛也和她母親一樣是冰冷的淺藍色，不過她做了很多事情來證明自己不像她的母親。喬在穿著打扮方面品味極高，可是珍妮選擇穿從二手商店買來的衣服——舊洋裝、戰鬥靴和破爛的毛衣。她的一個朋友幫她在兩隻耳朵上各打了兩個洞，而且她一直表示想在鼻子上至少也打一個洞。她的頭髮有紫色挑染，有時她會把頭髮往上抓，看起來像是她摸到漏電的電線。她已經不再面帶笑容，反而總是露出一種嫌惡或感到無聊的表情，這種倦怠的模樣因為她厚厚的眼皮而看起來更加誇張。她的眼皮遺傳自她父親的奧吉布韋血統。

「我想我最好去了解一下妳母親找我有什麼事，對吧？」

「你最好快點去。」珍妮回答。

「祝我好運。」他說。

「祝你好運。」她陰沉地說。

喬在書房的辦公桌前埋首於檔案中。書房裡擺滿法律書籍，聞起來有精裝書籍的皮革味。寇克走進書房時，喬抬起頭來，似乎因驚訝而睜大了眼睛，然而當她摘下厚重的眼鏡時，她的眼睛又恢復平時看似對所有事物不感興趣的平靜。

「我們很擔心安妮。」

「是我的錯。」寇克說。「她在幫我做一些雜事。」

「什麼雜事？」

「律師大人，我需要發誓句句吐實嗎？」

「我只想知道這是你和安妮一起計畫好的，還是安妮一時興起的行為。」

「妳為什麼不去問安妮？她會對妳說實話的。」

「我在問你。因為如果你早已知情，我希望你能先知會我一聲。」

「法院沒有規定我必須這麼做。」

「也許法院應該命令你這麼做。」

她從辦公桌站身，轉身背對寇克。她看著窗外的後院，白雪在楓樹邊飛舞，堆積在淡紫色的圍籬上。她將雙手緊緊握在身後。

「我覺得我們應該開始談離婚。」

「安妮剛告訴我，她祈禱我們能夠復合。」

「寇克，我們必須幫助孩子們看清事情的真相。」

「如果我知道事情的真相，我想我會幫助孩子們看清它。」

喬轉過頭來。「真有趣，我敢發誓你去年非常想要和我離婚。」

「我從來沒有說過這種話。」

「你是沒說過。」她同意寇克的反駁。「可是我要你搬出去時，你也沒有反對。」她再次轉向窗戶，看著窗外的暴風雪。

「妳想離婚是不是？」寇克問。喬沒有回答，於是寇克走到她的辦公桌前，小心翼翼地接近她，在她的身邊停下腳步。「也許妳我都應該停止只想著我們要什麼，多考慮一下孩子們要什麼。」

喬憤怒地轉過身，把眼鏡扔到桌上。「你以為我不關心他們？我每天工作時間那麼長，是為了支付這個家的帳單，讓安妮可以矯正牙齒、讓珍妮不必打工賺錢才能上大學。這方面我沒有得到你的任何幫助。」

「我不是在討論財務方面的事。」寇克冷冷地反駁。他從她身旁走開，站在書櫃前看著一排排的法律書籍。這些書籍試著闡明正義，可是他已經不再相信正義。他一直對抗著正義帶給他的絕望和走投無路。

「聽我說，我們不能一直走相同的路。」喬說。「這樣對任何人都沒有好處，尤其對孩子們來說。」

「難道離婚就會比較好？」

「比較乾脆。」

「就像消毒殺菌嗎？」

「這對每個人來說都是最好的，我想你內心深處一定也明白這一點，寇克。」

他們兩人都沉默下來，強風吹動了窗戶，書房門外傳來客廳裡的電視聲。

寇克將雙手深深插進口袋裡，徒勞地握成拳頭。「好吧。」

「什麼時候？」喬追問他。

「隨時可以。」

她重新戴上眼鏡，低頭看著桌上的檔案。「聖誕節過後我應該可以。你可能需要找個律師。如果你不介意，我可以推薦幾個人選給你。」

「妳不必幫我。」他回答說。

門口傳來敲門聲，蘿絲探頭進來。「晚餐準備好了。」她說，並試探地看著他們兩人。

「我已經受邀留下來吃晚餐。」寇克告訴喬。

「好吧。」喬不情願地表示。

晚餐即將結束時，電話突然響了。蘿絲去接聽，然後將話筒放在她豐滿的胸部上說：「寇克，找你的。是達拉．勒博。」

「達拉？」寇克從餐桌起身，接過電話。「嗨，達拉。怎麼了？」他聽著對方說話，臉色變得嚴肅。「我相信不會有事的，他是一個很負責任的孩子。」然後他又聽對方說了一些話。「要不要我過去找妳？不會，一點也不麻煩。」

「怎麼可能不麻煩？」蘿絲等寇克一掛斷電話就表示。

「保羅．勒博今天下午去送報紙，到現在還沒回家。他已經出去快五個小時了。」

「你覺得他被風雪困在路上了嗎？」蘿絲問道。

「我不這麼認為。」寇克說。「假如他真的被困在路上回不了家，可以隨便找一戶人家躲避風雪，奧羅拉的任何人都會讓他進屋。達拉擔心的是裘強回來帶走保羅。」

蘿絲搖搖頭。「我不認為裘強會做這種事，寇克，你覺得可能嗎？」

「不無可能。」

「你認為他會綁架自己的兒子？」蘿絲一臉詫異。

「我的老天，蘿絲阿姨，這種事經常發生啊。」珍妮說。

「說話不要這麼粗魯。」安妮對她的姊姊說。

「我的老天。」珍妮大咧咧地笑了起來。

「珍妮！」蘿絲說。

「珍妮說得沒錯。」寇克插話進來。「這是最常見的綁架形式。事實上，如果小孩真的被人綁架，我寧可孩子是被愛他的人所帶走。」

「那並不是愛，寇克。」喬說。

「可能是裘強做的。」寇克走向廚房。

「你不介意跑一趟嗎？」蘿絲問。

「不介意。」他轉頭說。這絕對是他的真心話，因為已經很久沒有人需要他這樣幫忙了。被人需要的感覺很好。

5

達拉在寇克敲門前就先打開了門，她的眼睛因哭泣而紅腫，淚水在她化了妝的臉頰上留下痕跡。

「寇克，一定是裘強。」她說。「我知道是裘強做的。」

達拉在賭場的公關部門工作，她身上還穿著深藍色套裝和奶油色襯衫，脖子和手腕都戴著金飾。

寇克從寒風中走進屋裡，並擦掉融在臉上的雪花。「達拉，妳為什麼這樣認為？」

「因為他老是這個樣子，先從地球表面消失兩個月，然後又突然跑出來開這種玩笑。他喝醉的時候就會做這種事。」達拉接過寇克的外套，把雪刷到走廊的門墊上，再把外套掛在走廊的衣櫃裡。寇克脫掉靴子，將靴子放在門墊上。

寇克從高中時代就認識達拉．勒博了，當時她是學校裡的啦啦隊隊長，有一頭金色的長髮、一雙修長的美腿，以及許多男孩會注意到的傲人上圍。她在高二那年開始與裘強．勒博穩定交往。裘強是血統純正的尼什那比人，每天從距離奧羅拉十英哩遠的鋼鐵湖保留區搭公車上學。和來自保留區的男孩約會，可能會為達拉帶來很多麻煩，可是裘強和一般男孩不同，因為他是名人，是具有驚人本領的籃球運動員。《聖保羅先鋒報》稱他為下一個吉姆．索普[12]，中西部的大學都爭相招攬他，而他接受了印第安納州立大學的籃球獎學金。然而就在他升上大學二年級前，他在布盧明頓市[13]過馬路時，有一位駕駛大型凱迪拉克轎車的老太太在紅燈亮起時未能及時踩下剎車，把袞強撞倒在地，導致他右腿從踝骨到臀部全部骨折。後來他雖然康復，但從此都得一瘸一拐地走路。由於再也沒有希望上籃球場打球，袞強便回到位於奧羅拉的老家，並且不久之後就與達拉結婚。

「達拉，或許妳該打電話給警長。」

「我不想害袞強惹上麻煩，我只希望保羅平安回家。」

「妳有沒有打電話問問保羅的朋友們？」

「我已經打給我所想到的每一個人，包括他的朋友和我的親戚及鄰居。我甚至還打電話去必勝客，因為他有時候送完報紙會去那裡打電動玩具。」

「結果都沒有人看到他？」

「沒有人看到他。我剛煮了咖啡，你要不要喝一點？」

「好，謝謝妳。」

寇克跟著達拉走進廚房。

「妳確定他去送報了？」寇克問。

「他在冰箱上留了紙條，告訴我他去什麼地方。他一向這麼做，他是個好孩子。」

達拉的廚房一塵不染。寇克坐在高腳椅上，他和袞強一起坐在這裡很多次，因為他常把喝得爛醉的袞強帶回家。袞強不是那種會發酒瘋的醉漢，他大部分的時候只會變得感傷懷舊。寇克時常在克努森公園的籃球場看見袞強在投籃，即使袞強已經喝得醉醺醺，他的球技依然出色。有時候袞強會消失一段時間，不過通常不會超過一、兩個星期，然後他會恢復清醒、表達懺悔，並保證再也不碰酒。

奧羅拉的許多白人都很高興看到袞強失敗。**原住民都是酒鬼**，他們滿意地表示，即使袞強曾賦予奧羅拉一些閃亮時刻。奧羅拉的邊界處之所以能夠立著「本州籃球冠軍隊伍——勇士隊的家鄉」的標語，完全是憑藉裘強的天賦，再說，裘強失去光環也不是因為他自身的過錯。然而因為他具有原住民身分，白人都樂於見到他失敗。

裘強曾多次嘗試戒酒，但最後是他妹妹汪達・梅尼迪茲幫他真正做到。汪達和亨利・梅魯一樣是靈醫，她說服裘強讓亨利・梅魯以古老的方式為他治療。雖然她自己也能醫治裘強，可是靈醫從來不會治療自己的親人。她或梅魯或裘強都不肯說出治療的方式，但這種方式似乎很有效，接下來的一整年裘強都沒有再喝醉過。他開始自己創業，為奧羅拉的公司行號提供辦公室清潔服務。這是一門好生意，一切似乎都很順利。

但就在兩個月前，裘強突然消失了，他的卡車在郡公路撞上一棵樹，駕駛座裡散發著威士忌的氣味。他就這樣離開了事故現場，從此音訊全無。

「妳最近有裘強的消息嗎？」寇克問。

「完全沒有。」達拉替寇克倒咖啡時手在顫抖。「我一直擔心這種事情會發生。裘強討厭這個地方，寇克，他喝醉時老是說總有一天他要帶保羅離開這裡，他要帶保羅到一個沒有人知道他是誰的地方，那裡不會有人嘲笑保羅是個酗酒原住民的兒子。」達拉看著自己顫抖的手，然後放下咖啡壺。

---

12 譯注：吉姆・索普（Jim Thorpe，1887.05.28—1953.03.28）被認為是現代運動史上最多才多藝的運動員，他曾獲得一九一二年夏季奧林匹克運動會五項全能與十項全能金牌，也參加過國家美式橄欖球聯盟、美國職棒大聯盟與美國職業籃球聯盟。

13 譯注：布盧明頓（Bloomington）位於美國印第安納州中部，是印第安納州立大學布盧明頓分校的所在地。

「妳在電話裡告訴我保羅已經失蹤大約五個小時。妳怎麼知道他失蹤多久？」

「他在紙條上說他是兩點鐘出門的。我不懂他為什麼覺得自己在今天這種天氣下還得去送報紙，我相信沒有人會在意今天有沒有收到報紙，大家會理解的。」達拉無力地垂下肩膀。「我在賭場的薪水還不錯，保羅根本不需要送報。我認為他只是想讓別人知道他和他父親不同。」

「妳和保羅最近相處得如何？」

「什麼意思？」

「你們之間的互動還好嗎？有爭執嗎？」

「你的意思是保羅離家出走？」她說。「他不會做這種事的。」

「我也認為他不會。」寇克安慰她。「這只是我們必須考量的可能性之一。」他啜飲一口咖啡。「他最近有沒有提到他的父親？例如他想去找他父親之類的事？我這麼問是因為我明白在這種年紀失去父親是什麼感覺。我知道我願意做任何事，只要能讓我父親回到我身邊。」

「沒有，他沒說過這些事。他最近確實比較沉默，但我覺得這個年紀的孩子都不愛說話。」

「妳有沒有打電話給汪達？如果裘強回來了，她一定會知道的。」

「我試過，但電話線可能斷了。」

寇克沉思了一會兒。冰箱突然咔噠一聲開始運轉，冰箱裡的瓶瓶罐罐嘎嘎作響。屋外的強風從廚房早餐桌旁的窗戶呼嘯而過。

「好，我們知道保羅出門了，但我們真能確定他去送報嗎？或者他有沒有送完報紙？」

「我不知道。」

「妳知不知道他的送報路線？他負責送哪幾戶人家的報紙？」

「這個我也不知道。」達拉懊惱地搖搖頭。「我什麼都不知道。」

寇克拍拍她的手。「沒有關係，達拉，妳不知道這些事很正常。保羅有沒有關於他客戶的相關紀錄？」

達拉臉上突然閃現一絲充滿希望的表情。「他有一本收據簿，他每個月收取送報費的時候會用到。」

「好極了，我們來查一查。」

「我馬上拿來。」達拉說。

寇克目前還看不出需要擔心保羅人身安全的理由。奧羅拉是個小地方，孩子們不可能就這樣消失不見。也許真的是裘強帶走了保羅。裘強可能不好意思見到達拉，但又急著想看兒子，尤其聖誕節馬上就到了。另外，寇克從自身的經驗得知，當青少年無故消失時，往往是出於自願。

達拉．勒博拿著一本深藍色的收據簿回來，將它交給寇克。保羅記錄得很清楚，收據簿上的地址從中央街開始，依照地理位置排序，直到最後一個位於北尖路的地址。寇克認為保羅收取送報費的順序應該與送報順序相同。

「你有什麼打算？」達拉問。

「我想先打電話給他的幾位客戶，問問報紙是否已經送達，或許順便問問是什麼時間送到的。這樣會比現在更有頭緒，但我不敢說有沒有幫助。也許有人看到了什麼。」

寇克從收據簿上的最後一個地址開始打電話。羅伯特．帕倫特法官。電話線路很不穩定，寇克甚至沒有聽見接通的鈴聲。寇克翻翻收據簿，又打了六通電話。北邊住家的電話都不通，南邊的住家都表示已經收到報紙，但沒有人看到保羅。

「北邊的電話線路似乎有問題。」寇克告訴達拉。「我想我應該設法與法官取得聯繫，這麼一來我就能知道保羅是否完成送報的任務。」

達拉眼睛一亮。「保羅有時候會在那裡停留一會兒，因為法官似乎很喜歡他，會講一些故事和事情給他聽。保羅不喜歡聽那些東西，不過我告訴保羅要有禮貌。」

「我想保羅可能被困在那裡，而且因為電話線路出了問題，他沒有辦法聯絡妳。或許我應該去法官家一趟，最起碼這能讓我知道保羅有沒有送完報紙。」

「我想和你一起去。」達拉說。

寇克搖頭。「妳必須守在電話旁邊，保羅可能會打電話回來。我相信他沒事，達拉，他是一個負責任的好孩子，而且他知道如何照顧自己，好嗎？」

「萬一他不在法官家呢？」

「那麼他就在別的地方。他不會有事的，我們一定會找到他。」寇克向達拉保證。他走到前門時又說：「妳需要打電話找人聊一聊。妳自己一個人待在這裡胡思亂想不太好。打通電話給妳可以聊天的對象，好嗎？」

「好。」她說。她把手放在寇克的手臂上。「請你一定要找到他，寇克，拜託你。」

⸸

要到法官家並不容易，因為鏟雪機還沒有清除那麼偏遠的道路上的積雪。寇克開得很慢，野馬款越野車的前保險桿推著積雪緩緩前進。法官豪宅佔據了這片名為北尖的土地的整個尖端，這棟雄偉的房屋以石頭打造而成，具有超過一個世紀的歷史，夏季時繁花環繞，冬季則被雪海包圍。這棟房子看起來就和它的主人一模一樣：與世隔離。

帕倫特法官曾經是明尼蘇達州政治界中有權有勢的人物，他的家族憑藉著砍伐北森林的巨白松而致富。他是堅定的個人主義者，頑強地堅守著「成功要由自己親手創造」的觀念，一如帕倫特家族的前人，認為只有上帝之手——而非喜歡干涉個人的政府——才能主導人的命運。在鋼鐵山這個獨立於世、氣候多變且居民普遍脾氣暴躁的地區，法官的信念廣受好評。

帕倫特法官的個人影響力在二十多年前達到頂峰，當時他差一點就當上州長，可是在選舉前五天，因為法官在民意調查中略佔優勢，《聖保羅先鋒報》公佈了幾張他與黨中央委員會主席的妻子一同走出汽車旅館的照片。雖然明尼蘇達州在政治方面可能主張自由主義，但在道德觀念上極為保守，因此法官最後在選戰中慘敗。

他自此退出州政治圈，不過依然保有在鋼鐵山的影響力。除了寇克當上警長的那次選舉之外，塔馬拉克郡沒有人能在不被法官祝福的情況下當選。

寇克擔任警長時，偶爾必須來北尖路拜訪法官，但這種職責毫無樂趣可言。

寇克把車子停在長長的環狀車道上，然後穿過雪地走到大門。沒有人來回應門鈴，於是寇克脫掉手套用力敲門。他試著從一樓的窗戶往屋裡看，可是窗簾全被拉上了，而且融化的積雪已經變成緊貼在窗戶上的冰。他回到野馬款越野車上，拿出手電筒，走到這棟豪宅的後方。他踏上大露臺，將露臺滑門玻璃上的薄冰擦掉一小塊。由於滑門的窗簾只拉上一部分，寇克可以透過縫隙看見客廳的茶几上放著一杯酒，縷縷灰煙從壁爐裡的灰燼中升起，但沒有看到法官的身影。

狂風將飄雪吹過空曠的地面，雪花就像潮水般揚起波動。寇克走到車庫，擦去一扇側窗上的積雪，拿手電筒往裡照。法官的兩輛車——黑色的林肯轎車和一輛新買的紅色福特卡車——都停在車庫裡，於是他又踏著艱難的步履走回屋前，在大門前的雪地上來回走動，想尋找保羅送來的報紙。最後，他試著轉動門把，發現大門沒有上鎖。寇克將門推開，走了進去。

「帕倫特法官？」他喊道。「法官，我是寇爾克朗．歐康納！」

未受邀請就自行走進屋內，讓寇克感到些許不安。他沒有搜索令，這是非法入侵的行為，這些事他清清楚楚。他知道這樣闖進法官家不具正當理由，除非這裡有一個應該在家卻還沒回家的男孩。

「法官？」他又喊了一聲，然後走進客廳。

壁爐裡還有餘燼，茶几上的酒杯剩下不到半杯。樓上一片漆黑，屋裡的另一個光源來自走廊盡頭的某個房間。寇克朝那個方向走去。

房間的門半敞，他只能看見法官書房的一部分，這個房間裡擺滿了書籍。寇克將房門完全推開，一開始他沒有看見法官，只看到那張大書桌、書桌後方牆上的明尼蘇達州地圖，以及像紅色河流般從地圖上流下來的鮮血。他重新戴上手套，走到書桌後面。槍擊的力量導致法官從椅子上跌到地板，一把獵槍被棄置在法官屍體旁。寇克只瞥視了那具屍體一眼。雖然他以前也看過以這種方法死去的人，但他還是覺得很不舒服。而且血流成河的原始氣味，會讓你永遠都無法忘懷。

6

沃利．沙諾是一個誠實的人，在塔馬拉克郡裡名聲良好。他已經五十多歲，身材高瘦、臉頰凹陷、嘴唇厚而蒼白，鼻子宛如臉上一塊粗糙的花崗石。他的手很大，一雙大腳需要從製鞋工廠訂購鞋子。據寇克所知，沙諾沒有任何壞習慣，不喝酒、不抽菸、不賭博。他是密蘇里路德教派[14]的成員，喜歡穿吊褲帶——全紅色或全黑色或全灰色的素面款式——幾乎從不打領帶。無論從哪個角度來看，沙諾都不是會玩弄政治手段的人，然而在迫使寇克下臺的罷免投票之後，沙諾設法讓自己選上了警長。在那之前，沙諾曾在奧羅拉西南方六英哩處的綠湖村擔任警長。他是一個正派的男人，在綠湖村工作了十五年。寇克對沙諾沒有任何反感，他一直很欽佩這個男人的性格，然而在他的位置被沙諾取代之後，他對沙諾的欽佩開始變得勉強。更令他感到慚愧的是，他發現自己期待著沃利．沙諾將來有一天會搞砸這份工作。

沙諾在五分鐘內看了三次手錶。

「沃利，你還有事情？」寇克問。

「艾萊塔自己一個人在家。」沙諾說。

14　譯注：路德教派（Lutheranism）為基督新教的宗派之一，源自十六世紀德國神學家馬丁．路德為革新天主教會所發起的宗教改革運動，其神學思想成為改革運動的象徵。

「啊。」寇克回答。

艾萊塔是沙諾的妻子，她是名少見的美麗女子，有一頭烏黑的長髮和耀眼的銀藍色眼眸，以及寇克所見過最完美的笑容。可是她不幸罹患了阿茲海默症。

「我已經打電話給她姊姊，她說她會盡快趕去照顧艾萊塔，我還在等她的消息。」沙諾說。

「你不必親自到現場來，沃利。」寇克表示。「你的部下都很清楚自己該做什麼。」

「我是警長。」沙諾嚴厲地看著寇克說。

艾德．拉森是警局裡唯一一位小隊長，專門負責偵辦塔馬拉克郡的重大案件。他從法官的書房裡走出來，說：「沃利，我那邊忙完了，但我還不想把他裝進袋子裡，除非能先確認死亡時間。你確定西格德已經在路上了嗎？」

「我確定。但他可能因為暴風雪而耽擱了。」

寇克看著窗外的狂風把白雪吹到窗格上，雪片聚積在豎框的角落處，融化並凍結成漸漸變厚的冰層。

沙諾若有所思地用拇指勾弄著他的黑色吊褲帶。「我必須承認，我認為法官是最不可能自殺的人。不過誰敢打包票？別人的想法總是讓你猜不透。」

席爾．波克曼是沙諾的一名部下，他從廚房來到走廊。「沃利，我已經檢查過所有的門窗，沒有任何強行進入的跡象。」

「樓上狀況如何？看看能不能找到任何有人闖入的蛛絲馬跡。」

「我馬上就去。」

「我還以為你剛才說法官是自殺。」寇克問。

「我只是想確定一下。難道你不想確認清楚嗎？」沙諾將他那雙大手塞進口袋，在屋裡來回走動並四處打量。「你再跟我說說那個孩子的事。」

「他下午兩點鐘左右出門送報，然後再也沒有回家，也沒有打電話。法官家是他送報路線的最後一站。」

「可是這裡沒有看到報紙。」沙諾說。

「我確實沒有發現報紙。」

「外面也找過了嗎？那個孩子可能把報紙扔在雪地裡某處。」

「我找了一些地方，什麼都沒發現。」

「他其餘的客戶呢？他們收到報紙了嗎？」

「南邊的客戶都收到了，北邊的情況我還不清楚。」

寇克從襯衫口袋裡的菸盒拿出一支菸放在嘴角，可是沒有點燃。他很想抽菸，但他知道最好不要冒險污染了命案現場。

沙諾又問：「你說達拉認為裘強帶走了孩子，你認為呢？」

「有這個可能性。」寇克聳聳肩。

「裘強以前常在喝醉之後一走了之，這個男孩可能跟他一樣。」

「這孩子不是那種人。」

沙諾似乎不像寇克這麼篤信這一點。「如果我們找鄰居談一談，或許可以知道更多事情。」

寇克往窗外看了一眼。雖然門廊的電燈亮著，但因為風雪很大，唯一被照亮的是一片白，甚至僅在十幾碼外的西洋杉都已經被整片雪所遮蔽。「今晚這種天氣，就算有一支銅管樂隊在這裡進出都不會被人發現。」

這時法官家的大門突然打開。

「我們的驗屍官終於到了。」沙諾說，並且往前門走去。

不過他猜錯了，來者並非西格德・尼爾森。

「山帝？」寇克聽見沙諾驚訝地說。

「他在什麼地方？」山帝・帕倫特從前門走到寇克可以看到他的地方，山帝的駝毛大衣上沾滿了雪。他的眼睛先掃視屋內，然後轉向位於走廊盡頭的書房。「他在那裡面嗎？」

山帝看起來似乎打算朝書房走去，可是沙諾擋住他的去路。「我想你最好先坐下來。」

帕倫特瞥看寇克一眼，臉上原本的不安出現一絲淡淡的訝異。「寇克？」

「嗨，山帝。」寇克一臉嚴峻地向他打招呼。

山帝・帕倫特是個身材高大、體格健壯的男人，跟法官年輕的時候一樣。他們兩人都有堅毅的方臉、棕色的大眼睛及長而尖的下巴。在法官頭髮變得灰白之前，他的髮色和山帝一樣是帶點紅色的金髮，就像蜂蜜裡混了幾滴血。

但除了外型之外，這對父子沒有什麼相似之處。在政治理念上，他們簡直像來自不同的星球。法官是極端的保守派，山帝則是極端的自由派。男性哲學的差異或許可以用山帝在波士頓的成長歷程來解釋。他在十二歲那年搬到波士頓，當時他的父親因為醜聞而輸掉州長選舉，他的雙親也因為那樁醜聞而離婚。經過十幾年之後，他又回到奧羅拉的家。雖然他與他父親之間的政治理念分歧，可是父子兩人在事業上合作無間，共同創造了大北方開發公司。對於這個因為梅薩比山鐵礦和佛米利恩山鐵礦關閉而陷入經濟恐慌的地區而言，大北方開發公司所投入的資源是簡直像是天上掉下來的禮物。

成功選上美國參議員的山帝・帕倫特一向看起來樂觀又自信，但此刻站在法官家門口的那個男人幾乎已經崩潰。

「我想看看他。」他說。

「不，山帝，你最好別進去。」沙諾建議。

「他是我的父親，我想看他。」

「他已經死了，山帝，看見他現在的模樣對你不會有任何好處。」

帕倫特堅定地站著，有那麼一瞬間，寇克以為他會無視警長的提議。寇克知道警長的建議是一種委婉的命令，在其他的情況下，像帕倫特這種地位的人可能會佔上風，不過山帝最後還是點點頭，走到客廳的沙發前，然後沉重地坐下來。

「我的天啊。」他難以置信地表示。「他曾經是個那麼強悍的老混蛋。」

「我知道。」沙諾附和他。

「我就怕這種事情發生。」

「什麼意思？」沙諾問。

「癌症，已經擴散到全身。」

「我不知道他得了癌症。」沙諾說。

「他不想讓別人知道。」

「醫生怎麼說？」寇克問。

「他活不過六個月。」帕倫特聳聳肩。「你們可以去問甘納醫師。」

沙諾從襯衫口袋裡拿出筆記本，在上面寫下一些東西。

「寇克，你在這裡做什麼？」帕倫特問。

「是我發現你父親的遺體。」寇克解釋。「我來這裡找保羅・勒博。」

「裘強的兒子？」

「他今天下午去送報紙之後就沒有回家。」

「這跟我父親有什麼關係？」

「這裡是他送報路線的最後一戶，我只是姑且一試。」寇克坦承。

「你就這樣直接走進屋裡？」帕倫特警覺地看了寇克一眼。

「門沒上鎖。」

「這不算什麼不尋常的事，山帝。」沙諾表示。「奧羅拉這裡有很多人不鎖門，這個小鎮就是這樣。」

「或者說，這個小鎮曾經是這樣。」寇克說。

前門傳來一陣激烈的敲門聲。沙諾急忙走到門口，寇克聽到了西格德・尼爾森憤怒的聲音。

「沃利，你知不知道到這裡來有多麼困難？」

「這是特殊情況，西格德。」寇克聽見警長回答他。

「什麼特殊情況？這有什麼特別的？難道就不能等到明天嗎？像法官這樣的老人經常死在家裡，他可能只是和大多數老人一樣死於心臟病發作或者中風。」

「他不是心臟病發作，西格德。」沙諾說，並將驗屍官帶到客廳。「你辦公室的人沒告訴你嗎？」

「他們只叫我盡快趕過來。」

驗屍官是個年近六十歲的禿頭男子，挺著一個大肚子。他原本從事殯儀業，一直擔任丹尼爾・畢爾根醫師的助理驗屍官，直到畢爾根醫師在瑞尼河釣魚時因心臟病發作過世。西格德・尼爾森暫時填補了畢爾根醫師的空缺，等到可以舉行特別選舉，他就被正式選為驗屍官。每年總有一、兩次，他會被叫來檢驗意外身亡的人。寇克在擔任警長期間曾遊說郡委會改找具有一定專業知識的人擔任驗屍官，以聘僱而非選舉的方式任用，可是沒能成功。羅伯特・帕倫特法官希望驗屍官由選舉的方式產生，這樣他才可以保有操控驗屍官的權力。

尼爾森放下他的黑色包包，先脫掉厚重的黑色大衣，然後把上面的雪抖掉。他四處尋找可以放置大衣的地方，最後將它放在一張椅子的椅背上。

「我可以依據我的經驗告訴你，年紀這麼大的人突然過世，如果不是因為心臟病發作，肯定就是因為中風。」

「他不是心臟病發作，西格德。」沙諾重申。

「不是心臟病發作？好，我們去看一看。」這時他才注意到寇克和山帝・帕倫特在場。

「噢，山帝，我真抱歉。」

帕倫特敷衍地抬起手表示寬恕。「沒關係。」

「他在哪裡？」驗屍官問。

「跟我來。」沙諾朝著走廊的方向點點頭。

山帝・帕倫特坐在沙發上，看著警長和驗屍官往書房而去。西格德・尼爾森在走進書房後停下腳步。「我的老天。」他看見書桌後方那張地圖上的血跡時忍不住驚呼。

「交給你了，西格德。」沙諾說。

三十分鐘後他們回到客廳。西格德・尼爾森在穿上外套時表示：「明天我仔細檢查後就可以提供你們更多資訊，但就如我所說的，如果你們此刻最在意的是死亡時間，我可以告訴你們法官死亡的時間不超過四、五個小時。」

「西格德，謝謝你特別趕來。」沙諾對他說。

「我很抱歉，山帝。」驗屍官向帕倫特致意。「誰想得到這種事情竟然會發生在法官身上？」他搖搖頭，然後打開門走入暴風雪中。

寇克也穿上了自己的外套。

「你要去哪裡？」沙諾問。

「達拉．勒博家。」

「告訴她我馬上派人過去。我會在國家犯罪情報中心的電腦發佈這個男孩的搜尋通知。」沙諾疲憊地嘆了一口氣，然後看看他的手錶。

「沃利，你應該先打個電話回家，看看艾萊塔的狀況。」寇克在戴上手套時建議沙諾。「每個人都應該把自己的家人擺在第一位。」接著他瞥看了山帝．帕倫特一眼，帕倫特沉著臉，臉上沒有一絲血色。就一名政治家而言，他顯得異常靜默。「山帝，你需要搭便車嗎？」

帕倫特搖搖頭。

「我很遺憾。」寇克說。

「嗯。」帕倫特回給寇克一個簡短的微笑以表示感謝，但他是一個可怕的男人，他的眼神深不可測。

7

尼什那比人在傳統上是安靜的民族。在白人來到他們的土地之前，他們生活於靜謐的樹林中，聽見的聲音往往不是來自人類，而是風的耳語和水的吟唱，每一種聲音都有其目的性。當一個尼什那比人接近別人的樹皮小屋時，他會先恭敬地發出聲音以表明自己的到來，因此打雷聲就是暴風雨敬重地宣佈其即將到來的方式。萬物皆有其精神與目的，並且對上帝創造的一切表示尊重。

導致松樹和美洲落葉松彎曲樹幹的這場暴風雪，不僅讓鏟雪機無法上路工作，還冰凍甚至吹斷電線，但它並不是發怒的幽靈。它在經過時之所以製造混亂，不是因為它在生氣，而是因為它如此巨大強勁，以致它所接觸的事物，尤其是人類的事物，相形之下變得非常渺小。在某種程度上，這場暴風雪就像是寇克和山姆·凜冬之月一起獵殺的那隻熊，身形龐大且粗枝大葉。假如這場暴風雪確實是保羅失蹤的原因，寇克知道它絕非出於惡意。根據寇克的經驗，只有人類的行徑才會純然出於惡意。

當寇克終於來到達拉家時，門廊的電燈亮著。他看見一輛老舊的川崎雪地摩托車停在臺階旁，當他走近那輛摩托車時，即使他不看也知道機油正在污染著摩托車底下的積雪。他之所以知道這一點，是因為這輛雪地摩托車是湯姆·格里芬神父的，同時也是塔馬拉克郡所有雪地摩托車裡最老舊的一輛，總是不停地漏油。

他按下門鈴，過了一會兒，達拉將門打開。

「寇克。」她緊張地看他一眼，然後往後退開一步。

神父原本站在達拉旁邊寇克看不到的位置，但是寇克可以看見牆壁上他高大瘦長的影子。湯姆．格里芬隨後就帶著堅定的微笑走入寇克的視野，他的左眼戴著一個大大的黑色眼罩。

「晚安，寇克。」神父說，並且伸出手與寇克握手。他的握力強勁，優雅地將寇克從暴風雪中拉進屋裡。

湯姆．格里芬穿著黑色的衣服，並戴著神職人員的衣領，這對於格里芬而言並不尋常，因為在正式場合及履行宗教職務的時間之外，這位神父喜歡穿牛仔褲、法蘭絨襯衫和登山鞋。他在一年半前來到奧羅拉，協助年邁的凱爾西神父管理聖艾格尼斯教會，並為居住在鋼鐵湖保留區的天主教教民服務。他年近四十，個性親切且精力充沛，夏天的時候人們經常看他騎著又大又舊的川崎摩托車在保留區的小徑來來去去，冬天的時候他則以川崎雪地摩托車作為交通工具，因此保留區的人都稱他為聖人川崎。

「達拉，我很高興妳打電話找人說話。」寇克對達拉說。

「你沒找到保羅。」達拉說。

「或許妳應該先坐下來。」

「你發現了什麼？」

寇克以求助的眼神看看神父。

「或許我們都應該坐下來。」湯姆．格里芬提議。

神父帶頭走進客廳，他坐到沙發的扶手上，達拉則坐在他身旁。寇克怕自己外套上的融雪弄溼傢俱，因此坐在暖氣機上。

「帕倫特法官死了。」寇克告訴他們。

「法官死了？」神父問。「怎麼死的？」

「看起來像是自殺，警長正在法官家裡。我們沒有找到任何跡象顯示保羅去過那邊，所以這件事應該和保羅沒有關聯。」

「我就知道。」達拉說。

寇克看看神父，然後又看看達拉。「什麼意思？」

「我今天早上在保留區，你知道，我們安葬了弗儂・黯淡之水。」神父說。

「所以？」

「保留區那邊的人說裘強回來了。」

「有人和他說過話嗎？」寇克問。

「據我所知沒有。」

「就連汪達也沒有和他說過話？」

「我剛才還在那邊，汪達說她沒有見到裘強，也沒有和他說話，不過她確信裘強就在附近。」

「他帶走了保羅？」

「保羅不見了，裘強回來了，我認為這不太可能只是巧合，不是嗎？」

寇克鬆了一口氣，至少保羅是被裘強帶走，而不是被困在暴風雪中或遇上更糟的事。「警長應該會想知道這一點。」他說。

「警長？」達拉看起來不太高興。

「他稍後要派人過來。」

「我不想惹麻煩。」她說。

「裘強帶走了保羅。」神父對寇克說。「難道我們無法在法律不介入的情況下解決問題嗎？」

「現在不是我能決定的。」寇克解釋。他站起身。「時間已經很晚了，我該告辭了。我會與妳保持聯絡，如果有我可以幫忙的地方，請妳再告訴我。」

「寇克，謝謝。」達拉勉強撐起笑容。

「我送你出去。」神父說。

寇克在門口戴上手套，並且問神父：「弗儂・黯淡之水的葬禮有很多人參加嗎？」

「保留區大部分的人都參加了他的葬禮，畢竟他是個重要人物。」

「他是個惡劣的混蛋。」寇克從大衣口袋裡掏出毛帽。

「確實。」神父同意寇克的看法。

「他死的時候你也在場，不是嗎？你為他進行了最後的儀式嗎？」

「是的。」

寇克用毛帽蓋住耳朵。「他臨終前有沒有告解？」

「有的。」

「我願意犧牲我左邊的蛋蛋來聽聽他告解的內容。」

「放棄身體部位這種事情，我建議你務必三思，寇克。」神父露出微笑並指指自己的眼罩。

寇克在伸手開門前又小聲地問了一句：「我最近可不可以找你談談？」

「你想談什麼？」

「我已經超過一年沒去教會了。」

「你終於開始擔心你的靈魂了？」

「拜託。」寇克說。

「我們當然可以談談。你希望什麼時候談？」

「明天，也許傍晚的時候。五點左右可以嗎？」

「約晚上六點吧。」神父提議。「到我的辦公室來。」

「明天見。」寇克答應道。

⚕

寇克在達拉家的短暫時間裡，他的野馬款越野車又被白雪覆蓋了。他先發動引擎，然後下車把擋風玻璃上的積雪刷掉。風吹得很強勁，飛雪從黑暗中直直向他襲來。他瞇著眼睛望向寒冷刺骨的風雪，由於天色已晚，他唯一能看見的光線來自達拉家。街上另一頭是高大的樺樹和山楊樹，狂風在樹林裡呼嘯，光禿禿的樹枝互相摩擦時發出了宛如啜泣的聲音。寇克突然停下動作，轉身掃視他背後那片黑暗的樹林，並仔細聆聽樹木發出的哭泣聲。

「誰在那裡？」他喊道。

沒有人回應。四周除了風雪之外，沒有任何的動靜，搖曳的樹林間也看不到任何東西。

「有人在那裡嗎？」寇克又喊了一聲。

除了淒厲的冷風之外，沒有任何聲音回應他。寇克清掉擋風玻璃上的積雪，坐進他的野馬款越野車並鎖上車門。他等了一會兒才驅車離開，只為了再一次試著看清樹林裡有沒有東西在移動。

他敢對天發誓，有人在樹林裡呼喊他的名字。

8

第二天早上，寇克在黑暗中起床。他先跌跌撞撞地走到廚房，按下咖啡機的開關，然後洗澡、刮鬍子、穿衣服。回到廚房後，他替自己倒了一杯咖啡，一邊看著窗外。鋼鐵湖東邊的天空剛變成淺淺的粉藍色。他穿上外套，走到店面那一頭，從麻布袋裡舀出四分之一塑膠水桶的乾玉米粒，接著走到湖邊。

暴風雪在夜裡已經往東邊移動，經過蘇必略湖並進入密西根州上半島[15]。這場暴風雪離開後天空變得清澈，只剩下幾顆星星依然在天幕中閃耀。積雪的地面平坦且深邃，映照著清晨的灰藍色晨光。空氣宛如靜止，鎮上住家的煙囪所冒出的白煙，像樺樹的樹幹一樣筆直地往上飄升。寇克喜歡這種早晨的寒意、鞋底下酥脆的新雪，以及令人屏息的晴空。每當在這樣的時刻，他便深深愛著奧羅拉。

那兩隻野雁在湖面上，寇克很高興牠們撐過了這場風暴。牠們看見他來，叫了幾聲並朝他划

15 譯注：密西根上半島（Upper Peninsula of Michigan）是構成美國密西根州的兩塊陸地之一，其東邊是聖瑪麗河（St. Mary's River），西邊是威斯康辛州，北邊是蘇必略湖（Lake Superior），南邊是休倫湖（Lake Huron）和密西根湖（Lake Michigan）。

近，但是牠們不會直接划到岸邊。寇克在雪地踢出一個圓坑，將圓坑裡的積雪清乾淨，就像他和安妮一起做過的那樣，直到露出下方冰凍的地面。他把乾玉米粒從水桶裡倒出來，等他一走開，野雁馬上就靠過來吃。

他離開小屋時太陽還沒升起，然而天邊那圈碩大的黃色光暈顯示，半個小時之後太陽就會從湖邊遠處光禿禿的樹梢上露臉。

寇克在強尼的松林烤肉店看到強尼．帕普正在店門前鏟雪。強尼是希臘移民在美國出生的第一代，他真正的名字是約翰．帕普史康斯坦提努，不過他的父親來到美國之後便將姓氏改短。強尼今年五十歲，身材矮壯結實，是個精力充沛但神經質的人。

「冬天來了，這是肯定的。」強尼表示。「這是必然的現象。」

「咖啡煮好了嗎？」寇克問。

「莫麗正在煮。她從她家滑雪過來，甚至比我還早到。」強尼倚著他的雪鏟說。「真希望瑪麗亞也這麼勤快。」瑪麗亞是強尼的太太。「大多數的早晨，我得拿幾根炸藥才有辦法讓她起床。」他擦掉鼻子上的雪水，以一種男性對話的眼神看看寇克。「我希望她在許多方面都能多像莫麗一點，你懂我的意思。」

「待會兒進去再聊。」寇克說，好讓強尼繼續鏟雪。

烤肉店裡除了莫麗之外沒有其他人在。

「嘖嘖。」莫麗從不鏽鋼製的大型咖啡機旁抬起頭，臉上帶著笑容。「看看是誰大駕光臨了。」

「有沒有人告訴過妳，妳早上看起來非常漂亮？」

「很久沒有人這麼說過了。」她倚向坐在吧檯對面高腳椅上的寇克。「我整晚都在想你。」

她說。

「妳失眠了？」

「我會一直失眠下去。」

「下次失眠可以試著閱讀，我都這麼做。」

「我打毛線。我在為你準備聖誕禮物，這份禮物很適合寒冷的夜晚。」

「毛線保險套？」

莫麗被逗得哈哈大笑。她替寇克倒了一杯咖啡，然後將咖啡杯從吧檯推給寇克。她接著走向廚房，為寇克煎了培根、雞蛋和全麥吐司。當他開始享用早餐時，店裡開始坐滿客人。松林烤肉店是人們上班途中的熱門停靠點，這裡的顧客都是常客，大部分的人每天都點相同的早餐，而且日復一日說同樣的話。他們在啤酒廠或鋸木廠或公路部門工作，或者自己開店，在準備鏟掉自家店門外的積雪前先來這裡打發時間。強尼已經接手廚房裡的工作，另外兩名服務生也已經到班，但最引人注意的還是莫麗。莫麗迅速又有效率地從一張桌子移動到另一張桌子，從一個包廂移動到另一個包廂，在那些和寇克一樣敏銳注視她的男人間輕鬆遊走。寇克喜歡看她將拳頭握在臀上，對著那些挑逗她的男人說一些嚴厲但風趣的話語。很多男人都對莫麗懷有好感，寇克則欣賞她的樸實之美、她的工作效率，以及她的難以捉摸。雖然很多男人覬覦她，但她是一個知道如何照顧自己的女人。

他在收銀機前小聲地對她說：「有個之前擔任執法人員的傢伙稍晚要去妳家，這個熱心公益的前警察或許可以順便載妳一程。」

「我不會接受任何一名前執法人員的好意。不過如果他很會煎漢堡肉，我也許會改變主意。搭他的便車需要付出什麼代價？」

「這個好商量。」

「看來我難以拒絕。」她笑著說。

寇克挑挑眉。「這樣才夠意思。」

9

奧羅拉邊界外的州公路上矗立著一個大天篷和一座弓形的霓虹燈。那座弓形的霓虹燈上有一把霓虹光箭，對準了一條穿越白松林的馬路，那條馬路是剛重新鋪好的。大天篷上方寫著「奇佩瓦大賭場。再走四分之一英哩路就可以享受到中大獎的美好時光還有美食。」

在奧羅拉長大的寇克，小時候經常走那條穿越白松林的馬路。當時路面都是礫石，而那片松樹林則屬於郡公園的一部分。那個時候，從白松林出來再走四分之一英哩路，可以到達一座球場和一個有楓樹林遮蔭的大型野餐區，湖邊還有長長的湖濱。一年前，這片土地被賣給鋼鐵湖這一帶的奧吉布韋族，讓他們建造起一間賭場。根據聯邦法律，由部落團體買下的土地將成為部落的土地，可不必適用限制非原住民地主的賭博禁令。起初有很多人反對這筆交易，因為流經這片土地的鐵鏽河裡有很多鱒魚，捕撈鱒魚的漁夫和天然資源保育者都擔心這條河會因此遭受影響。興建賭場的資金由大北方開發公司提供，不過山帝．帕倫特做了一件很了不起的事：他向眾人保證這個開發案不僅不會影響鱒魚漁獲的品質，這片土地的美麗景緻也將獲得保存。他信守了承諾，將白松林與鐵鏽河保存下來，除了球場變成賭場的停車場之外，只有為野餐區提供遮蔭的楓樹林被夷為平地，蓋起了有閃亮銅製圓頂的大賭場。

寇克開車經過松樹林時，他像往常一樣想起了一首他記不得詩名的詩句：「于讓那都忽必烈汗，敕令起造金碧輝煌之圓穹離宮。[16]」這間賭場佔地九萬平方英呎，建物使用純白色地磚、玻璃牆面與閃閃發亮的銅飾。它座落於空曠之地，前面有很棒的停車場，後面則是美輪美奐的造景和完全未受破壞的鐵鏽河，穿越過樹林還可以看到寬闊平坦的白色湖面。停車場的積雪已經被鏟乾淨，裡面停著幾十輛車，那些車子上堆著數英吋的積雪，顯示車主整晚都待在賭場裡。雖然他們可能只是被暴風雪困住而回不了家，但也可能是整夜都在賭博。寇克開始理解賭博已經以一種奇怪的方式對某些人造成影響，對那些人來說，賭博和釣魚沒有什麼兩樣。漁夫總是把他們的卡車和四輪傳動車開到薄冰上，冒著生命危險只為釣到一條該死的魚，賭徒在二十一點牌桌上也是冒著相同的危險。

雖然賭場裡燈火通明，但比起下雪的早晨那種驚人的明亮度，似乎又顯得非常陰暗。賭場裡沒有什麼人，因為一天才剛剛開始。

寇克看見老亨利·梅魯的侄子厄尼·梅魯走過空無一人的二十一點牌桌，朝著邊境水域咖啡館而去。寇克跟在他身後，趁著厄尼在吧檯前低頭喝咖啡時過去打招呼。

「嘿，厄尼，你好嗎？」

厄尼對著自己那杯咖啡點點頭。「正準備開始工作。寇克，你好嗎？」

「還過得去。」

厄尼是個身材矮小的結實男子，體格緊緻，黑色的短髮中開始冒出一些白髮。他啜飲著咖啡，手上把玩著一條小小的銀色金屬物，那條金屬物的大小與地址標籤差不多。厄尼在吧檯檯面上把玩著它。

「你最近見過你叔叔嗎？」寇克問。

「昨晚才見過。他來這裡。他感覺就像剛剛走下公車那麼輕鬆，完全不像在該死的暴風雪中走了很長的路途。亨利叔叔就是這麼有意思的人。」

「他現在在什麼地方？」

「我回家的時候用我的雪地摩托車載他回烏鴉角了。你知道，我相信他其實也不介意再走路回去。」

「昨天我載他進城，他提到他看見半獸人。他有沒有向你提到半獸人的事？」

「半獸人？」厄尼用手指轉了一下他的金屬條，讓金屬物像陀螺般一圈又一圈地轉動。「他什麼都沒說，只抽了一根菸，然後問我羅素・黯淡之水在什麼地方。」

「他在暴風雪中大老遠跑來，是為了找羅素說話？」

厄尼聳聳肩。「我很久以前就已經放棄弄清楚這個老頭到底在想什麼。或許你應該去找羅素談一談。」厄尼用大拇指朝咖啡館另一頭指了指，羅素・黯淡之水正獨自坐在那裡看報紙。

「或許我會去找他談一談。」寇克對著厄尼玩弄的小金屬條點了點頭。「那是什麼？」

「這個嗎？」厄尼拿起金屬條，裝模作樣地以欣羨的眼神看著它。「這是我大部分時間在做的工作。我把這些小玩意兒裝在賭場新購入的設備中。」

寇克接過那個金屬條，仔細看看金屬條上的黑色浮雕字。遊戲科技。「為什麼要在新購入的設備中裝這些東西？」

「我哪知道？」厄尼回答。「不過他們付我每小時將近一五美元，這份工作比我在加油站好

多。」

十五美元？」寇克吹了聲口哨。「你需要助手嗎？」

勒・柯勒律治（Samuel Taylor Coleridge）於一七九七年完成並於一八一六年出版

：In Xanadu did Kubla Khan A stately pleasure-dome decree。譯文為紀元文

「每小時

這句詩摘自英國詩人山繆．泰……〈忽必烈汗〉（Kubla Khan），詩句原文……

金屬條，將它放在吧檯上，然

」

視手錶一眼，拿起金屬條，然後站起身

寇克，先祝你聖誕快樂。」

人。羅素．黯淡之水年近四十，身材高大魁梧，國原住民運動激進分子時，曾在印第安事務局明尼鼻梁。他沒有去找醫生把鼻子移回原位，因此他的鼻子扁又塌，而且歪向一邊。他左側的太陽穴上還有一條長長的疤他從不曾談論過的刀戰。寇克總覺得黯淡之水的外表中，最不吸引人的地雙眼睛，陰暗且精於算計。山姆．凜冬之月曾將那雙眼睛稱為「饑渴獵人的眼睛」。總之，羅素．黯淡之水是寇克無法信任的人。

羅素是弗儂．黯淡之水的兒子。弗儂．黯淡之水在去世前一直擔任部落委員會的主席，也是保留區裡的富商，在亞盧埃特經營一家木材工廠。羅素則是保留區裡為數不多的大學畢業生之一，當初他回到家鄉幫忙經營木材工廠時，黑色的頭髮紮成長辮，身上經常穿著串珠背心或背面繡有美國原住民運動徽章的老舊牛仔夾克，並且騎乘哈雷機車。保留區的長老們都小心翼翼地盯著他，每當他在部落議會發言時，長老們都會仔細觀察他那雙饑渴獵人的眼睛。然而年輕一輩的尼什那比族中有許多人追隨他。寇克擔任警長的時候，他經常挑戰寇克，抨擊寇克隸屬國家統治集團和統治體系，一心只想征服自己的族人。寇克容忍羅素的批評，甚至理解他的想法。雖然寇克從不曾大聲承認，但他經常思忖自身血統的衝突。

如今羅素．黯淡之水是奇佩瓦大賭場的經理，他剪短了頭髮，不再穿著串珠背心，改穿起深灰色的西裝和尖頭皮鞋。

黯淡之水一邊吃煎蛋捲一邊讀報，當寇克走近他的時候，他將叉子和報紙放下。「這個時間就來找幸運女神試試手氣，好像有點太早了。寇克，你說是不是？」

「我不是來賭博的，羅素。我知道亨利．梅魯昨晚來找你。」

「我聽說了。」

「你沒和他說到話？」

「我昨天根本不在這裡。昨天是我父親的葬禮。」他陰沉地提醒寇克。

「你知道梅魯找你做什麼嗎？」

「可能是想為他沒參加葬禮的事情道歉吧？他和我父親是老朋友。」

黯淡之水又繼續吃他的早餐。

「我猜你已經聽說法官的事了？」

「他怎麼了？」

「死了。自殺了，起碼看起來像是自殺。」

「法官？」黯淡之水不以為然地哼了一聲。「我不相信他會自殺。」

「他把霰彈槍的槍管放進嘴裡。」

黯淡之水停頓了一會兒，叉著煎蛋捲思考著。「你怎麼知道？」

「他自殺後我去了他家，我看到他的屍體。」

「這關你什麼事？你已經他媽的不再是警長了。」

「只是碰巧。我在找保羅・勒博。」

「達拉的兒子？」

寇克點點頭。「他失蹤了。而且聽說裘強回來了。」

「裘強？」黯淡之水笑了笑。「這點我很懷疑。」

「為什麼？」

「之前我聽說他在明尼亞波里斯的亨內平大道上乞討。我認為他這輩子再也不可能清醒到能找著回家的路。」

「你從哪裡聽說他在乞討？」

「反正就是聽說。」黯淡之水聳聳肩。

「你今天早上見過達拉了嗎？我想找她談談保羅和裘強的事。」

「她請病假。」黯淡之水對寇克投以冷冷的笑容。「你真的很喜歡問問題對不對？我打賭你很想念你的警長制服，寇克。少了警長這個頭銜，你只不過是個普通白人罷了。」

「你知道嗎？羅素，你穿著那身衣服，看起來也像是個普通白人。再見。」

10

回到山姆小店之後，寇克走到放置雜物的小屋——山姆．凜冬之月從西爾斯百貨買來的波紋狀鋁製小屋——把他那套老舊的越野滑雪板拿出來。那套滑雪板是年代久遠的木製越野滑雪板，以堅硬的山胡桃木打造而成。寇克拿出刮刀，將滑雪板放在山姆小店前的野餐桌上，開始耐心地刮掉上面的舊蠟。

許多雪地摩托車在結冰的鋼鐵湖面上來回飛馳，宛如糖霜蛋糕上興奮不已的螞蟻。夏天的時候，鋼鐵湖上則滿滿都是汽艇、水上摩托車和帆船。無論什麼季節，鋼鐵湖很少有寧靜的時刻。

尼什那比人將鋼鐵湖稱為Gitchimiskwassab，意思是「碩大的臀部」。在鋼鐵湖一帶的尼什那比神話中，這座湖是在惡作劇妖精那那波佐在試圖從老鷹身上偷走尾羽時形成的。當那那波佐伸手抓住老鷹的羽毛時，老鷹立刻振翅飛起。老鷹越飛越高，那那波佐因為疲憊而越來越難抓緊羽毛。到了最後，那那波佐鬆開了手，掉回地面。他墜落的地點被他的臀部撞出大大的凹洞，他也因為摔疼而嚎啕大哭，結果他的眼淚填滿了凹洞，這就是Gitchimiskwassab的由來。

一八七三年的〈鋼鐵湖協定〉將這座湖東北部的「臀部」完全劃入鋼鐵湖尼什那比人的保留區內，西南部的「臀部」則變成公共水域。幾個世代以來，鋼鐵湖一帶的印第安人都在他們那半邊的湖域以魚叉和刺網捕魚，沒有掀起任何紛爭。但由於〈鋼鐵湖協定〉的內容將整座湖的捕魚權都給了尼什那比人，因此明尼蘇達州多年來一直因為這些印第安人沒有行使這項權利而支付他們金額不大的補償金。這種安排是合理的，至少從白人的角度來看。

寇克一邊刮掉滑雪板上的蠟，一邊回想著一年半前的春天。一切的轉變就從那個時候開始。

根據明尼蘇達州規定，魚叉捕魚的起始日早於其他形式的捕魚活動，而且僅限美國原住民可採行魚叉捕魚。在魚叉捕魚季開始前幾個星期，羅素．黯淡之水代表鋼鐵湖的奧吉布韋族發言，表示其族人準備在鋼鐵湖全湖域及其支流進行魚叉和刺網捕魚，而不僅僅在保留區的湖域。這是一百多年來的第一次。羅素是經過選舉的部落委員會成員，他代表部落委員會發言，譴責明尼蘇達州過往的政策，認為那些政策只提供尼什那比人微薄的補償金，就奪取了他們可主張的權利。羅素將該政策描繪為白人剝削其族人的系列計謀之一，剝奪了偉大聖靈賦予他們的禮物。

附近度假小屋的老闆和白人漁民立刻發出強烈抗議，他們隨即成立了一個自稱「資源與環境保護會」的團體，向尼什那比人提出禁止令。喬．歐康納一如過往，代表鋼鐵湖的奧吉布韋族出席在明尼亞波利斯舉行的聽證會。聯邦法院最後裁定尼什那比人勝訴。

「資源與環境保護會」的下一步行動是向負責監管明尼蘇達州各水域魚類總數的明尼蘇達州自然資源部提出呼籲。「資源與環境保護會」主張，鋼鐵湖奧吉布韋族的刺網和魚叉捕魚計畫，加上一般的線釣，將導致魚類資源的耗盡。自然資源部同意這項主張，該機構的律師也因此向尼什那比人提出禁止令。喬．歐康納代表她的客戶做出答辯，表示自然資源部雖有權限制漁獲量，但無權控制如何達到這樣的限制。而且就本質而言，一八七三年的協定在條款中賦予鋼鐵湖奧吉布韋人從湖中捕撈自然資源部所允許之漁獲量上限的權利，因此只要奧吉布韋人願意，他們有權這麼做。針對這項爭議，法院承諾在魚叉捕魚起始日前做出裁決。

在枯燥的訴訟程序中，並沒有發生任何操縱法律之情事。「資源與環境保護會」的成員只在法院大樓外集合，他們的人數因其他地方的漁民加入而增加。其他地方的漁民擔心鋼鐵湖奧吉布韋案的結果將影響日後類似案件的判決，因此前來聲援。《奧羅拉哨兵週報》的老闆兼編輯赫爾穆特．漢諾威刊登了一封自稱「明尼蘇達州平民軍」的組織所寫的信函，信中以警告口吻表示如果州政府不立即停止干涉美國公民的權利，人民唯一的對策就是反抗政府。羅素．黯淡之水是尼什那比人之中最引人注目也最直言不諱的一個，他收到了許多匿名威脅。羅素在魚叉捕魚的起始日前一個星期接受明尼亞波利斯聖保羅電視臺的訪問，他宣稱如果白人打算發動戰爭，尼什那比人已經做好應戰的準備。

當寇克聽到這句話時，他立刻請喬安排他與羅素碰面。

「羅素說話就是這個樣子。」她向寇克保證。「他沒有別的意思。」

「不喜歡印第安人而且具備漁民身分的人，不會認為羅素．黯淡之水的這些話沒有別的意思。我得和妳的客戶談一談。」

喬安排他們在保留區的天主教傳教堂見面。自從一九五三年國會通過第二八〇號公法並將明尼蘇達州保留區的管轄權從聯邦政府手中移交給州政府以來，塔馬拉克郡就一直負責鋼鐵湖保留區的執法相關事宜。但由於奧吉布韋人不信任白人的法律制度，這不是件容易的差事。在寇克成為警長之前，很少執法人員踏進保留區。寇克從來不曾派遣部下到那邊去，因為他很清楚不會有任何作用。保留區的事務都由他自己親自處理，但很多時候，他覺得連自己也彷彿侵犯了印第安人的領地。

當寇克開著車進入天主教傳教堂所在的草地時，他發現傳教堂已經被保留區尼什那比人的汽車和卡車所包圍。由於多年來無人管理，這棟建築物已荒廢多時，但是聖人川崎一直持續修補著它的結構。尼什那比人坐在傳教堂裡老舊粗糙的長椅上，長椅旁邊堆放著許多木板和鋸木架，那些都是神父持續修建傳教堂的證據。

「你是半個印第安人。」黯淡之水在會議開始時對寇克說。「我想知道你到底站在哪一邊？」

「我不站在任何一邊。」寇克解釋。「我的工作是遵循法律的規範，並確保塔馬拉克郡的每一個人都守法。」

「遵循誰的法律？」站在傳教堂後側的汪達・梅尼迪茲問。「白人的法律？」

「法院制訂的法律。」寇克回答。

「白人的法院。」汪達・梅尼迪茲指責道。「那麼正義何在？我們這裡的大多數人都已經從經驗中學到，白人的法律不等於正義。」

不少人點頭表示認同汪達的這句話。

「法律清清楚楚寫在法典裡。」寇克告訴他們。「而正義只是一種觀點。我無法強制執行某種觀點。」

黯淡之水轉向聚集的人群。「我早就告訴過你們，我們不能指望這個人對我們有任何幫助。他的身體裡或許流著族人的血液，可是他的心是白人的心。」

「請聽我說。」寇克說。「如果法院說你們有權捕魚，我會盡我所能保證你們享有這項權利，但如果法院說你們無權捕魚，我將不得不對違法捕魚者採取行動。」

「採取行動？」黯淡之水沉默了片刻，然後說：「你打算怎麼做？對著我們開槍？」

「我不會那麼做，你我都很清楚，羅素。」

「以前曾有族人遭到槍殺。」

「這裡不會發生那種事情。我向你保證。」

「白人的話不值得相信。」黯淡之水嫌惡地表示。

山姆・凜冬之月站了起來。「可是我們都認識寇克，我們知道他善良又誠實。」

「沒錯。」裘強・勒博也大聲地說。「我認識寇克・歐康納一輩子了，我相信他說的話。無論發生什麼事，我知道他一定會盡最大努力讓我們得到公平的對待。」

「好吧。」黯淡之水語帶懷疑。「你想從我們這裡得到什麼？」

「我希望不要發生戰爭。」寇克回答。「我希望你不要再談到戰爭的事。我不希望人們因為恐懼而被迫隨身攜帶槍枝。最容易導致事件發生的做法，就是表現得像事件真的會發生。請大家和平常一樣做自己的事，靜心等候法院做出裁決，並且抱持希望。別忘了，你們有明尼蘇達州最優秀的律師幫助你們。」他露出笑容，也很高興看見聚集在旁的許多人也露出笑容來回應他。

在魚叉捕魚的起始日前三十六小時，法院做出了判決。根據協定，尼什那比人有權在自然資源部限定的範圍內捕魚。寇克要求他所有的部下都保持警戒，告訴他們等魚叉捕魚日開始，他們可能就得經常加班。

在魚叉捕魚日開始的前一晚，寇克去見了那些準備捕魚的印第安人。他們聚集在羅素・黯淡之水位於保留區的拖車中，喬也在那裡，另外還有六名尼什那比人，包括裘強・勒博、裘強的妹妹汪達・梅尼迪茲，以及山姆・凜冬之月。

「我承諾明天我會盡我所能來保護你們，但是為了做到這一點，我也需要你們的協助。」

「什麼協助？」黯淡之水疑惑地問。

「我最擔心的是你們下車之後走到停船處的這段路，我猜會有很多人在那裡等你們。我希望你們越快下水越好。」

「我們絕對不會像兔子一樣跑向船隻。」黯淡之水說。

「我無意要求你們這麼做，可是你們在那群憤怒之人的面前時間越長，出事的可能性就越高。除此之外，羅素，如果你刻意在那些人面前表現出高傲的態度，只會自找麻煩，而且有人可能會因此受傷。」

「你在威脅我？」黯淡之水問。他瞥視拖車裡的其他人一眼。

「我是說有這種可能性。」寇克也環顧拖車裡的每個人。他短暫地停頓了一會兒，看著這些他已經認識一輩子的尼什那比人。「那些人看待世界的方式與你們不同，許多度假村的老闆認為你們所做的事會毀掉他們的一切，他們都已陷入絕望之中。我想讓你們明白，你們明天要做的事情具有真正的危險性，絕對不可輕忽。」

山姆．凜冬之月緩緩地點頭。「我們的行動確實有危險。」他說。「但是坐著不動也會有危險。寇克，法律終於站在我們族人這邊了，假如我們坐著不動，我們能得到什麼？就我看來，如果發生了任何麻煩，也不是我們造成的。」

「從來都不是我們造成的。」寇克回答。「但最後吃虧的總是我們，無論權利歸在哪一方。我個人希望，在你們這位律師有機會與州政府協商出某種解決方案之前，你們先不要採取任何行動。羅素，你要的不就是解決方案嗎？」

「如果州政府明白我們是認真的，要談判出解決方案就會簡單一點。」黯淡之水說。

「但萬一有人受傷，進行協商就沒那麼容易了。」寇克直視著羅素．黯淡之水那雙饑渴獵人的眼睛說。

「這聽起來也像是威脅。」黯淡之水說。

「寇克。」裘強．勒博宏亮地說。「沒有人希望任何人受傷，我們只想要屬於我們的東西能有所改變。你不明白嗎？現在全世界都在看著我們，我們怎麼能輸？」

「我沒有辦法保證你們絕對安全，裘強，這是我想要表達的。」

「你什麼時候保證過？」汪達．梅尼迪茲帶著挖苦的口吻說。

「裘強，你的一些顧客明天也會在聚集的群眾之中。」寇克提醒他。「山姆，你的一些顧客也是。」

「這與生意無關，寇克。」裘強環顧在場的每個人。「我從來不曾覺得自己這麼像族人的一分子。這件事對我來說，以及對我們所有人來說，比任何事情都還要重要。」

「這已經不再是捕魚的問題了。」山姆說。「這是關於正義的問題，寇克。我們好幾代族人都像河邊的蘆葦一樣彎著腰，已經彎太久了，我們幾乎忘了該怎麼挺直身子。但是你看看我們，我們從不曾像現在這樣以身為尼什那比人而自豪。」

寇克知道這句話說得沒錯。黯淡之水拖車裡的氛圍，正把他們每一個人捲向某種無法避免的結果。羅素．黯淡之水為保留區帶來了擁有權力的可能性，而聚集在此的每個人都已經準備好要跟隨他，無論他要去什麼地方。

「我們將會行使我們的權利。」黯淡之水說。「希望你能做好你的工作。」

「如果你們今晚先把船隻和捕魚工具準備好，我會派我的部下在湖邊看守，確保沒有人能接近它們。」寇克承諾道。「等你們一到達湖邊，就可以迅速上船並划向湖中。你們願意配合嗎？」

黯淡之水和其他人交換了一下眼神。山姆．凜冬之月點點頭。「我們同意。」黯淡之水說。

喬跟著寇克走到警長的警車旁。天空十分陰沉，看似就要下雨了，夜色呈現一片黑暗。

「律師，妳打算跟他們一起去嗎？」寇克問她。

「我都已經和他們一起走到這裡了，沒有理由不去。」

「妳不必做這麼多，妳不是他們的族人。」

「我會在那裡確保他們的權利得到尊重。」

「我會在那裡確保這一點。」

喬以一種和羅素．黯淡之水相同的懷疑態度看著寇克。「你已經和他們分裂了，但是我沒有。」

「我的職責有明確的規定。」

「但你的選民顯然與你的立場不同。」

「我會盡到我的職責。」

「我也是。」她回頭望著拖車。「事情不必弄得這麼難看。」

「黯淡之水就想把事情弄得難看。」

「你怎麼知道？」

「我就是知道。」

「但他不代表所有的人。」

「喬，只需要一個混蛋，就能夠搞砸所有的一切。」

他們站在即將降雨的黑色天空下，兩人似乎已經無話可說。寇克伸手去擁抱喬，但他們彷彿都承擔著太沉重的責任，因此無法得到任何安慰。「我想我們幾個小時後再見了。」

喬走回到拖車旁，當她打開門時，寇克聽到靈醫汪達．梅尼迪茲的聲音，她正唱著他聽不懂的歌詞，也看見他們都熱烈歡迎喬回來。雖然喬身上沒有半滴族人的血液，但是在那一刻，她比寇克更像是他們的一員。

⚕

灰濛濛的早晨下著毛毛雨，在黎明破曉前，寇克讓他的部下們沿著小徑從停車區到船岸一路部署。小型摩托艇都已繫在湖岸邊待命，並且裝上了漁網。寇克很高興自己至少說服了黯淡之水做這件事。

有些人在那邊待了幾乎一整晚，但大多數群眾是在黎明前一個小時左右才開始聚集。好幾個桶子裡裝滿木頭，人們升起營火，聚在營火旁讓雙手保持溫暖，一邊啜飲著裝在保溫瓶裡的咖啡。從杜魯斯市和明尼亞波利斯聖保羅都會區來的好幾輛新聞轉播車都暫停在一旁，持續運轉的引擎將白色的廢氣排進灰色的細雨中。標語牌被人們放置在樹木旁和木桶旁，等到時間一到就可以馬上高高舉起。人群中有一些小孩子，寇克不喜歡這樣，他要求那些父母把孩子帶回家，可是他們拒絕。

清晨五點三十分，他從無線電中得知《奧羅拉哨兵週報》的赫爾穆特・漢諾威接到明尼蘇達平民軍一位匿名發言人的電話，對方威脅地表示如果印第安人敢開始捕魚，他們將採取某種形式的報復行動，但寇克沒有時間思考這件事，因為不到一分鐘之後，就在毛毛雨似乎停止、微弱的晨光映照在湖面上的時刻，副警長吉姆・鮑德里透過無線電表示，他從保留區率領的車隊距離湖岸只剩一英哩了。寇克稍早曾指示他的部下們，只要等他一聲令下，就馬上清出一條從停車區到湖岸邊的走道。現在他要他們開始動作，原本安安靜靜甚至看起來有點睡意的群眾也突然活躍起來，混亂地在員警們伸手圍成的區隔線後方集合。這個清晨原本靜謐得可以聽見湖水拍打岸邊的聲音，但此刻在無人走道旁來回嘶喊的人聲打破了寧靜。標語牌被高舉在人群上方，就像危險的鐵路平交道信號燈一樣來回擺動。新聞團隊也從他們的轉播車裡出來，準備開始攝影。

寇克有一種不好的直覺。這麼多年來，他頭一次害怕得微微發抖。

五輛車的隊伍——警方的巡邏車、兩輛老舊的卡車、一輛旅行車和黯淡之水的摩托車——緩緩駛向停車區。吉姆．鮑德里將他的巡邏車停在距離停車區稍遠之處，因為有些群眾在停車區等著。寇克走過去，請黯淡之水讓他的人先等一會兒。然後寇克從車子裡拿出擴音器，站到野餐桌上對人群說話。

「我是歐康納警長！請大家聽我說幾句話！」他等了一會兒，但人群始終沒有完全安靜下來。「我是歐康納警長！我希望每個人都站到員警拉成的區隔線後方。我希望能有一條暢通的走道讓這些漁民走向他們的船隻。請各位站在員警身後。我再說一遍，請站在員警後方，讓走道保持暢通。」

他把擴音器放到野餐桌上，從桌上走來，並走到黯淡之水面前。「這是你希望的，羅素，請開始吧。」

由寇克領頭，在他身後是並排而行的羅素．黯淡之水和山姆．凜冬之月，喬和其他人則跟在他們後方，每個人都緊靠在一起走著。寇克覺得那盞照亮走道盡頭處船隻的立燈似乎離他們好幾英哩遠，人群憤怒的吶喊聲從走道兩邊傳來，寇克已經命令他的部下們收起警槍，如果有任何情況發生，都由他來處理，他不希望發生任何意外。他認得人群裡的許多臉孔，但這些臉孔與他在奧羅拉的店家及安靜街道上所看到的面容不同，這些人的臉看起來都扭曲了，宛如怪誕的萬聖節面具。

在走向湖岸邊三分之一的路途中，寇克以眼角餘光捕捉到他左邊有動靜。他迅速轉身，這時有一個空可樂罐噹啷地落在走道的黑色柏油上，羅素．黯淡之水在它滾過來時一腳將它踢開，寇克則發現自己正握著他槍套裡的左輪手槍。寇克深深吸了一口氣，然後轉身面對湖岸繼續往前走。

當他們安全地走了三十碼、剩下不到十幾碼就可以抵達船隻時，有那麼短短一瞬間，寇克認為一切終將結束，因為他們就快要走到目的地了。他感覺自己非常緊繃，全身肌肉都拉得好緊，緊到讓他痛得難以承受。於是他讓自己放鬆，只稍微放鬆一點。雖然只是一瞬間，短短的一瞬間，卻足以造成悲劇發生。

一個瘦小的身影突然踏進了停船處刺眼的燈光下。他先走到人群的盡頭，然後從最後一名圍成區隔線的員警手臂旁溜出來。他站在走道盡頭，而且是走道的正中央。他背後上方的燈光將他的臉藏在陰影中，寇克無法看清他是誰。那人陰影中的嘴巴一動也沒動，只默默地舉起步槍對準寇克。

寇克永遠記得接下來的那幾秒鐘，彷彿一切都是以慢動作發生，因此他可以看見每一個細節。那個人被毛毛雨淋溼的頭髮貼在禿頂的小腦袋上，耳朵的黑色輪廓有如骨灰罈的手柄往外伸。當那張臉微微轉動以察看寇克身後的尼什那比人時，片刻的光亮讓那張臉顯現出來。最後，那個人的手將槍機慢慢往後拉。寇克自己的動作則像是在水底發生，有如惡夢一般遲緩。寇克的手伸向槍套，摸索著左輪手槍上的皮帶，然後才開始將手槍拉出，但一切都已太遲。

那個人的步槍槍管閃出一道火光。當時必定有槍聲，可是在寇克的記憶中卻未聽到任何聲音。他原本以為自己會被子彈擊中，衝擊力會像一根木頭砸向他的胸口，然而他什麼也沒感覺到。他的手臂持續動作著，從槍套中取出左輪手槍。當他正前方那個人再次拉動槍機時，寇克開槍了。那個瘦小的身影踉蹌地後退，寇克開了一槍又一槍，對方的步槍也再次發射，但這次是射往高處，子彈無用地飛進下雨的天空。那個又瘦又小的男人倒下了。寇克持著左輪手槍往前走去，即使對方已經倒下，寇克還是將最後一發子彈打進那個人的身體。

寇克回過頭，他身後的山姆·凜冬之月躺在溼漉漉的黑色柏油上，胸口被炸成爛泥狀。

大家都僵住了。在那一刻的死寂中，湖水平靜地拍打岸邊的聲音再度傳來。這樣的靜謐時刻，總會讓寇克想起當天發生的可怕悲劇。

那個拿步槍的男人是阿諾．司坦利，他這輩子原本都在芝加哥安逸地擔任會計師，然而在五十歲那年，他冒著風險以全部積蓄買下灣畔旅館，一間位於鋼鐵湖南邊水灣處的小型度假旅館。司坦利的身材矮小、眼球凸大，個性容易緊張。槍擊事件發生之後，他的妻子告訴記者，他擔心印第安人捕魚會毀掉他的生意。「他很害怕我們會失去一切。」她在鏡頭前啜泣。「他不是壞人，他只是太害怕了。」

輿論認為寇克對著一個害怕的瘦小男人連開六槍實在太過分，這樣的行為很難讓人認同。羅素．黯淡之水也代表他的族人公開譴責寇克不夠稱職。他說警長曾承諾保護手無寸鐵的漁民，漁民只想行使他們合法的權利，然而警長未能信守承諾，以致無辜之人犧牲了性命。

⚕

山姆．凜冬之月和阿諾．司坦利去世當天，尼什那比人沒有進行魚叉或刺網捕魚，甚至在合法捕魚期間的任何一天，他們也都沒有下水捕魚。槍擊事件發生後幾天，由羅素．黯淡之水、喬．歐康納、山帝．帕倫特和明尼蘇達州幾位律師組成的談判委員會在聖保羅舉行會議。他們達成一項協定，並由山帝．帕倫特在州議會立即推動且通過：因為鋼鐵湖的奧吉布韋人在鋼鐵湖或明尼蘇達州的任何湖泊未行使捕魚權，明尼蘇達州每年支付他們的補償金必須大幅提升。

郡委會在槍擊事件調查期間讓寇克留職停薪。阿諾．司坦利是寇克這輩子唯一殺過的人，那個容易緊張的凸眼瘦小男子司坦利，只不過是害怕自己將會失去一切。寇克在腦中一遍又一遍地重複播放致命槍擊事件的每一刻，如果他當時做些什麼，是否就能改變這場悲劇？山姆和司坦利有必要送命嗎？

調查過程進行得很順利，證據顯示寇克的行為具有合理性，然而羅伯特．帕倫特的親信，郡檢察官華倫．艾文斯問了寇克一個問題，那個問題使得整個調查發生了變化。

「警長，你為什麼連開了六槍？那個人都已經倒下了，你還需要繼續開槍嗎？」

寇克在證人席上看著自己的手，沒有馬上回答。

「你聽見我的問題了嗎？」

「是的。」寇克回答。「我聽見了。」

「那麼請你回答，你為什麼對著阿諾．司坦利連開六槍？」

雖然是平日中午，但法庭上坐滿了旁聽者。大部分的旁聽者都是白人，但包括羅素．黯淡之水在內的一些鋼鐵湖奧吉布韋人坐在靠近後側的角落。郡檢察官發問的這一刻，法庭裡的靜默讓寇克想起槍聲停止後湖岸邊的安靜無聲。

「寇克，請你回答這個問題。」埃德．萊利法官說。

寇克望著法庭上那些等待答案的面孔，然後說：「我不知道。」

「有沒有可能你只是慌了？」華倫．艾文斯檢察官暗示。

寇克權衡了這種可能性。「是的。」他承認。「我可能慌了。」

「我慌了！」

兩天後，赫爾穆特．漢諾威將這句致命的自白當成《奧羅拉哨兵週報》的頭條新聞。在漢諾威執筆的社論中，他強烈質疑寇爾克朗．歐康納擔任警長的資格，並且向塔馬拉克郡的選民提出一個問題：是否該罷免歐康納警長？

回想起來，寇克認為自己有辦法發起一場像樣的反擊行動，然而當時對他來說，反擊一點也不重要。他覺得自己的心靈深處已經粉碎，對人生充滿不確定感。雖然罷免的結果並非壓倒性的勝利，但終究是成功的。在隨後舉行的特別選舉中，由法官羅伯特・帕倫特親自選中的沃利・沙諾坐上了警長的位置。

ꕥ

清理完滑雪板上的舊蠟之後，寇克休息了一會兒。他點燃一支菸，凝望著鋼鐵湖對岸那些長在賭場前方的枯樹。在清晨的陽光下，遠處的銅製圓頂宛如從雪地升起的火焰般閃閃發亮。寇克心裡很清楚，在某種程度上，必須將這場悲劇大部分的責任歸咎於他，這間賭場才有機會興建起來。假如塔馬拉克郡的白人認為尼什那比人應對司坦利的死負責，山帝・帕倫特將永遠無法說服那些白人核准土地販售案；假如羅素・黯淡之水沒有先說服部落委員會山姆・凜冬之月的死亡是因為寇克的無能而非白人的貪婪和憤怒，他也無法再說服部落委員會進行下一步。喬的財富隨著尼什那比人的補償金及她與山帝・帕倫特的關係變好而增加，山帝・帕倫特的政治前途也越來越璀璨，寇克只能盡量不為此感到痛苦。最後，郡裡的每個人似乎都過得越來越好——無論印第安人或白人。與這麼多人的福利相比，一、兩個人的性命或者三個人的人生哪算得了什麼？

當然算不了什麼，寇克承認。他把菸蒂彈到雪地裡，香菸的餘燼在雪中發出嘶嘶聲然後熄滅。少數人的人生當然算不了什麼，除非是你自己的人生。

11

莫麗・努爾米在松林烤肉店的停車場套上她的滑雪板，然後朝著位於三個街區外的湖邊滑行而去。奧羅拉小型商業區以外的街道，積雪都還沒被鏟雪機清走。雖然人行道上的雪已經被清掉或正被清除，但鎮上大部分的地方看起來仍和莫麗早上從鋼鐵湖那邊一路滑雪來上班時一樣。雪花附在所有的東西上——柵欄、樹籬和牆壁，纖細的樹枝上有一層厚厚的白雪，宛如甜點上的糖霜。所有的一切在陽光下都閃閃發光，使得莫麗非常開心。當她滑雪滑到鋼鐵湖開闊的結冰湖面時，便讓自己盡情馳騁飛躍。

許多雪地摩托車在湖面上呼嘯而過，像飛快的小蟲般嗡嗡作響，並且留下迷宮般的痕跡，讓莫麗聯想起苦艾草的圖案。冰面上遠處有一列四輪傳動車的車隊正駛往釣魚小屋，鋼鐵湖堅硬的冰面似乎比陸地上更為熱鬧。

莫麗往北方滑去，沿著雪地摩托車留下的痕跡來到遮蔽舊鑄造廠的一小片樹叢，再過去就是山姆小店，寇克在那裡等她。莫麗喜歡伸展自己的身體，感受身體的強壯。她熱愛挑戰體能的極限，以及身體給予她的回應。她認為她的身體是唯一可靠的事物，因此她虔誠地愛護自己的身體。夏天時，她會在森林裡或小路上跑步，或者在湖裡長距離游泳；冬天時，她只要一有機會就滑雪，並且以健康的方式飲食，尤其避免咖啡因和酒精。她人生中曾有一段時間認為自己活不過二十一歲，不過現在她有時會覺得自己的狀態非常好，幾乎刀槍不入，彷彿可以長生不老。由於她人生大部分的時間都在逃避過去，她認為自己終於來到一個充滿希望的境界，讓她可以好好休息。

她從樹叢間滑出來的時候，看見寇克正站在他的野馬款越野車旁等她。莫麗覺得自己走到今天這種地步是一段漫長的旅程，花了她將近三十年的時間，不過她很高興自己能走到這裡。

「我喜歡這場雪！」她在野馬款越野車旁停下來時興奮地表示。她展開雙臂，彷彿要擁抱整個世界。「我好喜歡冬天，我喜歡冬天的一切。」她倚向寇克，給了他一個熱情的吻。「我也喜歡你。」

「把滑雪板放到車上吧。」他說。

這時莫麗看見寇克的滑雪板——老舊的木製滑雪板——已經放在車頂的架子上了。「我們要去滑雪嗎？我們要一起滑雪？」

「我要從妳家滑雪到梅魯家。」

「我們可以從這裡出發啊。」她建議道。

「妳在開玩笑吧？我會死的。來，脫掉滑雪板，我開車送妳回家。」

莫麗鬆開鞋釦，脫掉滑雪板，寇克把她的滑雪板放到車頂的架子上，並將她的滑雪杖放到車子後座，與他自己的滑雪杖放在一起。他為她打開車門，然後自己坐上駕駛座，將車子駛離昆賽特小屋。莫麗脫掉她的絨線帽，甩甩頭髮。她身上的熱氣與汗水的溼氣讓擋風玻璃起了霧，寇克便將除霧風扇調大。莫麗細細端詳著寇克。

「你一直想著山姆・凜冬之月和阿諾・司坦利。」她說。

寇克很驚訝莫麗能看透他的心思，但他盡量不表現出來。「妳為什麼這樣認為？」

「我看得出來。你的臉就像一團打結的老繩子。」莫麗從她的座位倚到寇克身上。「我有一個點子。我們回我家去，先享受一下三溫暖，然後在雪地裡玩雪，接著再瘋狂做愛。我保證這樣就可以打開你的心結。」

「不行。」寇克說。

莫麗的手慢慢撫摸寇克的大腿。「你錯了。」她笑著說。

「我的意思是，我現在沒時間做那些事。我剛才已經說過了，我要去找亨利．梅魯。」

「好吧。」莫麗聳聳肩，在自己的座位上坐好。「這是你的損失。」

雖然她說這句話沒有別的意思，寇克仍因此感到內疚。「不然妳和我一起去找梅魯？」

他們轉彎，駛上繞過鋼鐵湖北端的郡公路，往莫麗家和蘇必略國家森林茂密的松樹林而去。梅魯的小屋位於更遠處的一塊保留區土地上。

「梅魯和法官有什麼關係嗎？」莫麗問，一邊看著連續不斷的雪堆在車窗外往後退去。

「呃，妳已經聽說了？」

「這裡又不是紐約，寇克，有人死掉在這裡是大新聞。現場很可怕嗎？」

「我看過更糟的。」

「這句話的意思，是我應該因此崇拜你嗎？」

寇克說：「我曾經在芝加哥最糟糕的地區當警察，供喬讀完法學院。那段日子我看了很多命案現場。」寇克繼續開了一段路，他從眼角瞥見莫麗臉上露出不以為然的表情。「妳說得沒錯。」他稍後承認。「這種事情永遠也不可能習慣。真的很可怕。」

「這件事真的很奇怪，因為我覺得法官是最不可能自殺的人。」

「假如他是自殺的話。」

「這句話是什麼意思？」

「就如同妳所說的，每個人都覺得他不可能自殺，所以這件事令我相當疑惑。」

「他有沒有留下遺書之類的東西？」

「沒有。」

「所以呢？你覺得是謀殺？」

「這已經不關我的事了。妳去問沃利．沙諾吧。」

莫麗伸手摸摸寇克的肩膀。「你沒辦法參與，感覺一定很難受。」

「我已經慢慢習慣了。」這不是寇克的真心話。「好了，我們到了。」

莫麗的車道上積滿了雪，郡鏟雪機又把郡公路的積雪推到她的車道口，形成一座陡峭的雪堆。寇克將野馬款越野車改為四輪驅動模式，小心翼翼地爬過那座雪堆。越過雪堆之後，車道上的細雪對寇克的野馬款越野車而言不是問題。他在莫麗的木屋前停下來，下了車，將滑雪板從架子上拿下，換穿上越野靴。他彎腰扣上滑雪板上時，莫麗問：「亨利知道你要去找他嗎？」

「他有辦法預知所有的事。」寇克回答。

$

梅魯的小屋是以西洋杉打造而成，從人們有印象開始，這間小屋就已經座落於鋼鐵湖的這個端點——烏鴉角。冬天的時候，當其他度假村都關閉，梅魯就成了距離莫麗最近的鄰居。因為烏鴉角在位於鋼鐵湖岸往東北一英哩處的保留區邊界，從莫麗的三溫暖房就可以看見這個地方。寇克和莫麗開始滑到結冰的湖面上，寇克看見梅魯的小木屋煙囪冒出筆直上升的平靜煙霧，無拘無束地飄進松樹林上方全然靜止的空中。遠處的湖岸彎曲成一個由湖灣和小型岩角組成的鋸齒狀弧形，有一條未結冰的長河伸入湖中，長度約佔湖面結冰區的四分之三。這條河的源頭是半英哩泉，一條在鋼鐵湖附近地面冒出的湍急水流，由於水源離湖很近，因此在流向鋼鐵湖的途中來不及結冰。

他們在滑雪時小心避開半英哩泉的出口處。由於烏鴉角的岩壁陡峭，他們必須先脫下滑雪板才能夠爬到梅魯的小屋。梅魯在他們還沒敲門之前就先開了門，面帶笑容站在門邊歡迎他們。一隻年邁的黃狗耐心地站在梅魯身邊，慵懶地吐出舌頭並搖著尾巴。

「寇爾克朗・歐康納。」梅魯說。「你從暴風雪中安然脫身了。」老先生呵呵笑著，拿寇克前一晚對他的關切來開玩笑。「莫麗・努爾米也來了，能見到鄰居真令人開心。請進，歡迎你們來。」

他退到門旁讓他們進屋。小屋裡很乾淨而且擺設簡單，裡面只有一個房間，房間裡有一個燃燒木柴的火爐、一張床、一張粗糙的桌子和兩個長凳。牆壁上掛著許多東西，有些東西來自動物——包括一張熊皮、一張以嚙龜的皮製成的弓，上面裝飾著羽毛、一根鹿角製成的菸管，還有一些木製品——包括一個以樺樹皮做成的籃子、一個小型平底雪橇，以及一雙雪鞋。床邊的地板上放著一張以西洋杉木皮編織成的墊子。距離火爐不遠處掛著一份老舊的畫報月曆——是一九四八年的月曆——上面有精緻的人物畫：一名身穿暴露短褲的年輕美女，彎著腰從汽車後視鏡檢查自己的妝容，讓一旁的加油站服務人員心花怒放。寇克遞給梅魯一包菸，老先生客氣地收下。寇克聞了聞空氣裡的味道。

「有人生病嗎？」他問。「這裡的味道聞起來像是你一直在燃燒西洋杉木。」

「我在淨化空氣，我在淨化靈魂。」老先生說。「除此之外，我在烤東西。我烤了一些牛油餅乾，你們要不要和我一起吃？」

他們坐到桌旁，老先生將餅乾、牛油和一罐蜂蜜擺到桌上。「我有黑莓茶。」他對客人說，接著轉身走向爐子。然而他還沒走到爐子前，藍色的茶壺就自己動了起來並且發出咯咯聲響。莫麗被嚇了一跳，老黃狗也跳起來開始狂吠。

「瓦眼，繼續睡你的覺。」老先生對那隻狗說。

「怎麼回事？」莫麗因為嚇到而喘著氣問。

「半獸人來了。」梅魯回答，然後走去拿茶。寇克向莫麗解釋了半獸人傳說，告訴她半獸人是個心如寒冰的食人巨怪，莫麗因此睜大眼睛看著梅魯手中的茶壺。

「別擔心。」梅魯告訴她。「半獸人的目標不是妳。」為了讓莫麗放輕鬆，老先生開始說些當地的老故事來逗他們發笑。他分享了山姆．凜冬之月的故事，以及山姆年輕時在鋼鐵湖保留區的惡作劇。

「山姆有一次在保留區邊緣處打獵。」梅魯說。「突然有一隻鴨子從天而降，掉在他的腳邊。他把鴨子撿起來時，一個白人獵人突然出現在他面前，宣稱這隻鴨子是他的，因為是他射下來的。山姆．凜冬之月告訴那個獵人，鴨子在保留區內，因此白人無權獵殺。那個獵人說，他射殺鴨子的時候，鴨子不在保留區裡，所以鴨子歸他所有。山姆．凜冬之月看看那個憤怒的男人以及他的步槍，提出了一個解決方法。『我們來比賽。』他說。『我們互相踢對方的下體，被踢完下體之後還能穩穩站著的人，就可以得到這隻鴨子。』那個白人獵人的身材十分魁梧，而且長相凶惡，他同意了山姆的提議。山姆說由他先開始，於是白人獵人做好準備，山姆．凜冬之月狠狠踹了對方的下體一腳。那個人的臉色先漲紅再發青，然後變得蒼白，他因為劇痛而踉蹌地捧著下體。幾分鐘之後，他才又挺起身子，對山姆．凜冬之月說：『現在輪到我了。』可是山姆．凜冬之月對他說：『你贏了。』把鴨子遞給那個白人，然後轉身走開。」梅魯哈哈大笑。「他是個好人，也是個戰士。他的尼什那比名是Animikiikaa，意思是『雷聲隆隆』。」

當寇克和莫麗準備起身離開時，梅魯對寇克說：「我有個東西要給你。他走向一個放置在角落的籃子前，拿出一樣東西。他走回到寇克面前，把一節乾枯的豆根放在寇克手中。

寇克點點頭，然後轉頭對莫麗說：「妳可不可以在外面等我一會兒？」

「當然。」莫麗走了出去，並將門關上。

「我有一件事情要問你，亨利。」

「問吧。」老先生回答。

「你說半獸人從你家屋頂上經過時，你聽見牠喊了一個名字。牠喊了誰的名字？」

老先生搖搖頭。「被半獸人盯上的人，你是幫不上忙的。寇爾克朗・歐康納，我不認為你打得過半獸人。」

「告訴我，牠喊的名字是帕倫特法官嗎？」

老先生笑了。「我一點也不介意半獸人喊法官的名字，但那不是我聽到的。」

「是保羅・勒博嗎？」

「裘強的兒子？不是。」老先生把手放在寇克的肩膀上。「雖然對你沒有好處，但我可以告訴你答案。半獸人喊的名字是哈蘭・利頓。我也不介意半獸人喊他的名字。」梅魯陪寇克走到門前。「謝謝你來看我，我很感激你對我這個老先生如此關心。」

寇克在離去前遲疑了片刻。

「怎麼了？」梅魯問。

「山姆曾經告訴我，一個人會知道半獸人什麼時候要來找他。這是真的嗎？」

「用心傾聽的人會聽到半獸人呼喊他的名字。」老先生盯著寇克一會兒。「你是不是聽到了？」

「沒有。」寇克搖頭。「我相信那只是風聲。」

「一個人可以分辨出半獸人的呼喚和風聲的差別。」

「謝謝你，亨利。」

老先生用手掌摸摸寇克的胸膛。「*Mangide'e*，」他說。「要勇敢。」

莫麗在湖上等寇克，她已經套上滑雪板。寇克將靴子扣上滑雪板時說：「來吧，回程我們來比賽。」

結果莫麗贏了他一百碼。她在野馬款越野車旁轉過身嘮叨寇克：「你抽的那些菸害你輸了。」

「才不是。」寇克回答。他走到她面前。「我是因為喜歡欣賞妳的臀部，才故意輸給妳。」

他吻了她，然後把手伸進口袋，拿出梅魯送他的小禮物。

「這是什麼？」莫麗問。

「野豌豆的根。」

「什麼？」

「對於身處危險的人，這可以當成護身符，確保一切都朝最好的方向發展。」

她謹慎地看著他。「寇克，你是不是有危險了？」

「梅魯似乎也這麼認為。」

「可是你不認為？」

他把幸運符放回口袋。「如果我真的有危險，我也不知道是什麼原因。」

「你剛才告訴我的半獸人傳說，那是真的嗎？」

「那只是個古老的神話。」寇克說。他鬆開滑雪板上的鞋釦，脫掉滑雪板。

「古老的神話。」莫麗回頭看了烏鴉角一眼。「可是有東西讓水壺跳起來。」

「妳知道什麼是*tchissakan*嗎？」寇克問。但他從莫麗茫然的表情可以看出她不知道。「就是尼什那比的魔術師，是指**會變戲法的人**，可以耍花招欺騙我們的世界以及我們看不見的世界。有時候*tchissakan*會與死人交流，還能讓死人發出聲音，所以我猜*tchissakan*可能也是腹語師。」

「梅魯是這種魔術師？」她問。

「這種魔術師人數不多，亨利．梅魯也從未承認自己是其中之一，但我聽過各種說法。」

「所以水壺跳起來是——」

「是*tchissakan*的把戲。起碼很有可能。」

莫麗看起來不太相信。她倚到寇克身上，用力地吻了他一下。

「為什麼這樣吻我？」他問。

「這個吻就和野豌豆的根一樣。」她回答。「是你的護身符。」

12

寇克開車駛進奧羅拉，聖誕燈飾在中央街的商店櫥窗裡閃耀著。距離聖誕節只剩下一個星期，因此店家都延長營業時間到很晚。寇克看見一個女人站在萊諾爾玩具店前。氣溫已是攝氏零下好幾度，她身上卻只穿著一件薄毛衣。寇克將車子開進停車格，走出野馬款越野車，跨過路邊的雪堆，走到那個女人佇足之處。

「艾萊塔，妳出來採購聖誕禮物嗎？」他問。

艾萊塔．沙諾看了他一眼，美麗的臉龐皺起眉頭。「你是沃利？」

「我是寇爾克朗．歐康納。」

「歐康納警長。」她頓時展露笑顏。「我不記得自己是否已經替孩子們買好了禮物。」

「妳先穿上這個。」寇克脫掉自己的皮夾克，披在艾萊塔的肩膀上。她正全身發抖。

「珍妮說她今年想要桌上遊戲，我記得那種桌遊叫做『妙探尋凶』。聽起來很不錯，對不對？克拉麗莎說她想要芭比娃娃，可是她已經有很多個了。」

其實珍妮已經三十五歲了，住在巴爾的摩，她在那裡的郵局上班。克拉麗莎現在在聖保羅高中當地理老師。

「艾萊塔，我開車載妳回家好不好？」寇克提議。「我正好要往妳家那邊去。」

「我不知道。」艾萊塔．沙諾說。她的臉上露出一絲苦惱與無助。

「我敢說沃利一定會很樂意幫妳採買聖誕禮物的，是不是？」

「可是沃利太忙了。」

「他一定可以挪出時間買聖誕禮物。來吧，我載妳回家。」

寇克溫柔地催促艾萊塔坐上野馬款越野車，然後駛向沙諾家。沃利·沙諾出來應門，從他臉上鬆一口氣的表情，寇克看得出他真的非常擔憂。

「我發現她正在採購聖誕禮物。」寇克解釋。

「歐康納警長真的很客氣，親愛的。」艾萊塔說。

沃利把外套遞還給寇克。「謝謝你。」他說。「艾萊塔，妳凍壞了，妳要不要去換一件比較溫暖的毛衣？」

「我想我應該去添點衣服。」她笑了笑，然後沿著走廊往屋裡後方走去。

「我打電話到處找她。今天管家有事提早離開，才幾分鐘的時間，那該死的幾分鐘，她就跑出去了。」沙諾一臉悲慘地說。

「在奧羅拉不太容易迷路，沃利。」寇克說。

沙諾搖搖頭。「她的情況越來越糟了。」

「我很遺憾。」

「這不是任何人的錯。」沙諾說，並向寇克伸出手。「再次謝謝你。」

寇克準備轉身離開。

「順道一提。」沙諾說。「今天早上我打電話給甘納醫師。山帝·帕倫特說得沒錯，法官的身體很差，癌症纏身，甘納說他只剩下幾個月的壽命，我猜我們有了他自殺的動機。」

「西格德答應驗屍了嗎？」

「寇克，你知道驗屍得花多少錢，西格德不認為有理由驗屍。」

「保羅．勒博呢？有什麼線索嗎？」

「達拉說那個男孩昨晚打電話回家了，她說他和他父親在一起，很安全。這也許是真的，也許不是，但她顯然不希望我介入這件事。除非達拉正式報案，否則我什麼忙都幫不上。」

這時，艾萊塔．沙諾穿著一件厚重的白色羊毛衣回到客廳，她走到寇克面前，臉上帶著溫暖的笑容。

「警長，真沒想到你會來。」

寇克瞥了沙諾一眼，沙諾低下頭。

§

莫麗說服寇克留在她家吃鷹嘴豆泥、球芽甘藍和番茄三明治，寇克配著啤酒吃掉三明治，所以一下子就飽了。他在與湯姆．格里芬神父見面前還有一段空檔，所以他開車前往西格德．尼爾森位於松樹街的殯葬之家。殯葬之家的前門指示訪客去按後門的電鈴，寇克照做。不一會兒，尼爾森來應門，他腳上穿著襪子、嘴角沾有麵包屑，在看見寇克時一臉驚訝。

「抱歉跑來打擾你，西格德，沃利說你已經檢查完屍體。」

「我根本還沒開始。」驗屍官回答。

「我是指官方說法。」

「噢，對，我一下就檢查完了。」他往後退了一步。「你進來吧，別讓冷風吹進屋裡。」

他們站在殯葬之家後側的長廊上。這棟建築實際上是住家，是一間很漂亮的兩層老屋，亦是奧羅拉最好的房子之一，一樓現在供商務使用，前面是棺材展示處，旁邊是舉行追悼會的大教堂，後面則是辦公室。住在奧羅拉的這些年來，寇克來過這裡很多次，他印象最深刻的一次是他父親的追悼會。他的父親躺在西格德·尼爾森殯葬之家的棺材裡，這個強壯又務實的男人，最後在襯著緞布的木箱裡安息。

「親愛的，是誰來了？」葛蕾絲·尼爾森在樓上喊著。這間房子的二樓是驗屍官和他妻子的住處。

「葛蕾絲，是寇克·歐康納。」

「你的晚餐要冷掉了。」她溫柔地警告他。

「我馬上就上去。」尼爾森回答。「寇克，你來這裡做什麼？」他不耐煩地問。

「我想知道你為什麼決定不驗屍。」

「因為我很難向這個郡的納稅人解釋為什麼要花這筆錢。老天，法官全身都是癌細胞，他之所以把自己的腦袋轟掉，是因為無論如何他都快死了。幹嘛要驗屍？只不過是把他的屍體打開來然後再闔上。」

「你仔細看過屍體嗎？」

「我當然仔細看過屍體了，一切正如我的預期，法官的死因是他把自己的腦袋轟掉，就是這樣。」

「他身上有其他的傷痕嗎？」

「為什麼會有其他的傷痕？」

「你介不介意我看看他的屍體？」

「當然介意。寇克，你為什麼到這裡來？你已經不再是警長了。」

「別這樣，西格德，只不過是把他的屍體打開來然後再闔上，這是你自己說的。讓我看他的屍體一眼又有什麼差別？一分鐘就好。」

「他的屍體很難看。」

「他活著的時候也很難看。」

尼爾森看起來並不樂意，但他終究還是轉過身，為寇克帶路。

地下室隔成好幾個房間，每個房間的門都關著。西格德打開其中一扇門，將電燈點亮，然後走進房間。就某些方面來說，準備室讓寇克聯想到科學實驗室：紅色的磁磚地板、灰白色的牆面，還有櫥櫃、防腐泵及沖水箱。牆壁上有一排掛鉤，上面掛著西格德的藍色工作服以及他清洗屍體時所戴的塑膠面罩。法官赤裸裸的屍體躺在防腐泵旁的一張老舊白瓷準備檯上。

「要看就去看吧。」尼爾森對著準備檯揮揮手說。

法官的屍體仰躺著，他的臉色蒼白，五官放鬆，眉毛上方的窟窿裡曾有一個非常聰明但寇克認為十分狡詐的頭腦，那個位置現在幾乎是空的。由於頭骨頂端被炸開，法官的頭頂邊緣現在露出了沾滿血痕的鋸齒狀頭骨。寇克開始仔細檢查法官的脖子、手腕、腳踝與肋骨處。

「如果你想找出瘀傷，只會白費功夫。」驗屍官告訴寇克。「他沒有被人捆綁、毆打或勒死，他只是把自己的腦袋炸開了，滿意嗎？」

寇克再次仔細檢查法官的手臂，接著檢查大腿，最後是腹部。「西格德，幫我替他翻身。」

「你要做什麼？」

「幫我個忙，好嗎？」

尼爾森不情願地幫寇克替法官翻身，寇克仔細察看了法官的肩膀、手臂後緣、下背部及臀部。

「你到底在找什麼？」西格德問。

「沒什麼，我只是隨便看看。」

「只是隨便看看？」他們把屍體翻回正面時，尼爾森咕噥地說。

「西格德，就當我只是基於好奇，沒有理由。」寇克表示。

「沒有理由的好奇？你他媽的——」這位驗屍官因憤怒而漲紅了臉。「我豐盛的晚餐就要涼了。」

尼爾森用白布蓋住屍體，關掉電燈，然後跟在寇克後面走上樓。他在門口以警告的口吻對寇克說：「寇克，我覺得你——」可是他沒有把話說完。

「謝了。」寇克說，然後轉身離開。

尼爾森在寇克背後用力地關上門。

驗屍官當然有立場生氣，因為寇克無權檢查屍體，甚至沒有資格思考這個案子。然而有一個奧吉布韋男孩失蹤了，亨利．梅魯確信有個半獸人出現了。雖然沃利．沙諾是個好警察，但他是百分之百的白人，這個男孩和半獸人對沙諾而言都不如他們對寇克而言那麼重要。寇克坐在野馬款越野車裡，思忖著法官的屍體。他來殯葬之家是因為他對於簡單的解釋方法向來心存懷疑，發生的一切都如此不確定且不單純，無法光看表面就做出定奪。如果他覺得西格德是稱職的驗屍官，他可能就不會要求檢查法官的屍體。他很高興自己親自檢查了一遍。

雖然他已經快遲到了，不過他想先去達拉．勒博家一趟。勒博家的燈沒亮，人行道上的積雪也還沒被鏟除，不過他依舊按了門鈴。沒有人來應門。寇克回到野馬款越野車旁，但是沒有上車。他端詳著樹林，梅魯說的半獸人呼喚聲，就是從這片樹林裡傳出來的。晚上樹林裡一片漆黑且寂靜無聲，星星點綴著黑色的夜空。寇克可以看到一百碼外其他房子所發出的微光，可是在他所佇立的荒涼馬路上沒有燈光、沒有絲毫動靜，也沒有一點聲音，只有他自己輕輕的呼吸聲。

他走向樹林，走進那些樹木之間。他靜靜站著，一邊傾聽一邊注視。樹林裡空蕩蕩的，讓寇克萌生一種孤獨感。

「為什麼找我？」寇克對著那片寂靜輕聲詢問，眼睛環顧著四周。「你來這裡做什麼？」如果他期待得到答案——他不確定自己是否這樣期待著——他失望了。他告訴自己，風中的呼喊聲只是他的想像，半獸人不過是神話。

然而有一部分的他知道這種安慰的想法是錯誤的。山姆．凜冬之月很久之前就告誡過他，要相信所有的可能性，因為這世上的奧祕比你希望理解的還要多。

13

神父寓所是艾莉．格魯柏來應門的。格魯柏是一名年近六十的粗壯女性，她擔任凱爾西老神父的管家已經超過十年。她告訴寇克格里芬神父還沒回來，不過她帶他去神父的辦公室等候，並且倒了一杯咖啡給他。寇克聽見另一個房間傳來電視聲，還聽見凱爾西神父的咕噥與哼聲，偶爾穿插一些有失神職身分的咒罵聲。艾莉說這場比賽是明尼蘇達灰狼隊對抗芝加哥公牛隊。

「灰狼隊大概輸球了。」寇克笑著表示。

湯姆．格里芬神父辦公室的每個角落都堆滿文件和書籍，辦公室裡的傢俱包括一張放著電話和一盞小黃銅燈的辦公桌、三張滿是刮痕的木椅、一個老舊的綠色檔案櫃，以及一張放在窗前的打字桌，打字桌上有一臺舊式的電動打字機。一面牆上掛著一個十字架，另一面牆上有幾幅裱框的照片，第三面牆邊有個書櫃，書櫃裡擺滿了書籍。寇克被牆上的那些照片所吸引，他相信從一個人選擇展示的照片可以推論出許多資訊。從湯姆．格里芬的照片中，寇克看見這位神父在來到這個雜亂無章的辦公室之前曾經歷過哪些事。第一張照片顯示年輕的湯姆．格里芬是個身材高瘦的大學生，身上穿著聖母大學[17]的棒球隊制服，臉上有自信和討人喜歡的笑容。另一張照片應該

17　譯注：聖母大學（University of Notre Dame）是一所私立天主教研究型大學，位於美國印第安納州南灣市東北部的聖母鎮，為全美排名前二十名的高等學府。

是在第一張照片很久之後拍攝的，格里芬穿著神職人員的服裝與教皇合照，教皇在高大的格里芬神父旁顯得矮小又嚴肅，而神父則是面帶輕鬆的笑顏。其他幾張照片似乎是在中美洲拍攝的，照片裡有村莊、塵土飛揚的街道、鋪著鵝卵石的路面，還有害羞且瘦弱的拉丁印第安混血兒對著鏡頭微笑。最後一張照片是最近在鋼鐵湖保留區拍攝的，湯姆．格里芬站在他正在修建的傳教堂旁，身邊站著汪達．梅尼迪茲，神父和靈醫看起來很契合。汪達一如既往擺出嚴肅的表情；神父雖然戴著黑色眼罩且頭髮蓬亂，可是他的笑容和多年前那個聖母大學棒球隊的男孩一樣燦爛。

湯姆．格里芬受傷的部位不光只有眼睛，這位神父身上還有其他傷疤，有些在他的手上和手臂上，一般人平時都可看見。雖然寇克從來不曾直接問過神父，但他聽說格里芬神父在結束中美洲的教會服務前曾遭受長期的政治拘留。人們談論這件事的時候總是低聲耳語，彷彿對聖艾格尼斯這個保守教區的居民而言，這件事是神父不可外揚的醜聞。

湯姆．格里芬突然走進辦公室，讓寇克嚇了一跳。跟著他進入房間的還有使神父那件老舊皮夾克變僵硬的寒氣。神父戴著絨線帽和紅色面罩，面罩還罩在他臉上。由於他只露出眼睛、鼻孔和嘴巴，看起來像是從北森林的黑夜裡變出來的惡魔。

「對不起，我遲到了，寇克。」神父脫下絨線帽和面具。

「我沒聽見你的雪地摩托車，湯姆。」寇克說。

「它今天下午就拋錨了，這就是我遲到的原因。我必須搭別人的便車回來，我坐在一輛卡車後面。」神父脫掉外套，並將所有的防寒衣物都扔到一張已經堆放著一疊文件的椅子上。他穿著紅色的法蘭絨格紋襯衫、褪色的牛仔褲和登山靴。他用力地揉揉被凍僵的雙腿，對著寇克笑了笑，說：「我開始稱呼我那輛雪地摩托車為拉撒路[18]，因為要喚醒它就像試著讓死人復活一樣。看來格魯柏太太已經為你準備了咖啡，很好。我想我可能有一些更強勁的飲品可以待客，你想喝點啤酒嗎？我還有威士忌，可以讓咖啡增添風味。」

「我喝咖啡就可以了，謝謝。」寇克回答。

「別客氣。」

神父走到檔案櫃前，拉開最上面的抽屜並拿出一瓶酒。他在櫃子上方拿了一個塑膠杯，用小指頭清掉杯裡的某個東西，然後將威士忌倒入杯中。他清出一張椅子，把椅子拉到辦公桌旁，示意寇克坐下來繼續聊。他啜飲了杯裡的酒，閉上眼睛，發出一聲輕嘆。

「這是我今天頭一次有機會坐下來。」凱爾西神父對籃球賽的反應聲又傳來。「明尼蘇達灰狼隊今晚肯定輸球了。」聖人川崎笑了笑，起身關上房門。

「我聽說裘強終於打電話給達拉了。」寇克說。「當時你在場嗎？」

「我整晚大部分的時間都待在達拉家。」

「裘強這樣帶走保羅有什麼特別理由嗎？」

「他想念他的兒子。」神父帶著同情的口吻說。「而且他很羞愧，他無法面對達拉。整件事就是這麼簡單。」

「你有沒有和他說話？」

「沒有。」

「你知道他在什麼地方嗎？」

神父啜飲了一口威士忌並搖搖頭。「我剛才去保留區找汪達，達拉希望我出面說情。」

18 譯注：拉撒路（Lazarus）是耶穌的門徒與好友，病死後因耶穌行神蹟而復活。

「汪達有沒有說什麼？」

「她說她不曉得裘強在什麼地方。」

「你覺得呢？」

神父聳聳肩。「你也了解這些印第安人，寇克，他們不想說的時候，什麼話都不會說的。」

「如果汪達什麼都不說，這可能代表著什麼。」

神父注視著他的威士忌好一會兒。「不過我對這件事有一種不錯的感覺，不知為什麼，我認為一切都將會有最好的結果。」

「我希望自己也能和你一樣有相同的感覺。」寇克說。

「或許這就是法律與宗教的差別。我期盼能有最好的結果，而你為最壞的結果做準備。」

「法律與宗教還有另一種差別。」寇克說。

「什麼差別？」

「你的教區居民不能把你趕走。」

神父笑了。寇克從襯衫口袋裡的菸盒拿出一支香菸。「你介意我抽菸嗎？」他問。

「不介意，請便。可以給我一支嗎？」

「我不知道你抽菸。」寇克說。

「我在中美洲的時候戒菸了，非自願性的戒菸。」神父笑著補充。

寇克將那包菸遞給神父，神父抽出一支，寇克又遞上打火機。

「你有話想說。」神父一邊說一邊點燃他的香菸。

「湯姆，我需要一些——」寇克思忖了一會兒。「我本來想說建議，但事實上我需要一些指導。」

「我們偶爾都會需要別人的指導，坦承這一點並不容易。」

「我很久沒上教會了，我甚至不記得自己最後一次告解是什麼時候。」

「你想談的就是這件事？」

「或許吧，至少有一部分是關於這件事。」寇克點燃自己的那支香菸，然後把打火機放回口袋。

「我和我太太已經分居很久了，你知道的。」

寇克停頓了一會兒，期待神父說些什麼，但聖人川崎似乎只想一邊抽菸一邊聽他說。

「我開始和別的女人在一起了。」

神父似乎一點也不驚訝。

「我一開始沒有想過這段關係會如何發展，以及最後會有哪些人事物被牽扯進來，很多事情我都沒有想清楚。可是現在——」寇克停頓了一會兒。

「可是現在？」神父鼓勵他繼續往下說。

「現在每當我見到我的孩子們，我都感到害怕。」

「害怕什麼？」

「害怕我深深傷了他們，害怕我會傷害他們一輩子。」

神父用拇指和食指優雅地拿著香菸，寇克認為那是歐洲人抽菸的方式。神父看著他的香菸好一會兒，然後才說：「孩子受傷之後恢復得很快，但我同意你這是一種合理的恐懼。」

「我不知道應該怎麼做，湯姆，我不想失去我的家人，我不希望我的孩子們受到傷害。」

「就我所聽到的，你的意思是你想要回到你的家人身邊，勝過所有的一切。」

神父語氣中的理解深深觸動寇克。「是的。」他承認。

「可是這個女人知道你的想法嗎？」

「她確實懷疑過，不過她沒有逼我。」寇克覺得自己再度背起一個讓他幾乎無法承受的重擔。「她是個了不起的女人，湯姆。」寇克站起身來，穿過雜亂的辦公室走到窗前，將菸吐到窗玻璃上，眼睛看著院子對面空蕩蕩的教堂臺階。「說來好笑，我還記得山姆．凜冬之月與阿諾．司坦利過世那天早晨的每一個細節，可是接下來的一整年我只剩下模糊的印象。我沒有盡到做丈夫或父親的責任，當喬要求我搬出去時，我甚至無意反抗。現在回想起來，我就像是變成了另外一個人，一個活在惡夢中的人，或者我根本在夢遊。湯姆，是這個女人喚醒了我。」

「寇克，也許是時間喚醒了你。」

「也許吧。」

「你愛她嗎？」

「我沒有對她說過我愛她，我沒說過。」

「我問你的不是這個。」

寇克看著香菸的霧氣爬上窗玻璃，彷彿在尋找出路。

「對。」他最後終於承認。「我愛她。」

「你也愛你的家人。」

「當然。」

「你的家人包括喬嗎？」

寇克轉過頭望向神父，神父正以一種非常平靜的表情看著他。

「現在不包括她，但如果我們試試看，也許她可以再次成為我的家人，假如我們得到一些幫助。」

「從我這裡得到幫助？」

「這不是神父的工作嗎？」

「算是。」

「你願意幫助我們嗎？」

「喬有什麼想法？這是她想要的嗎？」

「她想離婚。喬這個人一旦下定決心，就絕對不會回頭。」

「聽起來你是在向我求取一個奇蹟。」

「這件事看起來確實沒有希望。」寇克說。

「沒有希望。」神父啜飲著威士忌並且抽著菸，似乎思索著這個字眼。「寇克，我告訴你一件事：我這輩子學到兩個教訓。」他指指眼睛上的黑眼罩。「第一個教訓是永遠不要叫身穿制服的小個子為『矮冬瓜』，另一個教訓是，每一件事都有希望。」神父將抽到最後的菸蒂丟進塑膠杯裡。「我會找喬談一談，我會盡我所能地說服她和你一起來接受諮詢。」

「謝謝你。」

「但是，寇克，我必須先確認你會結束另外一段關係。如果你不願意為家人犧牲一切，無論我或是其他人都沒有辦法幫助你。」

「我知道。我會結束這段關係。」

聖人川崎略帶疲憊地笑了笑。「要求我們付出最多的事物，就是最值得擁有的事物。」

寇克離開窗邊並走到書桌前，把菸蒂丟進聖人川崎的塑膠杯裡。「我可以借用你的電話嗎？」

「請便。」

他撥了哈蘭·利頓的號碼，另一頭的電話響了八聲都沒人接聽，於是他把話筒放回去。「謝謝。」

「沒人在家？」

「我打給哈蘭・利頓。他有時候不接電話純粹只是因為脾氣怪異。」

「利頓？他的狗被大家稱為『開膛手傑克』[19]的那個人？」

「就是他，我今晚必須去找他。」

「你介不介意我問你為什麼要去拜訪這種人？」

「如果他接聽電話，我就不必跑一趟了，可是他沒有接電話。」

「你為什麼要去找他？」

「說來話長，而且有點難解釋。」

神父拿起他的皮夾克。「我聽說過利頓的事，我不能讓你自己一個人去那裡，起碼不能在這樣的晚上。」

「以前我擔任警長時經常自己一個人去找他。」

聖人川崎把手放在寇克的肩膀上，用他那隻完好的眼睛嚴肅地盯著寇克。「我不願提醒你這一點，但你已經不再是警長了。」

19　譯注：開膛手傑克（Jack the Ripper）是一八八八年八月七日至十一月九日期間在英國倫敦東區白教堂一帶以殘忍手法連續殺害五名妓女的凶手，始終未曾落網。

14

利頓的小屋位於鎮外五英哩處，在一條狹長的小路盡頭。那條小路的另一端是佔地兩百英畝的茂密灌木叢、沼澤、香脂樹和美洲落葉松林。通往小屋的小路上有一面老舊的手繪招牌，那塊有裂痕的灰色木板釘在一根柱子上，木板上寫著「標本製作」。一條鐵鍊掛在兩株山楊幼樹中間，將小路的入口擋住。

寇克看著狹窄小路上深深的積雪。「接下來有很長一段路要走，湯姆。我有滑雪板和雪鞋。」他說。

「在雪地裡我只會駕駛川崎雪地摩托車，我還是靠雙腳走路就好，謝謝。」

「那我也一起走。」

寇克從置物箱裡拿出手電筒，然後打開後車門，把他的溫徹斯特步槍從槍套裡拿出來，並且從大衣口袋裡掏出幾顆子彈，將子彈裝進步槍裡。

「你拿槍做什麼？」神父問。

「你對『開膛手傑克』了解多少？」

白色的積雪似乎讓接近滿盈的月亮及滿佈天空的星星更為明亮，就算沒有手電筒，寇克也能毫不費力地看見穿過樹林與灌木叢的小路。

「我剛到奧羅拉的時候來過這裡一次，我帶凱爾西神父捕獲的一條北美狗魚過來，因為凱爾西神父希望將那條魚製成標本。不過我根本沒有機會從摩托車下來，因為我一停好摩托車，那隻狗就朝著我直衝。我雖然立刻全速逃離，但依然差一點就被『開膛手』撲倒。那隻狗真的是我所見過最大、最快、最凶惡的狗。」

「利頓故意不綁住牠，尤其他不在家的時候。他經常不在家。」寇克說。「利頓說他不綁住狗是為了防盜，我警告他狗可能會跑出他的土地外，但其實『開膛手』從來不曾亂跑，牠似乎知道哪裡是自己的領土。我們現在就在牠的領土上，我可不希望在無法阻擋那隻狗的情況下到這裡來。」

神父看著步槍搖搖頭。「那個玩意兒對動物並沒有嚇阻作用。」

「利頓告訴過大家，他已經訓練『開膛手』遵照他的命令發動攻擊甚至殺人。哈蘭可能只是吹牛，不過我寧可謹慎一點。」

他們經過一大片像石牆般粗厚的藤蔓，藤蔓上覆蓋著積雪。那片藤蔓牆擋住了寇克左側大部分的視野，使他看不見樹林。寇克一直警戒地留意那個方向。

「怎麼會有人訓練狗去殺人？」神父問。

「你對利頓了解多少？」

「只有別人告訴過我的那些事。他聽起來像是可以在告解室裡待很長時間的人。」

寇克停下腳步，神父也跟著停下來。

「怎麼了？」湯姆．格里芬問。

「我以為自己聽見了什麼聲音。」寇克端詳著那片厚厚的藤蔓牆。

「什麼聲音？」

「可能是積雪從樹枝上掉下來的聲音。」

「也可能是『開膛手傑克』準備殺人了。」神父小心地環顧四周。「站在這條路上，我覺得自己像待宰羔羊。」他低聲地說。

「最好不要來這片樹林遊蕩，湯姆，這裡的沼澤可能會將你吞噬，讓你消失無蹤。」

寇克又聽了一會兒，然後才繼續往前走。他們在幾乎深及膝蓋的雪地裡跋涉，如果被迫逃命，積雪會像濃稠的糖漿般拖住他們。寇克將一發子彈送進槍膛。

「利頓是一個怪人，他向來和別人不同。他是一個獨行俠，他的母親曾經擔任法官家的管家。法官的妻子離開他並帶著山帝搬去波士頓之後，法官變得和哈蘭很親近，在諸多方面都像對待兒子般對待哈蘭。他們一起做了很多事，例如打獵和釣魚之類的事。可是哈蘭在十幾歲的時候開始到處惹麻煩，法官盡可能地運用他的影響力讓哈蘭免於入獄。哈蘭最後加入了海軍陸戰隊，每個人都以為他會在海軍陸戰隊裡待一輩子，不過他幾年前突然回來了，據說是因為不光彩的理由遭到除役。大部分的人都盡量離他遠遠地，這並不困難，因為他大多數的時間都在這裡離群索居。」

湯姆．格里芬說：「我聽說他有偷窺癖。」

「不過我從來沒有當場逮到他。」寇克回答。「人們經常看到他在奇怪的時間出現在奇怪的地點。我擔任警長的時候，聯邦調查局對他很感興趣。他們認為他可能與明尼蘇達州平民軍有所牽連。」

「替代軍團？」

「沒錯。我也如此認為。平民軍這種團體的成員多半是教育程度不高的失業白人男性。《奧羅拉哨兵週報》的赫爾．漢諾威三不五時會留版面給平民軍，讓他們宣傳理念。」

「漢諾威從不掩飾他對這種團體的認同。」神父靠向寇克，彷彿黑暗中會有人偷聽他們說話。「容我說句悄悄話：漢諾威那顆剃光的頭顱和那雙冰冷的藍色眼睛看起來就像納粹指揮官。」神父小心翼翼地環顧四周，彷彿說出赫爾・漢諾威的名字會召喚出惡魔。「你究竟為何要在這樣的夜晚跑來找哈蘭・利頓這種人？」

「亨利・梅魯說他聽見半獸人呼喊了利頓的名字。」

「什麼？」

「說來話長。湯姆，相信我，如果利頓接聽了他該死的電話，我就不需要到這裡來了。我已經打了一整天的電話給他。若不是他已經無法接電話了，就是他又在耍個性。」

「這對你來說很重要嗎？」

「法官死了，哈蘭和法官有很長的淵源，現在亨利・梅魯又聽見半獸人呼喊哈蘭的名字，所以我想確認一下哈蘭的狀況。」

「這是出於職業的好奇心？這不是警長才應該做的事嗎？」

「沃利・沙諾不會認真看待半獸人的事。」

「但是你會？」

寇克很想告訴神父他聽見了半獸人呼喊他的名字，所以他來查看哈蘭的狀況並非基於職業好奇心而是私人理由，非常緊迫的私人理由。不過他決定不把事情複雜化。

「一旦我開始對某件事產生好奇心，就很難放開手。哈蘭的小屋就在那裡。」寇克低聲地說。「他的燈亮著，這是個好兆頭。他和『開膛手』可能正一邊享受著安靜的夜晚，一邊啃著某人的屍骨。」

那間小屋雖小但很堅固，屋頂和百葉窗都是西洋杉木。小屋的一側有間小車庫，後面還有一座倉庫。根據寇克對利頓的些微了解，他知道倉庫就是利頓製作動物標本的地方。不過自從利頓養了「開膛手傑克」之後，已經很少有人來請利頓製作標本。

「利頓！」他大喊。「哈蘭．利頓！」

小屋裡沒有人回應。

「我是寇克．歐康納！湯姆．格里芬神父和我一起來找你！」寇克看了神父一眼。「利頓向來不甩我的警徽，我想如果他打算對著我們開槍，你的身分或許可以保護我們。」

「謝謝你，他可能會基於尊重先開槍打死我。」

「利頓，你在家嗎？」寇克又喊了一次。「來吧，湯姆，如果他到現在還沒對著我們開槍，表示他不會這麼做。」

「你別忘了他還有『開膛手傑克』。」

寇克開始往前走。

左邊藤蔓牆後方的雪地突然冒出一個黑影，寇克用眼角餘光捕捉到這個動靜。當他轉身時，一個黑色的龐然大物已經從雪地裡衝出來，蹦蹦跳跳地宛如打水漂時在水面上迅速跳動的石頭。

「湯姆！」寇克大喊以試圖警告神父。

聖人川崎一看見那個黑色的東西衝上來，立刻舉起手臂以抵擋攻擊。寇克拿起他的溫徹斯特步槍，在那個黑色的東西撲向神父時開槍射擊。「開膛手傑克」吠了一聲，身體在半空中劇烈抽搐一下。湯姆．格里芬雖轉身躲開，但是肩膀仍被那隻巨犬撞上。「開膛手傑克」猛力地撞向神父，然後倒下躺著不動，巨大的身軀陷入神父腳旁的雪地裡。在他們兩人的注視下，這隻大狗的喉嚨冒出深紅色的血液，將白色的雪地染紅。

「不！」哈蘭．利頓一面尖叫一面從藤蔓牆的掩護下跑出來。

利頓是個矮小結實的男人，滿臉鬍渣。當利頓跪在「開膛手傑克」身邊時，寇克在冬天凜冽的空氣中聞到威士忌的氣味和很久沒洗澡的體味。

「傑克？」利頓低聲喊著。

他摸摸狗的脖子。「開膛手傑克」發出非常微弱的聲音。

「別死，傑克。」利頓乞求著。「千萬別死，傑克，你不要死啊。」

這隻大狗試著抬起頭，然後就靜止不動了。再也不能動了。

「利頓先生，我很抱歉。」湯姆．格里芬神父說。

「去你媽的。」利頓嗚咽地表示。

「該死，哈蘭！」寇克因為腎上腺素而滿臉漲紅，氣得渾身發抖。「我根本不想開槍射你的狗，可是，老天，你竟然叫牠攻擊我們。你為什麼要這麼做？」

「因為你們非法入侵，你這個殺狗的王八蛋！」利頓抬起頭，寇克看見他灰色臉頰上的淚痕。「你不應該開槍的。」

「牠可能會咬死我們。」寇克氣沖沖地說。

「牠應該殺了你！」利頓突然跳起來準備攻擊寇克，神父以驚人的速度和力量從利頓身後抓住他，阻止他這麼做。

「放輕鬆，老兄。」湯姆．格里芬說。「放輕鬆。」

利頓掙扎了一會兒，不停地對著他們兩人咒罵，可是神父的體格比利頓更高大強壯，他緊緊抱住利頓。到最後利頓終於放棄攻擊，發出憤恨不平的啜泣聲。神父一將手鬆開，利頓便癱倒在他的狗旁邊。

「昨晚有人在我家外面鬼鬼祟祟的。」利頓小聲地說。

「在暴風雪中？」寇克說。

「那個人站在這裡呼喊我的名字，就像你剛才那樣。」

「你有沒有看清楚對方是誰？」

「那個該死的膽小鬼不敢露臉。我一把傑克放出去，他就嚇跑了。」

「我們沒有打算鬼鬼祟祟。」神父說。

可是利頓不聽神父解釋，彎著腰趴在他的狗身上。

「聽我說，哈蘭。」寇克說。「傑克的事我很抱歉。」

「我會報仇的，歐康納。」利頓以哽咽的聲音威脅寇克。「我會讓你因為殺死傑克而付出代價，我發誓一定會報這個仇。」

寇克低下頭。雖然他從來都不欣賞哈蘭·利頓，但是他為利頓感到難過。

「來吧。」神父拉住寇克的肩膀。「你已經無能為力了。讓他去吧。」

寇克跟著湯姆·格里芬回到小徑。他們走了五十碼路，寇克聽見身後傳來一陣哭喊聲，一種拉長且原始的嚎啕大哭。

神父停下腳步，回頭望了一眼。「願上帝與他同在。」他說。「因為看起來不會有人想和他在一起。」

15

寇克把聖人川崎送回神父寓所，然後回到山姆小店。他打開門，走進黑暗中準備打開電燈，可是他的手還沒碰到電燈開關，肚子上就遭人猛力一擊。

那一擊讓他痛得彎下腰。緊接著他又挨了一擊，這次打在肋骨上，將他打趴在地。寇克喘著氣，身體痛得不得了。一個肥胖的男人坐到他背上，把他的臉壓在又冷又硬的地板上，並且用步槍冰冷的槍管頂住他左側的太陽穴。

「把那扇該死的門關上！」

和寇克一起進入屋內的些許微光隨著前門砰地一聲關上而消失。

寇克感覺有一股熱氣拂過他的臉頰，他同時聞到烤洋芋片的味道。隨之而來的是嘶啞的低語聲。

「歐康納，你給我聽清楚，如果你想活命的話，只有一次機會。你聽見了嗎？」

寇克試圖回答，可是他肋骨處的疼痛以及那個男人壓在他身上的重量，讓他只能發出咕噥聲。

「我說，你聽見了嗎？」步槍槍管移動到寇克的頭頂。

寇克點點頭。「呃——嗯。」

「很好。少管閒事，聽懂了嗎？你已經他媽的不再是警長了。從現在開始，你給我乖乖賣漢堡就好。聽懂了嗎？」

寇克再次點點頭。

「老大，他是該死的印第安人。」另一個聲音從門口旁傳來。「我覺得直接做掉他就好了。」

「你他媽的給我閉嘴。」

寇克終於想辦法喘口氣，說；「我……沒辦法……呼吸……」

「你還能呼吸算你好運。」那個嘴巴裡有烤洋芋片味道的傢伙貼到他耳際說。「到處都是我們的人，歐康納，我們會盯著你的一舉一動，你做什麼我們全部都清清楚楚。你要是再做出讓我們不高興的事，你就死定了。明白了嗎？」

「……好……」寇克努力擠出這個字。

步槍的槍管在寇克頭頂上轉了轉，彷彿在鑽油井。「我聽不見你的回答。」

「……明白……」

「很好。還有，歐康納，你知道如何保守祕密嗎？這段小對話就保留給你自己。如果你告訴任何人這件事，甚至只是在說夢話時說出來，我們都會知道。如果你想知道我們最不能容忍什麼，我們最不能容忍的就是無法保守祕密的人。小子們，我們走。」

嘴巴裡有烤洋芋片味道的男人從寇克身上離開，寇克終於擺脫掉背上的重量。前門被人打開了，但是那群人離開前又在寇克的肋骨上狠狠踢了一腳。最後他被遺棄在黑暗的小屋裡。

寇克花了一分鐘的時間才有辦法移動自己的身體。他聽見舊鑄造廠廢墟所在地的那片樹林傳來雪地摩托車的聲音，那聲音就宛如一群離去的昆蟲，最終才消失散去。寇克慢慢從地上爬起來，他呈跪姿之後先摸摸自己的肋骨，他的肋骨痛得不得了，以致他必須扶著牆壁才能痛苦地站起來。他將電燈開關打開。

迎接他的景象幾乎比身上的痛楚還要糟糕。山姆的小屋裡一片狼藉。廚房洗碗槽前的窗被打碎，椅墊被割開丟在地板上，床墊也被人從床上拖下來並且割破，裡頭的填塞物全部被拉出來。櫃子的門板都開著，裡面的物品散落一地。櫃子裡原本有他為孩子們及喬和蘿絲準備的聖誕禮物，但禮物的包裝紙都被撕掉，禮物也被拆開。通往漢堡攤的門開著，寇克看見他準備在夏季販售的瓶瓶罐罐和商品全都已經被打開及破壞。

另外還有一個問題。寇克看見了自己呼出的氣息，因為小屋內和外面一樣寒冷。他在沒有坐墊的沙發上坐了一會兒，身體不停發抖。他先是感到錯愕，然後覺得憤怒。他想殺人，盲目地想殺人，但是不知道應該殺誰。

等到他終於能好好思考並移動身體時，便先將一個紙箱切割成紙板，貼到破掉的窗戶上。雖然牆壁上的自動調溫器仍設定在攝氏十八度，可是室內的溫度幾乎接近冰點，暖氣裝置摸起來是冰的。他走到地下室，發現老舊的暖爐像死了一樣靜悄悄的。他按了重新啟動的按鈕，卻沒有任何反應。他踢了爐子幾下，最後才上樓打電話給以前曾來修過這個舊暖爐的亞特．溫特鮑爾。

「你有沒有試著重新啟動？」溫特鮑爾以疲憊的聲音問。

「我試過了。」

「你有沒有踢幾下？」

「拜託，我當然踢了。」

「別把氣發在我身上，寇克，那個古董暖爐又不是我的。聽我說，可能是自動調溫器壞了。」溫特鮑爾表示。「但是我要去看過才會知道。我最快要等到星期一才有時間。」

「星期一？」

「對，我目前最早的空檔是星期一。我可以給你幾個修理師傅的電話，你可以試試看，但我不覺得他們能夠馬上去幫你。再說，你那個巨大的老古董早就需要好好修理了。如果你願意等到星期一，就先找一臺小型暖爐來撐一下。要不然就把水管裡的水全部排掉，然後去住汽車旅館。」

他關掉主水管的閘閥，然後在排水閥下方放一個水桶，將排水閥打開。他總共倒掉了兩桶水，直到水管裡的水流只剩下幾滴。他沖了馬桶，把馬桶水箱的水排光。他一邊做這些事，一邊思忖自己的選擇。如溫特鮑爾所建議的，他可以去住汽車旅館，可是他討厭汽車旅館。除此之外，聖誕節將至，他也沒有閒錢可以這樣揮霍。他考慮打電話給莫麗，不過他對神父的承諾馬上就讓他放棄了這個念頭。最後他走到樓上，撥了醋栗巷那間房子的電話號碼。電話被蘿絲接起。

「你當然要來這裡啊。」蘿絲在聽完寇克解釋自己的困境之後表示。「我馬上去整理客房。」

「我想妳應該先和喬討論一下。」寇克提醒她。

「如果她在家，我會先和她討論。」蘿絲回答。「可是她不在，而且我堅持你過來這裡。」

「謝謝妳，蘿絲。」寇克說。「非常感謝。」

他收拾了幾件換洗衣物和一些個人用品，把這些東西放進旅行袋裡。他把他買的聖誕禮物放進一個大紙箱，打算到醋栗巷之後重新包裝。他從那臺老舊的暖爐後面的一個大皮箱裡拿出最後一件東西，一張捲起的熊皮，然後鎖上門，坐上野馬款越野車，準備前往……

他的家。

蘿絲打開位於廚房的後門。她穿著圍裙，烤餅乾的香味從她身旁飄散出來。她深褐色的頭髮上沾著一些麵粉。

「妳在烤聖誕餅乾嗎？」寇克把外套掛在門邊的掛鉤上。

「這是我一年之中最喜歡的時光，讓我可以盡情烘焙。你要不要來點牛奶和餅乾？」

蘿絲從冰箱裡拿出鮮奶。寇克則將他的旅行袋、禮物箱和捲起的熊皮放在地板上，然後走到洗碗槽旁邊櫃檯上的餅乾罐前。那個餅乾罐的造型像兒童節日《芝麻街》裡的恩尼，是寇克幾年前買的，因為當時珍妮最喜歡看《芝麻街》。如今珍妮欣賞的是希薇亞．普拉斯的悲觀視角，還考慮在自己的鼻子上穿環。

蘿絲把一杯牛奶放在桌上。

寇克坐下來。「大家到哪裡去了？」

蘿絲彎著腰檢查烤箱裡的餅乾。「喬和山帝．帕倫特在加班，因為法官自殺，他們在整理大北方開發公司的相關事務，事情似乎很複雜。」

「我想也是。」寇克附和地說。

「珍妮去約會。」

「約會？」寇克差點嗆到。「她才十四歲。」

「只是看場電影。」

「她跟誰去？」

「查克．庫比亞克。」

「沒聽說過這個人。」寇克以不贊同的口吻說。

「寇克，這個孩子很好，真的。他會在十一點半之前送珍妮回來。」

爐子上的蜂鳴器響了，蘿絲拿出聖誕樹形狀的糖餅乾。

「安妮在她的房間裡。」蘿絲繼續說道。「她可能睡著了或者在看書。史帝夫在幾個小時前就睡了。」

寇克看著蘿絲在餅乾上撒色素。「蘿絲，要是沒有妳，我們怎麼活得下去？」

「你太誇張了。」她笑了。

寇克是真心的。珍妮出生後，蘿絲就來幫忙家務，好讓喬專心完成法學院的課業。蘿絲原本只打算待幾個星期，但後來就一直待著。當時蘿絲就很胖，現在變得更胖了。那年她三十五歲，已經對婚姻完全不抱期望。有時候寇克會為蘿絲感到難過和內疚，因為她原本可以擁有自己的家庭，卻把所有的心力拿來照顧他的家庭。

「我已經替你整理好客房。」蘿絲說，並且用手背擦擦額頭。「這是我今晚最後一批餅乾，我要準備去睡覺了。」

「妳知道喬什麼時候會——」寇克開口。

他的話還沒說完，後門就打開了。喬走進來，看見寇克坐在桌旁以及他的東西放在地板上。

「寇克，這個時間來訪好像有點晚了。」

「我不是來作客的，喬。」

「那你來做什麼？」她再次端詳他的旅行袋、紙箱和熊皮。

「我想來借住一、兩天。」

「是我邀他來的。」蘿絲趕緊表示。「他的暖爐壞了，他也沒有小型暖爐可以應急。」

喬走到餅乾罐前，將恩尼的頭轉開並拿出一塊餅乾。她倚著櫥櫃，一邊吃餅乾一邊思考當前的狀況。

「只借住一、兩天？」她說。

「只待到星期一。」寇克告訴她。「亞特．溫特鮑爾最快要到星期一才有空。」

喬對這種情況似乎不太滿意。

「這是他的房子。」蘿絲以略帶憤怒的語氣說。「看在老天的份上，喬，讓他待幾天又會如何？」

喬有點無力地嘆了一口氣，看起來非常疲憊。「好吧。」她說。

「我已經替他整理好客房。」蘿絲解開圍裙。

「我累了。」喬說。「今天實在太累了，我要睡覺了。」

「沒有人要等珍妮嗎？」寇克問。

「她以前就約會過。」喬走往客廳。「她不會有事的。」

寇克拿起他的東西。「我好像也累了。」

「你去休息吧。」蘿絲對著寇克揮揮手。「我去鎖門窗。」

寇克跟著喬上樓。他先去看了史帝夫，史帝夫蜷縮在被子裡，寇克替史帝夫輕輕拉好被單。安妮的房門微微半開著，他探頭進去偷看了一眼，她床邊的閱讀燈亮著，《安妮的日記》[20]在她身旁攤開，可是她已經睡得很沉。寇克把書放到床頭櫃上，將燈關掉。

喬在主臥室門口看著寇克，她交叉雙臂倚著門柱，打開的公事包放在她身後的床上，一堆文件攤放在寇克原本睡的那一側。

20 譯注：《安妮的日記》（The Diary of Anne Frank）是荷蘭少女安妮・法蘭克的日記，此書發行版的內容摘錄自安妮在納粹佔領荷蘭期間所寫的日記，後來由她倖存的父親加以整理並且出版。此書被認為是二十世紀最重要的書籍之一。

「你來這裡到底想做什麼？」她問。

「我剛才說過了，我的暖爐故障了。」

喬一臉懷疑。「我是說真的。到底怎麼回事？」

「那不是我能控制的。」寇克聳聳肩。

喬吸吸臉頰內側，這是當她想說一些違背理性判斷的話語時的習慣動作，但這次她只說：「不要期望太多。」

「我沒有期望任何事。」他從她面前走過，往客房的方向走去。她在他身後關上主臥室的房門。

寇克在浴室裡待了一會兒，以檢查他肋骨處的傷勢。他的肋骨處已經變成可怕的黃綠色。他吞了三顆止痛藥，然後走進客房，脫掉衣服和長褲，只穿著四角褲和運動衫躺進棉被裡。他聽見蘿絲在他上方的閣樓房間裡走動，閣樓的那個房間很舒適，有一張黃銅製的床、一個紅木衣櫥、一張紅木梳妝檯、花朵圖案的窗簾，還有一張搖椅。蘿絲晚上會坐在搖椅上閱讀推理小說和愛情小說，還有八卦雜誌。雖然她不承認，但她有個抽屜裡裝滿了八卦雜誌。寇克躺在床上，聽著蘿絲在溫暖燈光下閱讀時搖椅發出的吱吱聲。

寇克很累，卻睡不著。他心裡有太多疑惑，因為發生了太多不合理的怪事。依據他在工作上養成的思考方式，他想找出這些事情之間的關聯性。

法官死了；保羅．勒博跟著他的父親一起消失了——寇克打賭他們在保留區裡；半獸人呼喊了利頓的名字；有人闖入山姆的小屋。從表面上看來，這些事情彼此之間沒有任何關聯，但是它們在奧羅拉這種地方非同小可，而且它們在非常短的時間內接連發生。檢查過法官的屍體之後，寇克認為法官很可能不是自殺。他還不清楚保羅的失蹤與法官之死是否有關，裘強可能只是碰巧在這個特殊的時間點將他兒子帶走。儘管如此，寇克受過的訓練使他不相信所謂的碰巧。至於他的小屋被人闖入且破壞——跟這一切又有什麼關聯？尤其這些事情都隱約與半獸人有關。梅魯那個尼什那比老靈醫的話可信度究竟多高？

他接著想到了利頓，他很想知道半獸人為什麼要呼喊利頓的名字。利頓是個獨行俠，也是個脾氣暴躁的王八蛋。即便如此，寇克依舊真心為哈蘭・利頓感到難過。這個男人跪在他的狗旁邊的畫面，以及他因為悲傷所發出的可怕號哭讓寇克的心揪成一團。每個人都有能力去愛某個事物，即使像利頓這種怪人，他也對自己的狗充滿愛。如今利頓所愛的事物被他奪走了，利頓變得全然孤獨。寇克了解這種感覺。

他忍不住想起了莫麗。她現在正在做什麼？編織？或者閱讀？莫麗很喜歡閱讀，無論小說、自我成長書籍，或者每當她談起時都顯得非常有趣且深具啟發的任何讀物。莫麗經常到奧羅拉社區大學修課，她只是為了學習，沒有任何特殊目標。她是一個對許多事物充滿好奇心的女人。

寇克望向客房窗外的黑暗，莫麗有時候會在夜裡使用三溫暖，然後在天寒地凍中站著研究星象，趁著熱氣從她的皮膚散發出去時，讓寒冷縮緊她的毛細孔。此刻的她是不是也宛如美麗的白色幽靈，裸身站在雪地裡散發霧氣？

無論莫麗正在做什麼，最後都會以獨自躺在床上畫下句點，就像寇克一樣。就像蘿絲一樣。就像喬一樣。

寇克終於昏昏欲睡，閉上眼睛。他心裡想著：這個如此多人孤枕難眠的世界已經出了問題。

16

「爸爸！」

他們在寇克完全醒來之前就已經跑進客房。寇克先聽見他們在客房地板上蹦蹦跳跳的聲音，等他們跳到床上、膝蓋撞到他的後腰時，他才被驚醒。他感覺到孩子們扭動的溫暖身軀，因此翻過身來。

「嘿，安妮，史帝夫。」他露齒燦笑。

他伸出雙手摟住孩子們，將他們緊緊抱在懷裡。他的肋骨處傳來一陣刺痛，從他前一晚被毆打的部位發出，可是抱著孩子們的感覺很棒，能夠幫助他忽略疼痛。孩子們還穿著皺皺的睡衣，也還沒有刷牙，頭髮亂七八糟，即便如此，寇克覺得他們就像天使一樣。

「蘿絲阿姨說你來了。」他的女兒把臉埋進他的胸口。「你會留下來嗎？」

「我會住幾天。」他說。

「生蛋樹！」史帝夫說。

「什麼？」

「我們今天要去買聖誕樹。」安妮解釋。「你要不要一起去？」

寇克搔搔史帝夫的頭髮。「我一定不會錯過。」

珍妮從敞開的房門走進來，看起來疲倦且脾氣暴躁。「你們在吵什麼啦？」

寇克抬起頭，這時珍妮才看見他。

「噢。」她說。「怎麼回事？你跌斷腿還是怎麼了嗎？」

「我的暖爐壞了。」

她搔搔自己的紫色頭髮。「所以你只是臨時回來過夜？」

「算是。」寇克承認。

她聳聳肩，轉身離開。

「我們今天要去買聖誕樹。」寇克在她身後喊道。

「嗬，嗬，嗬。」她回答。她的聲音在走廊上無力地拖長。

蘿絲已經為他們準備好燕麥片。寇克、史帝夫和安妮用葡萄乾在熱騰騰的麥片上做出鬼臉。喬早在寇克和其他人起床之前就已經去上班了，珍妮在早餐快結束時才下樓。

「珍妮，妳要吃燕麥片嗎？」蘿絲問。

「我自己烤吐司就好。」珍妮不高興地回答。「我不太餓。」她從麵包櫃拿出兩片全麥吐司，放進烤麵包機裡，然後交叉著雙臂等待。

「吃完早餐後，妳願不願意和我出去兜兜風？」寇克問珍妮。

「去哪裡？」

「我要去拜訪兩個餓肚子的朋友。」

「聖誕節的善心活動？我沒興趣，謝謝。」

「只需要一點點時間。我會很感激妳的。」

「其實你可以命令我去，畢竟你還是我爸爸。」她眼睛盯著烤麵包機說。

「我不想那麼做。」

蘿絲安靜地在洗碗槽旁擦盤子；史帝夫和安妮已經跑去客廳看卡通。吐司從烤麵包機裡跳出來，珍妮看著吐司好一會兒。

「好吧。」她最後終於點頭。

這段車程安靜得令人痛苦。寇克試著釐清自己想對珍妮說些什麼，然而所有的話語似乎都顯得懦弱又自憐。珍妮看著車窗外，吸吸鼻子。

「妳感冒了？」寇克終於開口問。

「我不知道。大概吧。」

「妳昨晚的約會如何？」

她聳聳肩。

「他叫什麼名字？庫比亞克？」

珍妮似乎不認為這個問題值得任何形式的回應。

「妳常和他出去？」

等了一會兒她才回答：「出去過幾次。」

「都只是看電影嗎？呃？」

她將目光轉向寇克，給他一個讓他覺得她彷彿將一扇門甩到他臉上的眼神。

「我只是想知道。」他表示歉意。

「對。」她說。「當然。」她轉開視線，彷彿她早已熟悉的奧羅拉景緻比她父親可能說出的任何事情都更加有趣。

不過寇克依舊繼續努力。「妳還是打算在聖誕節活動中朗讀希薇亞·普拉斯的詩嗎？」

「我有理由不這麼做嗎？」

「我不知道。我想妳可能已經和妳的老師討論過，或許她改變了妳的想法。」

「她尊重我的決定。」珍妮說。

「好。」寇克點點頭，試著表現出熱情。「那太好了。」

他把野馬款越野車停在山姆小店旁。

「我們來這裡做什麼？」她嫌惡地看了昆賽特小屋一眼。

「妳待會兒就知道。」

這個早晨明亮且寒冷，陽光十分耀眼。寇克走進小屋裡，裝了半個水桶的乾玉米粒。

「我們現在要去種玉米？」珍妮在寇克走回來的時候問他。

「跟我來。」

寇克帶珍妮走到鋼鐵湖的開闊水域。野雁划過湖面，平靜的藍色湖水映著牠們的倒影，並且在牠們游走之後留下柔和的水波。

珍妮不為所動地看著牠們。「安妮告訴過我這兩隻野雁的事。如果你要問我的意見，我覺得照顧牠們實在很傻，根本自找麻煩。」

「幫牠們把乾玉米粒鋪到地上。」寇克指著他在雪地上清出的圓圈。

珍妮皺皺眉，但還是照著寇克的指示去做，然後期待地看著湖面上的野雁。

「牠們為什麼不來吃？牠們不餓嗎？」

「牠們是野生的雁，比起饑餓，牠們更懼怕我們。我們退到那邊去。」

寇克帶珍妮退開一段距離，野雁才划到湖岸邊，開始人聲地吃起乾玉米粒。

「牠們為什麼沒有飛往南邊？」珍妮問。

「妳看看那隻。」

「那隻公野雁嗎？」珍妮問。

「對。」寇克很訝異她分辨得出野雁的性別。「牠的翅膀受傷了，所以沒辦法飛。牠們算是被困在這裡。」

「母野雁留下來陪公野雁嗎？」

「有些野雁會這樣，牠們會一輩子陪著牠們的伴侶。」

「很高興知道牠們願意這麼做。」

「珍妮，我們可以談談嗎？」寇克終於開口問。「關於妳媽媽和我的事？」

「有什麼好談的？」珍妮踢踢雪。「反正你們決定要離婚了，不就是這樣嗎？」

「不完全是。」

她瞥了他一眼，眼神充滿懷疑。「什麼意思？」

「珍妮，我不想和妳媽媽離婚。」

她不相信他說的話。她有如堅石般的表情這樣告訴他。

「但這不是我一個人能決定的事。」他解釋道。

「你的意思是，她想和你離婚。」

「事情就是這樣。」

「為什麼？你做了什麼？」

寇克看著野雁，那兩隻野雁已經吃完乾玉米粒，又返回湖裡。牠們進入湖面時，將湖面上的太陽反射打破為千百個碎片。

「我已經離開她太久了。」

「你是指你搬出去住的事？」

「在那之前，很久以前。」

「你想搬回來嗎？」

「我很想家。」

「我不相信你。」珍妮說。她轉過身，往野馬款越野車的方向走去。

「我不怪你。」寇克在她身後說。「如果我是妳，我也不會相信我。但是我從來沒有騙過妳，珍妮，起碼我不曾故意騙妳。」

她憤怒地回頭。「你的意思是，媽媽應該為你們離婚負責。」

「我無意讓妳對妳媽媽產生惡意，親愛的，真的。我傷她傷得很重，我想這或許是我應得的。我只是想讓妳知道，如果可以的話，我願意彌補一切。」

珍妮看著他們踩過的雪地，然後又看看野雁。「我認為，如果你愛一個人，你應該原諒對方，我認為這才是愛的意義。」

寇克搖搖頭。「說起來容易，做起來很難。」

「所以……你有什麼打算？」珍妮輕聲問。

寇克鼓起勇氣走到珍妮身旁。「我想和妳媽媽談一談。湯姆．格里芬——湯姆神父——願意為我們進行婚姻諮詢。我不敢說一定會成功，但我想試一試。妳覺得如何？」

她的視線越過他，望向被冰層覆蓋的開闊湖面、寫著注意危險的警告標牌、備有繩索和救生圈及堅固雪橇的安全站。他能給她任何實質保證嗎？

「我想回去了。」她說。

他們走回野馬款越野車，寇克在陽光下發現珍妮臉上的淚痕。他想伸手抱抱她，像她小時候那樣。那時候單純的《芝麻街》就是她的全世界，但現在寇克不敢這麼做。他們往前走，沒有交談，然後他從珍妮身旁走開。

「妳先在這裡等一下。」他在野馬款越野車旁對她說。「我馬上就回來。」

他把水桶拿回昆賽特小屋，屋裡仍舊一片狼藉，但顯然沒有人趁他不在家時再度闖入，廚房的窗戶上依然貼著紙板，暖爐也沒有奇蹟般地自我修復。

「發生了什麼事？」

珍妮一臉震驚地站在門口。

「有人闖進來過。」寇克說。

珍妮試探地往小屋裡走進幾步。史帝夫和安妮以前來這裡找過寇克，可是珍妮總是找藉口不來，這是她第一次踏進山姆的小屋。

「是小偷嗎？」她問。

「沒有任何東西被偷。」

「他們為什麼要闖進這裡？」

「我猜他們想找某個東西，可是沒有找到。」

珍妮蹲下來，從地板上拿起一個椅墊。「他們想找什麼東西？」

「如果我知道的話，我也許會更清楚入侵者是誰。」

她抱著椅墊，看著眼前這片混亂的景象。「真可怕。」

「有一點。」

她突然望向他。「要是你昨晚在這裡，會發生什麼事？」

「也許他們就不會闖進來。」

「也許他們會傷害你。」

寇克想起入侵者對他的警告，因此不願繼續多說。他絕對不能讓珍妮——或者他任何一個家人——被牽扯進來。「來吧。」寇克唐突地表示。「我們走吧。」

外面起風了，一道氣流越過湖面，吹進舊鑄造廠所在的那片小樹林。那陣氣流經過時，積雪被吹到空中並開始旋轉，彷彿有了生命。當寇克聽見風中傳來的聲音時，他整個人愣住。

「爸，你還好嗎？」珍妮問。

寇克看看珍妮，想知道她是不是也聽見了，可是他看得出來她什麼都沒聽到。

「我們走吧。」他又說了一遍，試著不讓自己表現出恐懼，可是珍妮注視著他，他知道她看出了他的不對勁。

「怎麼回事？」她害怕地問。

「沒什麼，我沒事，珍妮。」他摟著她，帶她走到陽光下，進入再度變得寂靜的冬季空氣裡。他望向樹林，但一如他的預期，他沒有看見任何異常的狀況。

當他們開車離開小屋時，寇克說：「珍妮，請妳答應我一件事。」

「什麼事？」

「不要告訴任何人這件事，拜託。」

「為什麼？」

「我很難解釋清楚。」

「因為你不想讓任何人知道你害怕？」

這似乎是個很好的解釋，因此寇克點點頭。

「我懂。」珍妮說。她笑了一下，彷彿她真的完全明白。

17

吃過午餐後，寇克和蘿絲帶孩子們前往大北方開發公司的辦公室，喬和山帝．帕倫特整個早上都在那裡工作。大北方開發公司位於距離中央街一個街區外的老舊消防站。那間以炭灰色花崗岩打造的消防站是一八九七年建立的，原本要被拆除，但山帝．帕倫特和法官將它買下，改建為大北方開發公司的總部。

裘強．勒博在失蹤之前曾與大北方開發公司簽訂清掃辦公室的合約，他告訴寇克那棟老舊消防站鬧鬼。他聲稱每當他獨自在深夜裡打掃時，都會聽見以前死去的消防隊員穿著靴子在他頭頂上方的地板走動。他甚至發誓有一次他親眼看見拉爾斯．克努森的鬼魂。一九〇九年老舊的共濟會孤兒院被大火燒毀時，拉爾斯．克努森為拯救院童而犧牲了自己的性命，成為地方上的英雄人物。裘強是在清醒的時候告訴寇克這些事，但後來他就醉醺醺地拋下他的卡車，也拋下他的家庭與事業。寇克始終無法理解裘強為什麼做出這種事，不過，一個能聽見鬼魂聲音的人，可能從一開始就是個有問題的人。

珍妮和蘿絲留在野馬款越野車上，寇克帶安妮和史帝夫走進舊消防站。喬伊絲．桑多瓦爾是個戴半鏡片眼鏡的白髮女性，她坐在接待櫃檯後方，對著電腦打字。她的目光越過平坦的半鏡片上緣看著寇克和兩個孩子。

「喬伊絲，妳星期六還來加班，他們是不是付妳很多薪水？」

「他們付給我的薪水不多，事實就是如此。」她以客氣的口吻抱怨。

「妳為什麼不和艾伯特出去找點事情做？」

艾伯特．諾德伯格和喬伊絲．桑多瓦爾已經約會了二十五年，他們這種求愛方式是奧羅拉的一種習俗。

喬伊絲摘下眼鏡，用鏡架後方連接的串珠項鍊將眼鏡掛在脖子上。「他說他要買聖誕禮物給我，還說不讓我知道是什麼禮物。」她對著寇克投以了然於心又絕望的眼神。「他要送我的禮物是『風之歌』香水，他每年都送同樣的禮物。二十五年前我犯了一個錯誤，我告訴他我最喜歡這個牌子的香水。」她看了安妮一眼並眨眨眼睛。「男人就是這樣，對不對？」

「喬伊絲，可不可以麻煩妳告訴喬我們已經到了？」

喬伊絲．桑多瓦爾拿起電話聽筒，按下三個按鍵。「寇克．歐康納和兩個小精靈來找喬。」她放下話筒。「他們就馬上出來，你們要不要先坐下？」喬伊絲說完後又繼續對著她的電腦工作。

在接待櫃檯後面，原本停放消防車的空間如今被十幾個辦公隔板所佔據，不過目前空無一人。寇克和孩子們坐在小型等候區的棕色真皮沙發上，他們等喬的時候，寇克把他從袞強．勒博那裡聽來的鬼故事說給孩子們聽。當喬和山帝．帕倫特從打開的電梯門裡走出來時，史帝夫正因為聽得津津有味而睜大雙眼。

寇克起身與帕倫特握手致意。「山帝。」他說。

「寇克。」山帝說，然後對孩子們展露溫暖的微笑。「嗨，孩子們。」

「你好，帕倫特先生。」安妮禮貌地說。

「請叫我山帝。」帕倫特表示。

「帕倫特先生，我是說，山帝，你去華盛頓的時候會見到總統嗎？」安妮問。

「親愛的，我已經見過他了。」山帝說。「他是一個非常好的人。」

史帝夫挖挖鼻子，他對這段對話不感興趣，只小心翼翼地盯著天花板看。

「工作還順利嗎？」寇克問喬。

「像一匹瘸了腿的馬。」帕倫特替喬回答。

喬將她隨身攜帶的公事包拉鍊拉上。「羅伯特離世之後，在許多方面會使山帝前往華盛頓的事變得複雜化。」

「喬告訴我你的暖爐壞了，寇克。」帕倫特唐突地轉移他父親去世的話題。「我認識一個不錯的廠商，他替大北方做過不少工程，我很樂意把他介紹給你。」

「謝謝，山帝，可是亞特．溫特鮑爾星期一就有空了，在那之前我不會有事的。」

史帝夫停止挖鼻子，突然問道：「這裡真的有鬼嗎？」

「有鬼？」喬顯得不太高興。「誰說這裡有鬼？」

「爸爸。」

「我剛才告訴他裘強對我說過的故事。裘強說他在這裡看到一些東西。」寇克解釋。

「我不想讓你失望，史帝夫。」山帝．帕倫特笑了笑，說：「但是我不會把裘強．勒博那種人所說的話當真。他說他看到鬼，但他可能只是喝醉了。」

「我想我們該走了。」喬說。「山帝還有事情要忙。」

帕倫特送他們到大門口，並祝他們找到一棵漂亮的聖誕樹。「寇克，如果你改變了修理暖爐的主意，就告訴我一聲。」

「一切已在掌控之中。」

「當然。」帕倫特說。他目送他們，直到他們全部坐進野馬款越野車裡，他才返回老舊的消防站。

「山帝人很好。」安妮說。

「妳這麼認為嗎？」喬問。

「他見過總統。」安妮說。

「總統和平常人一樣，穿褲子時得先套進一隻腳然後再套進另一隻腳。」珍妮冷冷地表示。史帝夫低頭看看自己的褲子，一頭霧水。「我都是兩隻腳一起套進褲子裡。」

聖艾格尼斯童軍團經過瓦魯超市的同意，在超市停車場的其中一個角落販售聖誕樹。寇克一家人分散開來，各自尋找適合的聖誕樹，等到鎖定目標再呼喊彼此。最後他們選擇了一棵高大的白松樹，這棵樹的針葉像貓毛一樣柔軟。寇克把樹搬到拖車上，並且付了錢。童軍團團長雅恩・比約克森問寇克需不需要由他先砍掉一小段底端的樹幹，好讓這棵樹利於吸水，這時寇克看見達拉・勒博從瓦魯超市裡推著一輛裝滿生活雜貨的手推車走出來。

「好，謝謝。」他對雅恩說。「我馬上回來。」他以小跑步方式跑開。「達拉！」他在她身後喊道。

她看到寇克顯然不太開心。

「你要做什麼？」她一邊說，一邊把購物袋放進休旅車裡。

「我只是想問問保羅的近況。」他喘息氣，試著緩和呼吸，並默默發誓一定要戒煙。「還有裘強的狀況。我很擔心。」

「我是保羅的母親，裘強的妻子，我自己會擔心，不必麻煩你。」她將最後一個購物袋放到車子的後座，然後用力推開超市的推車，坐進駕駛座。

「達拉，怎麼回事？」寇克將一隻手放在她的手臂上。「保羅是不是遇上危險了？」

「我得走了。」她說，並且甩開寇克的手，關上車門。

寇克把臉靠向車窗，當他說話時，他的呼吸使車窗玻璃起了霧氣。「我是裘強的朋友，我只是想幫忙。」

達拉試著將鑰匙插入鑰匙孔，沒有回應寇克。她發動引擎，積雪和小礫石在她將車子駛離停車場時被輪胎往後噴。

寇克望著她車子離去的背影，思忖著他剛才在購物袋裡看見的幾樣東西：早餐穀片、甜餅乾、花生醬、夾心餅、洋芋片、果汁條。雖然這些東西可能是達拉・勒博自己愛吃的，但寇克認為這些零食看起來更像是一個青少年在肚子餓時想吃的東西。

他們把沙發搬進起居室，將聖誕樹放在面對馬路的大窗子前。寇克從地下室將一箱箱聖誕飾品搬上來，史帝夫幫他檢查聖誕燈，蘿絲、安妮和珍妮則把玻璃彩球全都掛到聖誕樹上。喬在唱片櫃裡找出聖誕歌曲的專輯，放到唱機上開始播放。

很長一段時間以來，寇克心裡一直有種迷惘，然而裝飾聖誕樹的傳統讓他深刻體悟到家庭的重要。當他打開一個小盒子，拿出他與喬結婚後第一次過耶誕節時所買的精緻藍色玻璃彩球時，喬臉上露出了笑容，這讓他感到非常開心。他們一起把彩球掛上，孩子們也把冰條燈放到樹上。完成之後，他們一同點亮聖誕燈飾，往後退一步，大家都安靜地欣賞著玻璃彩球的光芒，以及閃閃發亮的金箔與花環。雖然這棵聖誕樹與他們曾經擁有過的每一棵樹都很像，不過這棵樹感覺上更加特別。寇克想試試運氣，於是他走向喬並且摟住她的腰。她似乎有點驚訝，卻沒有阻止他這麼做。蘿絲開始跟著安迪・威廉斯[21]的唱片一起哼唱，以她美妙的女高音唱起〈普世歡騰〉[22]，其他人也跟著唱起來，感覺就像過去一樣，彷彿什麼事都沒發生過，而且沒有人能粉碎他們的幸福。

這時電話突然響起，蘿絲去接聽。「寇克，是找你的。」她說。

寇克接過話筒。「哪位？」他點點頭，說了幾聲「嗯」，然後問：「到你的辦公室嗎？」他瞥看客廳一眼，其他人已經開始收拾聖誕飾品的紙盒。「我會過去的。」他答應道，然後掛斷電話。他走回客廳，說：「我得出去一趟。」

「你會回來吃晚餐嗎？」蘿絲問。

「我會打電話回來讓妳知道。」

「你一定要出去嗎？」安妮抱怨地問。

寇克伸手摸摸她的紅髮。「我有很重要的事。」他又看看那棵聖誕樹。「這棵樹真的很漂亮。」

安妮笑了，並說：「這棵是最漂亮的聖誕樹。」

$

沃利．沙諾坐在寇克曾經使用七年的辦公桌前。寇克自從卸任之後就不曾踏進警局一步，此刻走進這個曾佔據他人生一大部分的房間，卻發現另一個人舒舒服服地坐在他的位子上，讓他有種奇怪的感受。寇克以前在牆上掛著馬諦斯[23]和雷諾瓦[24]的畫作，是他在芝加哥藝術博物館看到後非常欣賞的名畫複製品。他認為法律與文明社會的其他部分是彼此結合的。沙諾拿掉了那幾幅畫，掛上他自己在船上和碼頭上得意地舉著大狗魚的照片。沙諾後方的三層書櫃上有本平裝版的黑色聖經，寇克可以從封面邊緣的破爛程度看出沙諾經常閱讀它，細長的書籤繩末端宛如毒蛇的舌頭般分叉，從聖經頁面中間伸出。

「寇克，謝謝你特別跑一趟。」沙諾說。他對著辦公桌對面的椅子揮揮手。「請坐。」

寇克坐了下來。

沙諾手裡拿著一條橡皮筋，一邊玩一邊說：「我聽說你回家了，所以我打電話去那裡找你。」

「什麼事情這麼重要？」寇克問。

「西格德打電話給我，他說你去看了法官的屍體。你為什麼這麼做？」

「出於好奇。」寇克往椅背一靠，眼睛看著沙諾煩躁不安地玩著橡皮筋的手指。

「你的好奇心得到滿足了嗎？」

「不，我的好奇心沒有被滿足。」

沙諾放下橡皮筋，站起身來，走到一個放在窗檯上的金屬保溫瓶前。「你要喝點咖啡嗎？」他問。

寇克婉拒了。他看著沙諾把熱騰騰的咖啡倒進保溫杯裡，那個大大的保溫瓶和沙諾很搭，穿著吊褲帶和卡其褲的沙諾看起來就像是會帶午餐盒上班的人。沙諾喝了一大口咖啡，他的喉嚨因

---

21 譯注：安迪．威廉斯（Andy Williams，1927.12.03—2012.09.25）是美國流行樂壇的知名歌手，擁有十八張金唱片及三張白金唱片，並參與過多部電視劇、電影和舞臺劇的演出。

22 譯注：《普世歡騰》（Joy to the World）是著名的聖誕頌歌，一七一九年由英國公理會牧師暨詩人以撒．華茲（Isaac Watts，1674.07.17—1748.11.25）根據舊約聖經的《詩篇》第九十八章創作出這首歌的歌詞。

23 譯注：亨利．埃米爾．伯努瓦．馬諦斯（Henri Émile Benoît Matisse，1869.12.31—1954.11.03）是知名的法國畫家，野獸派的創始人及主要代表人物，也是一位雕塑家和版畫家。

24 譯注：皮耶—奧古斯特．雷諾瓦（Pierre-Auguste Renoir，1841.02.25—1919.12.03）是著名的法國畫家，也是印象派發展史上的領導人物之一。

為高溫而繃緊。

「和我談一談吧。」他說。

「西格德的專長是把屍體整理好，讓屍體美美地躺在棺材裡，可是他根本不懂法醫學。當然，他怎麼可能會懂法醫學？」

沙諾又喝了幾口咖啡，等寇克繼續說下去。

「背側的屍斑。」寇克解釋。「法官的血液全部沉積在他身體背側，包括雙臂和雙腿後側以及臀部。他前側的肋骨、肚子、骨盆等部位都沒有血液，這表示他死後仰躺了好一段時間，但是我發現他的時候，他是趴著的。」

「你有沒有把這一點告訴西格德？」

「西格德才不會在乎。如果法官是自殺，這對於西格德和每個人來說都會簡單一點，就是這樣。」

「你為什麼沒有打電話告訴我這件事？」

「因為事實上我也不是很在乎這一點，我只關心這件事與保羅的失蹤有什麼關聯。」

沙諾放下他的保溫杯，再次拿起橡皮筋。他玩著橡皮筋好一會兒。「這句話是什麼意思？」

「我不確定。或許保羅看到了一些他不該看到的東西，可能有什麼東西令他害怕。無論如何，我認為這導致他躲起來。」

「他沒有躲起來，他和裘強在一起。」

「那他們在哪裡？」

「如果你要我猜，我會說他們在保留區的某個地方。昨天我派人去問裘強的妹妹汪達・梅尼迪茲，可是她什麼都不說。」沙諾拿起他的保溫杯，看似想要再替自己倒杯咖啡，可是他停頓了一會兒，說：「我說，如果你真的那麼擔心保羅．勒博，為什麼不去找汪達談一談？或許你比我的部下更能從她那邊得到消息，我也可以因此確定那個男孩跑到哪裡去了。」

「為什麼你覺得她會願意告訴我？」

「因為你的血統。」沙諾坦白地說。「你有部分的奧吉布韋血統。除此之外，你也已經不再是警務人員。你願意去找她嗎？」

「好吧。但或許你應該趁我到保留區的時候去看一下法官的屍體。」

沙諾的臉皺了一下，彷彿突然被人勒緊褲腰。「我沒辦法。」

「為什麼沒辦法？」

「因為西格德已經將屍體火化了。聽著，寇克，下次如果你覺得自己發現了什麼線索，就馬上來告訴我，好嗎？」

❦

寇克的祖母狄兒西這輩子最遠只去過明尼亞波利斯聖保羅都會區，大部分的人生都待在奧羅拉和鋼鐵湖保留區裡。她告訴寇克尼什那比人如何來到五大湖區這個地方。

很久以前，第一民族[25]（也就是尼什那比這個詞的意思）住在遙遠東方的鹹水岸邊，他們在

---

25 譯注：第一民族（First Nations）是加拿大境內數個民族的通稱，法定與印地安人同義，指的是在現今加拿大境內的北美洲原住民及其子孫，但不包括因努特人（Inuit）和梅蒂人（Métis）。

那裡過得很快樂，每天打獵、捕魚，與他們的族人和平相處。偉大的神靈對第一民族很好，祂讓巨大的子安貝浮出水面以顯示祂對第一民族的青睞。貝殼閃亮的表面會反射陽光，賜予尼什那比人光明、健康和智慧。

然而有一天，那個貝殼沉入了海底，黑暗籠罩了第一民族。疾病和死亡像饑餓的猛獸般撲向他們，使他們生活在恐懼之中。巨大的子安貝再次從西方的一條大河浮現而出，那個地方叫做Mo-ne-aung（蒙特婁），因此第一民族到那裡打造全新的棚屋，並且有很長一段時間再次生活在子安貝反射出來的光明與溫暖中。

後來子安貝又從他們視野中消失三次，然後升起三次，每一次都往西方移動，越移越遠。首先在名為休倫的大湖岸邊，接著在蘇必略湖盡頭處的Bow-e-ting（蘇聖瑪麗）。子安貝最後一次升起是在Mo-ning-wuna-kaun-ing（尖角島），它在那裡反射的陽光甚至可達最偏僻的尼什那比村莊，賦予他們光明、生命與智慧。

狄兒西祖母說了很多故事，但直到寇克去上了明尼蘇達大學新成立的美國印第安研究系所開設的奧吉布韋族歷史與文化課，他才學到相關的事實。他驚訝地得知尼什那比人是墨西哥以北最大的美洲原住民部落，而且他們確實在很久之前就從大西洋海岸遷徙移居，不過降臨在他們身上並迫使他們往西移居的死亡與神奇的魔法無關，而是因為他們與易洛魁民族[26]發生戰爭。雙方的戰爭歷時長久，彼此敵意深厚。奧吉布韋這個詞的意思是「烤到皺成一團」，因為被他們俘虜的敵人經常遭遇這種命運。

寇克學到許多關於他祖母族人的歷史，包括試圖分裂他們及剝奪他們公民權的陰險協定。在他們與易洛魁人戰爭以及後來與達科他人戰爭之後，第一民族一直與美國印第安事務局的腐敗、族人的貧困與酗酒、公立學校的殘酷，甚至持續試圖根除他們文化和語言的白人進行抗爭。然而尼什那比人存活了下來，目前穩定地分佈於密西根州、威斯康辛州、明尼蘇達州、北達科他州和加拿大境內。

不過寇克遺傳到的大部分基因都屬於白人，而且他也選擇在白人世界裡生活。他有紅色的頭髮和白皙的皮膚，看起來比較像愛爾蘭裔，不像奧吉布韋人。生活原本就已經不容易，要過著像印第安人一樣的生活會更困難。

當天下午稍晚時，因裝飾聖誕樹的溫暖心情而備受鼓舞的寇克前往鋼鐵湖保留區。已經快下山的太陽依偎著光禿禿的樹枝，像一隻肥碩的紅色公雞。

鋼鐵湖並不是大型保留區，而是由不到四百平方英哩的樹林、湖泊和沼澤組成，人數不多的尼什那比人分別居住在亞盧埃特和布蘭地萬這兩個村莊，以及散佈於樹林的孤立小屋或棚屋或拖車裡。除了由西北往東南方向穿越保留區的第三十七號州公路之外，保留區裡都是崎嶇不平、充滿車輪痕跡的礫石路或泥巴路。冬天大部分時候，那些小路會有很長的時間無法通行，然而當寇克從住屋與都市開發部所在地及舊市政中心亞盧埃特駛離公路，並轉進樹林前往神靈之母諾可米斯之家時，他發現積雪已經被鏟推至道路旁。

因為賭場的緣故，他知道。

由鋼鐵湖一帶的奧吉布韋族所擁有並經營的奇佩瓦大賭場於六個月前開幕，吃角子老虎機、二十一點賭桌、基諾遊戲和超級賓果遊戲的營收已經超越業主當初最樂觀的預測值。在這短短幾

26 譯注：易洛魁民族（Iroquois）是北美洲的原住民族之一。

個月之內，奇佩瓦大賭場已經賺進將近六百萬美元的總收入。賭客們從密爾瓦基、芝加哥、明尼亞波利斯聖保羅都會區、溫尼伯等地搭公車過來，甚至透過旅行社安排的特殊行程遠從堪薩斯市而來，或者從附近的小城鎮和農場自行開車來，以體驗屬於他們自己在地的賭城樂趣。賭博為保留區的尼什那比人帶來豐沃的報酬。鋼鐵湖一帶的奧吉布韋族每個家庭每個月都能從這間賭場的利潤獲得數千美元的養家費，而且每一個想找工作的美洲原住民都可以在賭場裡找到工作。賭場還花錢購買全新的道路養護設備，並計畫鋪路、興建新的部落議會大樓以及一間學校。寇克心想：難怪在明尼蘇達州南部經營賭場的達科他人將賭博稱為「新水牛」。

駛離亞盧埃特四英哩之後，寇克來到了傳教堂，這裡依舊是崎嶇不平的碎石路。天主教傳教堂是一棟位於一小塊空地上的方形單層建築，雖然曾為保留區的居民提供服務，但是在湯姆·格里芬神父來到奧羅拉之前已經荒廢十多年。格里芬神父幾乎只靠自己的力量使其起死回生，他將大部分的空閒時間都花在這個地方，努力將這棟老舊的建築翻新。雖然神父也試著招募聖艾格尼斯教區的居民來幫忙，無論白人或印第安人，可是寇克聽說聖人川崎總是獨自一人在這裡忙碌著。

當寇克抵達傳教堂時，太陽已經下山了，星星從東邊紫色的天空中浮現，有顆行星像爐火燃燒的餘燼般在樹梢上發光。那顆行星是火星，另一個宗教的憤怒之神。寇克驚訝地發現傳教堂屋頂的煙囪正冒著煙霧，儘管建築物裡沒有透出燈光。他把車子停下來，然後下車。空地上密集生長的白樺樹林和松樹林都已經變暗，傍晚的光線把白雪變成柔和的藍色，除了一陣微風從樹林裡吹出來並拂過雪地，在經過寇克身邊時發出冰冷耳語，其餘的一切全都毫無動靜。寇克將衣領立起，傳教堂的前門鎖著，寇克想從窗戶往裡面瞧，可是窗簾都拉上了。湯姆·格里芬神父在整修老舊傳教堂時所做的第一件事，就是更換窗戶並且安裝窗簾。寇克費勁地走到傳教堂後方。

傳教堂後面有一座墓園。這座墓園的命運與傳教堂不同，它從未被人遺棄。墓園外有與腰齊高的黑色鍛鐵柵欄，保留區的天主教徒持續在這座墓園裡安葬他們死去的親人，包括最近離世的弗儂・黯淡之水。不到一個星期前，弗儂因為癌症去世。埋葬在這座墓園裡的許多尼什那比人選擇傳統型的墓室，也就是覆蓋墳墓的木頭小屋，其他多數人則以簡單的石頭或白色十字架表達紀念之意。據寇克所知，弗儂・黯淡之水這兩種方式都採用了。他的腳朝向西方的Chebakunah，也就是靈魂之路，遺體安葬於墓室，墓室裡有一個大大的花崗岩十字架。一如弗儂・黯淡之水這種面面俱到的考量，他在生病期間不僅接受白人的藥物治療，還找汪達・梅尼迪茲為他施咒並吟唱治癒之歌。在黯淡之水臨終之際，他要求神父——湯姆・格里芬神父——和靈醫汪達・梅尼迪茲都在場，一位替他塗抹油膏，另一位在他踏上前往靈魂之境的道路時為他誦唱。

聖人川崎那輛老舊的雪地摩托車停在墓園大門附近，神父將這輛老機器稱為拉撒路，拉撒路因為漏油而在傳教堂後方的雪地上留下黑色油污。神父的摩托車則停在雪地摩托車旁，倚著墓園的鍛鐵柵欄。當寇克走到傳教堂後方時，後門突然打開了，聖人川崎身穿皮夾克並戴著附紅色面罩的絨線帽從裡面走出來。神父沒有看到寇克，因為他低著頭鎖門。

「嘿，湯姆。」寇克喊道。

聖人川崎轉過身。「耶穌、瑪利亞和約瑟！」他嘶啞地驚呼，然後脫掉絨線帽和面罩。他那隻完好的眼睛依然露出驚訝的神色。「你嚇了我一大跳。」

「抱歉，湯姆。」

「你在這裡做什麼？」

「我正要去找汪達・梅尼迪茲，我想和她談一談裘強和保羅的事。」

湯姆・格里芬神父搔搔臉頰，寇克可以聽見指甲刮過他灰白色皮膚的聲音。「如果你覺得可以從她那邊打聽到什麼，我倒很想聽聽看她怎麼說。你介不介意我跟你一起去？」

「沒問題。坐我的車去吧！我們回來的時候，你再來牽你的雪地摩托車。」

「聽起來不錯。」神父同意。

「拉撒路又拋錨了嗎？」

神父露齒一笑，無奈地搖搖頭。「我認為這次需要真正的奇蹟才能讓它再次復活了。」

18

就像明尼蘇達州大多數的保留區一樣，鋼鐵湖保留區是由五花八門的土地所組成，包括部落託管的土地、分配給部落成員的土地、因伐木和娛樂等目的出售或出租給非印第安人的土地，以及屬於郡政府、州政府或林務局的土地，各種土地都在保留區的範圍內拼湊在一起。神靈之母諾可米斯之家位於曾被租出去的土地上，但如今早已歸還給部落託管。這間木屋很大，為鄉村式建築，而且與世隔絕。它原是一間古老的狩獵小屋，在汪達·梅尼迪茲將它變成美洲原住民婦女庇護所之前曾被棄置多年。木屋旁邊有一座名為五松的小湖，因為有五棵巨大的白松樹生長於湖邊。這五棵松樹的樹幹圓周全都寬達十英呎，在世紀交替之前，這片土地上的巨木早就被砍伐光了，寇克不知道這五棵松樹為何能逃過一劫。但這些高大的樹木矗立於此，就像一群不會說話的強大守護者，守衛著神靈之母諾可米斯之家。

當寇克抵達時，他看到汪達·梅尼迪茲正在木屋旁的迴車道上忙著。迴車道的積雪已經被鏟到一旁，梅尼迪茲拿著電鋸砍柴。她穿著牛仔褲、登山靴、藍色牛仔襯衫和紅色羽絨背心。有個小男孩坐在樹樁上看她砍柴，是她的兒子阿米克。阿米克身穿有著厚厚羊毛內襯的牛仔夾克。

迴車道上停放著一輛黃色的推土機，推土機上積著雪，後方大約四分之一英畝的樹林已被夷為平地，連殘幹都被連根拔起。粗糙的樹根末端從雪地裡伸出，宛如巨獸從冰凍的地面伸出爪子，即使有柔軟的白雪覆蓋一切，現場仍有一種荒涼無比、慘遭摧毀的氛圍。當寇克停好野馬款越野車並與神父一同下車時，他聞到空氣裡飄著一股電鋸發出的油膩廢氣味。

汪達將電鋸放下，面無表情地看著朝她走來的兩個男人。

「晚安，汪達。」寇克說。

汪達微微歪著頭看寇克，無聲地向他們打招呼。

聖人川崎蹲下來，用奧吉布韋人的語言向坐在樹樁上的小男孩打招呼。「*Anin*，阿米克。」

小男孩害羞地笑了笑。「*Anin*，神父。」他小聲地回答。

「那邊是怎麼回事？」寇克問，並指指樹木被砍光的那塊地。

「準備擴建。」汪達・梅尼迪茲說。「現在所有的建築都可以擴建，由賭場贊助資金。」

「妳不會砍掉那幾棵松樹吧？」

「就算你我都死光，那些松樹還會繼續佇立於此。你來做什麼？」

「如果方便，我想和妳聊幾句。」

「聊什麼？」

寇克還沒來得及回答，神靈之母諾可米斯之家的門就被打開，一名年輕女子走了出來。「阿米克！*Oondass*！」她對著小男孩喊道。那是「過來這裡」的意思。

小男孩看看他的母親，汪達點點頭，阿米克才從樹樁上滑下，跑向那間老舊的木屋。年輕女子將阿米克抱進懷裡護著他，並以懷疑的眼光看著寇克，然後便把小男孩帶進屋裡。

「關於妳哥哥的事。」寇克最後回答。「我想談一談裘強。」

「沒什麼好談的。」

「我聽說他回來了。」

「我也聽說了。請不要在這裡抽菸，神靈之母諾可米斯之家的規定。」

寇克蹲下來，在雪地裡熄掉香菸。神靈之母諾可米斯之家的門再次打開，一個滿頭白髮的女人探出頭來，寇克認出那是汪達．梅尼迪茲的姑姑蒂莉．法夫爾。老舊的木屋裡傳來嬰兒持續的哭聲。

「瑪娃在哭了！」蒂莉．法夫爾對汪達說。「他肚子餓了。」

汪達不太高興地盯著她的客人，但仍開口：「進屋裡去吧。」

前門進去就是客廳，有個年約十二歲的小女孩坐在一張綠色的沙發上，懷中抱著一個嬰兒。汪達剛把羽絨背心掛在門邊，小女孩就把嬰兒交給汪達。

「蘇珊，*Migwech*。」汪達．梅尼迪茲說。

雖然嬰兒因哭泣漲紅了臉，而且不停蠕動，但那個小女孩似乎不想放開他。她流連了一會兒，彷彿希望汪達能把嬰兒還給她。嬰兒一被他的母親抱住，就立刻停止哭泣。汪達朝著通往後方的門廊點點頭，小女孩才慢慢走開。

雖然汪達沒有邀請寇克進入客廳後方的區域，但寇克知道裡面是寬敞的公共休息區，有一座大大的石砌壁爐。木屋裡瀰漫著燃燒松木的氣味，每隔一段時間，客廳裡就會聽見後面傳來燃燒木柴的爆裂聲，因此寇克知道壁爐裡的火燒得很旺。二樓是臥室區，當那些寇克看不到的住客在二樓走動時，他可以聽見頭頂上的舊木板發出吱吱聲響。

汪達．梅尼迪茲是個四十多歲、身材高大、態度冷漠的女性，黑色的長髮中分，像烏鴉斂起的翅膀般貼伏在她頭上。她一隻手腕上戴著一個華麗的串珠手鐲，耳垂上穿著珠飾耳環。她年輕的時候曾參與佔領印第安事務局明尼亞波利斯辦公室的活動，並且因此遭到逮捕，短暫入獄。最近她獲選為部落委員會的委員。她有兩個孩子，沒有丈夫。小男孩阿米克的名字在奧吉布韋族語中是「海狸」的意思，今年六歲，他的父親沃倫．梅尼迪茲在他出生前兩個星期於一場伐木事故中不幸喪生。汪達．梅尼迪茲從未再婚，但嬰兒瑪娃只有四個月大，汪達從未表明這孩子的生父是誰。由於湯姆·格里芬神父和汪達·梅尼迪茲經常共事，奧羅拉傳得最難聽的謠言便是神父必須對此負責。寇克完全不信那些流言蜚語，因為在他們兩人各自的文化裡，他們都是正直的人生嚮導，寇克從未見過比他們更投入自身使命的人。

汪達在一個以竹藤編成的搖籃前坐下，開始輕輕搖晃不停動來動去的嬰兒。「你的漢堡生意還好嗎？」她問。

「冬天沒有營業。」寇克說。「這裡聞起來很香，是熊肉的味道。」

「沒錯。」

嬰兒開始啜泣。

「妳從哪裡弄來的熊肉？」

她看著寇克，彷彿這是一個很蠢的問題。「我射殺了一頭熊。」

「我不知道妳會狩獵。」

「我還有很多你不知道的事。你當然不可能知道，因為你從來沒有在保留區裡住過。」

剛才抱嬰兒的小女孩站在門廊偷看，汪達·梅尼迪茲瞥了她一眼。「蘇珊，去看電視。」

小女孩皺皺眉，但還是依照汪達的吩咐去做。

「她的母親在紅湖保留區的療養中心。」汪達解釋。「蘇珊很想要有個孩子，也想要有人愛她，如果我能讓她等到二十歲再結婚生子，她會是一個好母親。」汪達將哭鬧的嬰兒抱到肩膀上，輕輕拍嬰兒的背。「你到這裡來不是為了討論獵熊，你想問的事情和警長的部下一樣，你想知道裘強在什麼地方。」

「是的。」寇克說。

「我應該告訴你嗎？只因為你身上流著一點點族人的血液？你為什麼關心裘強在哪裡？你早

就已經不再是警長了。」

「裘強是我的朋友。」

「那就不要打擾他。」

嬰兒又開始大哭。汪達・梅尼迪茲解開她牛仔襯衫最上面的鈕釦，並解開她的餵奶胸罩。她的乳房上緣有一個精緻的紋身，寇克一眼就看出那是智慧樹的圖案。智慧樹是一種古老的、孤立的白色西洋杉——通常長在沼澤邊——主要生長在伸入蘇必略湖的岩地尖端。白人將這種樹稱為巫婆樹，因為這種樹可以從堅硬的岩石裡長出來，沒有吸收養分的生存方式。據說智慧樹和奧吉布韋族一樣古老，是神聖的象徵。汪達・梅尼迪茲和亨利・梅魯一樣屬於鸕鶿族，教師和靈醫都屬於鸕鶿族。嬰兒的嘴緊緊含住位於智慧樹紋身樹根下方的乳頭，安靜地吸吮著奶水。

「妳見過裘強了嗎？」寇克問。

「沒有。」

「他回來了嗎？」

「他就在附近。」

「在保留區裡？」

「在塔馬拉克郡。」

「妳知道他在什麼地方？」

汪達的乳頭從嬰兒的嘴巴滑開，嬰兒開始啜泣，她又將嬰兒的嘴引導回乳頭。

「他是不是帶走了保羅？」

她思考了一會兒才回答。「保羅很安全。」

「他們為什麼躲起來？」

「人們會因為什麼原因躲起來？」

「達拉在害怕什麼？」寇克繼續追問。「大家在害怕什麼？為什麼沒有人願意說出來？」

她看著他，杏眼中帶著輕蔑。「你從男人的角度來解讀我的沉默和達拉的沉默。你相信沉默是出於恐懼，但其實沉默往往出自於力量與智慧。」她低頭看著嬰兒。「我只能對你說這麼多。」

在這一刻之前，神父一句話都沒說。這時他恭敬地表示：「汪達，謝謝妳。」

「不客氣，湯姆。」她回答時沒有抬頭。

神父轉身準備離開，但寇克仍舊站著不動，又問：「裘強和法官遭到謀殺有關嗎？」

汪達停止哄嬰兒的動作，從嬰兒身上抬起頭來。或許她的沉默出自智慧，但是寇克看得出她臉上的表情來自恐懼。

「出去。」她說。

「來吧，寇克。」神父把手放在寇克肩膀上。

寇克對汪達說：「我只是想幫忙。」

「那就別管這件事。」她說。「你最好完全不要管這件事。」

嬰兒開始哭了起來，嚎啕大哭的那種。汪達穿好襯衫，起身將嬰兒輕輕抱在身上。「**噓**，瑪娃，**噓**。」

蒂莉．法夫爾和兩個女人以及那個小女孩出現了，她們都以相同的敵視眼神看著寇克。

「*Migwech*，汪達。」寇克說。這是「謝謝」的意思。他轉身離開。

到了屋外，寇克又看了木屋旁被砍光的樹林最後一眼。那些被連根拔起的樹木讓他無以名狀地焦慮起來。賭場的錢改變了一切，所有的一切都改變得非常快速，而且永遠改變，但誰能說什麼樣的改變才是最好的，什麼又是不好的？

在野馬款越野車裡，神父問：「你剛才提到法官遭到謀殺，到底是怎麼回事？」

「我認為他可能是遭人謀殺。」寇克表示。

夜幕已經完全降臨，當寇克沿著蜿蜒的道路駛回傳教堂時，車子遠光燈所照出的強光和陰影飛速地從樹林閃過。

「謀殺。」神父平靜地說。

「而且因為某種理由，那個男孩和他的父親可能也牽扯其中。」

「你覺得汪達說的是實話嗎？」

「是。」寇克在傳教堂的空地進入視野時表示。「可是她沒有說出她知道的一切。」

$

蘿絲坐在廚房的桌子旁包裝禮物。當寇克推開後門進來時，她似乎被嚇了一跳。

「抱歉，蘿絲。」寇克說。「我無意嚇妳。」他掛起外套。「大家到哪裡去了？」

「他們去買聖誕禮物。」

寇克走到放在櫃檯上的餅乾罐前，轉開恩尼的頭並拿出兩塊巧克力餅乾。他看看蘿絲，蘿絲正將一段金色的緞帶打成蝴蝶結。她抬頭看他一眼，似乎有話想說，但是又低頭看著她的緞帶。

「怎麼了？」寇克問。

「沒事。」

「妳說吧。」

「可能只是我自己胡思亂想。」

「什麼事？」

蘿絲放下緞帶。「我覺得有人進屋裡來過。」

寇克原本倚著廚房的櫃檯，聞言後立刻站直了身子。「妳為什麼這麼認為？」

蘿絲看起來有點不太確定。「有點難以解釋，都是一些小事。好比今天下午，我去毛巾櫃拿乾淨的毛巾。我一向把毛巾和浴巾依照順序排好，深藍色的放在最下面，淺藍色的放中間，白色的放在最上面，可是今天我發現毛巾的順序不對。」

「也許是被哪個孩子弄亂了。」寇克說。「孩子們可能在找被藏起來的聖誕禮物。」

「也許吧。」蘿絲說。

「還有什麼跡象嗎？」

「我把一些衣服拿到喬的房間。她的床整理得很整齊，可是床罩的一角卻翹起來，好像被人掀開過，為了往床底下看。」

「也許她今天早上鋪床的時候不夠用心。」

「你知道喬多注重整齊。」

「也可能是孩子們在找聖誕禮物。」

蘿絲看起來還是心存疑慮。「還有一些其他的事，都是這一類的小事。但我有一種怪怪的感覺，我沒辦法不去想這些事。」

「有沒有什麼東西不見了？」

「就我所知是沒有，而且我仔細檢查過了。」

「什麼時間可能有人闖進來？」

「我唯一能想到的，就是我們去買聖誕樹的時候。」

「妳有沒有鎖門？」

「寇克，這裡是奧羅拉，我從來不鎖門的，除了晚上睡覺前。」

屋裡原本一片寂靜，但冰箱的馬達突然發出低沉而驚人的運轉聲，讓坐在椅子上的蘿絲嚇了一跳。

「我確定這不是什麼大問題，蘿絲。」寇克說。「但我們還是開始鎖門，以求得安心。」他將後門鎖上。「我要上樓盥洗了。妳沒事吧？」

「嗯。」蘿絲笑了笑。「我沒事。就像你說的，這不是什麼大問題。」她又繼續打蝴蝶結。

寇克在上樓之前先去鎖了前門，並且檢查了客房、安妮和珍妮和史帝夫的房間，以及喬的房間。他站在妻子的臥室裡，表面上一切看起來都很好。當他住在這棟房子裡的時候，他對於所有的東西該有什麼感覺都清清楚楚，可是他已經搬出去好幾個月了，他已經喪失那種感知的能力。現在的他就像一個陌生人站在那裡。

儘管如此，他還是相信蘿絲的懷疑。

首先山姆的小屋遭人入侵，接著又是醋栗巷的房子。那些人也想在這裡找到什麼東西嗎？或者只是另一個警告，暗示他他的家人不安全？如果他們在找某個東西，到底是什麼東西？為什麼他們覺得那個東西在他手上？

他走到地下室，從放在爐子旁的上鎖黑色木箱裡取出捲起的熊皮，然後把熊皮帶回客房。這張熊皮是山姆．凜冬之月在遺囑中留給他的，它來自寇克所見過最龐大的黑熊，也就是他十四歲那年和山姆一起獵殺的那頭。寇克解開繫繩、攤開熊皮，裡面放著一個他在一年多前藏起來的盒子。這個盒子約為一本厚字典的大小，重量也差不多。他將盒蓋打開，裡面有一把史密斯威森點三八警用手槍，還有皮帶和槍套及一盒子彈。他射殺阿諾．司坦利之後就把這些東西都收起來，深信自己再也不會使用它們。然而就如同他的人生一樣，他似乎誤判一切了。

他很累，累得幾乎無法抬起腳繼續行走。他背上的背包感覺非常沉重，讓他幾乎背不動。山姆．凜冬之月默默走在他前面，溫徹斯特步槍在山姆手中蓄勢待發。

他們在森林裡的一個陌生角落，一個無比荒涼的區域。這裡的樹木都被夷為平地，連殘幹都被從地面拉起，樹根變成朝著傍晚天空伸去的爪子。太陽低沉而火紅，森林裡的一切都被染上一種憤怒的色彩。

山姆．凜冬之月說那隻熊就在不遠處，距離他們非常近，他們現在必須小心謹慎。山姆輕輕踮著腳尖，沒有發出任何聲音，但寇克的每一步都很吃力，在秋天乾燥的落葉上踩出可怕的嘎吱聲，打破周圍的寧靜。

他們來到一片荒蕪的空地，一個樹幹、樹枝和殘根被堆在一起的地方，宛如伐木工準備焚燒的廢棄木柴堆。這個區域到處是與胸齊高的薊草和秋季樹葉轉紅的漆樹。山姆細細看著那堆木柴，在傍晚餘暉中，那堆木柴看起來像是某種駝著背且垂死的生物。

山姆．凜冬之月環顧四周，舉起手示意寇克稍候片刻，然後開始繞著那堆斷枝殘幹而走。過了一會兒，山姆就消失在高大的薊草和漆樹中。寇克的心跳得又猛又急，撼動他的全身。他的心跳聲越來越大，大到讓他相信這個聲音會嚇到熊。他試著將體內的恐懼吐出來，也想要大聲呼喊山姆，把山姆從險境中喚回，可是山姆．凜冬之月已經消失，完全不見人影。

接著，那堆木柴動了起來。鋸齒狀的殘幹和木椿升起，變成一隻站立的大熊。牠在寇克上方伸出又長又利又白的爪子，襯托著紅色的天空。那隻熊將黑色的嘴高高揚起，發出震耳欲聾的吼叫聲。正當寇克驚恐萬分地看著牠時，牠朝著他直衝而來。

寇克手裡握著一把弓，但這把弓剛才並不存在。他將手伸向背部，伸向掛在背後的箭袋。他顫抖的手抽出一支箭，並試著思考應該將箭射向哪個部位才能殺死這隻熊。他瞄了弓弦一眼，迅速把箭裝上。當他抬起頭時，那隻熊變了，牠不再是那頭龐大的黑色猛獸，而是一個巨大的食人怪：半獸人。牠有人類的外型，皮膚上染滿血跡，牙齒上有吃人之後留下的殘渣。寇克舉起他的弓箭，瞄準這個生物的胸口，倘若半獸人有心臟，心臟會是在那個位置。這時他的弓箭也不再是弓箭，而是一把點三八警用手槍。當他扣動扳機時，半獸人卻不是那個會吃人的怪獸了，而是瘦小的阿諾．司坦利，頭髮溼漉漉，臉上帶著絕望的表情。司坦利的胸口被子彈炸得血肉模糊。

「寇克，你沒事吧？」喬站在客房門口問。「你剛才在大叫。」

寇克在床上坐起身子，他的心還在狂跳。

「我沒事。」他回答，然後深深吸一口氣，用手揉揉眼睛。「我做了一個惡夢。」

他掀開被子，雙腳從床上伸下來，並拿起床頭櫃上的香菸。一絲光線從窗外透進，是外面雪地反射路燈所發出的微光，不過客房裡絕大部分仍是一片漆黑。

喬走進來，站在離寇克不遠處。她穿著法蘭絨睡袍，雙臂交叉於胸前，看起來彷彿很冷。

「你想談一談你夢見什麼嗎？」

「不了。」寇克劃了一根火柴將香菸點燃，然後吐出一個菸圈。「只是一場夢罷了，沒事。」

他可以聞到她身上的香味，香味來自她晚上保養肌膚的乳液。

「今天可以完成聖誕樹的裝飾真不錯。」他過了一會兒又說。

「嗯。」她回答。

「我很驚訝那些藍色的玻璃彩球還完好如初。」他表示。

「因為我們很珍惜我們的東西，至少很珍惜那些玻璃彩球。」喬可能笑了，寇克看不清楚她臉上的表情。「我要回去睡覺了。」她說。

「妳冷嗎？」他問她，希望她不要那麼快離開。

「冷死了。」

「妳老是覺得冷，而我總是覺得熱。妳還曾經把被子都搶走，記得嗎？」

他聽見她深深嘆了一口氣。「晚安，寇克。」她說完之後便轉身離開。

他把菸抽完，然後試著讓自己入睡。

19

第二天早晨，喬和蘿絲帶孩子們去教堂之後，寇克便開著車去莫麗家。她沒有應門，於是寇克去查看停車棚，發現她的車子還在。他瞥了位於湖邊的三溫暖房一眼，煙囪沒有冒出白煙。有兩道滑雪痕一路延伸至湖邊，可是寇克看不出那兩道滑雪痕是不是最近留下的。他返回莫麗的木屋，用莫麗掛在後側樓梯下方的鑰匙開門進去。她通常都把滑雪板放在後門廊的木架上，可是木架現在是空的。寇克走進廚房，脫掉帽子、手套和外套，將莫麗為他準備咖啡粉拿出來，替自己煮了一壺咖啡。

他很喜歡莫麗的廚房，因為這間廚房永遠有一種紊亂感，讓他覺得非常自在。莫麗並非個性散漫之人，不過她經常把打開的書放在餐桌上，或將幾個盤子放在洗碗槽邊，或讓她的編織袋垂在椅子旁的地板上。莫麗的主要活動都在她的廚房裡，這裡充滿了她的精神，因此光是站在這裡，寇克就能呼吸到莫麗的精神。

假如寇克相信禱告，他會在那一刻默默祈禱，希望稍後的事情不要發生。

他在洗碗槽前彎下腰，感覺身體虛弱、胃部不適，就像發燒一樣全身顫抖。

至少他沒有對莫麗說過他愛她。或許這是個小小的祝福，讓他們兩人都免於更深的傷害。他唯一確定自己愛過並告訴對方他愛她的女人就是喬，然而結局並不是太好。愛的下場總是如此嗎？

他替自己斟了一杯咖啡，當他啜飲第一口時，莫麗從湖邊出現了。她脫去滑雪板，然後消失在三溫暖房裡。三溫暖房的煙囪開始冒出白煙，接著她又再次出現，手裡拿著一根末端有鑿刻的長金屬棒，一根鑿冰棒。她走到結冰的湖面上，在大約十英呎外的位置將鑿冰棒用力往下戳，那根沉重的金屬棒似乎直接穿透了厚厚的冰層，但寇克知道那裡原本就有一個洞，莫麗使用三溫暖之後會跳入冰冷的湖中，她現在只是在清理上次浸完冰水之後形成的薄冰。每次她和寇克一起享用三溫暖，通常會同意寇克只在雪地裡打打滾，或者在天寒地凍中站立一會兒，讓冰冷的空氣使他們的身體冷卻。她是為了寇克，因為寇克認為在寒冬中跳進湖裡實在太誇張。現在她已經收好鑿冰棒，拿起滑雪板和手杖，開始往木房的方向走回來。當她看見寇克的野馬款越野車時，漂亮的臉上立刻露出燦爛的笑容。

「上帝真的存在。」臉頰紅通通的她跑進廚房，衣服上所挾帶的寒氣讓站在廚房另一頭的寇克都能感覺到。她脫掉羽絨外套，掛在寇克外套旁的掛鉤上。她把穿在裡面的那件紅色毛衣也脫了下來，最底下是一件白色的保暖衣，展現出她的胸部與平坦的小腹。莫麗的臉頰透著深粉紅色，眼裡充滿興奮之情。「我剛才在那面美麗的湖上，心裡想著如果回來之後能和你一起享受三溫暖會是多麼棒的事情。」她興高采烈地抱住寇克並且親吻他，可是她隨即往後退了一步。「怎麼了嗎？」

「沒事。」

「你騙人。」她仔細看著寇克，以致寇克不得不移開視線。

他的雙手緊緊握著咖啡杯。「我們應該談一談。」

「你從來不想和我交談。我敢說這件事很嚴重。」

「妳先坐下。」

「我站著就好。」莫麗的眼睛注視著他，似乎透出一種冰冷且了然於心的眼神。

「莫麗，我最近一直在思考，思考我們之間的事。」

「我們之間怎麼了？」

寇克看著他的咖啡，他可以看見自己的眼睛倒映在黑色的咖啡表面上。那雙眼睛看起來憂心忡忡。

「妳是一個很好的人，莫麗，我配不上妳的好。」

「別扯這些廢話，寇克，你到底想說什麼？發生了什麼事？」

「我想要試著修補我的婚姻。」

「原來如此。」她轉身走到爐子旁，拿起茶壺並且在裡面裝滿水，然後將茶壺放在爐子上，打開煤氣開關。「她希望你回去？」

「不完全是。」

「所以是你主動想回去？」

寇克走近莫麗。「莫麗，不是妳的問題，妳真的是一個非常好的人。」

「對。」

「事實上，我是為了孩子們。我不想讓我的孩子們再次受傷。妳能理解嗎？我在醋栗巷的那間房子有段過去。現在也許已經太晚了，但如果有機會挽回，我不想輕易放棄。」

她摸摸自己的額頭，彷彿在思忖什麼。「所以你要搬回去了？」

「就某種意義來說，我已經搬回去了。我現在暫住在那邊，等我的暖爐修好。」

莫麗面對著寇克，她剛才進屋時臉上的生氣勃勃現在都已消失。「接下來你是不是要告訴我你已經和她上床了。」

「我想要重新整頓我的人生。無論結果如何，喬都會是其中的一部分。」

莫麗瞇著眼睛看了寇克好一會兒，然後轉身走到櫥櫃前。她拿起一個馬克杯，再次轉身面對寇克。「你希望我說什麼？祝福你？或者，你覺得如果事情的發展不像你想像中的那麼順利，我會敞開大門等你回來？寇克，沒有那麼好的事。」她猛力拉開茶葉罐的蓋子，結果蓋子飛了出去，掉在地板上發出一聲輕響。她站著不動，眼睛盯著地板上的蓋子。

「我很抱歉，莫麗。」

她把茶葉罐推回檯面。「去他的茶葉。」她把手伸進櫥櫃，拿出一瓶威士忌。

「妳不喝酒的。」寇克對她說。

「遇上特殊的情況我就會喝。」她把酒倒進馬克杯裡，一飲而盡。「你還站在這裡做什麼？你的話已經說完了。」

「我只是很好奇妳在我身上看到什麼。我比妳大十歲，體重越來越重，頭也快禿了，而且我抽菸。」

「無論我認為自己看到了什麼，我猜我是看走眼了。反正現在也無所謂了。」

茶壺開始發出哨音，但是莫麗沒有將它從爐火上移開。寇克離開了，他在屋外依然能聽見茶壺發出的聲響。隨著他越走越遠，那個聲音也變得越來越小。

寇克離開後，莫麗走去三溫暖房。她在更衣室裡脫掉衣服，將衣服整整齊齊地疊放在木頭長椅上。她走進三溫暖裡，在黑漆漆的房間裡坐下，讓熱氣從她身上吸走憤怒與傷痛。

她差點就要開口說出她愛他。已經很多次，她都處於話語即將溢出的邊緣，但她的過去讓她小心翼翼。如今她很高興自己沒有說出口，真的非常高興。就讓寇克回到一個不在乎他的女人身邊吧，反正她現在也不在乎了。沿著她臉頰流下的那道鹹鹹的液體不是眼淚，而是潔淨的好汗水，正從她身體的每個部位傾瀉而出。最後她站起來跑到外面，身後拖著一道蒸氣，宛如剛從烈火中竄出。當她跳進她事先挖開的冰洞時，冰冷的湖水用力擠壓她，把她擰乾，讓她美妙地完全清空自己。

20

禮拜結束後，珍妮和安妮陪寇克回山姆小店。當寇克進屋拿深色西裝時，兩個女孩就去餵食羅密歐與茱麗葉。

「你為什麼要拿西裝？」他們回到野馬款越野車時安妮問寇克。

「我對壞人說好話的時候都穿這套西裝。」

「你要和媽媽一起去參加帕倫特法官的追悼會嗎？」

「對。」

「你又不喜歡他。」珍妮說。

「我現在比較喜歡他了。」寇克說。

珍妮先微笑一下，然後哈哈大笑起來。

回到家之後，寇克換上西裝。他打領帶的時候，安妮敲門走進客房。她坐到床上，用手撫摸熊皮。「這是從哪裡來的？」

「這原本是山姆．凜冬之月的，他過世後遺留給我。」

「這是熊皮嗎？」

「對。」寇克站在鏡子前，雙手拉著領帶的兩端，打出一個溫莎結。

「他為什麼要留給你？」

「他知道這張熊皮對我意義重大。」

「這張熊皮對你有什麼意義？」

寇克打好領結，坐到安妮身旁，並拿起熊皮蓋住他們兩人的大腿。這張熊皮很大，因此有一大半垂落在地板。

「這是我所見過體型最大的黑熊，也是山姆所見過最大隻的黑熊。他看過非常多隻熊。在我和妳姊姊差不多年紀的時候，我和山姆一起獵殺這隻熊。」

「是你開的槍？」

「是山姆開的槍。」

「可憐的熊。」安妮說。

寇克點頭同意。「牠是一頭非常雄偉的熊。」

「山姆為什麼要開槍打死牠？」

「為了救我一命。」

「這隻熊在追你嗎？」安妮抬頭看著寇克，渴望聽這個故事。

「一開始是**我們**在追這隻熊。」

「然後呢？」

「我們追蹤牠一整天，甚至走到了奎蒂科蘇必略荒地，也就是現在的邊界水域。我們走進一座連山姆都沒去過的森林。」寇克揉揉熊皮的皮毛，回想著這段往事。「我們在一條小溪旁露營，聊天聊到深夜。第二天早上，我們起了個大早，繼續追蹤這隻熊。那個時候山姆已經決定不殺牠了，可是我們都很想看到牠，我們想親眼看見這麼巨大的動物。」

「你本來就知道牠很巨大？」

「噢，沒錯。而且牠很聰明。我們不知道牠這麼聰明。我們一路追蹤到岩石地，一個滿是巨大石頭的地區。過了一會兒，我們顯然跟丟了，除了回頭之外，我們別無選擇。我們都很失望，尤其是山姆，因為他一向對自己的追蹤能力相當自豪，沒想到這隻熊比他還高明。」

「如果你們跟丟了，怎麼還有辦法殺死牠？」

「我要說到那個部分了。到了傍晚，我們來到一片空地，那是古時候的伐木區。周圍到處都長滿漆樹，中間有一片大大的灌木叢。我們稍早追蹤這隻熊的時候，曾經路過這片空地，但這一次山姆盯著空地，彷彿聞到什麼味道。他叫我等一下，然後就自己跑進漆樹林裡。」

安妮的眼睛睜得大大地，直視著寇克的臉。「然後呢？」

「我依照山姆的意思在那裡等著。我等了很久，開始替他擔心。然後我看到漆樹林裡出現騷動，還以為是山姆回來了，結果並不是山姆。」

「是這隻熊。」安妮跳了起來。

「像怪物一樣的熊。」寇克說。「牠繞了一圈，回到我們身後。我不知道是山姆嚇到牠，還是牠原本就打算攻擊我們，總之牠出現了，從漆樹林那邊朝著我衝過來。我被嚇傻了，站著不動看牠直衝而來。當牠來到像妳現在這麼靠近我的地方時，改用後腿站立起來。黑熊的體型通常不大，但是這隻黑熊就像一座巨塔般矗立在我面前，妳看到的這些爪子已經準備要把我撕爛。我完全愣住，恐懼讓我動彈不得。」

寇克停頓了一會兒，指指那些又長又銳利的熊爪。那些爪子依然呈現著珍珠般的色澤。

「後來呢？」安妮追問。

「山姆開槍射死了牠。我甚至沒有聽見槍聲，因為我太害怕了。一開始什麼事也沒發生，這隻熊只是有點搖晃，然後才踉蹌地往後倒下。山姆從漆樹林裡跑出來，這隻熊試圖再次站起來反擊，可是徒勞無功。山姆看起來很難過，他對著這隻熊說話，用奧吉布韋語說了一些我聽不懂的話，然後結束了這隻熊的性命。」

安妮沉默了一會兒，靜靜地撫摸柔軟的黑色皮毛。「這隻熊真可憐。」她說。「可是我很高興牠沒有殺了你。」

「我也是，親愛的。」寇克抱抱她。

「你很幸運，山姆是很準的神射手。」

「妳也很幸運，妳差點就不會在這裡了。」他笑了一下。「妳可不可以幫我把它捲起來？我想我應該把它收起來了。」

當他們捲起熊皮時，安妮說：「我很想念山姆。」

寇克說：「我也很想他。」

§

羅伯特．帕倫特法官的追悼會在耶穌基督長老會教堂舉行。法官並非深受愛戴之人，可是教堂裡坐滿了追悼者。長椅上的那些人都是有權有勢之人——無論在政治領域或經濟領域。政黨委員幾乎都到齊了，連在參議院中即將被山帝取代的參議員吉姆．加爾斯沃西也出席了。州長親自發了一封電報，由山帝朗讀出這封電報的內容。州長大力稱頌羅伯特．帕倫特一生的豐功偉業，寇克知道這封電報鬼話連篇，但是在場的肅穆群眾全都點頭表示認同。

追悼會結束後，山帝．帕倫特在家中舉行一場聚會。寇克堅持開車送喬去教堂，也堅持開車送她去帕倫特家。

「你為什麼要去？」她問。「你甚至不喜歡羅伯特。」

「沒有人喜歡法官，妳不要假裝自己欣賞他。」

「他是我的客戶。」她說。「我必須出席這些場合。」

「妳往哪裡去，我也往哪裡去[27]。」寇克笑了笑。

喬一點也不覺得好笑。「湯姆神父今天在禮拜結束後找我說話。」

「噢？」寇克試著裝出驚訝的語氣。

「寇克，我真心覺得再討論我們的婚姻沒有任何意義，無論與湯姆神父或任何人討論。我很努力讓這段婚姻有個好結局，到目前為止一切都還不錯，所有事情都考量到了。」

「這是好的開始。」

「這不是一個開始。」

「過去幾天感覺還不錯，一切幾乎都恢復正常了。」

「你不要讓自己難堪。」她以一種真誠的關切看著寇克。「不要再欺騙自己了，寇克，我們的婚姻已經結束了，真的已經結束了。」

他們來到城外，寇克將車子轉向通往山帝．帕倫特家那條樹林成蔭的長車道。帕倫特家是寇克永遠不可能有機會入住的豪宅，周圍環繞著寬達十英畝的森林，主要由楓樹構成。這棟豪宅距離鋼鐵湖最美的湖岸約有四分之一英哩的距離，建物總共三層樓高，外型有點像是書本歪歪斜斜堆疊著的模樣，而且很多玻璃窗，如果不是這片樹林將房子與外界隔離，山帝．帕倫特連上廁所的時候都可能被人看個精光。穿越樹林的長長柏油路，積雪已經被鏟乾淨了，可是有一陣強風從

27 譯注：此文出自聖經《路得記》第一章第十六節。

西北方吹來，飛散的雪花在路面上盤旋，宛如在被推到路旁的雪堆上翩翩起舞。十二月下旬的那天下午，由於烏雲密佈，天色暗得很早，因此屋裡的電燈都已經點亮。

「你聽見我說的話了嗎？」她問。

「聽見了。」他回答。可是他固執地堅持神父的建議：每一件事都有希望。

帕倫特的房子以冷白色為裝潢主調——牆壁、地毯、傢俱——彷彿屋裡屋外都是冬天。壁爐旁邊有一棵裝飾得十分高雅的聖誕樹，樹上只擺了少量的白色玻璃球和紅色的聖誕燈。壁爐架上掛著兩隻紅色長襪，山帝・帕倫特未婚，寇克忍不住好奇第二隻襪子是給誰的。

一張長桌上有開胃小菜、潘趣酒和咖啡，兩名承辦餐飲服務的工作人員隨時注意著客人的需求。寇克的父親去世時，以及後來他母親去世時，鄰居們帶著食物到醋栗巷的房子，讓屋裡充滿新鮮出爐的食物香氣，雖然這無法讓寇克的悲傷消失，但是讓他明白除了他之外，還有很多人愛他的父母，這點讓他為他的父母及他們的人生感到欣慰。在山帝為羅伯特・帕倫特法官舉辦的聚會上，他卻沒有那種感覺。精心安排的開胃小菜冷盤有點過於算計和疏離，不過他必須承認它們真的非常好吃。

喬一走進屋裡就和寇克分道揚鑣，寇克看見她先和帕倫特與幾名州政客交談，然後又跟著帕倫特與一些在地的商人說話。喬穿著款式簡單的黑色洋裝，並戴著一串珍珠。她的金髮剪得很短，髮型很好看，整個人看起來很美，站在男人群中不僅絲毫不顯弱勢，那些男人還徵詢她的各種意見。她十分成功，而且她泰然自若地享受這種成功。

寇克看見山帝・帕倫特熟悉地摸摸她的肩膀，然後靠在她的耳邊低聲說話。雖然這沒什麼，真的沒什麼，卻讓寇克心煩意亂。他們兩人看起來像是一對，而且兩人很相配。

「要不要呼吸一點新鮮空氣？」沃利・沙諾右手拿著一杯咖啡走到寇克身旁說。沙諾穿著黑色西裝、漿過的白色襯衫，繫著深藍色的領帶，整個人看起來有點僵硬。他高大的身材、凹陷的臉頰和嚴厲的灰色眼眸，看起來像是為了改變罪惡世界而熱血傳教的神職人員。

寇克問：「艾萊塔呢？」

「有朋友正陪著她。」沙諾說。

他們走到屋外的露天平臺上，寇克點燃一根香菸。露天平臺有兩層樓高，頂層十分寬敞，沿著欄杆設有花臺，夏天時開滿鮮花。下層的空間則幾乎被紅木熱水浴池佔滿。寇克聽說過那個熱水浴池的傳聞，對於像帕倫特這種黃金單身漢而言，寇克不難理解他聽到的那些內容。

後院的露臺可直通湖邊，湖邊有一座碼頭，但現在沒有船停在碼頭邊。另外還有一間大大的船庫，船庫再過去就是冰凍的鋼鐵湖，一片平坦的雪白延伸至傍晚的天空。帕倫特那片光禿禿的樹林西邊，可看見奧羅拉家家戶戶的燈光沿著湖岸邊閃耀著，最後在北尖頂端結束。當寇克倚在露天平臺的欄杆上時，寒風吹過那些沒有樹葉的樹枝，發出有如湍流的聲音。然而露天平臺被那片樹林保護著，寇克幾乎沒有感覺到風。

「我不常想到死亡這件事。」沙諾望著湖面說，沒有看寇克。「只要是我可以控制自己想法的時候，我就不去想這種事。可是，你知道，今天我腦子裡一直想著，當我死的時候，我希望有人為我感到悲傷。」沙諾啜飲了一口咖啡。「你從汪達．梅尼迪茲那裡查到什麼？」

「她知道的比她說出來的還多。她們懼怕某件事，達拉和她。也許裘強和保羅也害怕著什麼，這就是他們躲起來的原因。」

沙諾倚著欄杆搖搖頭。「我依然覺得這只是家庭糾紛，寇克。他們是奧吉布韋人，我一點也不怪他們不希望法律介入。」

「有件事我沒有告訴你。」寇克說。「有人闖入山姆的小屋。」

沙諾突然挺直了身子。「入室盜竊？」

「他們把整個地方都掀了，可是似乎沒有拿走任何東西。另外，我想醋栗巷的房子也曾被人闖入過。」

「也許我應該派人去採集指紋。」

「我不覺得採集指紋能找出什麼有用的線索。我也不想嚇壞我的家人。」

「寇克，他們要找什麼？」

「如果我知道，我還比較有可能猜到他們是誰。」

沙諾又啜飲一口咖啡。寇克抽了一口菸。風向稍微改變了，開始將雪花吹向露天平臺，讓寇克微微顫抖。

「也許我應該告訴你一些事。」沙諾說。

「洗耳恭聽。」

「菸酒槍砲及爆裂物管理局最近來找我。幾名特務人員到我的辦公室，想知道一些明尼蘇達州平民軍的情報。」

「以前我當警長的時候，聯邦調查局也來探聽過他們的情資，但聯邦調查局最後似乎認為他們沒有什麼大問題。」

「菸酒槍砲及爆裂物管理局有點擔心，因為好像有人持續贊助這個團體，讓這個團體比以前更有組織。菸酒槍砲及爆裂物管理局擔心他們持有大量武器。」

「誰在贊助他們？」

「這就是那些特務人員想知道的。」沙諾以一種好奇的表情看著寇克。「你知道，寇克，最近這裡發生了一些奇怪的事情，從法官的死開始。在我和我的部下抵達法官家之前，你一個人在那裡待了很久。」

「我確實在那裡待了一會兒。怎麼了嗎？」

「我只是好奇，是不是有人認為你拿走了什麼？我好奇他們是不是認為你拿走了某個屬於法官的東西。」

「沃利，你是不是懷疑我？」

「我沒這麼說，但也許有人——例如平民軍——這麼認為。如果他們認為你拿走的東西與法官的死有關——」沙諾嚴厲的灰色眼眸轉向寇克。

露天平臺的門打開了，艾萊塔．沙諾從屋裡走出來。

「你好嗎？」她客氣地對寇克說，彷彿他是陌生人。

「妳好，艾萊塔。」寇克笑著打招呼。

「沃利，親愛的，我想我們應該早點回去，孩子們在家裡。」

「孩子們沒事。」沙諾回答時沒有一絲不耐煩。「他們不在家。」

艾萊塔苦惱地看了他一眼。「也許我應該打電話回去。」

「不要擔心。」沙諾輕輕摟著她，將她拉進懷中以讓她保暖。「妳不必打電話，反正我們也該走了。」他瞥了寇克一眼。「我覺得你應該和這件事保持距離，為了你的家人，你明白嗎？但如果你有任何關於裘強或那個男孩的消息，就馬上讓我知道。」

寇克點了個頭。「艾萊塔，妳今天很漂亮。晚安。」

寇克在露天平臺上又待了一會兒，抽完他的香菸。當他正要回屋裡去時，喬出來了。

「寇克，蘿絲打電話找你。」

「什麼事？」

「我不知道。她要和你說話。」

寇克到廚房接聽電話，餐飲服務人員正在準備點心。

「蘿絲，怎麼了？」

她低聲地說：「哈蘭．利頓打電話來，他要你儘快回電給他。」

「他有沒有說是什麼事？」

「沒有，但是他的口氣聽起來很可怕，寇克，而且感覺他已經喝得醉醺醺了。」

「謝謝，蘿絲。家裡一切都好嗎？孩子們好嗎？」

「沒事，家裡一切都很好。我已經確保門都上鎖了。」

「好，我會打電話給哈蘭。蘿絲，還有一件事。」

「什麼事？」

「謝謝妳。」

哈蘭．利頓馬上就接聽電話了，彷彿他一直盯著電話，等著隨時撲上去。

「歐康納，時候到了。聽著，我有你想看的東西。」

利頓的聲音嘶啞，他顯然喝醉了，聲音都分岔了。

「什麼東西？」寇克問。

「我不會在電話中告訴你的。你快點滾過來，來了自然就會知道。」

「現在已經很晚了，哈蘭，難道不能等到明天嗎？」

「歐康納，他媽的，你現在給我過來。我要讓你看的東西，你會很有興趣。」

「好吧，哈蘭，我大約二十分鐘後到。」

喬和山帝．帕倫特正站在客廳裡小聲交談。

「我得走了。」寇克告訴喬。

「家裡很好。我要去找哈蘭・利頓。」

「家裡沒事吧？」喬問。

「利頓？」帕倫特問。「你為什麼要找他？」

「他說他有個東西要給我看。喬，我可以先載妳回家。」

「我還要多待一會兒。」她說。

「我會送她回去的。」帕倫特向寇克保證。

寇克握握帕倫特的手。「今天的追悼儀式辦得很好。」

「我父親是個好人。」帕倫特說。「這是他應得的。」

最好是。寇克心想。如果他是好人，白天都能見到鬼。

21

風變強了，是凜冽的南風。這陣強風使得樹木不停搖晃，鬆散的積雪也被吹起，因此路面偶爾會短暫消失在風雪之中。在前往利頓家路上，寇克收聽了天氣預報，得知接下來將會下更多雪，氣溫也將驟降。

他把車子停在路上，因為利頓還沒出過門，通往他家的小徑仍積著厚厚的深雪。寇克剛才已經先回醋栗巷換了衣服，並且繫上他的皮帶與槍套，帶著他的點三八手槍出門。他仔細檢查手槍的旋轉槍膛，將槍膛扣回原位，然後才走下野馬款越野車。利頓心裡在想什麼，寇克甚至猜不出來，但是奧羅拉最近怪事繁多，他不想毫無準備。

雖然樹林形成屏障，樹枝依然瘋狂地顫動。白樺樹和美洲落葉松的樹幹在扭動和緊繃時發出呻吟般的聲音，狂風吹打在寇克臉上，微小的冰晶像針一樣刺著他，讓他不禁眼淚直流。風吹拂過樹林的聲音吞噬了其他所有聲響，寇克走在小路上，覺得自己可能受到攻擊，但樹林裡到處都是沼澤，他也不想離開堅實穩固的路面。他解開外套的鈕釦，伸手確認自己能夠迅速掏出他的左輪手槍。他小心謹慎地看著樹林，躡手躡腳地走向利頓的小屋。

寇克走了四分之三的路程，這時從利頓家的方向突然傳來步槍射擊的清晰劈啪聲，寇克立即蹲到雪地上並縮起身體，以爬行的方式離開空曠的小路，然後躲到美洲落葉松低矮的樹枝下。

他喘著氣並迅速思考：利頓真的會因為狗的緣故而萌生殺他的念頭嗎？這到底是怎麼回事？利頓是個卑鄙的王八蛋，而且他因為「開膛手傑克」的死傷心欲絕，可是埋伏攻擊一個他公然找來的訪客，這種蠢事他真的做得出來嗎？——或者他被悲傷迷惑了？也許這正是一個男人在失去摯愛時可能做出的事。

寇克冒著危險，偷偷環顧樹根附近。周圍的地面都是盤根錯節的灌木叢和藤蔓，沒有任何動靜。

過了一分鐘，寇克腦海中重播剛才的槍聲，那個槍聲來自利頓小屋的方向，但不表示開槍的人是利頓，也不表示開槍者把寇克當成射擊目標。畢竟寇克走在小徑上，要瞄準他非常容易，而且利頓是個精準的槍手。

寇克蹲著身子，跌跌撞撞地跑向下一棵樹，然後再跑向下一棵樹，再快速跑過開放空地上的灌木叢與藤蔓。不到一會兒之前他還全身凍僵，但現在當他跪在細瘦的白樺樹後方緊張地聆聽風吹草動時，汗水已經沿著他的太陽穴流下。他什麼聲音都沒聽到，只有永不停歇的風聲和樹林發出的吱吱聲與呻吟聲。他小心翼翼地走回小徑，躡手躡腳地朝利頓的小屋走去。

電燈亮著，小屋的門半掩著，寇克可以看見前窗已經被打碎，強風拉扯著窗戶裡的窗簾。有個人從門口走出來，寇克立刻在一棵倒下的樹木後方蹲下以掩護自己。在小屋的燈光照射下，寇克只能看見那個人的黑暗輪廓與一支長長的步槍。那個身影倚在門柱旁，彎著腰好一會兒，彷彿筋疲力竭或受了傷，接著才又挺起身子，繞過小屋往後方的樹林走去。

寇克拿出他的左輪手槍，對著強風大喊：「站住！警察！」

那個人影轉過身並掃視樹林，然後瘋狂地開槍。寇克頭頂上方的樹幹被射裂，樹皮不斷掉落下來。那個身影轉頭往樹林深處奔去，寇克雖看見對方的去向，但遲疑著要不要扣下扳機。

「該死，給我站住！」

寇克朝著空中發射一槍以示警告，但是沒有任何作用，不到一會兒，那個人影就已經消失在樹林遠處的黑暗中。寇克衝向小屋敞開的門，發現利頓趴在地上，背上滿是鮮血。寇克跪在利頓身旁，發現他脖子尚有微弱的脈搏，便立刻拿起掛在牆上的電話，打電話到警長辦公室。

當寇克回到利頓身邊時，利頓睜開了眼睛，他的身體下方滲著一灘血，鮮血慢慢在小屋的地板上蔓延開來。寇克跪在利頓身邊，靠向他的耳際。

「哈蘭，我是寇克·歐康納。撐住，救護車就快到了。哈蘭，你能不能聽到我說話？」

利頓的眼睛是黃褐色的，新生松木的顏色。他的左臉頰上有一顆痣，不知為何寇克以前從來不曾注意過。利頓的耳朵很小，耳垂很長。寇克聞到生的、濃郁的、難聞的血腥味，他又摸摸利頓的脖子，但這一次沒有脈搏了。寇克考慮要壓迫利頓的胸膛以試著讓利頓恢復心跳，但利頓身上有個拳頭大小的洞，寇克相信任何急救方式都救不了利頓。

在寇克與死者共處的寂靜時刻，他聽見遠處的樹林傳來雪地摩托車的聲音。他側耳聽著，雪地摩托車的聲音變得越來越遠，然後完全消失。

他坐在利頓旁邊，感到非常疲憊。他對殘酷的死法並不陌生，無論在擔任警長或者在芝加哥南區當警察時，他都看過許多死亡，無論謀殺、意外、吸毒過量——以各種方式發生的死亡，結局全都一樣，只會留下悲傷和困惑，只會剩下生命的樣貌與空洞的輪廓。

寇克站起身，因為他已經無能為力。利頓流出的鮮血染紅了他的褲腿，他右靴的鞋底也在地板上留下一個血印。他破壞了命案現場，但是木已成舟。他突然好奇利頓想讓他看什麼東西，那個東西是否與利頓的死有關？他站在原地打量著屋內四周，這間小屋不大，可是空間運用得很有效率：床鋪、桌子、爐灶、冰箱、洗碗槽全在同一個房間裡。利頓不擅長做家事，洗碗槽裡放著一堆髒盤子，爐灶像是噴發過的火山，上面與側面都有乾掉的烹飪物，衣物也被隨意扔在床上和床鋪四周。然而牆壁上的狀況則截然不同：牆上掛著裱框的北森林風景照，包括一條湍急的小溪、一頭在空曠草地上彎腰吃草的野鹿、一座在日落餘暉中的池塘。牆壁上的這些精心裝飾讓寇克深感驚訝，他原以為在哈蘭·利頓家中會看到一些粗糙的玩意兒，例如動物的標本或者頭像。

屋裡北側已經以膠合板圍起來，隔出小小的第二間房。寇克用手帕擦掉他靴底的血跡，走到房門前將門打開。他走進那個房間，拉繩點亮裝在天花板上的燈泡。那是一間攝影暗房，裡面有照片顯影用的水槽和托盤、放大機，以及擺滿化學藥劑和照相設備的架子。設備都很先進，包括許多功能複雜的鏡頭。幾張沖洗好的照片夾掛在線上，寇克仔細看了那些照片，全部都是冬季的風景照——而且都是黑白照——主要拍攝溪邊岩石上細緻冰層。這些照片拍得非常棒。寇克發現櫃子上還擺了其他的照片，有些是黑白照，有些是彩色照片，每一張照片都拍得很美，讓他大感驚訝，他完全沒想到哈蘭·利頓如此擅長攝影。他打開櫃子下方的抽屜，裡面盡是雜物，另一個抽屜裡則有一些底片，寇克看了其中幾張，內容都是野生動物。他拉開最大的抽屜，裡面空無一物。

寇克回到原本的房間，在小屋裡徘徊一會兒，四處翻找可能有用的線索。他檢查了小浴室，和其他空間一樣，哈蘭並未保持整潔。這時寇克聽見警車的警笛聲正接近利頓家的車道，他又走回屍體旁，從另一個角度仔細觀察死者。他發現有個資料夾被壓在屍體下方，於是他跪在利頓身邊，設法避開血跡。那個資料夾的邊緣翹起，上面寫著一些字。

警笛聲停了，這可能表示他們已經抵達車道，正試著越過積雪進入小屋。寇克小心翼翼地抬起利頓的屍體，將地上的資料夾拿起來。資料夾已經沾染鮮血，但上面的潦草字跡十分清楚。資料夾的標籤以黑色的字跡寫著「喬·歐康納」。

寇克雙手輕輕捧著那個血淋淋的資料夾，將資料夾打開，裡面有幾張黑白照，似乎是夜晚以某種夜視鏡拍攝的照片。在第一張照片中，寇克清楚認出那是山帝·帕倫特的家，照片顯然是從鋼鐵湖那邊拍的，拍到帕倫特的碼頭和船庫、長型的後院、三層樓高的房子，還有露天平臺。熱水浴池裡有兩個白色的影子。

寇克聽見鏟雪車為警車清理車道積雪所發出的碰撞和刮擦聲。

第二張照片是將第一張照片放大，因此細節變得更清楚。放大的部位以熱水浴池為中心，白色的影子其實是兩個人，而且那兩人顯然全身赤裸。

鏟雪車停了，寇克可以聽見小屋外有車門開關及員警說話的聲音。

第三張照片又進一步放大了細節，雖然顆粒模糊，但可以清楚看出那兩人正在交歡。照片中的女人微微往前彎著腰，身體倚在熱水浴池邊緣，男人則扶著她的髖部，屁股貼著她的臀，從背後進入她的身體。

山帝・帕倫特顆粒模糊的臉龐仰向天空，喬則雙眼緊閉，嘴巴微張，看似正因為意亂情迷而發出呻吟。

在沃利・沙諾和他的部下從門口進來的前一秒鐘，寇克闔上了資料夾並將它藏進外套裡。

22

「你完全不知道他想給你看什麼。」沙諾重複寇克告訴他的話。

「沃利，如果我知道，就不必大老遠跑到這裡來了。但他還沒告訴我就死了。」

沙諾低頭看看那個屍體，又抬頭看看寇克。「如果『開膛手』活著，一定會警告他有人入侵。」

「不。」寇克說。「『開膛手』會直接把殺手撕爛。」

「利頓的運氣真差。」沙諾說。

「是的。」寇克同意。「利頓運氣不好。」

「我必須將你的手槍收回。」沙諾說。

「我明白。」

「還有你身上的衣服，你的衣服上沾滿了血跡。」沙諾環顧四周，目光落在年輕的新人傑克·沃茲尼亞克身上。「傑克，我要你跟著寇克回家，把他這些衣服帶回辦公室。」然後他又看了寇克一眼，沮喪地搖搖頭，說：「我不希望你又自己跑去做別的事情，可以嗎？」

「如果我早知道事情會變成這種情況，我一定邀你同行。」寇克開始往敞開的前門走去。

「明天我再和你詳談。」沙諾在寇克身後喊道。「你會在家裡嗎？」

家？寇克想了一下。不會，他不會待在家裡，因為他再也沒有家了。「我不會亂跑的。」他回答。

當他回到醋栗巷的房子時，已經將近午夜了。後門上了鎖，屋裡很安靜。寇克請沃茲尼亞克在廚房稍等一會兒，並問他要不要來點咖啡和餅乾。沃茲尼亞克婉拒了咖啡，但接受了蘿絲的手工巧克力餅乾。寇克上樓去換衣服，並將衣櫃底部的抽屜清出一個位置，把資料夾藏在裡面。資料夾上乾涸的血跡已經變硬發黑。他脫掉衣服，小心翼翼地掛在衣架上，穿上睡袍，然後帶著血淋淋的衣服走下樓。

「我很抱歉，寇克。」沃茲尼亞克說。他看起來對整件事真心感到遺憾。

「這是標準流程，不必介意。晚安了，傑克。」

寇克去喬的房間看了一眼，她還沒回來。他洗好澡，穿上乾淨的四角褲和內衣，然後上床睡覺。寒風吹動窗戶，使房子呻吟般地吱吱作響。幾分鐘後，寇克聽見史帝夫穿著連腳睡衣在走廊上拖著腳步走動的聲音，聲音很輕，但這點聲響也能將寇克從最深的睡眠中瞬間喚醒。一分鐘後，史帝夫就來到寇克床邊。

「老兄，你怎麼啦？」寇克問。

史帝夫手裡抓著他名叫彼德的填充布偶，在黑暗中看著他的父親。窗玻璃不停顫動，史帝夫看了窗戶一眼，表情驚恐地小聲說：「乖物。」

「怪物。」寇克嚴肅地點點頭，從床上起身。「來，我們去看看。」

史帝夫指指衣櫃，寇克便檢查了衣櫃。史帝夫又指指床底下的暗處，寇克便跪下要躲在床底的怪物出來，可是什麼都沒出現。但史帝夫突然抓著他的父親，彷彿見鬼了似地指向窗戶。

「在歪面。」他說。

他們一起將鼻子貼在冰冷的玻璃上，屋外四周盡是一片白茫茫——白色的雪花在強風中翻飛——院子的大榆樹樹枝不停抖動，彷彿活生生的怪獸。寇克看見的是大自然的可怕力量，但對於史帝夫來說，這些是他惡夢的驗證。

「只不過是風而已，史帝夫。」寇克溫柔地解釋。「雖然聲音很大，但只是風在吹。」

「有乖物。」史帝夫堅稱，並且不服氣地表示一定會有可怕的東西出現。

寇克帶他回到床上。「要不要我陪你睡一會兒？」

史帝夫的恐懼頓時消失，寇克知道這不是孩子對父母的操弄，而是兒子對高大的父親具有純然的信任，因為能摸到天花板的父親根本沒把怪物放在眼裡。

寇克躺在史帝夫身邊，史帝夫蜷成一個小球，他的呼吸對著寇克的臉發出溫暖而甜美的氣息。短短一分鐘之後，史帝夫的呼吸就變得平穩，整個人沉沉睡去。

寇克應該回到客房的床上，但是他繼續陪伴信任他的兒子，整個人清醒地躺著，因為他確知外面的風雪中有怪物存在，他兒子的恐懼並非沒有理由，史帝夫總有一天必須獨自面對一切。外面的世界有些人非常殘酷，他們會為了好玩而傷害史帝夫，即使寇克想像最糟的畫面也無法預料那些可怕的狀況，失望會壓倒性地將史帝夫的夢想像蛋殼般捏碎。對於像史帝夫這種孩子，一個生來就與眾不同的孩子，將會飽受痛苦，讓寇克光想著就幾乎落淚。史帝夫獨自面對那些怪物時，他這個父親根本幫不上忙。但是對於做惡夢這種簡單的恐懼，寇克會盡全力安撫史帝夫。

寇克聽見喬從前門進來的聲音。過了一會兒，她的腳步聲來到樓梯間。寇克從史帝夫的床上起身，走到走廊上。喬正走上樓來，雙手伸到脖子後方解開她的珍珠項鍊，看起來十分疲憊。

「你還醒著？」她問。「我還以為大家都睡了。」

「山帝載妳回來嗎？」

「嗯。」

她拿下珍珠項鍊，打算從寇克身邊走到她的臥室，可是寇克擋住她的去路。

「妳在那邊待了很久。」他說。

「我們在討論事情。」

「你和山帝做了不少事情。」

「寇克，我是他的律師。」

「你們之間只有這種關係嗎？」

喬往後退了一步。「你說什麼？」

「我原本以為是我的錯。」寇克說，傻呼呼地搖頭。「一直以來，我都認為是我的錯。老天，我怎麼會如此盲目？」

喬看著他，可是什麼也沒說。

「你愛他嗎？」

喬沒有回答。

「妳打算一離婚就嫁給他嗎？」寇克提高了音量，彷彿喬的沉默是因為她聽不清楚他的聲音。「是這樣嗎？」

安妮的房間裡傳來她在床上翻身的聲音。「不要在這裡說話。」喬說。

寇克轉過身，憤怒地走向客房，喬也跟著走進客房並關上房門。

「是這樣嗎？」寇克說。

喬站在門邊，雙手放在背後，緊握著門把。

「妳欺騙了我。」寇克譴責她。

「沒有，我只是沒有告訴你。」

「胡說八道。」

「我不想讓你知道，因為山帝的地位容易受人抨擊。他是公眾人物，而且嚴格來說我仍是已婚身分。」

「這不是妳的錯，是嗎？老天，難怪妳想盡辦法要擺脫已婚身分。」

「寇克——」

「多久了？」

「什麼意思？」

「妳和他在一起多久了？」

她嘆了一口氣，閉上眼睛。「有一陣子了。」

「不只一陣子。」寇克糾正她。

「寇克，我並不想瞞著你，可是我還能怎麼辦？這件事會傳遍奧羅拉，山帝的地位可能會受到嚴重的影響。」

「『山帝的地位』？」寇克以一種嫌惡的眼神看著她，眼睛睜得大大地。「喬，妳怎麼會變成這樣？我甚至已經不認識妳了。」

「我這麼做不是為了要傷害你，寇克，但事情就是發生了。」

寇克全身緊繃，隨時就要失控。他感覺自己右側的太陽穴正在抽動，彷彿皮膚底下有什麼東西即將爆發。

他問：「什麼時候發生的？妳和他是什麼時候開始的？在我和妳分房之後？在我搬出去之後？什麼時候開始的？」

「對。」

「對什麼？」

「在你搬出去之後。」

「妳沒騙我？」

「我為什麼要騙你？」

寇克走到梳妝檯前，拿出那個沾滿利頓血跡的資料夾，將它遞給喬。

她嫌惡地往後退。「那是什麼？」

「拿去，打開來看。」他把資料夾推向她。

喬把珍珠項鍊放在寇克的床上，小心翼翼地拿起資料夾並且打開。她仔細看了那些照片，寇克發現她的臉色變得十分蒼白，白得像她那串珍珠項鍊。

「噢，老天。」她低聲說。「這些照片是哪裡來的？」

「這很重要嗎？妳看看照片的角落，上面有拍照的時間。這些照片是在山姆・凜冬之月去世那年夏天拍的，當時我還沒有搬出去，喬。或者我應該說，其實我早就被妳一腳踢開了，只是我還傻傻地毫不知情，對吧？」

她看起來很不舒服，臉上沒有血色。「寇克，現在說這些有什麼差別嗎？」

他轉身走到窗前，看著院子裡的大榆樹在風中扭動，宛如一個痛苦的生物。

「喬，我到底做了什麼？為什麼我必須承受這種事？」

「這個世界並不是以你為中心，寇克。」喬說。她的聲音平淡且冰冷堅硬，就像冰凍的大地。

「這一切不是因為你才發生的，有些事情就是會發生。」

她在他身後走到床邊，他聽見她裙子發出輕輕的沙沙聲。他不想轉頭看她，因為他根本不想看她。

「我早就想要告訴你了。」她說。「讓你不要抱持希望。我不是早就說過了嗎？可是你聽不進去，你完全不想聽。寇克，我們之間已經結束了。」

「山帝・帕倫特是導致我們結束的原因。」

他們兩人沉默了一會兒，喬才說：「我想是吧。」

「出去。」

「寇克──」

「請妳出去。」

他聽見客房的門被打開，聽見她走出去，然後聽見走廊上傳來她關上自己房門的聲音。他轉過身，看到她把資料夾留在床上，並且帶走了她的珍珠項鍊。

他在窗邊站了很久，默默聽著外面的風聲。假如真的像亨利・梅魯所說的那樣，他之前聽到半獸人呼喚他的名字，如今他已經明白是什麼原因，因為他此刻的感覺就宛如他的心被人挖出來並且吞噬。

23

喬在淩晨四點鐘的黑暗中醒來，回憶起在一切分崩離析前的某個時間點，她和寇克在伯克湖岸槍擊案發生之前幾個小時，兩人在羅素・黯淡之水的拖車外面。她想起他們雖擁抱了彼此，卻只感覺到一種可怕的麻木。擁抱應該要感覺到愛才對。她把那種麻木歸咎於時空背景，因為當晚他們都承受著沉重的責任。然而事實並非如此，其實他們只是抓著一段垂死的關係。或許這段關係早就死了，但他們太害怕而不敢承認。

她很好奇為什麼伯克湖岸的那場悲劇沒能讓他們重修舊好。逆境應該有助於修復感情，不是嗎？相反地，一切變得更糟了。寇克的心不再只是遙不可及，他身上的某種感覺似乎也跟著那兩人在那個下雨的清晨一同死去，所有事物對他而言都變得不再重要，包括他的工作、他的家人，還有她。寇克有時候會在夜裡大聲喊叫，突然坐起身子，伸手在空中亂抓。他想要抓住什麼？已經消逝的過去嗎？他想把那兩個死去的人拉回來嗎？他想把身邊的一切拉回來嗎？

她不知道，因為他不願意談這件事。

接近黎明時分，喬聽見寇克起床走動的聲音。她穿上睡袍，下樓走到客廳，緊張地坐在沙發上等他。當寇克下樓時，她站起身來，緊緊抓著睡袍的領口，彷彿覺得很冷。

「寇克？」她開口。

客廳裡一片漆黑，寇克似乎因此被喬嚇了一跳。

「妳想做什麼？」他不滿地問。

「我們可以談談嗎？」

「我要走了。」

「我們需要談一談。」

「有什麼好談的？妳已經決定了一切。」

「我不希望我們之間以難堪和憤怒收場。」

「那我應該怎麼做？和妳握握手，感謝妳為了別的男人離開我？」

「我們可以聊一會兒嗎？」

「妳昨天說妳已經不想再討論我們的婚姻了，為什麼現在突然改變態度？」

「因為你受了傷害，我不希望如此。」

「這對妳來說有差別嗎？」

「我知道你可能不相信，可是我很關心你。」

寇克在陰暗的客廳裡只是一個陰暗的身影，但是喬可以看得出他手裡拿著裝衣物的旅行袋和捲起來的熊皮。

「我們可以到書房去談一談嗎？拜託。」

寇克沒有回答，可是他沒有轉身走開，喬認為這是一個好兆頭，於是便往書房的方向走去。等他們兩人都走進書房之後，喬關上房門，點亮書桌上的檯燈。他們因為燈光亮起而眨眨眼睛。

「你看起來很疲倦。」她說。

「我沒睡。」

「我也是。」

「喬，妳知道我整晚在做什麼嗎？我躺在床上，試著將所有的蛛絲馬跡拼湊起來。現在我已經完全看清楚了，就像被霓虹燈照亮一樣那麼清楚。可是，妳知道，我仍不明白是從什麼時候開始的。」

「我覺得你不需要知道那些細節，知道那些事對任何人都沒有好處。」

「妳說妳想談一談，我想談的就是這些細節。」

喬倚著橡木書桌，她很感激有這張扎實的木桌支撐著她。「在湖岸槍擊事件之後，山帝和我到聖保羅去談判為避免流血事件再次發生的解決方案。當時氣氛很緊繃，我和他之間就這樣發生了。」

「就這樣發生了。」寇克搖搖頭。

「你和我早就已經漸行漸遠，寇克，你不要否認這一點。我們那時候在回家之後和對方說不到十句話，要不然也只是討論錢的問題或孩子們在學校的情況，或者奧羅拉的新八卦。我不知道，也許我們以為我們非常了解彼此，所以不需要互動。假如我們真的這麼想，那顯然錯了，因為我每天晚上都覺得好像和一個陌生人同床共枕。」

「即使我們做愛，妳也覺得我是陌生人？」

「那個時候我們只能算是發生性關係，寇克，我甚至忘了我們什麼時候已經不再為愛交歡。」

寇克放下他的旅行袋，並且把熊皮放在旅行袋上面。他將雙臂交叉於胸前，身子往後靠在房門上。「緊接著帥氣又多金的山帝·帕倫特就上場了，讓妳意亂情迷。」

「這與他的財力或外表無關，我只是需要有人陪伴，寇克，我不像你那麼強悍，可以一切只靠自己。」

「噢，是啊，湖岸槍擊事件發生之後我真的很強悍。妳根本鬼話連篇，我甚至無力反抗他們罷免我。那個時候我非常需要妳的支持。」

「我曾試著幫你，寇克，但是你就像冰一樣冷，彷彿你身上的一切都已凍結成冰了。你對我和孩子們沒有一絲溫暖。看在老天的份上，史帝夫甚至不敢靠近你。」

「這就是妳離開我的原因，一切都與山帝．帕倫特無關。」他帶著苦澀的嘲諷語調說。

喬低下頭。「你說得沒錯，一切與山帝有很大的關係。」

「老天，喬，妳知道這麼長的時間以來，我一直覺得自己像一坨狗屎，所有的錯都是我造成的嗎？」

「我知道，寇克，我知道。」她承認。「事實上，是我讓你這麼相信，好讓我自己可以輕鬆一點。」

門口傳來敲門聲，蘿絲帶著微笑探頭進來。「我要準備早餐了，有人也想吃早餐嗎？」她低頭一看，發現了寇克的旅行袋和熊皮，然後難過地看看他們兩人。

「我要走了，蘿絲。」寇克告訴她。「不過還是謝謝妳。」

珍妮揉著惺忪的眼睛從蘿絲身後擠出來。「爸爸，我想去餵野雁。」她打了一個哈欠。「你可不可以載我去上學？我們可以順路去山姆的小屋。」然後她仔細看看三個大人，又看看寇克放在地板上的那些東西，才似乎突然清醒過來。「你要回去了？」

「對，不過我可以載妳去上學，並且讓妳餵野雁。」

「不用了，謝謝。」她說。「已經無所謂了。」她轉身推開蘿絲走出書房。

蘿絲又看了他們兩人一眼，不贊同地微微搖頭，也轉身走開。

「我很遺憾。」喬說。

「誰不遺憾？」寇克拿起他的旅行袋，背起他的熊皮，離開醋栗巷的房子。

一輛骯髒的廂型車在山姆的小屋外等著，引擎還在運轉。車身上印著「溫特鮑爾水電暖氣」字樣，但已經因為積雪結霜而幾乎看不清。亞特．溫特鮑爾從廂型車裡出來，手裡端著在甜甜圈店買的熱咖啡，嘴唇上還沾到一些白色的奶油。

「寇克，我答應過你，我今天第一件事就是來解決你的問題。第一件事，所以我來了。你是不是整個週末都在受凍？」溫特鮑爾是一個矮個子，身形和臉蛋都方方正正。他戴著一頂附襟翼的帽子，襟翼像巴吉度獵犬的耳朵般垂在兩側。他滑開廂型車的車門，拿出沉甸甸的工具箱。他一手拿著咖啡，另一手拿著工具箱。

「我接受了你的建議，到別的地方過夜。」寇克將前門打開。

溫特鮑爾走進去，看到裡面一團亂。「老天，這裡發生了什麼事？」

「你知道暖爐在哪裡。」寇克說，沒有回答溫特鮑爾的問題。

「我知道。」溫特鮑爾說。他看著被破壞的一切。「你確定暖爐還在嗎？」

「如果你要找我，我在外面。」寇克對溫特鮑爾說完就走出去了。

他從穀物袋挖了一桶乾玉米粒帶到湖邊。一場小雪正開始下著，雪花飄落在灰色的開闊湖面之後就消失無蹤。一開始他沒有找到羅密歐與茱麗葉，後來才發現牠們蜷縮在安全站下方的冰緣處。牠們看起來出奇地順服、安靜，而且動也不動，似乎並不急著進食。

一輛褐紅色的金牛座旅行車在溫特鮑爾的廂型車旁邊停下。《奧羅拉哨兵週報》的編輯赫爾穆特．漢諾威從車裡走出來，看見寇克之後便朝他走去。漢諾威是名四十多歲的高瘦男子，曾經參加越戰。一枚定向散鏢地雷將他右腿下半部留在越南的水田壕溝裡，他因此裝了義肢，走起路來有點跛。他年輕的時候就開始禿頭，因此他選擇把頭髮剃光來彰顯這項特徵。他窄長的臉型、不友善的藍色眼眸及光滑得像骨頭般的腦袋，都具有令人生畏的嚴厲感，就像一把鋒利的磨石刀。雖然他發表文章時的署名是「赫爾・漢諾威」（Helm Hanover），可是被他寫進社論裡的人經常不滿地叫他「地獄・漢諾威」（Hell Hanover），寇克亦如此稱呼他。在捕魚事件期間，漢諾威曾嚴厲地批判寇克。

赫爾在出版《奧羅拉哨兵週報》方面展露他的智慧與控制慾。這是一份小鎮報紙，只專注於小鎮的新聞——委員會議、教堂義賣、出生消息、死亡訃聞等。他在報導中盡可能塞滿人名，並確保每個名字都拼寫正確。在報導當地新聞時，他通常會讓事情顯得充滿爭議，但是他在社論及致編輯信等專欄都允許高度的寬容與自由，因此《奧羅拉哨兵週報》經常成為塔馬拉克郡自由哲學派狂人的發聲管道。他願意刊登民兵團的頌歌、大衛信徒教派的輓歌，以及明尼蘇達州平民軍至高無上的宣言——這一切多虧美國憲法第一修正案對新聞自由的保障。他自己撰寫的社論內容通常尖銳又激烈，他批評的對象往往是政府，任何形式的政府。漢諾威尤其討厭聯邦政府疏離又無能的干預行為，寇克猜想這可能是因為赫爾在越南失去了他身體的一部分，導致他一直懷著深刻且強烈的怒氣。

「早安，寇克。」漢諾威說，並且僵硬地點頭致意。

「早安，赫爾。」寇克說。「我想你不是來買漢堡和奶昔吧？」

「我剛才去過警長的辦公室，我想問你幾個問題。」漢諾威從他身上那件羽絨背心的口袋拿出小筆記本和鉛筆。「關於昨晚的事。」

野雁慢慢往岸邊划來，灰色的水面漾出黑色的漣漪。寇克看著野雁，因為他不想看赫爾穆特・漢諾威。這個傢伙總讓他感到憤怒。

「警長跟你說了什麼？」寇克問。

「我希望由你來告訴我。」漢諾威說。

「由我告訴你或者由沃利告訴你，兩者有什麼分別？反正你已經知道事實了。」

寇克把空水桶放到雪地上，漢諾威往水桶裡瞥了一眼，彷彿裡面可能會有值得他報導的東西。

「警長說利頓打電話找你，表示想拿個東西給你看。他想讓你看什麼東西？」

「假如他沒有被人殺害，或許我就會知道。」

「你沒有任何想法嗎？他打電話給你的時候，什麼都沒有說嗎？」

「他只叫我去找他。」

「你為什麼覺得自己有必要去找他？」

「說了你也不會懂。」

「這件事和殺死他的狗有什麼關聯嗎？」

寇克轉頭瞥視漢諾威一眼，發現漢諾威冷酷且不友善的眼睛正緊緊盯著他，鋒利的鉛筆等著在筆記本上寫下他的回答。「誰告訴你狗的事情？」

「可能是告訴我半獸人的那個人。我聽說半獸人呼喊了利頓的名字，這是真的嗎？」

寇克直視漢諾威的眼睛。「你是新聞工作者，赫爾，你負責報導事實，而半獸人是神話。」

「殺死哈蘭．利頓的可不是神話。」

「這正是我的意思。」

「你看到凶手了嗎？」

「只看到輪廓。」

「你可以描述他的樣子嗎？」

「赫爾，你為什麼說『他』？你不該對凶手有性別歧視，凶手也可能是女性。」

「你可以描述一下凶嫌嗎？」漢諾威更正。

「你可以從警長那裡得到我的描述。」寇克彎腰拿起水桶，野雁似乎不願意上岸，因為漢諾威站在岸邊。寇克轉身往山姆小店走去，漢諾威一瘸一拐地跟在寇克身後。

「那隻狗的事情很有意思。」漢諾威在寇克背後說。「如果你沒有開槍打死他，牠或許就可以警告利頓。」

寇克停下腳步。「赫爾，你想影射什麼？」

漢諾威故作無辜地聳聳肩。「我什麼都沒影射，寇克，我只是在問問題，這是我的工作。」

「回答你的問題不是我的工作。如果你想知道關於利頓死去的任何事，可以去找沃利·沙諾談，那是他的工作。」

漢諾威在他的筆記本上振筆疾書，寇克繼續往前走去。漢諾威在山姆小店門口追上寇克。

「我再問你一個問題：法官去世的時候你在現場，利頓去世的時候你也在現場，假如你是旁觀者，會不會覺得這有點可笑？」

「再見，赫爾。」寇克以銳利的眼神看著漢諾威，直到這位新聞記者轉身並費力地走回他的旅行車。漢諾威再次拿起他的筆記本，站在大雪紛飛之中不停寫著。他回頭瞥視寇克一眼，然後才上車離開。

寇克站在門前，雖然他討厭赫爾穆特，可是他不得不同意對方的說法。這些巧合實在有點可笑。

當寇克抵達舊消防站時，周遭的一切都已覆蓋著一層柔軟蓬鬆的新雪。帕倫特的白色寶馬轎車停在停車場上，擋風玻璃依然清晰，寇克認為他可能才剛到不久。

喬伊絲·桑多瓦爾從電腦螢幕前抬起頭來，目光越過半鏡片眼鏡看著寇克。「我聽說昨晚發生的事了。」她說。「真是可怕。」

「我來找山帝。」

「好。」她說，並伸手去拿電話。「你稍等一下。」她按下三個號碼。「寇爾克朗·歐康納來找您。」她聽了一會兒，然後掛上電話。「他稍後就可以見你。你還好嗎？」

「喬伊絲，我還好。」寇克回答後就唐突地轉身走開。他站到走廊上一張照片前，那是一幅奧羅拉空拍照，插著黃色別針的地點代表大北方開發公司的資產，那些黃色別針像小小的膿包般覆蓋於地圖上，包括拉金山丘、奧羅拉購物中心、四季公寓和奧羅拉辦公園區。其最新也最貴的資產也在地圖上：奇佩瓦大賭場。這張放大的空拍照底部是以鋼筆書寫的題詞：「山帝，生日快樂。法官。」

「他可以見你了。」喬伊絲說。

帕倫特走出他的辦公室時，寇克正好走到樓梯頂端。帕倫特堅定地看著寇克，說：「我一直在等你來。今天早上我和喬說過話。」

「說話？你和喬在一起的時候不只是說說話吧？」

帕倫特一身商務行頭——藍色西裝、白色襯衫以及紅色絲質領帶。他身上散發著高級古龍水的麝香香氣。

「我們在一起做很多事。」他平靜地回答。

走廊對面的門突然打開，帕倫特的祕書走了出來。「帕倫特先生——」她開口說。

「海倫，可以稍等一會兒嗎？」帕倫特問。「寇克和我正準備到我的辦公室裡開會。」

「噢，當然。」海倫說，然後轉身離開。

「我們何不進去裡面再討論這件事？」帕倫特提議。

山帝．帕倫特辦公室的天花板有一根裸露的橫梁，這根橫梁與舉重選手展示二頭肌具有相同的效果，用來展現帕倫特的勢力。帕倫特的辦公桌很大，顏色暗沉，可是擦得雪亮。桌上擺著一疊疊整齊的檔案。

帕倫特走到一張靠窗的小桌子旁，拿起銀色的咖啡壺。「要來點咖啡嗎？」

「我不是來社交的。」

帕倫特把咖啡倒進白色的瓷杯裡。「那麼，寇克，你來這裡做什麼？你打算揍我一頓嗎？」他攪拌著砂糖和奶精。

「我想問一個問題。」

「只有一個問題？」帕倫特細細品嚐他的咖啡。

「你打算娶她嗎？」

帕倫特若無其事地走回他的辦公桌，把杯子放下。「我認為這不關你的事。」

「她會帶著包袱。」寇克說。

「包袱？你是指孩子們。」他輕蔑地看著寇克。「我不會把我的孩子們稱為包袱。」

「他們永遠不會是你的孩子。你也許會得到我的妻子，可是你永遠得不到我的孩子。」

帕倫特坐在他的辦公桌邊緣，平靜地將雙手交疊於膝蓋上。他有一種高中校長的模樣，彷彿因為某個學生的行徑而感到遺憾。

「寇克，你打算把孩子們當成武器？你這算哪門子父親，竟然要用你的孩子來對付我？」

「我不必用我的孩子來對付你。」

「我不認為你有其他的本事。」

寇克聞言後氣炸了，立刻朝著山帝撲去。帕倫特似乎早就預料到寇克會有這種舉動，他不僅躲開了，還用肩膀猛力撞擊寇克的胸膛。他們兩人同時往後倒去，帕倫特趁機在寇克的肋骨上狠狠打了一拳，力道宛如一截樹幹猛烈撞上寇克。接著帕倫特輕鬆地跳開。

「我是哈佛大學的拳擊冠軍。」他對著寇克露齒一笑。

寇克再次衝向帕倫特，用粗壯的手臂環抱住他。他們兩人重重地摔倒在地，並且打翻了帕倫特辦公桌上的電話，也翻倒了辦公椅。帕倫特又朝著剛才擊打寇克的同一部位猛力揮出好幾拳。幾天前寇克的肋骨處才在山姆的小屋遭人毆打，傷口的劇痛讓寇克鬆開了手。帕倫特滾向一旁然後起身，雙手握緊拳頭。寇克也掙扎著站起來，這時帕倫特的辦公室門突然被人打開，他的祕書走進來。她愣了一會兒，看著眼前這兩個男人。

「噢。」等她搞清楚是怎麼回事時，連忙說：「因為您的話筒離開了電話機，我還以為——」

「沒關係，海倫。」帕倫特說，並且放下拳頭。他將紅色絲質領帶拉正，撫平他的藍色西裝。「我們剛結束討論，我馬上就出去。」

祕書點點頭，看了寇克一眼，然後迅速離開。

帕倫特用手整理了一下他的頭髮，立刻恢復平時的光鮮亮麗。他回到辦公桌前，將電話從地上拿起來，並扶正翻倒的椅子。

「喬說你有照片，你從哪裡弄來的？」

寇克每吸一口氣，他的肋骨就會發痛，可是他不想讓帕倫特看出來。「這很重要嗎？」

「我想知道誰對我的私生活這麼感興趣。」

「你現在是參議員了，你沒有私生活可言。」

「你打算怎麼處理那些照片？」

「我還沒決定。」

帕倫特坐下來，以一種平靜的眼神注視著寇克。「我很確定你傷不了我，寇克，但如果你敢嘗試，我會像捏扁小蟲子一樣捏扁你。」

「山帝，你讓我好怕。」

寇克轉身準備離開，當他伸手開門時，帕倫特在他背後說：「我已經習慣當贏家，寇克，這是我最擅長的事。」

寇克走出舊消防站，坐進他的野馬款越野車裡。他解開襯衫的鈕釦，查看肋骨疼得要命的部位。那裡的皮膚在他於山姆小店挨打之後早已呈現紫色瘀青，如今瘀傷的周圍似乎出現往外擴張的黃綠色，他有點擔心帕倫特是不是打斷了他的肋骨。他的手伸進襯衫口袋裡拿菸，掏出一包被壓扁的菸盒。他抽出一根彎曲的香菸，先將它拉直再點燃。他靜靜坐了一會兒，眼睛看著被大雪覆蓋的擋風玻璃。

最後他打開旅行袋，自從前一天晚上之後，他沒有再看過那些照片。因為再看也沒有任何意義，他很清楚這一點，除了讓他自己更加心寒之外，沒有任何意義。奇怪的是，這正是他現在想要的感覺，他想讓自己心灰意冷，直到寒冷將他吞噬，讓他什麼都不在乎。

他盯著資料夾。那個又老又舊的資料夾，封面上有許多塗鴉。雖然乾掉的血跡蓋住一些部分，但是其他部分還很清楚，有方塊圖案、圓形圖案，以及潦草的字跡，這裡寫一句、那裡寫一句話，盡是沒有意義的塗塗寫寫。然而那些塗塗寫寫的筆跡，與標籤上寫著「喬・歐康納」的字跡並不相同。

他在菸灰缸裡熄掉香菸，從野馬款越野車下來。他把資料夾拿下車，因為肋骨疼痛而小心翼翼地移動，然後匆匆忙忙回到舊消防站。他無視喬伊絲・桑多瓦爾充滿疑惑的眼神，逕自走向掛在牆上的那張空拍照。他研究了照片下方的手寫字。山帝，生日快樂。法官。已故的羅伯特・帕倫特法官，字跡有一種相當獨特的自負與誇耀感。

寇克看看手上的資料夾，染血封面上的潦草字跡顯然出自相同的手。

那個資料夾原本並不屬於哈蘭・利頓，而是屬於另一個死人。

24

寇克一向很喜歡北森林的冬天，新降的白雪有一種潔淨感，冰冷的空氣在他的鼻孔裡幾乎變脆。聲音似乎能夠持續不斷地傳遞到遠方，因為當他把野馬款越野車停在冰凍的湖面上、爬上烏鴉角的岩石斜坡並走向亨利・梅魯的小屋時，可以一直聽到瓦眼的吠叫從遠處傳來。除了狗吠聲之外，這個世界感覺非常空蕩。

梅魯在寇克走近時就一邊從小屋裡走出來，一邊用抹布擦拭雙手。他站在門口等寇克時，大片的雪花掉落在他的白髮上。

「寇爾克朗・歐康納。」老人笑著向他打招呼。

瓦眼被綁在繩子上，繩子另一頭繫於小屋牆上的金屬釘。牠搖搖尾巴，用鼻子依偎著寇克的胯部。

「亨利，你似乎並不驚訝看到我來。」寇克說。

「等你像我這麼老的時候，很多事情都不會讓你感到驚訝。」他關切地看著寇克。「你怎麼了？走路的速度像我這種老人一樣慢。」

「發生了一點小意外。」寇克說，並且輕輕撫摸自己的肋骨處。

「我煮了豆子湯。」老人說。「我們來吃飯吧。」他解開綁著瓦眼的繩子，轉身走進屋裡。

小屋裡瀰漫著豆子湯的味道，一種濃郁誘人的香氣。寇克這時才意識到他一整天都沒有吃東西，甚至不覺得餓，直到他聞到豆子湯的香味。他從外套口袋裡拿出一包未開封的香菸並遞給梅魯，老先生似乎相當開心。

「我們吃完飯之後可以一起抽菸。」梅魯點點頭說。

梅魯在兩個有裂痕的碗裡裝滿湯，然後端到桌上。他用籃子裝了麵包，從有藍色斑點的咖啡壺裡倒出咖啡，這個咖啡壺在莫麗來訪那天曾經自己跳起來。瓦眼耐心地蹲坐在地上，等待可能送到牠面前的食物。老人用木杓從湯鍋裡撈出一根小孩了拳頭大小的骨頭，放到地板上。瓦眼耐心地等梅魯叫牠開動。

他們一言不發地吃著，但是並不安靜。老人以湯匙吃喝時會發出聲音，還會用舌尖舔去碗裡剩餘的湯渣。他向來習慣獨處，因此偶爾會對著碗自言自語。瓦眼趴在地板上津津有味地啃著那根骨頭。梅魯吃飽之後便拿起寇克送他的那包香菸，抽出一支，再把那包香菸遞給寇克。他拿一根廚房火柴在椅子下方一擦，點燃自己的香菸，然後往椅背一靠，顯得相當愉快。

「你讓一個老先生十分開心，寇爾克朗．歐康納。」他說。「就算沒有下雪，到這裡來的路途也很遙遠，可是你最近常來看我。」他給了寇克一個嘲諷的笑容。

寇克把手放到桌上，身體傾向老先生。「亨利，哈蘭．利頓死了。」

老先生慢慢地吸了一口菸。

「你不覺得驚訝。」寇克說。

「對於我這種老人來說，死亡不值得驚訝。現在對我來說，可以規律地上大號才值得驚訝。」

「你為什麼告訴我半獸人叫了他的名字？你認為我能因此做些什麼嗎？」

「一旦半獸人叫了某個人的名字，任何人都幫不上忙。」

寇克又靠回椅背，一邊看著這位老先生，一邊在黑暗中長長地抽了一口菸。「但你也告訴過羅素，黯淡之水，半獸人叫過他的名字。」

老先生的臉上閃過一絲擔憂，但也只是一閃即逝。

寇克知道自己問到重點了，於是他繼續追問梅魯：「我載你進城的那個晚上，你去了賭場，但不是為了賭博，你是去找羅素・黯淡之水說話。你聽見半獸人呼喊他的名字了嗎？這就是你在暴風雪中走進城裡的原因嗎？你想警告他？」

老先生拿下叼在嘴邊的香菸，以讚賞的眼神看著寇克。「白人把你從警長的位子踢掉是錯誤的決定。」

「羅素相信你嗎？」

梅魯聳聳肩。「無論他相不相信都沒差別，他還是得面對半獸人。」

「你為什麼警告羅素卻沒有警告利頓？」

「弗儂・黯淡之水的兒子是我們的族人，哈蘭・利頓不是。」

「這就是你把哈蘭的事告訴我的原因？你認為我會去警告他？」

「他雖然是白人，而且他的心可能很黑。」老先生聳聳肩。「但他始終是人類。至於半獸人，那可不是人類。」

「你知道，亨利，如果我的祖母不是族人的一員，我可能會懷疑半獸人這種傳聞。」

「如果你的祖母不是族人的一員，你可能不會這麼聰明。」老先生平靜地說。

寇克感謝了梅魯招待他的湯，穿上外套準備離開。

在門口的時候，老先生認真地打量寇克一番。「你眼中有一種憤怒，是因為你正在追捕半獸人嗎？」

「亨利，我不知道自己正在追捕什麼。」

梅魯若有所思地點點頭，但依舊敏銳地看著寇克。「半獸人曾經是人類，他的心並非永遠那麼冰冷。什麼原因會讓一個男人的心結成冰？如果是我，我會好好思考這一點。我會思考如何與半獸人對戰。」

「我記得你說我打不過半獸人。」

梅魯聳聳肩。「我老了，我說的話不像以前那麼精準。」

「但還是很準的，亨利。」寇克回答。

寇克從梅魯家出發，穿越過結冰的湖面，朝著返回鎮上的方向行駛。在東邊一英哩處，他看見莫麗家三溫暖房的入口。寇克放慢速度，最後停了下來，並將車子駛往那個方向。莫麗沒有回應他的敲門聲，於是他用掛在後側樓梯下方的備用鑰匙走進屋裡。屋子裡很冷，莫麗總是讓她的小屋保持這種寒冷的狀態。最近他們上床時，床單一開始都很冷，因此剛開始的幾分鐘，他們只是抱著彼此，等待棉被讓他們變溫暖。寇克走在這間安靜的小屋裡，感受著莫麗生活中的無聲混亂。星期天的報紙堆疊在客廳那座石頭壁爐旁的茶几上，地板上隨意放著一個手工縫製的枕頭，枕頭旁邊有一個空茶杯，茶碟上擱著一個用過的茶包，再旁邊則是一本內頁朝下打開的書，書名是《愛之道》，還有一件毛衣掛在搖椅的椅背上。寇克走到樓上，莫麗的化妝品散放在浴室洗臉槽旁的櫃檯上，卸妝乳液的蓋子沒關上，梳子擱在一個小陶罐裡，那個小陶罐是莫麗在社區大學藝術課的作品。臥室裡的床罩雖然鋪上了，但是鋪得很草率。寇克聽見莫麗的老爺車從車道傳來的聲音，於是他下樓走進廚房，莫麗正好從後門進入屋內。

莫麗冷冷看他一眼，把外套掛到牆上。「你在這裡做什麼？」

「我自己開門進來的。」

她從他身邊走到冰箱前，拿出一盒櫻桃口味的優格，然後從抽屜裡拿出一根湯匙。她穿著牛仔褲和灰褐色的毛衣，整個早上都在餐廳裡工作，右手袖子上有一處被芥末醬噴髒的污痕。

「妳看起來氣色很好。」寇克說。

「你原本期待什麼？你以為我會崩潰嗎？」她迅速地打量他一番。「你看起來像是某個惡霸剛剛搶走你的午餐。」

「昨天的事我很抱歉。」他小心地表示。「我無意傷害妳。」

莫麗拉開優格的蓋子，用湯匙吃了一口。「你來做什麼？」

寇克將雙手伸進外套口袋裡，低頭看著滿是刮痕的木頭地板。「我想找人說說話。」

「去找別人吧。」她轉身背向他並走到餐桌旁。

「我沒有別人了。」他說。「我這輩子幾乎都住在這裡，可是我卻沒有人可以說話。」

莫麗用腳把一張椅子勾出來，用力地坐下。「你可以說給你老婆聽。」

「她愛上別人了。」

「我原本可以先提醒你的。」

寇克困惑地看著她。

「你知道，寇克，就一個聰明人而言，你有時候真的非常愚蠢。」

「妳早就知道了？」

「我懷疑過。」

寇克突然覺得自己有點意識模糊和麻木，宛如有東西阻擋了血液流向他的大腦。「妳怎麼知道的？」

「從你告訴我的一些事情中感覺到的。」

「老天，我覺得自己像個傻瓜。」

「你不是第一個有這種感覺的人。」莫麗考量著寇克的心情，然後放下優格。「你要不要喝點茶？」

「那瓶威士忌妳還留著嗎？」

「蔘茶對你比較好。」她走到櫥櫃前。「對方是誰？」

「山帝・帕倫特。」

「她打算和他一起搬到華盛頓嗎？」

「她不會那麼做的。」寇克說。「她不會把孩子們帶離我身邊。」

莫麗聳聳肩。「愛會讓人做出奇怪的事，這點我很清楚。」

寇克轉身望向窗外，雪還在下著，而且依舊是輕飄飄的小雪。如果不是因為他的心情一團糟，眼前會是一幅美麗的景緻。

「我聽說了哈蘭・利頓的事。」莫麗說。她走到爐子前去拿水壺。「聽起來很可怕。」

「確實很可怕。」

「知道是誰殺害他嗎？」

「還不清楚。」他看著莫麗做出那些他熟悉的動作，但現在她已經離他非常遙遠，與他隔著他自己創造出來的鴻溝。「我想我還是不要喝茶比較好。」

「寇克。」莫麗在他轉身走向後門時迅速開口。「我沒有告訴你我對喬的感覺，是因為我不想讓你認為我試著讓你討厭她，我不想讓你覺得我是那種偷別人丈夫的饑渴壞女人。」

「我永遠不會覺得妳是那種人，妳是我生命中最美好的天使，莫麗。」

她的雙手放在臀部上握緊拳頭，冷冷回應：「昨天我們交談時，我好像沒有聽到你這麼說。」

「我昨天做的那個決定不是因為妳的緣故，我只是希望能將我的孩子們從無可避免的事情中拯救出來——但我不知道自己有沒有辦法做到。」

「孩子們不會有事的，寇克，你我都很清楚。」

「我想我們不會有事的。」

他們兩人沉默下來。寇克想對莫麗說他愛她，想請求她原諒他，想把頭靠在她的胸口，然後對著她溫暖的肉體哭泣。他希望能感覺自己與某人產生連結，就像他與山姆・凜冬之月一起獵殺大熊的那個晚上悲傷穿透他全身的感受。

莫麗雙臂交叉於胸前，彷彿看穿他的心思。「我告訴過你，寇克，你別想重修舊好，我是認真的。」

「我明白。」

「我不認為你明白。你傷害了我，你打算把我從你的生命中踢出去，宛如我是一顆完美蘋果上的某個腐爛部位。」

寇克看著地板。「現在我已經沒有蘋果了，只剩一堆爛蘋果泥。」

他瞥視她的臉一眼，倘若她露出了一絲笑顏，也隱藏得非常好。

「你總能逗我發笑，寇克，但這不是我現在想要的。」

「妳想要什麼？」

「我想感覺到自己被人需要，我想感覺你需要我，就像你需要空氣才能呼吸。我值得你那麼需要我。」她指指外面的天寒地凍。「你走吧，你應該花點時間好好思考一下我說的話。」

他不需要再花時間去思考，因為少了莫麗他早已無法呼吸。但他還是轉開門把走了出去，因為這是莫麗想要的。

25

在尼什那比語中，十二月被稱為Manidoo-Gizisoons，小烈酒的月份。

寇克進入奧羅拉邊界時已經是傍晚了。這天是十二月二十日，距離一年之中最短也最黑暗的日子還有一天的時間，氣象預報表示會持續下雪，雪在夜裡會下得更大，早晨的積雪將加深三英吋。

寇克希望自己能擁有精神狀況的預報能力，因為他感覺黑暗與寒冷正侵入他的內心。他好想知道自己什麼時候才能再次感覺溫暖、什麼時候才能出現光明，他也想知道他肋骨處的疼痛是不是會停止。

他把車子停在山姆小店門前，然後佇立了一會兒，透過飄零的雪花看著被困在湖面小小世界的野雁。奇怪的是，他認為自己能體會那是什麼感覺——看著世界在你四周圍封閉起來。他拿出鑰匙走到小屋門口，發現門鎖已經被打開。他小心翼翼地不去看窗戶，但也好奇自己的一舉一動是否正在被屋裡的人監視著。他故作輕鬆地轉身走開，彷彿只是很自然地改變主意，往昆賽特小屋側面走去。然後他走到廚房那扇覆蓋著紙板的窗戶旁，靜靜傾聽了一分鐘。在距離他頭部只有幾英呎遠的屋內，他聽見櫥櫃的門正吱吱作響。

那些人在法官被殺之後跑來找一些東西，現在利頓也死了，莫非他們這次是來找利頓的東西？他試圖想出可以困住那些人的方法，隨後他就聽見屋裡傳來玻璃碎裂的聲音。

玻璃碎掉的聲音撼動了寇克，好比撕去了一層薄膜，一層包住他怒氣的輕薄保護罩。他全身緊綳，一股恨意湧入他口中。他的家再次遭到侵犯，他的人生不斷地遭受侵犯。他走向野馬款越野車，拿出輪胎扳手，接著走到前門。他深深吸了一口氣，咬緊牙關，一腳踹開門然後衝了進去。

珍妮正蹲在廚房的洗碗槽旁，撿起一塊破掉的玻璃。當寇克衝進來時，她驚聲尖叫並往後摔倒，同時抬起雙臂保護自己。寇克站在她面前高舉著輪胎扳手。

「妳在這裡做什麼？」他氣憤地問。他血液中奔騰的怒氣以及肋骨處的刺痛讓他的聲音變得嘶啞。

「我……我……」她結結巴巴地說不出話，眼裡充滿恐懼。「我只是想幫忙收拾。」

寇克將扳手放下來。

「對不起，親愛的，對不起，我嚇到妳了，但是妳也嚇到我了。」

他環顧四周，發現屋裡已經收拾乾淨，一切變得井然有序。乾淨的盤子在洗碗槽旁的架子上滴水，珍妮手上還沾著洗碗的泡沫。

「爸，你還好嗎？」珍妮問。她看見他努力穩住自己情緒的模樣。

「我沒事。來，讓我幫妳。」寇克小心地蹲下，撿起地上最後一塊玻璃杯的碎片，扔進放在洗碗槽下方的垃圾桶裡。「這裡看起來變得好漂亮，妳來很久了嗎？」

珍妮用擦碗巾擦乾雙手。「我聽說昨晚那個人被殺的事，我很擔心你，爸爸。」

「不必替我擔心，珍妮。」

珍妮看著他。她擁有她母親的藍色眼眸，這雙藍色眼眸通常也反映著她母親的冷靜與自信，可是她的眼睛現在透著恐懼。

「有人殺了那個人，而且對著你開槍。」珍妮說。

寇克無法反駁，不過他還是安慰地笑了笑。「我相信我很安全。」

珍妮倚著廚房櫃檯，那雙害怕的藍色眼眸依然注視著他。「什麼是半獸人？」

「妳從哪裡聽說的？」

「從別人那裡聽來的。半獸人到底是什麼？」

「只是個故事，如此而已。半獸人只是個故事罷了。」

珍妮這才低下頭，看著她被洗碗的熱水燙得發紅的手。「我想留在這裡陪你。」

「這裡？」他伸手抱抱她。「我真是受寵若驚，親愛的，但我認為這不是一個好主意。」

「為什麼不好？」

「首先，我不像妳蘿絲阿姨的手藝那麼棒。我已經習慣自己煮得那麼難吃，可是我不想冒險毒死妳。」

「我是認真的。」

「好，我們先坐下來。」他朝著廚房小桌子旁的兩張椅子點點頭，他看見珍妮已經在桌上擺了一個水果盤作為裝飾。寇克平常只在桌上放鹽巴罐和胡椒罐，他欣賞那些水果呈現的色彩繽紛感。「我要對妳說實話。」他說，並握起她的手。「我很擔心史帝夫和安妮。我搬出來住，對他們來說已經夠難接受了。他們很依賴妳。」

「我不在乎。」

「我知道他們不是妳的責任，但我需要妳的協助，珍妮，我需要妳陪在妳母親身邊，盡妳所能地讓家裡維持原狀。這個要求或許對妳不公平，可是我需要妳幫忙。」

她的眼神中不再透出恐懼，但似乎充滿了悲傷。她眼中的悲傷讓他感到非常難過。

「再也無法像從前那樣了，對不對？」珍妮在他臉上尋找真相。

「對。」他看著自己的手，一雙大大的手。他心中暗忖：在必須修補重要的事情時，這雙手多麼沒用。

「『事情分崩離析』。」她小聲地說。「『中心失去控制』[28]。」

他不理解地看看珍妮。

「這是葉慈的詩。」她解釋。「威廉·巴特勒·葉慈[29]。」

「『國王啊，齊兵馬。』[30]」他回答說。「這是〈矮胖子〉[31]」

雖然珍妮的一滴眼淚像隻小蝸牛般沿著她的臉頰滑落，但她還是笑了。「對了。」她一邊說一邊用手指輕輕擦去淚珠。「你的答錄機有一則留言。」

「妳聽了？」

她無辜地聳聳肩。

「什麼留言？」

「你可以拿回你的手槍了。」

寇克將珍妮載回家，然後到警長辦公室取回他的左輪手槍。他離開警長辦公室之前先撥打公用電話到賭場。

「請找羅素·黯淡之水，我是寇爾克朗·歐康納。」說完後他等了整整一分鐘，黯淡之水才來接聽。

「歐康納，你想幹嘛？」黯淡之水的口吻毫不客氣。

「我們需要談一談。」

「談什麼？」

「與我們兩人都有關聯的東西。」

「什麼東西？」

「半獸人。」寇克說。

羅素・黯淡之水的辦公室裡裝飾著美洲原住民的藝術品，牆面上掛著加拿大奧吉布韋族藝術家威廉・韋斯特斯基一系列完美的作品。那些畫描繪出原始的森林與湖泊，族人的臉孔若隱若現地交織在雲端，宛如偉大的上蒼監督著人間的土地。黯淡之水的辦公桌上放著一尊深色木雕，是一名靈醫高舉菸斗跳著祈求和平的菸斗舞。他的桌子很大，是一張深紅色的木桌，桌面平滑光亮，映出那尊靈醫的倒影，宛如將菸斗奉獻給冥界。辦公室後方有一整片染色的玻璃窗，可以俯視整間賭場。黯淡之水站在那片玻璃窗前，雙手插在口袋，低頭看著賭場裡的一舉一動。他穿著昂貴的灰色西裝和白色襯衫，繫著藍色領帶。

「今晚生意很好。」寇克說。

---

28 譯注：「事情分崩離析，中心失去控制。」引自詩人葉慈（Yeats）的作品《第二次降臨》（The Second Coming），原文為Things fall apart; the centre cannot hold.

29 譯注：威廉・巴特勒・葉慈（William Butler Yeats，1865.06.13—1939.01.28）是出生於愛爾蘭的詩人、劇作家及散文作家，為二十世紀文學界最具代表性的人物之一。

30 譯注：「國王啊，齊兵馬。」是引自《鵝媽媽童謠》（Mother Goose）中〈矮胖子坐牆上〉（Humpty Dumpty sat on a wall）的句子，此句原文為All the king's horses, and all the king's men.

31 譯注：矮胖子（Humpty Dumpty）是《鵝媽媽童謠》（Mother Goose）裡的人物。

「還算不錯。」黯淡之水說。

「對於贏錢的人來說很不錯。」

「族人贏了。」黯淡之水說，並轉身面對寇克。「歐康納，你找我做什麼？」

寇克在一張大大的棕色皮椅上坐下，身子往椅背一靠，翹起二郎腿。「哈蘭・利頓昨晚被殺了。」

「我知道。我不覺得這是件憾事。」

「你知道亨利・梅魯聽見半獸人呼喊利頓的名字嗎？」

黯淡之水聳聳肩，彷彿認為這沒什麼差別。「梅魯很老了，老人聽到和看到的東西不一定值得相信。」

「法官被殺的那天晚上，亨利特別跑來這裡。」

「所以呢？」

「他來警告你，因為他也聽到半獸人呼喊你的名字。」

黯淡之水看起來完全不在乎。「我是現代的奧吉布韋人，如果你告訴我立法機關準備惡搞博弈法案，我才會覺得緊張。我一點都不怕古老的神話。」

寇克以銳利的眼神看著黯淡之水，然後失望地搖搖頭。「我從沒想過你會變得這麼像生意人，羅素。我還記得你穿著鹿皮到華盛頓參加血淚之路[32]遊行。」

「我現在還是會參加遊行。」黯淡之水堅稱。「穿什麼衣服並沒有任何差別。」

「前幾天我去了山帝・帕倫特家，在法官的追悼會結束後。我在那裡沒看到你。」

「你想表達什麼？」

「你說呢？我知道山帝・帕倫特參加了你父親的葬禮。你和這些人共事、你讓他們賺大錢，而且你也向他們表達敬意，他們卻沒有禮遇你。就我所知，山帝·帕倫特在他父親的追悼會上盛情款待賓客，可是他沒有邀請你，是嗎？」黯淡之水嘲諷地說。

「你是說他沒發邀請函給我嗎？」

「隨便你怎麼形容。」

「你為什麼覺得我想要參加那場追悼會？」

「我也說不上來。」寇克說。他用手指摸摸黯淡之水辦公桌上的靈醫雕像，並隨意撫過光滑的抛光桌面。「起碼能收到邀請函的感覺不錯。白人和印第安人攜手合作，你知道，像兄弟一樣共同獵捕新水牛。」

雖然羅素·黯淡之水不動聲色，但寇克看見他脖子上青筋浮現，眼神也變得不太一樣。他的眼睛盯著寇克，仔細地看著他。他的聲音變得生硬，說出的話語口氣緊繃，而且說得小心翼翼。

「在這家賭場落成之前，保留區的失業率高達百分之七十，將近四分之一的家庭生活貧困。兩年前只有一個尼什那比的孩子能從奧羅拉高中畢業，另外十個尼什那比的孩子中輟。可是今年將有四個尼什那比的孩子從奧羅拉高中畢業，沒有中輟生。我們計畫成立免費的診所，工作人員都由族人擔任。我們很快就會擁有一所真正的學校，並且已經開始研究由我們自己負責而不是公共衛生服務部門推動的酒精毒品勒戒方案。」黯淡之水僵硬地坐下，指尖嵌入椅子扶手的軟墊。

---

32 譯注：血淚之路（Trail of Tears）是指美國印第安人（美洲原住民）被迫從美國東南部的家鄉遷往密西西比河西岸印第安領地的一系列強制性遷移過程。十九世紀居住於美國東北部的美洲原住民因美國第七任總統安德魯·傑克森（Andrew Jackson）簽署的一份法案，被迫遷徙至南方。

「我只想從這份事業得到這些東西，而不是受邀到白人的家裡。」

寇克點點頭，舉起雙手以表示屈服。「我只是發表一點個人看法。順道一提，你為什麼不解開西裝外套的釦子？你看起來不太舒服。」

「我很好。」

「你現在總是隨身攜帶手槍？」

黯淡之水拉拉他的西裝外套，撫平斜在胸前的肩式槍套。「我工作的時候一定帶槍。我有執照。」

「你該不會打算射殺那個古老的神話人物吧？」寇克說完之後就起身走向門口。「順便提醒你一句：沙諾警長可能會想知道利頓被殺害的時候你人在哪裡。」

「為什麼？」

「因為我打算要他這樣問你。晚安了，羅素。」

26

法官的豪宅佔據了北尖頂端，這片土地的形狀大致像指甲，一排高大的松樹林沿著湖岸邊生長。寇克駕駛著野馬款越野車從結冰的湖面穿過船屋和樹林間的縫隙，把車子停在別人看不到的地方。下車之後，他沿著陡峭的山坡蹣跚地朝法官家走去。在一片寂靜中，他聽見一輛雪地摩托車駛過冰面的呼嘯聲，應該是正準備從湖面上的某間冰釣小屋返回奧羅拉。他回頭張望，幽暗的天色與輕柔的飄雪讓他什麼都看不見。

露臺上的門鎖著，但寇克赫然發現通往廚房的後門有一小塊玻璃被人敲破了，門也沒有上鎖。他小心翼翼推開門，屋內隨即發出一陣驚人的聲響。他匆匆走進廚房，發現自己打翻了一個牛皮紙袋，紙袋裡裝滿了似乎要拿去回收的空鋁罐。

廚房裡瀰漫著一股看不見的垃圾酸腐味，客廳的窗簾開著，屋外的積雪透進淡淡的白光。屋裡非常安靜，也非常冷清。

寇克只隱約知道自己要找什麼。法官並不是一個極具魅力或備受愛戴之人，但他在鋼鐵山是一個有權有勢的政治人物。除了個人魅力之外，權勢還來自各種事物，其中之一便是財富。雖然羅伯特．帕倫特是個有錢人，但寇克認為要在鋼鐵山這種人口組成如此獨立的地方維持權勢，光靠財富是不夠的。權勢也來自手段，那個封面上有法官塗鴉的染血資料夾、那個有喬外遇照片鐵證的資料夾，就是一種手段，而且這種手段相當符合法官的人品。法官的死絕對與他做事的手段有關。

寇克沿著走廊躡手躡腳地來到書房。窗簾是拉上的，書房裡非常陰暗。他走到書桌前，摸索著想打開檯燈。當檯燈亮起時，他聽見身後傳來一陣輕輕的咳嗽。他迅速轉過身，看見對面牆邊的書櫃前站著沃利・沙諾。

「晚安，寇克。」沙諾說。沙諾一手拿著手電筒，另一手拿著槍指著寇克。沙諾的腳邊堆放著一疊疊從書櫃上拿下來的書。

「圖書館關門了嗎？」寇克問道。

沙諾低頭看了那堆書一眼，可是沒有笑。

寇克用拇指朝廚房的方向比了比。「後門的玻璃被打破了，不是我幹的。」

「我知道。」沙諾回答。

「你看到我似乎並不驚訝。」

「這個星期發生太多事情了，已經沒有什麼東西能嚇倒我。」

「沃利，你在這裡做什麼？」

「這裡已經被警方封鎖，我有權利在這個地方。真正的問題應該是你在這裡做什麼？」

寇克環顧了書房。「可是你關著燈，把書櫃上的書都翻下來。你甚至帶了保溫瓶裝的咖啡。沃利，到底怎麼回事？」

沙諾嚴肅地瞇起眼睛。「我只看事情的表面，而我看到的都是你，寇克。法官死了，你在現場。利頓被殺了，你也在現場。從表面來看，我應該非常懷疑你。」

「你真心認為我殺了他們？」

「我怎麼想並不重要，因為人的想法總可能出錯。所以我試著只看清楚事實。」沃利把手槍收回槍套。「今天下午我派艾德去問亨利・梅魯關於你說的那個故事及那個——你說那個叫什麼來著？」

「半獸人。」

「對，就是那個。老梅魯告訴艾德，他根本不知道你在說什麼。」

寇克倚在法官的大書桌旁放鬆身體。「我不訝異梅魯這樣回答，因為艾德是白人。」

「所以那個老頭子說謊？」

「當然。但如果你要為此起訴我，他應該會說真話。目前他沒有理由吐實，因為他知道他說真話會被你們當成傻瓜。」

「或者，也許他與利頓的死有所關聯。」沙諾說。

「在懷疑梅魯之前，我會先懷疑其他更有嫌疑的人。」寇克回答。

沙諾深深嘆了一口氣，然後伸手去拿他的鋼製保溫瓶，替自己倒了一杯熱咖啡。「你告訴我很多故事，可是沒有任何佐證，例如有人闖進你住的地方、法官遺體上的屍斑，以及有人在利頓家朝著你開槍。」

「那些並不是故事，沃利。」

沙諾啜飲了一口咖啡，因為咖啡的滾燙而嚥了嚥喉嚨。「我很難不去相信你。」他朝廚房的方向點點頭。「法官去世後的第二天晚上，我親自到這裡來搜查，想知道能不能找出一些被忽略的蛛絲馬跡。我從後門進來的時候嚇到了某個人，我不知道對方是誰，因為對方跑掉了。在那之後我就經常來這個地方，確保這裡的一切都維持原狀，並設法找出證據來佐證你那個法官屍體曾被人移動的說法。」

寇克低頭看著那些從書架拿下來的書。「你找到什麼東西了嗎？」

沙諾把咖啡放在其中一層被清空的書架上，走到大書桌旁。法官留下的一團亂還沒被人清理乾淨，牆壁上的明尼蘇達州地圖依然濺滿鮮血和腦漿——那個腦子曾經充滿心計且狡猾。鮮血沿著牆壁流下並在地板聚成一灘血池的痕跡，如今已經變成棕色而且凝固。沙諾小心翼翼地跨過那灘血跡，挫敗地打開抽屜又關上。

「我準備檢查屋子角落的蜘蛛網了，寇克。我什麼都沒找到，每個地方都找不到線索。如果有人移動過法官的屍體，手法一定很俐落，因為他們不僅掩飾了自己的痕跡，也掩飾了他們這麼做的原因。」沃利弓起背，疲倦地伸伸懶腰。「我手上的事情實在太多了，以致我根本無法入睡。我已經派席爾·波克曼到哈蘭·利頓的小屋去守著，確保那裡的現場不會被人破壞，但席爾對此相當不滿。我把艾萊塔送去和她姊姊住一陣子，結果她現在以為我拋棄她而且帶走了孩子。赫爾·漢諾威每天盯著我，說我是另一個無能且干擾執法的例子。我覺得他就是看警察不順眼。寇克，我知道有些事情正在奧羅拉發生，可是我無法確定到底是什麼事。」沃利·沙諾以他誠實的灰色眼眸直視著寇克，那雙眼睛因為疲憊而深深凹陷。「你還沒告訴我你在這裡做什麼。」

寇克又聽見了雪地摩托車的聲音，這次聲音聽起來更近一些，似乎正沿著北尖周圍的冰面行駛。那種聲音聽起來細微又遙遠，像一隻討人厭的蚊子。他想起那個寫著喬名字的資料夾，那個原本屬於法官的資料夾，不知道該如何告訴別人——無論沙諾或任何人——資料夾裡的內容。他甚至無法確定這個曾在法官手中的資料夾有什麼重要性。最後他回答沙諾：「我和你一樣，沃利，我想來查看法官屍體被移動的線索。」

「只是因為這個理由？」

「對。」

沙諾不高興地哼了一聲。「你最好把這件事交給我來調查，當警察的人是我。」

寇克走到書房外的走廊上，沙諾跟在他身後。沙諾在樓梯前停下腳步，說：「你最好從前門出去，因為從我剛才聽到的聲響，你已經把廚房弄得一團亂了。出去時記得把門關上，我要去撒泡尿。」

寇克感覺著這間空蕩蕩的屋子，這裡的死亡感非常真實，就像所有的傢俱一樣真實。「沃利，小心一點。」他提醒道。

「小心什麼？撒尿這種事我已經做了一輩子。」沙諾露齒一笑。

寇克走出前門，外面的雪變大了，讓他幾乎看不見屋子前方的樹籬。他慢慢繞過房子，沿著斜坡走向他的野馬款休旅車，可是他沒有馬上坐進車裡。空氣靜止著，又大又美的雪花筆直地飄落。他點燃了一根菸，仰起頭，讓冰冷的雪花在他的額頭和臉頰上融化。

他一邊抽著菸，一邊思索著真相。

他很早就學會在思考犯罪真相時不要投入太多感情。身為警務人員，他必須努力蒐集可用來推敲真相的證據，但是最後負責拼湊碎片並決定真相的卻總是別人——律師、法官和陪審團。真相變成一種民主的過程，變成由十二個人來決定。他曾經因為太介意這一點而深深受傷，所以訓練自己在辦案時不要太投入感情。既然最後的結果不再由他控制，讓自己過於堅信無法控制之事的絕對性根本毫無益處，所以他的感受已經不同，就某種程度而言是絕望。但這一次他必須將真相掌握在自己手中，像一顆跳動的心臟。

在一片寂靜中，法官家那邊傳來了兩聲槍響，清脆的爆裂聲就像爆米花的聲音。寇克扔下香菸，打開野馬款越野車的置物箱，拿出他稍早到警長辦公室領回的左輪手槍，然後繞過船屋，在深深的積雪中跌跌撞撞，卯足全力衝刺到法官家的後院。當他來到通往廚房的後門時，發現門是開著的。他停下腳步，遲疑了一會兒並凝神傾聽，然後才踏入黑漆漆的屋裡。

屋裡有個人正因為痛楚而發出咒罵。

「沃利？」他叫道。

「該死，寇克！」沙諾大聲喊道。

寇克往裡面衝進去，踢到散落在廚房地板上的空鋁罐。

沙諾坐在樓梯底部，雙手抱著右大腿。寇克看見深紅色的血液從沙諾指間流出來。

「那個混蛋暗算我。」沙諾咬著牙說。

「我馬上叫救護車。」寇克迅速轉向位於樓梯扶手旁的電話。

「不！快去追他！我自己可以打電話。在他逃得無影無蹤之前，你快去追他。」

寇克猶豫了一下。

「快去，你這該死的傢伙，我不會死的！」

寇克立刻從後門衝向屋外，雪地上有一道足跡通往法官家北邊的松樹林。他還沒追上去之前，樹林那頭就傳來雪地摩托車發動的聲音。寇克跑向他的野馬款越野車，他打開車門時聽到雪地摩托車的引擎變成穩定的嗚嗚聲。他沒有太多時間了，如果那輛雪地摩托車往北邊越過湖面並駛入國家森林，他可能就追不到人了。那人佔有搶先起步的優勢，一旦雪地摩托車進入樹林裡的小徑，他將再也無法趕上對方。

不過他很幸運，就在他發動野馬款越野車時，雪地摩托車的黑影從船屋後方的冰面閃過，往奧羅拉的方向馳騁而去。

那輛雪地摩托車亮著大燈，可是寇克沒有打開野馬款越野車的車頭燈。雪地摩托車朝著鎮上直奔而去，寇克只落後對方不到五十碼，而且距離持續縮短。如果他的運氣夠好，他可以在雪地摩托車騎士意識到自己被跟蹤之前完全追上對方。

可是寇克的好運沒有持續下去，當他距離雪地摩托車不到三十碼時，對方關掉了大燈，遁入飄雪的黑夜中，從寇克眼前消失。寇克馬上打開車頭燈，不過為時已晚，雪地摩托車已經不見了。他踩了剎車，野馬款越野車在冰面上打滑旋轉，轉了整整三百六十度才停下來。寇克搖下車窗聆聽，他聽見雪地摩托車向東行駛的呼嘯聲，朝保留區的方向駛去。保留區是距離最近的林地，雪地摩托車將可以在茂密的樹林裡完美隱身。寇克立刻駕駛野馬款越野車往那個方向前進。

他把車頭燈調為遠光模式，一陣雪花像白色飛蛾般向他撲來。他原本想將油門踩到底，可是他即將進入湖面上的一個熱門冰釣地點，他不想冒著可能撞上冰釣小屋的風險。他搖下車窗，把頭探出去。雖然冷風帶著沉悶的轟鳴聲迎向他，他依然能聽見雪地摩托車在前方飛馳所持續發出的高音頻。

然後他聽見了別的聲音，包括撞擊的聲音、木頭碎裂的聲音，接著是重金屬的碰撞聲，到最後一切又回歸寧靜。他將車速放慢並仔細聆聽，湖面上的夜晚又變得寂靜無聲，呈現一種和平的假象。

他駕駛著野馬款越野車緩緩前進，不到一分鐘的時間，他的車燈照到一間冰釣小屋的殘骸橫躺於破碎的木板中，一側的牆面被撞出了一個破洞。寇克看不到雪地摩托車，但是從碎片散落的痕跡，他可以猜出它在擦撞冰釣小屋之後的移動路線。他慢慢地將野馬款越野車轉向，直到車頭燈照到雪地摩托車。那輛雪地摩托車直立著，宛如只是停著。車輛事故有時候會這樣，一輛車可能翻滾了兩、三次，然後又好好地四輪著地，宛如什麼事都沒有發生。雪地摩托車上的騎士已經不見蹤影。

寇克握著點三八手槍下車，仔細環顧四周，可是沒有看到任何人。他傾聽著，只聽到身後遠處的貨運火車緩緩駛過奧羅拉所發出的轟隆聲。他小心翼翼地朝雪地摩托車走近幾步，這時有一個戴著護目鏡且身穿綠色毛皮大衣的身影從雪地摩托車後方冒出來，將一隻手臂伸過摩托車的引擎蓋，在寇克還來不及反應之前開了兩槍。寇克身旁的車頭燈炸開，他感覺右手傳來一陣麻木的撼動，立刻趴到雪地上，滾到野馬款越野車下方。他的右手已經失去知覺，左輪手槍也已經不在手上。穿著綠色毛皮大衣的人影又掃射了一輪，寇克聽見子彈鑿進後輪旁的冰層，他急忙伸出左手在雪地上尋找他的手槍。

在沒被射破的那盞車頭燈照射下，身穿綠色毛皮大衣之人再次跨上雪地摩托車，試著發動引擎兩次，最後終於發動成功。雪地摩托車瞬間駛出車頭燈的照明範圍，以弧狀路線往奧羅拉的方向而去，消失在黑暗之中。

寇克從野馬款越野車下方爬出來，雖然他很想先找到他的手槍，但他知道這可能會浪費寶貴的時間，於是他坐回駕駛座。當他的右手握住排檔桿時，寇克因疼痛而忍不住大叫。在儀錶板的燈光下，他看見自己手套的拇指和食指之間有個突起物。他將那塊兩英吋長的鋸齒狀玻璃拔出來，痛得發出一陣抽搐。他沒有被子彈擊中，而是被一大塊破碎的車頭燈玻璃刺進手裡。雖然他的手套已經被鮮血浸溼，不過他仍可直接拔掉那塊玻璃碎片。他用手掌後緣推動野馬款越野車的排檔，將車子轉頭，朝綠色毛皮大衣騎士的方向駛去。

在混亂的追逐中，寇克已經失去他在湖面上確切位置的辨識力。白雪覆蓋了湖岸線，因此他沒有任何依據來確知自己的方位。他知道自己正朝著奧羅拉的方向前進，但對於距離只有大致的感覺。儘管他拚命想要趕上那輛雪地摩托車，他還是忍住將油門踩到底的誘惑。剛才那場幾乎是災難的冰釣小屋衝撞事件，強烈警告他不可以盲目加速。而且他的好運在某種程度上又回來了，因為那輛雪地摩托車在碰撞之後漏油了，留下一條清晰的黑色痕跡，讓寇克得以在穿越湖面時有跡可循。

當寇克專心看著漏油留下的痕跡時，眼角餘光瞥見了車頭燈光束右邊的遠方出現一道橘色閃光。他意識到那是警示號誌，表示前方為開闊水域。於是他踩下剎車，努力不讓野馬款越野車在轉向時陷入不受控制的打滑狀態。當車輛滑向側邊時，他感覺車輪在冰面上飄起來了。在那短短一瞬間，他突然害怕野馬款越野車會不受控制地滑出冰面，墜入鋼鐵湖的黑暗深淵。等到車輪繼續旋轉並重新受控，他才稍微安了心。他眼前那道飄雪所形成的簾幕後方，黑色的開闊水域就像一張大嘴般向他襲來。他持續放慢車速，讓野馬款越野車完全停下來。他聽見冰塊在他下方發出崩裂的聲音，才又緩緩踩下油門，與開闊水域平行行駛了一段距離，試著在野馬款越野車的重量壓碎冰層之前繼續往前移動。他的右手很痛，不過他依舊緊握著方向盤並小心轉動，直到抵達安全之處。他開車繞了一大圈，當再次看見漏油留下的黑色痕跡時，便以車頭燈的光束對準那道污痕。光線照亮了他與開闊水域之間的冰層，他熄火下車，耳邊傳來前方湖水發出劇烈的晃動聲。他從置物箱裡拿出手電筒。

他走到冰層邊緣，用手電筒找到那輛雪地摩托車。那輛雪地摩托車顯然衝進了水域中大約二十碼處，並且開始往下沉。雪地摩托車的引擎仍在水面之上，身穿綠色毛皮大衣的騎士死命抓著引擎。寇克立刻跑起來並環顧四周，以手電筒的光束在黑暗中搜尋緊急救援的安全站，最後終於找到了。他取下白色救生圈和黃色救生索，跑回剛才的冰層邊緣處。穿著綠色毛皮大衣的騎士依然緊緊抓著雪地摩托車的引擎，儘管引擎已經幾乎完全沒入水中。寇克解開繩索，試著用右手拿救生圈，可是被玻璃插傷的傷口實在太痛了，他又改用左手拿救生圈，高高舉起並用力拋出去。這一次換成他的肋骨發出劇痛，導致救生圈的落水處偏離好幾碼。

「想辦法游過去！」寇克喊道。

綠色毛皮大衣騎士開始往救生圈游去，可是不知何故停下動作，再次抓著雪地摩托車。寇克用繩索把救生圈拉回來，換成右手拿救生圈，歪歪斜斜地將救生圈扔出去，並因隨之而來的疼痛發出大叫。救生圈以弧線飛過空中，落在那人伸手可及之處。綠色毛皮大衣騎士抓住救生圈的那一瞬間，雪地摩托車正好完全沉入湖中。

寇克開始拉救生繩，可是事情有點不對勁。雖然他拉救生索的時候感覺到劇痛，可是他沒有因此鬆手，但無論他如何用力，都無法把綠色毛皮大衣騎士從雪地摩托車沉沒處拉開。更令他吃驚的是，他感覺那條繩索正從他手中滑去。儘管寇克的肋骨痛得不得了，他還是把繩索繞在自己身體上不讓繩索滑開。湖面那端的拉力開始將他拖向水邊，讓他感到非常疑惑。有了救生圈的浮力，他應該可以輕易地將對方拉上來，然而這時寇克就好像在與比他更想要綠色毛皮大衣騎士的某個東西拔河，他只能徒勞地用腳跟鑽著冰層，不讓自己被跟著拖走。寇克抬起頭時，發現綠色毛皮大衣騎士正拚命抓著救生圈並拍打水面，不過仍被無情地往水裡拖。寇克使勁拉著繩子，但他離冰層邊緣越來越近。他聽見腳下的薄冰裂開的聲音，知道自己也將掉入湖中。

他只好將手鬆開，穿著綠色毛皮大衣的騎士隨即從他視野中消失，就像被饑餓的湖水巨獸所吞噬。救生索持續抽搐了一分鐘，最後靜止不動。

寇克的右手隱隱作痛，他的肋骨則痛得讓他幾乎無法呼吸。他意識到自己正在發抖，儘管他不冷。他聽見來自右方某處的警笛聲，應該是有人去救沃利・沙諾了。寇克望著那片黑色的湖水，白色的雪花飄落到湖面後融化，鋼鐵湖看起來如此平靜、如此安詳，彷彿吞掉一個人不算什麼。

$

閃爍的警車燈引來鎮上許多居民旁觀，他們聚集在湖岸邊，彷彿這是一場盛會。寇克發現山帝・帕倫特正在與幾名員警交談，並且在他們指向開闊水域時權威地點點頭。寇克和帕倫特的目光短暫且冷漠地交會，接著帕倫特轉身離開。寇克在消防隊潛水夫將騎士的屍體打撈上來之前不肯離去，一直到接近午夜時，他們才把滴著水的屍體拖到冰面上，放在泛光燈炫目的燈光下。泛光燈架設在與湖水相隔一定安全距離的冰面上。潛水夫說他們必須脫掉屍體的一隻鞋子，因為鞋帶纏在雪地摩托車的輪帶上。雖然屍體已經在水裡泡了一個多小時，但依照標準程序，護理人員還是得試著進行搶救。他們壓迫他的胸口，試著供應他氧氣，不過就算盲眼之人也看得出這些努力根本白費功夫。

寇克從沒想過那個穿綠色毛皮大衣的男人臉色會有如此蒼白的一天，也沒想過那張臉會有如此平和的表情。羅素・黯淡之水，那個擁有饑渴獵人雙眼的男人，再也無法在這世上打獵了。

27

寇克睡到很晚才起床，不僅電話鈴聲沒有將他吵醒，即使他以為自己聽見了敲門聲，也仍繼續睡著。昆賽特小屋裡很冷，可是毯子裡很溫暖。他不想離開被窩，而且為了有安全感他還蜷起身子。最後是他右手持續不斷的深刻刺痛迫使他起床，服下幾顆社區醫院急診室值班住院醫師在縫合他右手傷口時給他的超強止痛藥。那個醫師還為寇克的肋骨進行X光檢查，那裡的皮膚已經變成深紫色，但幸好骨頭沒斷。寇克在浴室裡對著鏡子檢視自己，他看起來比一個星期前老了十歲，黑眼圈很深，臉部也變得浮腫，外表透露出一種他以前從未發現的野蠻面。他覺得有一股冰冷且持續的絕望滲入他的骨頭裡。這個盯著他看的男人到底是誰？他將會變成什麼模樣？

他出門的時候已經接近中午，雪停了，但是天空中的雲層很厚。一陣冷風吹過湖面，淒厲且持續地吹著，吹動一張被人貼在門板上的紙條。「打電話給我。」紙條上有湯姆．格里芬神父的簽名。寇克檢查了被黯淡之水開槍打碎的車頭燈，他必須修好破掉的車頭燈，但這件事不急。他去了儲物小屋，拿出他的鑽地機和鑿冰棒，放到野馬款越野車的後車廂，順便把釣具也放進車裡。他再次走回山姆小店，裝滿一桶乾玉米粒，然後走到湖邊，但野雁已經不見蹤影。經過昨晚發生的事，他一點也不覺得驚訝。他在湖邊站了一會兒，望著波濤洶湧的灰色湖面，當野雁還在湖面上時，湖面看起來還頗賞心悅目，但現在這片開闊水域只顯得險惡。他把水桶裡的乾玉米粒全倒出來，並把水桶留在雪地裡。

他討厭醫院，因為他無法擺脫醫院和死亡的聯想。依據他的經驗，人們進了醫院就會死。他父親在醫院裡過世，他只能無助地守在父親身旁。他討厭醫院不祥的整潔表象與氣味，醫院裡的寧靜彷彿隱藏著一個陰險的祕密。就許多方面而言，燃燒西洋杉和鼠尾草的氣味以及靈醫的吟唱似乎更真實也更充滿希望。

沃利．沙諾已經主動從奧羅拉社區醫院出院了。寇克剛與一位名叫佛曼的年輕住院醫師談過。佛曼醫師就是替寇克縫合右手傷口的人，他從一大清早就開始值班，看起來比寇克還要疲憊。沙諾在幾個小時前不顧醫師的建議自行出院，他的傷口沒有感染，子彈也沒有擊中他的骨頭或動脈，但是佛曼醫師仍希望沙諾住院觀察一天。醫師說，還不到中午的時候，西格德．尼爾森來探望沙諾警長，過了一會兒警長就告訴護理站的護士他要出院。佛曼醫師還特別為此下樓與警長爭論。

「他是成年人了，他可以自己做決定。」疲憊的住院醫師聳聳肩說。「他簽署了棄權書，我也幫不上忙。」

寇克撥打醫院的公用電話到警長辦公室，沙諾果然在那裡。

「你過來一趟。」警長說。他的聲音聽起來很累，但是對於一個腿部剛挨過子彈的人來說，他顯得很興奮。「我有你想看的東西。」

山帝．帕倫特坐在沙諾辦公桌旁的椅子上，面無表情地看著寇克，寇克也面無表情地回看他。

「希望你不介意我無法站起來打招呼，寇克。」沙諾笑著說，並對著他被桌子遮住的腿部點點頭。一副拐杖倚在他身後的牆上。「快點進來，把你的外套掛起來。」

「你的腿還好嗎？」寇克問。

「我吃了止痛藥，所以還不算太糟。醫生說我的腿上會留下幾個疤痕，但是沒什麼好擔心的。」

「選民喜歡他們的警長身上有些傷疤。」寇克說。

沙諾發出認同的笑聲。

寇克說：「沃利，止痛藥似乎也有助於你的幽默感。」

「與止痛藥無關。我想我已經快要弄清楚這裡發生的事情了。其實一切都很簡單。」

寇克坐在靠近窗邊的一張舊木椅上，翹著二郎腿端詳著沙諾和帕倫特。他發現沙諾的目光在極短的瞬間轉移到帕倫特附近的一個有著三層抽屜的白色小檔案櫃，那個白色小檔案櫃在警長存放資料的高大綠色檔案櫃中看起來格格不入。

「你的手下有沒有在黯淡之水昨晚撞上冰釣小屋的地點找到我的點三八手槍？」寇克問。

「我不知道，你待會兒離開時再問問坐在服務臺的警員。」沙諾似乎對寇克突然轉換話題有點不悅，但他繼續往下說時表情又變開心。「今天早上我發現一件非常有趣的事：哈蘭・利頓有個資料夾，我認為那個資料夾可以解釋一切。」

「一個資料夾。」寇克思忖著。「可以解釋一切？」

「你自己看吧。」沙諾說。

沙諾拿起一個擺在他面前的資料夾，將它遞給寇克。資料夾上的標籤是以打字機打出來的，印著「羅素・黯淡之水」，裡面有幾頁電腦列印出來的資料，標題和欄位下方排列著數字與金額，清楚顯示出這是奇佩瓦大賭場的財務資料。其中某些欄位的數字還特別以黃色螢光筆加以強調。

讀到一半，寇克疑惑地抬起頭。

「我知道，這些資料看起來不太對勁。」沙諾承認。「我自己也還不確定，所以我請山帝到這裡來幫忙確認，畢竟他比較了解賭場的營運。」

寇克將目光轉向帕倫特。

「隨便一個人都能看出這些數字被竄改過。」帕倫特說。「優秀的會計師一定也查得出來，或者非常了解賭場運營的人，例如我父親或我。」

「你是說有人盜用公款？」寇克問。

帕倫特點點頭。「就我粗略地看過之後，我認為至少被盜用了十萬美金。詳細稽核後的數字可能更大。」

「羅素是怎麼辦到的？」寇克問。「萬一馬上就被你們發現呢？」

「關於印第安人經營賭場的法規十分寬鬆，可能好幾年都不會進行稽核。我們曾試著與鋼鐵湖一帶的印第安人商討將管理事宜交給大北方負責，因為我們擁有他們所需的各種專業知識。但他們選擇自己管理，由羅素・黯淡之水主掌一切，結果就成了這樣。」帕倫特鄙視地搖搖頭。

「利頓怎麼會有這份資料？」

帕倫特聳聳肩。「他可能賄賂了辦公室的人，這應該不會太難。」

沙諾往他的椅背一靠，看起來神采飛揚。「我告訴過你，菸酒槍砲及爆裂物管理局對利頓和明尼蘇達州平民軍很感興趣，因為他們認為明尼蘇達州平民軍突然有大筆資金購買武器。我想利頓可能勒索了黯淡之水，這當然是取得高額收入又不被追蹤的絕妙方法。」

「因此你認為黯淡之水殺死利頓是為了終結利頓的勒索行為。」寇克說。

「我覺得『開膛手傑克』死了之後，殺死利頓對黯淡之水而言根本輕而易舉。如果『開膛手』還活著，也許利頓也還活著。」

沙諾話語中的指責並沒有浪費在寇克身上。

「我會叫席爾・波克曼不必再監視利頓的小屋了。」沙諾繼續說道。「他會很高興終於可以回家睡覺，或許我現在也可以好好睡一覺了。」

帕倫特站起來並穿上外套。「如果你不需要我了，我想回辦公室去。我想我已經盡我所能地幫忙了。」

「感謝你的協助，山帝。我會再與你聯絡。」

帕倫特在離開前對著寇克點了個頭。

「這個世界瘋了，寇克。」沃利・沙諾在帕倫特離開後表示。他在椅子上轉一圈，扮了一個鬼臉，然後抱一下他的大腿。寇克看見他褲子有皺褶突起，因為他大腿上纏著厚厚的繃帶。「這個世界瘋了。」沙諾重申。「但是比起昨天，我現在比較有頭緒了。」

「看起來似乎是如此。」寇克說。

「似乎？」沙諾不高興地看寇克一眼。「你這句話是什麼意思？」

「沃利，你從哪裡拿到這個資料夾？」

「我剛才說了，這個資料夾是利頓的。」

「你在哪裡找到的？」

「這很重要嗎？」

「可能很重要。是西格德交給你的嗎？」

「西格德？」

「醫院的人告訴我驗屍官今天上午去探望你，然後你就立刻出院了。資料夾是他給你的嗎？」

「就某方面可以這麼說。」沙諾把手伸進辦公桌的抽屜，拿出一把鑰匙交給寇克。「西格德給了我這個。」

那是一把銀製的鑰匙，上面刻著「奧羅拉倉儲」和「213」這組數字。

「西格德以官方身分驗屍時，在利頓身上發現了這把鑰匙。我的部下可能忽略了這個證物。」

「所以你專程跑一趟，找到這把鑰匙能開啟的倉庫。」

「沒錯。這個資料夾就藏在那裡。」

「那裡只有這個資料夾？這個資料夾乖乖地躺在那裡等你去拿？」

「不，我還找了一會兒。利頓在那個倉庫裡放了很多東西，包括大量的竊聽設備，還有各種先進的攝影器材。」

「還有那個？」寇克指指他剛才注意到的白色檔案櫃。

「還有那個。」沙諾承認。

「介意我打開來看看嗎？」

警長思考了一會兒。「我沒有理由拒絕。或許這麼一來你就能理解我的為難之處。」

寇克打開最上面的抽屜，裡面裝滿了像剛才那個印著羅素．黯淡之水名字的資料夾。那些資料夾上面的名字，有不少寇克認識的人。

「看一下中間那個抽屜，放在中後段的資料夾。」沙諾對寇克說。

寇克查看了那個抽屜，發現一個標有「寇爾克朗．歐康納」的資料夾。他把那個資料夾拿出來，資料夾很薄，裡面只有幾張照片，放大的照片，莫麗和他裸身在三溫暖房旁的湖岸邊擁抱的照片。就如同喬和帕倫特的照片一樣，這些照片也是晚上從湖面上某處偷拍的。

沙諾又慢慢靠回椅背。「你知道哈蘭．利頓放在奧羅拉倉儲的設備都非常高級，他這些資料夾裡或多或少都含有類似的照片。我敢肯定這些照片都是利頓拍的，那些人在不知情的狀況下被偷拍，內容全是奧羅拉的鄉親們可以八卦好一陣子的話題。不過就我目前所知，並沒有什麼真正的犯罪事件牽扯其中。黯淡之水的資料夾就另當別論。」

「你認為利頓勒索了這些人？」

「他有沒有勒索你？」

「沒有。」

「那麼他可能沒有這麼做。他可能只從困難度最低又可以拿到最多錢的對象下手。黯淡之水盜用了不少公款，足以與哈蘭．利頓輕鬆分享。」

「你真的認為利頓有那麼聰明，有辦法弄懂黯淡之水和賭場的財務狀況？」

「你看看那些資料夾，寇克，這個男人很擅長窺探別人的隱私。這種人可能很清楚去哪裡尋找最見不得光的醜事。」

寇克不得不同意，利頓就是這種人。

「你對於黯淡之水有什麼想法？他去法官家做什麼？」

沙諾本能地伸手輕撫他纏著繃帶的腿。「我今天早上讀了你的聲明，你昨晚在賭場告訴黯淡之水你要我去問他利頓被殺害的那天晚上他在哪裡。我想黯淡之水可能跟蹤你，而且我猜他打算殺了你，以免你叫我去找他麻煩。他看見你從後門進去法官家，但沒看見你從前門離開，結果那個混蛋就誤射了我。」

「那麼我想我應該向你說聲謝謝。」寇克說。「你可能救了我一命。」

沙諾揮揮手。「我只希望這裡的一切恢復正常。」

寇克闔上資料夾，但沒有把它放回抽屜裡。「沃利，事情會恢復正常嗎？在我看來，你找到這個檔案櫃的時候，就打開了潘朵拉的盒子。既然已經將它打開，還有辦法將它關上嗎？」

沙諾看起來有點不安。「我不知道，但我認為最糟糕的時期已經過去。我不確定揭露這一切有什麼意義，這麼做似乎會讓很多人受到傷害。據我所知，目前只有你和我知道裡面有什麼東西，我希望這種狀態一直保持下去。」他朝著檔案櫃點點頭。「寇克，把你的資料夾放回去吧。」

寇克把資料夾放回他找出它的地方，然後在不遠處發現了另一個資料夾，上面寫著「山帝·帕倫特」。他把資料夾拿出來。

「寇克！」沙諾大喊。

寇克沒有理會沙諾，打開了資料夾。

「該死的傢伙，寇克，你給我滾出去！」沙諾掙扎地站起來，並伸手去拿放在他身後牆上的拐杖。

資料夾裡面有幾張照片，和他之前看到的照片類似，內容全是帕倫特在他的熱水浴池裡幽會。雖然照片裡有好幾個不同的女人，但是沒有喬。寇克認出裡面的幾個人，包括帕倫特的祕書海倫·巴恩斯，以及奧羅拉社區大學的校長蘇·雅各森。她們和喬不一樣，她們都未婚。寇克快速看了每張照片底部的日期一眼，這些照片都是在帕倫特開始與喬交往之前被偷拍的。從這一點看來，帕倫特以他的方式表現了忠誠。這裡面沒有喬的照片讓寇克感到驚訝，但是也鬆了一口氣，因為沙諾肯定已經看過這個資料夾的內容。

沙諾憤怒地從寇克手中搶過資料夾，他的臉因為憤怒和痛苦而扭曲。

「你沒有必要看這些東西，該死，寇克！我應該把你扔進監獄。」

沙諾把照片放回帕倫特的資料夾，然後一屁股坐在檔案櫃上。他抱著大腿，緊緊閉上眼睛好一會兒，並且深深吸一口氣以緩解疼痛。當他再次睜開眼睛看著寇克時，原本的興奮之情都消失了。「在我逮捕你之前，快點給我滾出這裡。」

寇克從掛鉤上拿起他的皮夾克，伸手去轉動門把。

「寇克？」沙諾嘶啞的聲音裡充滿惱怒和痛苦，他拄起拐杖，身體重重地倚在拐杖上。「如果你是我，你會怎麼做？」

「我會燒掉這些東西。」寇克誠實地回答。「省得擔心萬一這些東西曝光，可能會毀掉哪個人的人生。但是，沃利，我不是警長，所以我不會這麼做。」

寇克走出沙諾的辦公室，並且在離開時詢問了服務臺的警員，但是沒有任何人發現他的左輪手槍。

28

少女灣位於緊鄰州森林地西側的保留區，這個灣口由狹長崎嶇的深灰色岩石組成，幾乎阻斷湖泊其餘部分的小型入口，只能透過水道和一條沒有標記的內陸小徑才能進入。對於那些不知道從何找起的人來說，少女灣幾乎是隱形的。在寇克的記憶中，少女灣一直是一個特殊的地方。在他父親遭到殺害之前，他們經常和山姆．凜冬之月一起划獨木舟到這裡露營。寇克喜歡從距離水面十幾英呎高的深灰色岩石上跳入湖中，這個湖灣深得出奇。他對於夏天的涼爽、靜止的水流、在湖底大岩石間游泳都有非常美好的回憶，折射的陽光把湖底的一切都變成了飽滿的金綠色。那時候的人生似乎很簡單——寧靜的樹林和湖泊、熱情的營火，而且他最愛的兩個人都還活在世界上。

這就是寇克所希望的：凡事再次回歸單純。

他用鑿冰棒在厚度超過半英呎的冰層鑿出一個直徑約八英吋的冰洞，再用塑膠漏杓清理掉水裡的碎冰，然後滴幾滴植物油在水面上，以免湖水迅速重新結冰。他將魚餌放在一個小小的俄羅斯圓杓上，用兩磅重的測試釣線將魚餌沉入水中。他坐在一張摺疊帆布椅上，一手拿著搖搖晃晃的釣竿，另一手伸進外套口袋深處，拿出一瓶薄荷杜松子酒。

他將瓶蓋打開，還沒來得及喝，就聽見從遠處傳來一陣雪地摩托車引擎發出的嘎嘎聲。他希望那輛雪地摩托車只是經過少女灣，繼續往前駛離這裡。幾分鐘後，附近的石頭和樹木都因為雪地摩托車引擎持續發出的轟隆聲而嘎嘎作響。寇克看見一輛雪地摩托車穿越狹窄的林間空地，往他這邊搖搖擺擺而來，並且在幾碼外停下。那是一臺很老舊的雪地摩托車，塔馬拉克郡裡最老舊的一輛。聖人川崎從那輛雪地摩托車上下來，摘下護目鏡，然後朝著寇克走去。

「你來這裡做什麼？」寇克問。他的語氣不甚友好。

「我認為你可能需要找人說話。」神父調整了一下他的黑色眼罩。

「你怎麼找到我的？」

「喬告訴我這裡是你最喜歡的地方，所以我來碰碰運氣。」

寇克瞥了停在他身後那輛老舊的川崎雪地摩托車一眼。「我還以為那玩意兒已經不行了。」

神父笑著聳聳肩。「這就是我稱它為拉撒路的原因。」他看見寇克手裡的酒瓶。「可不可以讓我喝一口？來這裡的路途既漫長又寒冷。」

寇克把杜松子酒遞給神父，神父喝了一大口，然後把酒瓶交還給寇克。

「不錯的地方。」湯姆．格里芬看著湖灣說。「我原本不確定自己能不能找到這裡。魚兒上鉤了嗎？」

「還沒。」寇克晃動釣線，把放魚餌的杓子往上拉幾下，然後又把魚餌放回原處任其靜止。

「你在釣什麼魚？」神父問。

「你到底來這裡做什麼？」寇克問。

聖人川崎笑了笑。「我認為你可能需要找人說話。」

「沒什麼好說的，一切都已成定局。那些人靠著子彈和律師壟斷了解決衝突的方法。」寇克喝下一大口杜松子酒，然後又把酒瓶遞給神父。

「如果一切都已成定局，說說話對你又有什麼壞處？」

「也不會有什麼好處。」寇克拿出他的香菸，脫掉手套，點燃一支菸。「我想問你一個問題。」

「請說。」

「你相信上帝嗎？」

聖人川崎看起來被這個問題逗樂了。「這真是拿來問神父的好問題。」

寇克仔細看著他的釣竿尾端，那裡有一個充當浮標的彈簧裝置。自從寇克坐下來之後，那個浮標裝置就根本沒有動過。「我問這個問題，是因為我這輩子大部分的時間都是當警察，可是我已經不再相信正義了。所以我想知道你在工作上會不會也遇到和我類似的困境。」

「怎麼可能不會呢？神父也是人。我們會提出問題、會心存疑惑，有時候甚至會有點沮喪，因為世界丟給我們的事物似乎沒有太多神聖的印記。」神父把酒瓶舉向灰色的天空，瞇起他完好的那隻眼睛，彷彿在鑑定那瓶杜松子酒。「可是我最後總是會回歸相信上帝。」

「為什麼？為什麼要相信讓你失望的東西？」

「你指的是正義，對嗎？」神父喝下一口酒並發出心滿意足的聲音。「果然被我說中了，寇克。」他低頭看看坐在摺疊帆布椅上的寇克。「有時候所有的一切都會讓我們失望、所有的人都會讓我們失望。男人讓女人失望，女人讓男人失望，理想也沒辦法站得住腳，可是上帝似乎完全不理會這些。寇克，我無法代表上帝發言，不過我可以告訴你我的想法：我認為是我們自己期望過高，就是這麼簡單。唯一讓我們失望的，就是我們自己的期望。我以前會向上帝祈求讓我過輕鬆的日子，但現在我只祈求自己能成為一個堅強的人。」

「我很高興你找出行得通的禱告方式。」寇克表示。「你覺得可以靠自己找到返回鎮上的路嗎？」

「寇克。」神父以一種坦誠的語調繼續說著。「我不知道有沒有人告訴你，不過你現在看起來真的很糟。」

「我一點都不在乎，可以嗎？聽著，你為什麼不騎著你的拉撒路離開，讓我一個人好好靜一靜。」

「根據我的經驗，只有死人才不會在乎自己看起來是否很糟。」

「那就和我這個死人握握手吧，神父。」

寇克將手伸向神父，神父卻只是把杜松子酒遞回寇克手裡。

「寇克，我不會與你爭論，逼迫你從你爬進去的這個坑裡爬出來，但如果你想找人說話——在你需要找人談一談的時候——我很樂意傾聽。」

「我會記得你這句話。」寇克轉頭繼續盯著冰洞。

神父走回拉撒路旁邊，發動這輛老舊的雪地摩托車，然後騎著它離開少女灣。寇克聽著引擎聲，直到聲音完全消失在前往奧羅拉的方向。

他抽完了菸，把菸頭扔進雪地裡。他原本考慮喝完那瓶杜松子酒，不過，相反地，他用盡全力把酒瓶扔向遠方。

思考，他對自己說，用你訓練自己思考的方式思考，像個該死的警察那樣思考。

沃利·沙諾現在感到很滿意，因為他覺得一切都是羅素·黯淡之水做的，包括盜用公款、殺害利頓，以及企圖殺死他和寇克。這種想法是說得通的，是一種安全的假設。然而寇克覺得這個想法有點問題，因為這個答案太簡單了，而且是無端冒出來的答案。西格德·尼爾森遞出一把銀製的小鑰匙，答案就出現了，可是那把鑰匙在利頓去世的那個晚上完全沒有被人發現。

寇克將釣魚線拉起來，魚餌完好如初，連一口都沒有被魚吃掉。好吧，有時候人生就是這樣。他把釣魚裝備扔進野馬款越野車的後座。當他走到駕駛座旁時，看見神父剛才停放雪地摩托車的那片雪地上遺留著大面積的黑色油漬。

拉撒路又活過來了，可是也像以前一樣，狀況看起來並不樂觀。

29

寇克從山姆的小屋打電話到賭場。

「請找達拉．勒博。」他說。

半分鐘後，達拉以一種啦啦隊員刻意裝甜美的語調接聽電話。「我是達拉，請問需要什麼服務？」

「我是寇爾克朗．歐康納。達拉，妳好嗎？」

達拉停頓了片刻，寇克認為那是一種警惕的沉默。然後達拉才回答：「我很好。」

「我打這通電話只是想了解一下保羅的近況。」

「自從他上星期四失蹤之後，我就沒有見過他。」

寇克想起達拉買的那些生活用品，他確信她在說謊。

「裘強呢？他有沒有與妳聯絡？」

「沒有。」

非常簡潔的答案，他問什麼她就回答什麼。然而她到底隱瞞了多少事情？寇克很想知道，也想知道她為什麼要隱瞞？而且為什麼選擇現在隱瞞？

「賭場裡的情況如何？我的意思是，發生了羅素那件事情之後。」

「亂七八糟。」達拉表示。「我要掛電話了。」

「當然，我了解。我只是想表達關切。」

達拉直接掛斷電話，沒有感謝他的關心。雖然寇克看不見達拉的反應，可是他敢打賭她直接丟了話筒，宛如那是一隻準備螫人的蠍子。

「寇克？」

沃利・沙諾看起來十分驚訝。他試圖從辦公椅上站起來，可是寇克揮揮手要他坐著。

「回答我一個問題，沃利，你有沒有採集那些資料夾上的指紋？」

「為什麼要採集指紋？」

「看看除了利頓之外還有沒有人碰過他們。」

「這有什麼差別嗎？我已經找到我要的東西。」

寇克環顧警長辦公室，那個白色檔案櫃已經不在了。

「沃利，你該不會真的那麼做了吧？你真的燒掉了那些資料夾？」

「後面那個焚化爐裡，現在除了灰燼之外什麼都找不到。」沙諾往椅背一靠，看起來一臉得意。

「我的老天，我不敢相信。」

「是你的點子。」沙諾提醒寇克。「就像你說的，那是潘朵拉的盒子，裡面的東西如果曝光，可能會傷害許多好人。」他從辦公桌上拿起一個資料夾，對著寇克揮揮手。「這裡已經有我需要的一切，黯淡之水的資料夾，我為什麼還要留著其他的東西？燒掉那些資料夾，這可是從你嘴裡說出來的。」

「老天，沃利，我可以隨便亂說話，因為我不是警長，我沒有從事偉大的警務工作。」

「我猜你會以不同的方式處理那些東西。」沙諾不高興地說。

「沒錯，我會以不同的方式處理。」

「如果你這麼厲害，為什麼現在警長的位子是由我來坐？」沙諾大吼。

寇克雙手放到沙諾的辦公桌上，將臉湊向沙諾那張氣得發紅的臉。「沃利，裡面也有你的資料夾嗎？這是不是你馬上燒掉一切的真正原因？」

沙諾的嘴巴想動，可是說不出半句話來。他低下頭。

「我想我已經得到答案了。」寇克說，並轉身離開。

⚕

艾莉．格魯伯帶著寇克走到湯姆．格里芬神父的辦公室，辦公室的門關著，她輕輕敲門。過了一會兒，神父將門打開。

「寇克。」神父帶著笑容。「請進，請進。格魯伯太太，謝謝妳。」他讓寇克進到辦公室裡，並且清出一張椅子。「請坐。」神父自己則坐在他那張亂七八糟的辦公桌邊緣。「你改變主意了？想要聊一聊？」

「我確實想聊一聊，但是與你所想的事情無關。」

「請說吧。」

「你是神父。」

「很高興你注意到這一點。」湯姆．格里芬露齒一笑。

「人們——很多人——會把一些無法對別人說的事情告訴你。」

「我想是的。」

「你最近和達拉・勒博說過話嗎？」

「當然。」

「她還在擔心她兒子的事嗎？」

神父略帶疑惑地看了寇克一眼。「當然。難道你不擔心嗎？」

「可是保羅和裘強在一起，不是嗎？裘強很愛他的孩子。」

「我不明白你想要表達什麼。」

寇克掏出香菸。「想來一根嗎？」

神父搖頭拒絕了。他看了辦公桌一眼，遞給寇克一個充當菸灰缸的沉重陶瓷杯。寇克點燃香菸，深深吸了一口，感覺到受傷的肋骨處傳來一陣刺痛。

「你沒事吧？」湯姆・格里芬問。

「你有阿斯匹靈嗎？」

「當然。」

神父打開書桌的抽屜，拿出一罐半滿的阿斯匹靈並扔給寇克。「我去替你倒杯水。」

「不必麻煩了。」寇克倒出幾顆止痛藥，直接吞下去。

「保羅・勒博怎麼了嗎？」神父問寇克。

「達拉知道他在哪裡。」寇克說。

「這似乎是一個大膽的假設。」

「是嗎？既然你每天都和達拉說話，告訴我，你覺得她是不是在擔心什麼？」

「是的。」神父承認。

「你知道她擔心什麼事嗎？」

「她兒子的事。」神父聳聳肩，彷彿這是顯而易見的答案。

「我再問你一件事。你見過裘強嗎？」

神父肯定地搖搖頭。「沒有。」

「你知道他在哪裡？」

「如果我知道，我不就知道保羅在哪裡嗎？聽著，寇克，玩這種問答遊戲沒有意義。你到底想從我這裡得到什麼？」

「我要你幫我一個忙。我要你告訴達拉，我想知道她在害怕什麼，以及她兒子保羅在害怕什麼。就此而言，我還想知道裘強以及其他人在害怕什麼。我已經不再是警察了，所以告訴我的內容不會變成官方資訊。」

門口傳來輕輕的敲門聲，是格魯伯太太。

「請稍等一下！」神父喊道。他那隻完好的眼睛正盯著寇克。「他們為什麼要相信你？」

「因為那個男孩不可能永遠躲著，他們遲早都必須信任一個知道該如何保護他的人。」

「保護他什麼？」

「我等你給我答案。」寇克在馬克杯底部熄滅香菸，起身準備離開，並把杯子還給神父。

「你找他們談一談，然後告訴我。我可以幫助他們，相信我。」

神父送寇克到辦公室門口，將門打開。艾莉・格魯伯和汪達・梅尼迪茲站在走廊上。

「神父，抱歉打擾您。」格魯伯太太說。「但汪達說她有急事。」

汪達・梅尼迪茲的深色眼眸越過神父，投向神父身後的寇克。「他在這裡做什麼？」

「沒事。」湯姆・格里芬神父安撫她。「我們剛結束。」

寇克認識汪達這麼多年，很少看到那雙堅硬的栗色眼睛沒有透出懷疑。汪達長期以不信任的眼光看待這個世界，彷彿她生來就不具有純真的一面。雖然她這輩子遭受過很多痛苦，可是她從不曾因為天真而犯錯。

「你們要討論羅素・黯淡之水的聯合禮拜儀式嗎？」

「是的。」神父替他自己和梅尼迪茲回答。

「羅素離世不像他父親那樣有前兆，真遺憾。你們兩位原本可以在場加速他的安息。不過仔細想想，他的死確實也有前兆。他知道半獸人呼喊過他的名字，可是他就是不信。」

汪達・梅尼迪茲這時終於對著寇克開口：「聽說你也聽到半獸人喊你的名字。」

「確實如此。」寇克冷冷一笑。「不同的是，我已經準備好要對抗半獸人。」然後他對著神父和梅尼迪茲分別點頭道別。「兩位晚安。」

30

野雁不在湖裡。寇克望著幽暗空曠的湖面，聽不見任何聲音。乾玉米粒依舊堆在水桶旁邊的雪地上，沒有被吃過的跡象。他覺得牠們已經永遠離開了。

小屋裡的電話答錄機有一則訊息，是莫麗。「打電話給我。」她說。

寇克把暖氣的溫度調高，並提醒自己明天要把窗戶修好。他的肋骨還是痛得要命，但縫合後的右手似乎已經沒有問題。他打開一罐墨西哥辣椒番茄醬，加熱後撒上一點磨碎的起司，直接配著鹹餅乾吃。洗好碗盤之後，他泡了一壺咖啡，坐在山姆．凜冬之月用樺木做成的舊桌子旁。他將喬的資料夾放在面前，一邊啜飲著咖啡，一邊看著那個沾滿血跡、沒有打開的資料夾，就這樣經過了一段長長的時間。他希望自己相信那些照片的內容如今已經不重要，那只是過去的不貞，可是他沒有辦法說服自己，因為那些照片不僅記錄了喬的出軌，也證明了人們對彼此的信任是荒謬的。婚姻只是其中一個例子，另外還有選舉、政治、醫學。過於依賴別人的人，結果會跌得很慘，而且到最後他們不能責怪別人害他們受傷，只能責怪自己。寇克已經學到了教訓，他發誓不讓這種情況再次發生。

他思忖著眼前這個闔上的資料夾，不確定研究其內容會有什麼好處，可是他此刻沒有任何其他的想法。

第一張照片很簡單，是從遠處拍攝的鏡頭，照片中還拍到帕倫特繫在碼頭上的那艘帆船，船名「雷神之錘」清清楚楚地印在船身側面。碼頭後方就是帕倫特黑漆漆的後院，再過去則有帕倫特家整棟建築物填滿了背景。客廳閃著壁爐的火光，柔和的光芒從上層露臺的滑門隱隱透出。位於下層的熱水浴池中有一團白影，浴池邊緣處則有兩個發亮的小點。寇克將這張照片放到他左手邊的桌面上。

第二張照片是以第一張照片的熱水浴池為中心加以放大。浴池邊緣處的亮點是兩根點燃的蠟燭，在蠟燭柔和的光線下，可清楚地看出浴池中那團白影是兩個彼此交疊的裸體，可是臉部無法辨識。後方那個拱起身子的黑髮男性可能是任何人，但是對於知道自己在找什麼的寇克而言，前面那個彎著腰的女性顯然是喬。當時她的頭髮比較長而且燙捲了。

寇克原本決心仔細查看每一張照片，但他終究忍不住撇開視線。他伸手在口袋裡尋找香菸，當他試著點菸時，發現自己的手正微微顫抖。他覺得彷彿有一大坨溼溼的黏土在他肚子裡，而且他的呼吸變得急促，於是他起身離開桌邊，將背靠在廚房櫃檯上。寒風穿過紙板吹進屋裡，讓他的後頸發冷。

他希望自己找到什麼？關於那些人為何死去、關於保羅．勒博是否真的躲起來，還有關於裘強的下落？但這些照片能告訴他什麼？這些照片又與這些事有什麼關聯？它們能告訴他的，他都早已知道了——喬不愛他——他也不願意再去多想她已經變心多久。這是一個發人深省的認知，但對於奧羅拉最近發生的一切沒有任何助益。喬和寇克與其他許多人一樣，只是被利頓偷拍了他們自私妄為且可能具破壞力的一面。

寇克將菸灰彈進洗碗槽時突然想到利頓。利頓喜歡他偷拍的照片嗎？他會不會把底片帶回他那個與世隔絕的小屋，將照片沖洗出來，並因為欣賞喬的性愛照片而享受著感官上的刺激？

寇克把菸頭扔進洗碗槽，大步走回桌邊，用力地闔上資料夾。他想燒掉這個該死的東西，沙諾可能是對的，這種垃圾就該被燒成灰燼。

在夜深人靜的時刻，原本沉睡中的寇克突然醒過來。他掀開被子，開始在房間裡來回踱步。雖然天氣寒冷，他卻有一股莫名的暖意與亢奮，幾乎沒注意赤裸雙腳下的地板有多麼冰冷。他在臥室窗戶前停下腳步，凝視著窗外。在積滿白雪的黑暗中，這個世界變得只剩下黑白。

他很清楚，他媽的，他非常清楚。

有時候就是這樣，有時候一件事情就擺在他眼前，簡簡單單地擺在他眼前。儘管如此，他還是得在閉起眼睛、停止思考之後，這麼簡單的事情才會開始變得清晰。

關鍵就在於資料夾。

寇克走到另一個房間，打開電燈，看著上面寫著喬名字的資料夾。這個資料夾和大多數的辦公室資料夾一樣，中間夾頁的右側有幾個額外的摺縫，那些摺縫可以往外拉，以便存放後續增加的資料。寫著喬名字的那個資料夾雖然已經老舊，但從未使用過額外的摺縫。沙諾辦公室裡那個白色檔案櫃中印著他名字的資料夾也一樣。不過寇克可以發誓，山帝・帕倫特的資料夾不同，那個資料夾的摺縫被撐鬆了，似乎曾經放了很多資料在裡面，而非只有幾張在熱水浴池被人偷拍的親密照。那個資料夾裡曾經裝著其他的文件。

哪些資料被人拿走了？是誰拿走的？是驗屍官西格德・尼爾森將那支銀製小鑰匙交給沃利・沙諾之前就先拿走了？還是沙諾拿走的？或者，會不會是山帝・帕倫特透過某種管道取得了那個資料夾，並且拿走裡面最糟糕的內容？

寇克的雙腳越來越冷，可是他不願中斷思考，繼續在房間裡來回踱步。

有沒有辦法找出帕倫特資料夾裡的內容？有沒有辦法補救沙諾犯下的大錯？

他低頭看看那個寫著喬名字的老舊資料夾。在那個白色檔案櫃中，他的資料夾旁邊沒有她的資料夾，可是檔案櫃裡擺滿了這一類的東西。如果裡面有喬的資料夾，寇克認為絕對不是他手上的這一份。這個染血的資料夾不像其他資料夾那樣有打字機印出的標籤，只有利頓手寫的標籤。喬的資料夾被人拿走了嗎？如果真是這樣，如果是被利頓拿走的，他為什麼要把喬的照片換到另一個資料夾裡？這麼做並沒有意義。

然而話說回來，這麼做也許是有意義的。

利頓的這些照片可能都是他自己沖洗出來的。如果他想利用喬和帕倫特的不倫照來傷害並羞辱寇克，他沒有必要從放置在奧羅拉倉儲的檔案櫃中特別抽出照片，因為他有底片，他只要用底片再沖洗出一套照片，並且把照片放進某個資料夾，某個正好放在他手邊的老舊資料夾裡就好。假如真是如此，底片在什麼地方？寇克不確定利頓的小屋是否已經被警方徹底搜查過，也不確定所有的底片是否還藏在那裡的某個角落。

他的雙腳因為寒冷而發麻。他決定早上到哈蘭・利頓家去看一看。這幾天來，他的周圍不斷發生事情，雖然這些事看起來一團亂，但寇克開始懷疑它們並非表面上看起來的那樣。山姆・凜冬之月曾經說過：如果一個人想知道石頭有多硬，有時候唯一的方法就是用腳踢踢看。

寇克關掉電燈，回到床上。

就算他明天早上無法找到他想找的東西，他強烈覺得會有某個東西來找他。

31

天還沒亮，喬就從她幾乎整夜沒有闔眼的床上起身，穿上衣服，在整個奧羅拉都還在睡覺的寒冷黑暗中開車前往山帝・帕倫特的家。

她從錢包裡拿出一支鑰匙，打開前門走進屋裡。屋裡一片死寂。她先走到客廳，在厚厚的白色地毯上站了一會兒。山帝的家以白色色系裝潢得美輪美奐，呈現完美的一面。蘿絲雖然是一位出色的管家，可是醋栗巷的房子通常看得見生活的證據，尤其是孩子們不顧他人所造成的混亂。山帝家對喬而言總有點不真實，美得像是奢侈高檔的飯店。

黎明的曙光從可俯瞰鋼鐵湖的玻璃滑門照進屋內，東邊的天空已經出現淺灰色的光亮。

喬沿著長長的走廊走到山帝的臥室，將房門推開。山帝在大床上睡在他習慣睡的那一側，身上的被子蓋得整整齊齊。

喬由衷羨慕山帝可以睡得如此安穩。她覺得疲倦又恐懼，害怕自己來這裡做什麼。她靜悄悄地走到山帝的床邊，在昏暗的灰色光線下細細端詳他。他長得非常英俊，下巴線條強健堅毅，帶點紅色的金髮像雄獅的鬃毛般濃密。山帝睜開雙眼時，那雙眼睛警覺又聰明，但是他經常把精明隱藏在迷人的微笑後面。他有一種令人無法抗拒的堅決，一旦他下定決心要做某事，就會硬著心腸實現目標。這點深具魅力，但也令人感到不安。他做愛時大膽又體貼，雖然他們已經做愛幾十次，她從不覺得他把一切視為理所當然。她非常迷戀山帝，這點毫無疑問，可是她從來不讓自己說出「愛」這個字，甚至連在腦子裡想到都不行。山帝·帕倫特是個即將前往別處的男人，而喬知道自己是個被困在奧羅拉的女人。

她脫下手套，隔著山帝的緞面睡衣摸摸他的肩膀。他動了一下，她小心翼翼地坐在床邊，用手輕輕拂過他好看的下巴線條，並以手掌輕撫他厚厚的鬍渣。她從來沒有和他一起過夜、沒有在他身旁睡醒、沒有看過他睡覺時凌亂的頭髮，也沒有聞過他清晨嘴裡呼出的口氣。不知為何，山帝在睡醒之前的這種脆弱時刻，對喬而言似乎更為真實。他在睡夢中面容放鬆，眼皮因做夢而微微顫抖。喬覺得自己心裡好像有什麼東西破碎了，在不知不覺中掉下眼淚。

「怎麼回事？」山帝突然醒來。他坐起身子，想伸手打開床邊的燈。

「不，不要開燈。」喬說，並阻止他的動作。

「妳還好嗎？妳怎麼會到這裡來？」

她從床上站起來。「我昨晚整夜沒睡，我一直在思考。」

「聽起來像是在思考不好的事。」

「山帝，也許我們不該再繼續見面了。」

「為什麼？」

「因為沒有未來。我們從一開始就很清楚這一點。」

「不對，我們只同意不討論兩人共同的未來，這是完全不同的。」

「因為我們知道兩人不會有共同的未來。」她堅持地說。她走到窗前，窗外的天空已經變成空曠的白色，但是太陽還沒露臉。「我的人生在這裡，我的家人在這裡，可是再過幾個星期你就要永遠離開這裡了。」

「等妳處理完離婚的事就可以去找我。」

「你說得容易。」

「沒有妳想像的那麼困難。」

「你喜歡我哪一點？」喬轉身面對山帝。「我已經不年輕了，而且我有孩子。」

「我可以看到妳在白宮站在我身旁的樣子。」

「我是認真問你。」

「我也是認真回答妳。」山帝把被子丟到一旁，起身下床。他穿著藍色的緞面睡衣，金紅色的頭髮有點凌亂，看起來像隻奇怪的鳥。「喬，奧羅拉不會有人怪你離開寇克。他是一個不光彩的男人，整個人都已經崩壞。他不是稱職的丈夫或父親已經很久了，妳自己也這麼說過。妳有沒有看到他最近變成什麼德行？」

「他受到很深的傷害。」

「妳不需要替他找理由。」

「我擔心的是孩子們。」

「我的父母也離婚了，可是我照樣活得好好地。妳母親獨力撫養妳長大，妳成為一個很優秀的人。孩子們很快就會沒事的。」

漫漫長夜讓喬的心情格外沉重。她嘆了一口氣。「為什麼一切都必須如此複雜？」

「相信我，一點都不複雜。」山帝走向喬並牽起她的手。「聽我說，喬，我還有個東西可以當成證據，也許會讓妳的離婚手續變得容易一些。跟我來。」

山帝帶著喬從臥室走到書房，打開檯燈並拉開抽屜，拿出一張八乘十大小的照片。

「我最近拿到這張照片，原本不確定是不是該給妳看，但我認為現在是最佳時機。」

「什麼照片？」

「我父親給我的，他想幫我忙。」

山帝將照片遞給喬，喬仔細一看，照片中是寇克裸身抱著另一個女人，兩人站在鋼鐵湖旁的一間小屋外。

「這個女人是誰？」喬問。

「莫麗．努爾米。」

「努爾米？」喬既驚訝又受傷。莫麗．努爾米？她只不過是個女服務生，一個名聲不佳的女人。大家都知道這個女孩傷透了她父親的心。寇克竟然喜歡這種女人？

「據我所知，他們已經在一起一段時間了。喬，他把妳當成傻瓜。他自己犯了錯，還在妳面前扮演受害者。」

「那個該死的王八蛋。」喬說。她心中的憤怒有如枯樹上的烈火熊熊燃燒，這股怒氣一路燒上她的大腦，炙熱得讓她失去理智。「他讓我覺得自己像條冷酷無情的蛇，但他自己才是一條毒蛇。」她氣得丟開那張照片。「老天，他實在太高明了，把我騙得團團轉。」

「喬，我知道這句話聽起來很怪，但妳就原諒他吧。」山帝平靜地說。「他畢竟是個男人，妳不可能要他禁慾一輩子。」

「他才不是個男人！」她不滿地發出噓聲。「他是——他是個窩囊廢。」

「喬——」

「做什麼！」她氣呼呼地說。

山帝滿是欣賞地看著她，絲毫沒有因為她的憤怒而被嚇到。「我有沒有對妳說過，妳是一個多麼美麗的女人？」

突然間，喬覺得自由了。她疲憊的良心原本肩負著重擔，現在壓力全消失了。她感覺自己身輕如燕，讓她每一次吸氣和吐氣都感到堅決又狂野。她走到山帝身旁，伸出雙手抱緊他，給了他一個又長又狠的熱吻。

「到我的房間去吧。」山帝輕聲地說。

「幹嘛要去房間？」喬說，拉著山帝與她自己一同往地板躺去。

一個小時後，喬伸開四肢躺在山帝的床上，被子隨意地蓋在身上。剛才激烈地做愛，此刻已筋疲力竭，她準備好好睡一覺。

山帝穿著睡袍走回臥室。「我已經打電話給管家，要她休假一天。我們想睡多久就睡多久。」

他脫掉睡袍，裸身爬到床上，躺在喬的身邊。

「太棒了。」喬說，並且依偎在山帝身上，閉起雙眼。不到一會兒，她就已經沉沉睡去，伴著明尼蘇達州新科參議員的淡淡麝香進入夢鄉。

32

寇克一早就起床離開山姆的小屋。太陽還沒有升起，天空非常清澈，顯示又是寒冷而晴朗的一天。他在哈帝漢堡的得來速買了早餐——香腸肉蛋比斯吉三明治及一杯熱騰騰的黑咖啡，然後往東駛出奧羅拉，經過賭場之後繼續往前行駛一英哩，再經過通往山帝．帕倫特家的叉路。接著他又行駛了三英哩，右轉沿著十六號郡公路駛離鋼鐵湖。十六號郡公路帶著寇克穿越過沼澤地和一塊狹長的乾草地，來到哈蘭．利頓家那一片長滿香脂樹、白樺樹和美洲落葉松的樹林。他行駛過那條窄窄的小路，這條小路灑滿了橙紅色的陽光與樹林形成的陰影。

寇克從野馬款越野車下來時，周圍寂靜無聲。他站了一會兒，在注視著利頓的小屋時，他呼出的氣息在空氣中化成白霧。沃利的部下已經用木板封住小屋碎裂的窗戶，並以黑黃相間的布條圍住門口，布條上印著「犯罪現場，請勿進入」。寇克在屋外繞了一圈，後方的車庫停著利頓的卡車及雪地摩托車。車庫不遠處是一間小棚屋。寇克往小棚屋其中一面骯髒的窗戶看了一眼，那裡是利頓製作動物標本的地方，小棚屋外有一綑劈好的木柴整齊地靠在牆邊。這片土地上還有一間古時候的茅房，那間茅房的木板都已經發灰，釘子也已鬆動，整間茅房像個疲憊的老醉漢般歪歪斜斜地立著。

一隻鳥飛到利頓家這片土地外緣的一棵白樺樹上，寇克之所以注意到那隻鳥，是因為牠胸前有一抹鮮豔的色彩。知更鳥。已經是隆冬時節了，竟然還看得到知更鳥，而且這隻知更鳥顯然豐腴又健康。

由於寇克的祖母狄兒西告訴過他族人的故事，因此他知道知更鳥有相當令人感傷的由來。某個春天有一名年輕人離開他的部落以進行**齋戒禁食**，這種齋戒禁食會讓他產生異象，引導他成為真正的男人。過了幾天，那個年輕人的父親去看他，並鼓勵他持續禁食，那個年輕人服從了他父親的交代。又過了幾天，他的父親又去看他，勉勵兒子繼續齋戒下去。雖然那個年輕人已經看見可讓他成為男人的一切異象，但是他依然服從父親的要求。後來過了一段時間，那位父親再次去探望他兒子時，發現他全身發紅並且躺在樹下奄奄一息。那個年輕人怪他父親要求他禁食超出所需的時間，並且在他父親的注視下慢慢往上飛起，於空中長出翅膀和羽毛，然後到樹枝上棲息。他變成了一隻知更鳥。他對他的父親說：「從今以後只要任何一個尼什那比人遇上危險，我就會以這種叫聲警告他們……*nin-don-wan-chee-gay*，我來警告你了。」

知更鳥是善良的精靈，會在危險或敵人或邪惡妖靈靠近時發出警告聲。寇克看著那隻與寒冬景觀格格不入的知更鳥，然後返回野馬款越野車，從後座拿出溫徹斯特步槍，並從置物箱的子彈盒中拿出幾枚子彈，裝進他的步槍裡。

小屋的前門被鎖上了，於是寇克繞到屋後，但發現後門也上了鎖。他用步槍的槍托打破浴室窗戶的一塊窗玻璃，打開窗栓，然後將窗戶打開。他先把步槍放進屋內，自己再爬進去。屋裡靜悄悄的，屋外的知更鳥也停止啼叫。

寇克走進小屋主要的房間，他知道這個房間已經被沙諾的部下徹底搜查過，不確定自己還能找到什麼。他用左手隨意握著溫徹斯特步槍，小心謹慎地在房間裡走來走去。窗戶上的木板擋住了大部分光線，以致房間裡十分陰暗，並呈現一種孤獨感。寇克停下腳步一會兒，注視著利頓死去時在地板上遺留的血跡。

他在房間慢慢地走動，以步槍的槍托敲擊牆壁和地面的木板，聆聽空洞的回聲。他檢查了爐子、堆放木柴的箱子、洗碗槽周圍，以及為數不多的家用電器。他也檢查了床墊下方，還把整個床墊摸過一遍。他打開後面那間被利頓當成暗房的房門，就他所見，各種設備都還在裡面——相機、放大機、顯影托盤、化學藥劑等。他打開抽屜，看見他之前發現的零星雜物，可是原本放置野生動物底片的抽屜已經變成空的。沃利・沙諾可能已經拿走了那些底片。寇克不知道那堆底片之中是否夾雜著其他種內容比野生動物更加可怕的底片。他查看了一下最大的抽屜，在利頓被人殺害的那個晚上，這個抽屜是空的。寇克原本以為這個抽屜依然空蕩蕩，但是當他準備關上抽屜時，他留意到抽屜底端露出一張底片的黑色邊緣。他試著將那張底片抽出來，可是底片卡住了，於是他把整個抽屜拿出來，用拳頭將抽屜底部打鬆。底片掉到地上，是一長條連續拍攝的底片，寇克將那條底片拿到燈泡下仔細研究。

「這太驚人了。」他低聲說。

那條底片是一個男人在另一個男人面前寬衣解帶，在最後一格底片中，第二個男人擁抱了脫衣服的那個男人。寇克無法從底片分辨出那兩人是誰，不過他已經確信自己想找的東西確實存在。

他檢查的最後一個房間是浴室，什麼都沒找到。他站在打開的窗邊試著思考：利頓遇害的那個晚上，抽屜已經是空的。他回想那個朝他開槍然後跑進黑夜的身影，他清楚記得那個身影只拿著一把步槍，手上沒有其他的東西，因此很可能是利頓自己把底片藏起來了，也許是他在得知法官被人謀殺之後的因應措施。像利頓這樣的人，到底會把底片藏在哪裡呢？

周遭的寂靜與寇克的思緒都被知更鳥突如其來的叫聲打亂。寇克本能地遠離打開的窗戶，蹲低身子並小心翼翼地從窗框往外窺視，觀察空地上和樹林間的動靜。沒有任何動靜。那隻知更鳥忽然振翅飛離白樺樹，往東飛向尚未完全升起的太陽。鳥兒飛離之後，寇克仍繼續靜靜聆聽，可是已經聽不到任何聲音。

當寇克看著窗外時，他的目光落在那間老舊的茅房上。他突然有個想法：利頓藏匿的那些見不得光的東西，應該全部扔進茅房裡。他不禁冷冷一笑，但他不覺得利頓會因為具有諷刺意味而把底片藏在那裡，不過利頓確實可能把底片藏在多數人不想多看一眼的地方。於是寇克從窗戶爬出小屋，走到茅房。

茅房門上掛著一條生鏽的鉸鏈，鉸鏈上積著雪，因此寇克無法直接將門推開。他先把步槍靠在茅房側邊，用戴著手套的手推門，結果輕輕鬆鬆就把鉸鏈扯斷了。雪片早已從老舊的灰色木板縫隙飄進茅房裡，在小小的方形地板上留下一英呎深的積雪。茅坑上放著一塊早已腐爛的夾板，夾板上擺著一本陳舊的百貨型錄，型錄內頁皺巴巴地黏在一起，還有被齧齒動物咬過的痕跡。寇克將那本百貨型錄推到一旁，掀開夾板，結果黑漆漆的茅坑裡什麼都沒有。如果利頓把底片藏在那裡，應該會以某種方式將那些底片黏在茅坑裡側，以便他取回，可是茅坑裡沒有那樣的東西。夾板外側有著如迷宮般的蟲穴，顯示這塊老舊的夾板已經很長一段時間沒被翻動過。寇克離開茅房後又思考了一會兒，現在只剩下兩個地方了──車庫以及製作動物標本的小棚屋。

他走到小棚屋，一綑劈好的香脂木柴整整齊齊地堆放在牆邊，門上掛著一個牢固的掛鎖。寇克走回他的野馬款越野車，拿出他的鑿冰棒。那個掛鎖很牢固，但是小棚屋門框的木頭早已因為風化而出現裂痕，因此在短短幾分鐘內，寇克就把固定掛鎖的螺絲從門上撬開了。小棚屋裡有一股難以形容的氣味，既像冰凍肉品的冷藏櫃，也像油漆店的味道，在蟲膠漆與松節油的刺鼻氣味中混合著血肉的味道。牆壁層架上有一隻紅狐狸的標本，那隻紅狐狸的玻璃眼珠一直盯著寇克。製革板上有一張水獺的毛皮，地板上則擺著一個標示為「砷」的大罐子。

掛滿切割工具的木栓板下方是工作檯，利頓的愛犬『開膛手傑克」橫躺在工作檯上。寇克走過去看那隻狗，牠的頸部被寇克的溫徹斯特步槍射穿，傷口上的血跡已經乾涸。「開膛手」的雙眼緊閉，四肢因為小棚屋裡的嚴寒而僵硬。寇克有一種無法解釋的傷感，因為他猜想利頓將這隻狗的屍體帶到小棚屋裡來，可能是想做成標本，如此他才能與他唯一的朋友永遠相伴。

他翻找了一下小棚屋裡的抽屜和櫥櫃，也打開了砷罐，可是都沒有發現他要找的那些邪惡底片。外面那隻知更鳥又飛回白樺樹上，對那種小型鳥而言，牠發出的聲音可一點也不小。小棚屋裡有一種死亡長期殘留的氣味，這股氣味開始讓寇克覺得有點不舒服。他準備離開時看了「開膛手傑克」最後一眼，結果發現一個剛才被他忽略的東西。這隻狗的灰色皮毛下緣有一道不明顯但確實存在的線條，從胸口一路延伸至生殖器。寇克走過去撫開狗毛，看見狗身上有一道切痕，但是已經經過小心縫合。寇克拿起掛在木栓板上的鋼鋸，開始將狗屍體的腹部切開。那種感覺有點像切開生嫩未乾的木頭，鋼鋸切進去一英吋左右就卡住了，寇克用力一拉，鋸齒上纏滿軟軟的黑線。他又從木栓板上拿了一把長六英吋的鋸齒刀，沿著狗身上原本的切痕割開，與他剛才用鋼鋸切割的方向垂直。幾分鐘後，他在狗身上切出一個十字型的開口，然後將狗冰凍的身體往四邊拉開。狗所有的臟器——心臟、肺臟、肝臟、胃部、腸子——都早已移除，一個黑色的帆布袋被塞在空蕩的腔室裡。那個黑色帆布袋被乾掉的血液黏在屍體裡的肋骨上，寇克小心翼翼地將袋子從屍體裡拿出來，然後走到小棚屋外明亮的晨光下。他把帆布袋放在雪地上，打開袋子，發現裡面有第二個袋子，一個大大的透明塑膠袋。塑膠袋裡有一條條底片，像一窩黑蛇般交纏在一起。

寇克聽見靴子踩在雪地上的聲音，因此轉過頭去。他看見一個戴著滑雪面具的人，緊接著他就挨了一棍。

那一瞬間，寇克右眼裡的光線變得又亮又熱，彷彿他直視著太陽。在灼熱之後是有如火焰般燦爛的火花，讓寇克想起火紅色漆樹林裡的巨熊。他聽見了槍聲，心想山姆．凜冬之月一定正對著那隻熊開槍。他睜開雙眼，望向刺眼的藍天，整顆頭發出劇烈疼痛。他往側面滾去，看見一雙穿著舊牛仔褲的腿在他正上方。他想伸手去抓那雙腿，可是那雙腿滑開了並且跑走。黑色的帆布袋還在寇克身邊，另外還有一根沾滿鮮血的香脂木。寇克伸手摸摸自己右眼上方的額頭，發現那裡腫了一大塊，他的手也因此沾滿鮮血。他掙扎地站起身，跌跌撞撞地走向小棚屋，拿起他的溫徹斯特步槍，然後又走回原處，將黑色帆布袋扛到肩上，開始追逐那個已經消失在樹林裡的身影。要追蹤雪地上的腳印並不困難，寇克試著逼自己跑快一點，可是他有點喘不過氣，腦袋裡彷彿有個鋼鐵般的拳頭不停地敲打著他。他的眼睛每隔一會兒就會閃過一道光，他很擔心自己會不支倒地。

他繞過一片灌木叢，發現那個身影正在前方七十碼處的一叢藤蔓中掙扎。寇克的眼睛依然無法聚焦，沒辦法看清楚細節，但無論對方是誰，如今顯然已經被黑莓刺藤給纏住了。寇克單膝跪地，把帆布袋放到雪地上，然後拉動溫徹斯特步槍的槍機拉柄，將子彈上膛。當他把步槍舉到肩膀上並試著瞄準時，他的視野中閃過一道光。他用指關節揉揉右眼，再次瞄準那個掙扎中的背影正中央。就在他開槍之前，他的視線歪到黑莓刺藤左側幾碼處的美洲落葉松樹幹上，那棵美洲落葉松的樹幹頓時炸開，樹皮有如暴雨般噴飛。那個身影猛力掙脫了荊棘，倉促地跑開。寇克跪在地上一分鐘，倚著溫徹斯特步槍休息。就算他想繼續追，也已經沒有力氣站起來。他聽見從樹林遠處傳來雪地摩托車發動且疾駛而去的聲音，然後才慢慢站起身來，走向那叢黑莓刺藤。他看見一支步槍深深卡在雜生的荊棘藤蔓中，決定讓那支步槍先留在那裡，等他走回來時再想辦法把它拿出來。他拿著帆布袋和自己的步槍，跟蹤腳印直到某個地方。那裡顯然是剛才那輛雪地摩托車迴轉並駛離之處。

寇克坐了下來，感覺沉重又疲憊。他的身體已經將他折磨得幾乎無法思考，可是他不需思考就知道那是誰的雪地摩托車。那輛雪地摩托車剛才停放之處有一大片黑色油漬，據他所知，只有一輛雪地摩托車漏油如此嚴重。那輛摩托車的名字叫拉撒路。

33

寇克自己開門進去莫麗的小屋，鑰匙在屋後的樓梯下方。他把外套掛在後門邊，上樓從浴室的櫃子拿了四顆止痛藥。他全身痛得不得了，額頭上有一個滲血的紫色大腫包，劇烈的頭疼讓他兩眼發白。他的肋骨痛得就像帕倫特剛剛又狠狠揍他一頓，他右手上的縫線已經裂開。

他很想仔細看看黑色帆布袋裡的東西，可是他知道自己目前的狀況根本無法集中注意力，他必須躺一會兒。於是他找地方把袋子藏起來，最後藏在壁爐旁的木柴箱，放在劈好的木柴底下。接著他上樓躺在莫麗的床上，很快就沉沉睡去。

寇克醒來時聞到木頭生火的煙味。他坐起身子，很高興他的頭痛已經消失，不過他頭上的腫包仍然發疼，他的肋骨也疼痛未消。他右手的裂傷讓床單染上血跡，額頭腫包的滲血也弄髒了枕頭套，可是這兩個傷口目前都已經不再流血。寇克從莫麗房間的窗戶看出去，天色幾乎一片漆黑，他才意識到自己昏睡了好幾個小時。

他走到樓下，發現莫麗正坐著閱讀，壁爐火光在房間角落形成閃爍的陰影。寇克在廚房門口猶豫了一會兒，廚房裡散發著馬鈴薯湯濃郁的誘人香氣。莫麗坐在她的安樂椅上，被一小圈燈光照著。她穿著牛仔褲、紅色毛衣和紅色羊毛襪，紅色長髮紮成的長辮子隨意垂在肩上。她抬頭看了寇克一眼，寇克猶豫不決地站在房間另一側的搖曳光影下。

「湯聞起來很香。」他說。

莫麗用黑桃A撲克牌標記她讀到的地方，將書本闔上。寇克看見她閱讀的是《少有人走的路》[33]。她雙手合十放在書本上，等著寇克主動解釋。

「我需要妳。」他說。「自從離開妳之後，我幾乎無法呼吸。莫麗，我需要妳，就像我需要空氣一樣。」

「寇克。」她輕聲地說，並從安樂椅上起身。

寇克走向她，走進被燈光照亮的地方。

當她看到他的額頭時，臉上的驚訝反映出他的疼痛。「噢，寇克，發生了什麼事？」

「我被人襲擊。我這輩子都不懂為什麼人們要把冷杉木視為軟木。」

莫麗伸手摸摸他額頭上的腫塊。

「好痛！」

「對不起。」

「沒關係。」

「血已經停了，但我認為還是要冰敷一下。也許我應該拿點冰塊來給你。」

「沒關係。」他不安地低下頭，看著自己穿著長襪的腳底下所踩著的飾帶鑲綴地毯。「對不起，莫麗，我要為一切事情向妳道歉。」

「我明白。」她摸摸他的臉頰。「我們之後再談這件事，現在我先幫你盛一點熱湯。」

寇克摟住她的腰。「我配不上妳。」他說。「我從來都配不上妳。」

「你還有很多時間可以好好努力。」她回答道。

他們吃完飯之後，莫麗去三溫暖房生火。

「今晚的夜色很美。」她回到屋裡時說。「寇克，我們走吧。」

月亮冉冉升起，把遼闊的湖面染成幽靈般的藍白色。雖然湖岸邊遠處亮著幾盞各自獨立的燈火，但寇克覺得這個夜晚彷彿只屬於他和莫麗兩人。他們走進三溫暖房的更衣室，莫麗點亮一盞露營燈，並把燈光調暗。三溫暖門內的烤爐透出熱氣，使得更衣室裡的溫度十分宜人。莫麗先脫掉寇克的外套，然後再脫掉自己的外套。她解開寇克襯衫的鈕釦，親吻他的胸膛。

「我很想你。」她說。

寇克拉起莫麗毛衣的下緣，她將雙手抬高讓他將毛衣從她身上脫掉。她毛衣底下沒有穿胸罩，他先用手掌輕輕撫摸她的乳房，然後彎下腰去親吻。她的肌膚溼潤，而且隱約透出生火時沾染的煙味。寇克很喜歡這種香味。

「我也很想妳。」他說。

他親吻她的手指，每一根手指。她將手指從他嘴邊抽開，移動到自己牛仔褲的黃銅鈕釦上。寇克看著她解開牛仔褲的鈕釦，拉鍊被她拉下時發出輕輕的嘶嘶聲。她將牛仔褲從臀部、大腿和小腿褪下，最後褪到腳邊，再將牛仔褲踢開，並伸手解開辮子，甩甩她的紅色長髮。寇克覺得更衣室裡變得非常熱。

「我不配得到這些。」他說。

「人生賜予我們的東西，無論是好是壞，我們很少配得上。」她拿起一條放在她身後長凳上且摺疊整齊的毯子，將毯子放在地板。她跪到毯子上，看著寇克脫掉自己的上衣和長褲，最後只

33 譯注：《少有人走的路》（The Road Less Traveled）是美國精神科醫師暨暢銷書作家摩根．史考特．派克（Morgan Scott Peck，1936.05.22—2005.09.25）最著名的作品，於一九七八年出版，內容闡述如何成為心智成熟的人。

剩紅格子的法蘭絨四角褲。她笑了出來。「新買的？」

「穿起來很溫暖。」他聳聳肩。

然後莫麗看到了讓她發出驚呼的那片瘀傷。

他低頭看看自己肋骨上的深色瘀青。「這沒什麼。」

「沒什麼？到我這裡來。」

他踩著毯子走到莫麗面前，她將嘴唇輕輕貼在他的瘀傷上。「這樣好些了嗎？」她問。

她起身將乳房壓在他身上，給他一個長長的吻，接著把手指滑進他那件法蘭絨四角褲的鬆緊帶，將四角褲慢慢拉下來。她從垂落的紅色髮絲間看向他，說：「我會溫柔一點的。」

「不需要太溫柔。」他沙啞地回答。

「你沒看見是誰打你？」莫麗問。

寇克搖搖頭。「事情發生得太快了。」

「可是我不明白，如果他們的目標是那個帆布袋，為什麼不將它拿走呢？」

「我也搞不懂這一點。」寇克說。

莫麗從三溫暖房最高層的位置走下來，從水桶裡拿出一個長柄杓，將水潑灑在熱騰騰的石頭上。水發出嘶嘶聲，化為蒸氣冒向空中。寇克感覺到汗水從他身體裡不斷流出來，能這麼自在地出汗真的很棒，有一種全身被淨化的感受。莫麗坐回他身邊。

「除非。」她說。

「除非什麼？」

「除非他們趁你昏迷的時候已經拿走他們想要的東西。」

「我想這很有可能。」寇克表示。

「你昏迷了多久？」

「我不知道，但我想應該不是很久。」他伸手抹抹臉，用手指撥撥頭髮，他的頭髮就像淋浴時一樣溼。「不過還有一件別的事情。當我昏迷時，我夢見自己聽到了幾聲槍響。我在黑莓刺藤中發現那支步槍時，看得出來它剛剛發射過。」

「對著你發射？」

寇克摸摸自己的身體。「我沒有發現身上有新的槍傷。」

「那麼他是對誰開槍？」

「我不知道。這聽起來很不合理，或許等我看過那個袋子裡的東西，一切就會變得比較明朗。」

「你認為雪地上的油漬表示那個人是湯姆．格里芬嗎？」

「我一定會去找聖人川崎談一談這件事。」

「可是你不希望是他，對不對？」

寇克看了莫麗一眼，她的臉上滿是汗水，紅色的頭髮緊緊貼在她漲紅的臉頰上。

「你希望那個人是山帝．帕倫特。」她又說。

「是的。」寇克承認。「我希望那個人是帕倫特。」

「我很擔心。」她對他說，並且碰碰他的肩膀。「我擔心得知那個袋子裡的祕密會對一個人造成什麼樣的影響。不只是針對你，我是說任何人。我不知道沃利．沙諾的想法是不是正確。」

「沙諾已經銷毀了證據。」寇克說。

「或許他因此救了不少好人，讓他們免於不必要的痛苦。」

「但那真的是他的動機嗎？」寇克意有所指地問。「聽我說，如果不看一下袋子裡的東西，我就沒辦法得知真相。假如妳有更好的主意，我很樂意傾聽。」

莫麗盯著烤爐的格柵，烤爐裡燃燒著灼烈的橘紅色火焰。

「妳明白我的意思嗎？」寇克說。

「那個袋子在什麼地方？」莫麗問。

「我藏起來了。」

「藏在這裡？」

「我藏在木柴箱裡。這只是預防措施，可能根本沒必要把它藏起來。即便如此，我不想把那個袋子留在這裡。等我有機會看過裡面的東西之後，我會把它帶到別的地方。」

「不。」莫麗說。「如果你夜裡待在別的地方，我會非常擔心。只要我們在一起，我就不必為你擔心受怕。」

寇克聽著火焰讓烤爐、岩石和空氣變熱時所發出的劈啪聲，然後看了莫麗一眼。他知道自己這麼做是軟弱的表現，可是他不想離開這裡。

「好吧。」他同意了。「只要我們在一起。」

她倚到他身上並親吻了他。「現在我們應該冷卻一下了。我已經在冰面上清出一個洞，泡一下水感覺會很棒。穿上這個。」她把事先準備好的襪子遞給寇克，這麼一來他溼淋淋的腳才不會黏在冰層上。

他們一起跑出三溫暖房，結了冰的甲板很滑，寇克必須抓著欄杆才不致滑倒。莫麗跑在前面，腳步既穩重又優雅。她跳進冰洞時濺起冰冷的水花，她很快就浮出水面，讓寇克拉她上來。

「現在輪到你了。」她笑著說，身體在月光下散著熱氣。

34

「開膛手傑克」屍體的血已經不再凍結於黑色帆布袋上，解凍後的狗血反而讓帆布袋變得一團糟。莫麗嚴肅地看著寇克把袋子從木柴箱裡拿出來並帶進廚房。

「放這裡。」莫麗說。她從廚房門旁的一疊舊報紙裡抽出幾張，鋪在地板上。

寇克把黏呼呼的帆布袋放在報紙上並打開，拿出裡面的塑膠袋。

「我可以丟掉那個袋子嗎？」莫麗問寇克，並對著黑色帆布袋點了點頭。

「我去丟。」寇克說。

他用舊報紙包住帆布袋，拿到外面的垃圾箱。那是一個附蓋子的大型條板箱，裡面有兩個金屬垃圾桶。條板箱的蓋子上有門鎖，以防止浣熊翻找垃圾。寇克把血淋淋的帆布袋扔進其中一個金屬垃圾桶裡，然後回到廚房。

「需要我幫忙嗎？」莫麗不太熱情地問。

「妳真心想幫忙嗎？」

「不想。你應該不介意吧？」

寇克幾乎可以肯定真相就藏在這個塑膠袋裡，或者至少裡面有能夠指引他走向真相的路標。不過莫麗說得沒錯，袋子裡的東西一定遠遠超出他需要知道的，比任何人需要知道的祕密都還要多。

「我自己一個人看比較好。」他回答。

「我去替你煮咖啡。」她煮好咖啡後回到寇克身旁，親吻了他髮絲漸稀的頭頂。「如果你需要我，我就在樓上房間的床上。我應該留在這裡陪你嗎？」

寇克搖搖頭。「這得花一點時間。」

她站在他背後，雙臂環抱住他的脖子。「寇克，我從來沒有告訴過你，可是我很愛你。」她說完之後不等寇克回答，直接走出廚房。寇克聽見她上樓時老舊樓梯發出的吱吱聲響。

當寇克還是一個小男孩時，他相信上帝、教會和天堂，早晨的祈禱鐘聲總能對他產生奇妙的影響，讓他充滿盼望，無論他的心情好不好。莫麗的那句話——「我愛你」——也具有相同的效果，感覺就像盼望突然降臨在絕望之境。寇克希望能堅持這種感覺，堅持相信自己可能擁有其他更強大的力量，使所有的問題都迎刃而解。

然而當他低頭看著這包塑膠袋裡雜亂的黑色底片時，心裡很清楚事情不會這麼簡單。

他把袋子裡的底片全倒在莫麗的桌上，總共有好幾十條黑白底片，還有幾捲錄音帶。他先看了一下那些錄音帶，每一捲錄音帶上面都只寫著編號，沒有註記其他文字。他隨意拿起一條底片，舉向天花板的電燈，立刻發現要透過這種方式解開裡面隱藏的祕密比他想像的還要困難許多。看沖洗出來的照片會比較簡單。照片或多或少可直接反映出眼睛平常看到的東西，但要試著解讀明暗相反、光影相反的底片並非容易之事。此外，底片的尺寸很小，也是另一個絆腳石。

寇克瞇起眼睛看著他手中那條底片上的影像。第一幀畫幅就如同喬和帕倫特的照片，是晚上拍攝的。利頓似乎很喜歡在夜裡偷拍，也喜歡使用夜視鏡頭。夜視鏡頭是一種可以將微小光源放大數百倍以照亮夜間影像的設備。夜晚是人們用來從事私密活動的最佳時刻。這張照片似乎是從遠處拍攝，畫面是幾個人圍坐在房間裡的一張桌子旁，地點看起來像某棟建築物的上層樓面。下一張照片使用伸縮鏡頭將畫面拉近，房間牆壁上有一幅畫，但由於底片畫幅太小，寇克無法辨識細節。房間裡還有一個書櫃，寇克只能看出這些東西。他把底片翻到背面，希望相反的畫面會有幫助，可惜沒有。這些人到底是誰，他們在什麼地方，以及哈蘭・利頓為什麼要偷拍他們，依然是一團謎霧。

寇克知道他需要放大那些影像。他在莫麗的廚房抽屜裡翻找放大鏡，可是沒找到。他走上樓，莫麗正躺在床上看書。她摘下眼鏡，對著寇克投以微笑。

「這麼快就完成任務了？還是你抵擋不住與我上床的誘惑？」

「既錯也對。」寇克回答並走向莫麗。「錯，因為我需要放大照片才能完成任務。對，我抵擋不住與妳上床的強大誘惑。」他坐到她身旁，親吻了倚在枕頭上的她。「我需要放大底片，妳有沒有放大鏡之類的東西？」

她想了一會兒。「好像沒有。我只有在閱讀時才需要具有放大功能的工具。」她低頭看看她放在床上的眼鏡。「我的眼鏡對你會有幫助嗎？」

寇克拿起眼鏡，試著放大莫麗書中的字體。「不夠完美，但有幫助。妳不介意我借用妳的眼鏡嗎？」

「如果可以讓你早一點上床睡覺，我非常樂意借你使用。」

「還有一件事。妳有錄音機嗎？」

「你是指播放錄音帶的機器嗎？」

「對。」

她遺憾地搖搖頭。「寇克，我都只聽ＣＤ。你那輛野馬款越野車上的錄音機呢？」

「壞了。」

「這件事很重要嗎？」

「可以明天再處理。」

她給了他一個吻，然後他起身走出房間。

在走到廚房途中，寇克先從客廳拿了一盞小檯燈。他把那盞小檯燈放在桌上那堆底片旁，插上電源，並且取下燈罩。他把底片放在燈泡上方，用莫麗的眼鏡放大影像，仔細研究底片上的每一幀畫幅。五分鐘後，他開始頭痛，但是他依然不知道照片裡的人是誰，也不明白利頓為什麼要偷拍這些人。

寇克研究了一條又一條底片，卻沒有發現任何他能理解的東西。正當他開始感到氣餒時，他拿起一條底片，立即認出畫面中有一個他熟悉的結構：保留區的傳教堂。第一個鏡頭是從遠處拍攝傳教堂，下一個鏡頭拉近了距離，聚焦於聖人川崎停在墓園圍欄旁的老舊摩托車。接下來的一系列照片似乎是從窗簾下緣與窗檯之間的縫隙偷拍的。兩個人在燭光下，一男一女，赤裸著身體彼此擁抱。他們站在亂七八糟的施工現場——旁邊有鋸木架和成堆的木材。寇克看不見這兩個人究竟是誰，因為窗簾遮住了他們的頭部。這個系列中的幾幀畫幅很不尋常，畫面是某人肋骨部位的特寫鏡頭。寇克仔細研究之後，看見那人的肋骨上有長長的傷疤。最後一張照片聚焦在一隻撫摸著乳房的手上，那隻手底下的肌膚有一個圖像——智慧樹的紋身。

寇克的頭抽痛了一下，這不是他想看的東西，也不是他預期的畫面。儘管如此，這確實解釋了湯姆．格里芬為什麼要在哈蘭．利頓的小屋攻擊他。雖然聖人川崎看起來不像一個會使用暴力的人，但只有上帝知道絕望的人被逼到極限時會做出什麼事情。

寇克繼續查看底片，過了幾分鐘之後，他發現一條底片的內容與其他底片完全不同。那些照片拍的不是人，而是文件。寇克調整了一下莫麗眼鏡右鏡片的位置，直到他能辨識出那些文件的信頭：遊戲科技。他往椅背一靠，思考了片刻。遊戲科技，他以前在哪裡聽過這個名字？他又看了一下那條底片，除了信頭上的粗體字之外，其他部分的文字都太小而無法辨識。遊戲科技，這個名稱聽起來很熟悉。寇克起身走到莫麗的櫥櫃前，拿出一個杯子，在廚房的洗碗槽用水龍頭裝了一杯水。遊戲科技。他啜飲了一口水，放下杯子，再次打開水龍頭，潑了一些水在臉上。他用手巾將臉擦乾，從洗碗槽前的窗戶望向漆黑的屋外。遊戲科技。

然後他想起來了。遊戲科技是法官遇害後隔天他在賭場與厄尼・梅魯聊天時，厄尼・梅魯在吧檯檯面上轉玩的商標。他不知道這些照片有什麼關聯性，因此先把這條底片擱到一旁。

寇克又查看幾條底片，發現一個即使在底片這種反向影像中也可輕易辨識出來的人：赫爾・漢諾威。漢諾威的白色大光頭就像是從肩膀上長出來的黑色麵包。他穿著花紋怪異的衣裳，寇克最後才看出那是軍裝。在第一幀畫幅中，漢諾威獨自站著，身後有一面大大的美國國旗懸掛於兩棵樹之間。第二幀畫幅仍是以美國國旗為背景，畫面中的他正與另一個男人握手，兩人面對鏡頭擺出握手的姿勢。寇克調整了一下莫麗的眼鏡以便看得更清楚，然後笑了出來。

「原來是與魔鬼握手。」他低聲地說。

與赫爾・漢諾威握手的不是別人，正是羅伯特・帕倫特法官。

其他照片顯示，這兩個人似乎正在檢閱身穿制服的武裝士兵。雖然那些士兵的制服上沒有任何徽章，不過再笨的人也猜得出這些照片拍的是明尼蘇達州平民軍的某場聚會。

寇克繼續查看那堆底片。到了接近午夜時分，他已經疲憊不堪了。他並未發現更多重要的照片，大部分的照片都只是偷拍人們做了違背良心的事，例如對伴侶不忠、娛樂時吸食毒品、發生同性性行為等。在大城市裡，這些事情就像趕公車一樣普通，可是在奧羅拉，這些事情可以毀掉一個人。

寇克的背部發疼，脖子和肩膀緊繃得像打了結，他的頭也一直發出劇痛，一隻眼睛不停地跳，讓他很不舒服。正當他準備休息時，突然看到一條讓他頓時感到空虛又害怕的底片。

他把這條底片放在燈泡上方，仔細檢視每一幀畫幅。在第一幀畫幅中，一個男人手裡抱著步槍站著，腳下踩著一隻被殺死的動物。戰利品紀念照。

寇克仔細一看，發現那隻動物其實是人類。

下一幀畫幅是特寫鏡頭，顯示一張臉戴著有如黑白面具的東西。在底片的相反世界中，寇克知道黑色的部分是皮膚，那麼白色的部分呢？肯定是鮮血。白色的部分多到幾乎蓋住了那整張臉。而且那個人的頭髮有個不尋常之處，一眼就看得出來：那個人的頭髮編成了辮子。

其他畫幅都是類似的照片，宛如藝術家從不同角度記錄自己的作品。寇克依然無法確知遭到殺害的人是誰，也無法知悉凶手是誰。他需要有沖洗出來的照片，如果有放大的照片會更好。

莫麗動了一下才慢慢醒過來。寇克坐在床邊。

「我要出去一會兒。」他對她說。

她聞言後馬上清醒了。「現在幾點？」

「快午夜了。」

「都三更半夜了你還要去哪裡？」她坐起身來，背倚著床頭板。

「哈蘭・利頓家。」

「你去那裡做什麼？」

「我需要使用他的設備。」

「不能等到早上嗎？」

「不行，有些事情我必須馬上知道。」

「不好的事情嗎？」

「對。」

她掀開被子。「我跟你一起去。」

莫麗迅速穿好衣服，寇克也挑選出他要帶去的底片。他把其餘的底片分成兩堆——他已經看過的一堆底片，以及他還沒看過的更大一堆凌亂的底片。他把尚未檢視的底片和錄音帶一起放進塑膠袋，然後把所有的東西都收進一個大大的紙袋裡，小心謹慎地放回木柴箱裡的木柴底下。

在前往利頓家的路上，寇克告訴莫麗她說得沒錯，他真希望自己不要知道他剛剛看到的大部分內容。

「你說你發現的東西很糟，到底有多糟？」

寇克告訴她那張看起來像戰利品紀念照的照片，還告訴她那個留著辮子頭並戴著鮮血面具的男人。

「你知道那些人是誰嗎？」

「非常確定。」

她等他說出答案。「嗯？」

「我相信哈蘭．利頓是動手殺人的人。」

「被他殺害的人是誰？」

「我想是裘強．勒博。」

35

莫麗先從利頓家的浴室窗戶爬進屋裡，再轉過身接過寇克遞給她的溫徹斯特步槍，緊接著寇克才爬進去，並從外套裡拿出手電筒，以及從莫麗手上取回步槍。

他們移動到利頓小屋的主房。從手電筒光束照到的情況來看，屋裡與寇克稍早看見的沒什麼不同。他用手電筒依序照向牆壁、傢俱及地板上大面積的血跡。

「那片污痕是我所想的東西嗎？」莫麗問。

「往這邊走。」寇克避開地板上的血跡，帶莫麗走到利頓的暗房。

他在黑暗中找到開關電燈的拉繩，點亮裝設在天花板上的無罩燈泡。他可以看見自己呼出的氣息。

「我得讓這個房間變溫暖一點。不知道那些化學藥劑在這麼冷的情況下能不能發揮作用。妳在這裡等我一下。」

「你開玩笑嗎？我才不會讓你離開我的視線。」

莫麗跟著寇克回到主房，這個房間有電熱器，可防止小屋的管線結冰。寇克將電熱器的溫度調高，然後從火爐旁的木柴箱拿出木柴和火種，兩三下就將爐火點燃。

小屋裡漸漸變暖，寇克開始檢視利頓沖洗照片的設備和用具。他找到大量的顯影劑、相紙和水洗劑，然後測試了安全燈和放大機。

「你怎麼會洗照片？」莫麗問。

「我在芝加哥當警察時，有個朋友是警方的攝影師。希望我還記得該怎麼做。」

等到小屋裡已變得溫暖，寇克便擺好顯影劑、急制液、定影液和水洗托盤。他拿出底片，將受害者那張底片插入放大機的底片片軸，打開安全燈，關掉天花板的燈泡，將放大機上的影像聚焦，直到那幀宛如戰利品紀念照的底片影像清楚投射出來，然後他打開一包相紙，抽出一張並插入放大機裡。

「開始了。」

他將放大燈打開十五秒鐘，然後再讓相紙依序經過顯影、急制、定影、水洗等過程。他用刮刀刮掉相紙上多餘的水，小心翼翼地將相紙拿起來檢視。

「你說得沒錯。」莫麗以略帶嘶啞的聲音說。「哈蘭．利頓殺了裘強。」

在那張洗好的照片中，哈蘭．利頓臉上露出得意的表情，腳下踩著裘強．勒博的屍體。

寇克以同樣的過程沖洗出裘強屍體的特寫照。那幾張照片非常嚇人，鏡頭從左邊、右邊、上方拍攝屍體，利頓在拍攝每一張照片前都先稍微挪移過裘強的頭部與身體。

「我的老天。」莫麗嫌惡地皺起眉頭。「他為什麼要這樣做？」

「我認為哈蘭把這當成藝術創作。」

主房突然傳來一聲尖銳的劈啪聲，讓他們兩人僵住身子。寇克從牆邊拿起溫徹斯特步槍，步槍剛才被莫麗倚在牆上。寇克將一根手指放在嘴唇上，然後走到暗房緊閉的門前。他示意莫麗關掉安全燈，然後小心地打開房門。

小屋裡伸手不見五指。寇克拿著溫徹斯特步槍蹲下，一邊盯著暗處的動靜，一邊隨時準備開槍，可是小屋裡沒有任何動靜。他聽見莫麗淺淺的呼吸聲，接著聽見了圓形火爐旁的地板因受熱膨脹所發出的劈啪聲。他站起身來。

「我覺得我們應該離開這裡。」莫麗建議。「這個地方讓我毛骨悚然。」

「我同意，可是我想多沖洗幾張照片。」

寇克沖洗出袞強屍體的每一張照片，也沖洗出赫爾・漢諾威、法官和明尼蘇達州平民軍的照片。平民軍的照片似乎是在一塊空地上拍攝的，那塊空地周圍環繞著未被砍伐的松樹林。在那四、五十個平民軍之中，寇克認出了幾張面孔。闖進山姆小屋並痛打寇克的人可能是其中任何一個。那些人當中的大多數也可能會殺人。寇克很幸運，他只有肋骨受傷，比袞強幸運許多。

最後，寇克把拍攝遊戲科技文件的底片放進放大機裡仔細端詳。

「顧問合約？」莫麗越過寇克的肩膀偷看第一張照片問。

「看來是如此。聘請史都・格蘭瑟為房地產顧問。」

「但他是郡委會的主任委員。」

「他是啊。妳看看誰代表遊戲科技簽名。」寇克指著羅伯特・帕倫特浮誇的簽名說。

寇克瀏覽了其他文件，所有文件都是遊戲科技與塔馬拉克郡的不同人簽訂的顧問合約，包括提供安全顧問服務的沃利・沙諾。寇克將沙諾的合約照片沖洗出來，然後才對莫麗說：「我們離開這裡吧。化學藥劑的味道讓我很不舒服。」

在返回莫麗家的路上，他們沉默了很長一段時間。由於夜已深沉，路上空蕩蕩的。

「為什麼？」莫麗最後終於開口問寇克。

「我不知道。」

「我還以為袞強回來了，可是他根本沒回來，對不對？」

「我很確定這些照片是幾個月前袞強失蹤時拍攝的。我猜哈蘭把袞強的屍體丟在某處，可能是他家附近的某個沼澤裡。因為他從來不綁住『開膛手傑克』，所以不會有人去那邊閒晃。然後他開走裘強的卡車，營造車禍的假象。沒有人能證明他謀殺了裘強。」

「這又回到了剛才的問題：為什麼。」

「我現在太累了，沒有辦法好好思考。」寇克把車子開進莫麗家的車道，停在木屋前方。「我需要抽根菸並喝罐啤酒，還需要好好睡一覺。明天我再來看看能不能想出利頓為什麼要殺害裘強。」

「你打算睡在哪裡？」

「現在就算有人給我一張釘床，我也樂意躺上去睡覺。」

「睡在我床鋪左邊如何？不是釘床，可是床墊有點凹陷。」

寇克疲倦地笑了笑。「我好久沒聽過這麼棒的邀約了。」

36

寇克醒來的時候發現莫麗用雙手摟著他，臉頰貼著他的背，溫暖的早晨氣息圍繞著他。他從不曾在莫麗家過夜，以前莫麗的床是他們短暫相聚然後分開的地方，能躺在她身邊看著窗外早起的太陽並享受屋裡的靜謐，感覺真的很好。和莫麗在一起的感覺平靜且療癒，讓寇克沒有任何內疚。

他靜靜躺著不動，因為他不想吵醒她。她的雙臂環抱著他，她的呼吸溫暖著他的背，讓他有一種受保護的安全感。這時他感覺她的嘴唇故意輕輕碰到他的肩膀。

「你醒了嗎？」她輕聲問。

「我還在做夢。」他回答。「太陽升起了，我以為妳一早就得去松林烤肉店。」

她在他背上輕輕一吻。「我已經打電話給強尼，告訴他我會晚點到。」

「妳什麼時候打的？」

「一個小時前。」

「我沒感覺到妳離開過。」

「你睡得很沉。」

他親吻她的手，她發出愉悅的聲音，並且更緊密地依偎著他。「我們就這樣一直躺在床上吧，寇克，我們在床上躺一整天。」

「強尼會不高興的。」

「誰管他。我從來沒有請過假，我甚至沒有遲到過。」

「妳的提議很誘人。」寇克承認。

「可是？」

寇克沒有回答。她因此稍微往後退開一點。

「你要繼續追查那些事，對不對？」她說。

「妳知道我想要做什麼嗎？」他試著維持當下美好的氣氛。「我想和妳一起淋浴、為妳準備早餐。我已經很久沒有為任何人準備早餐了，除了為我自己。」

「寇克，答應我一件事。」

「什麼？」

「你不許做任何可能害自己受傷的事。」

「我不是妳以為的那種勇敢之人。」他向她保證。

她嘆了一口氣，她的氣息讓他脖子後方的汗毛微微打顫。「也許不是，可是你很固執，這也一樣糟糕。」

淋浴結束後，寇克趁莫麗還沒下樓之前先打了兩通電話。她走下樓梯時，他正好掛斷電話。

「你打電話給誰？」她問。

「我剛才撥了遊戲科技信頭上的電話號碼。」

「然後呢？」

「語音留言。『留下您的姓名和電話號碼，我們會儘快回覆您。』然後我打了電話到警局給艾德．拉森，請他幫我查那個電話號碼的地址。他之前欠我幾個人情。」寇克說完便走進廚房，打開冰箱門。「太完美了。」他說，並拿出三顆已煮好的馬鈴薯。「歐康納獨家薯餅，聽起來是不是很棒？」

「很棒。我來煮咖啡。」莫麗走向咖啡機。「所以你打算怎麼做？」

「先煎馬鈴薯，同時切一點洋蔥和青椒，再撒一點——」

「我是指裘強的事情。」

寇克拿出砧板和一把刀，開始將馬鈴薯去皮和切塊。「我一直在思考這件事。他遭到殺害的唯一合理解釋，是他知道了平民軍的一些祕密，或者關於賭場的祕密，或者他同時知悉了平民軍和賭場的祕密。他每天晚上打掃大北方開發公司的辦公室，也許他看到或聽到，或偶然發現他不該看到或聽到或發現的東西。我猜，根據我對法官和利頓的了解，一定是法官叫利頓去解決裘強。」寇克聳聳肩。「這只是我的猜測。但有一件事似乎是肯定的：裘強因此遭到殺害。」

寇克從保鮮盒裡拿出一小顆青椒和一顆洋蔥，將它們放在砧板上。

咖啡煮好了，莫麗從櫃子裡拿出一個馬克杯，斟了一杯咖啡給寇克。

「謝謝。」他說。「妳自己不喝嗎？」

「我待會兒要喝草本茶。」她的臀部靠著櫃檯，雙臂交叉於胸前，看起來有點悲傷。「實在不敢相信，不敢相信這一切會發生在奧羅拉。」

「這種事情無所不在。」寇克說。「這是野獸的本性。哎喲！」

「怎麼了？」

「我切到手了。」他把手指放進嘴裏吮吸。

「嚴重嗎？」

「不嚴重。」

「用水沖洗一下傷口。我來把青椒和洋蔥切完。」

莫麗接過刀子，寇克讓水沖洗他手指上的傷口。他的指甲旁有一道清楚的小割傷。他用拇指按壓傷口，過了一會兒就止血了。

「我沒事了。」他笑著說。「但是我想抽根菸，妳介意嗎？」

「你抽吧。」

他從襯衫口袋裡拿出一包香菸。「妳包容我很多行為。」他懷著歉意地說。「為什麼？」

「我以為我昨晚已經告訴過你了。」她轉過頭對他投以微笑。

寇克看著那包香菸，突然有一股衝動。他把整包香菸揉成一團，丟進洗碗槽下方的垃圾桶裡。

莫麗手裡拿著刀愣了一下。「你認真嗎？」

「從現在開始我要改變很多。我保證。」

他走到她身後抱住她，將臉貼在她剛才淋浴後尚未吹乾的溼髮上。他望著洗碗槽上方的窗戶，看見通往湖邊的那排小屋。那些小屋都很老舊，可是十分堅固。莫麗的父親在莫麗出生後不久親手蓋了那些小屋，他的妻子在不久後就跑掉了，留下他獨自撫養女嬰。寇克認為這位老先生已經盡力教養他的孩子，可是人們只記得他愛喝酒，而他養大的女兒狂放不羈。

「妳有沒有想過把那些小屋修一修，將這裡重新開放為度假區呢？」寇克問道。

「幾乎沒想過。」她說。「我喜歡隱居的感覺。除此之外，我不想獨自面對那些事。」

「或許我可以幫忙。」寇克說。

她在他懷裡轉身面對他，抬起頭認真看著他的眼睛。「我也不想一個人經營這個地方。」

寇克鼓起勇氣，幾乎就要說出他愛她。他說：「或許妳不必自己一個人。」

莫麗親吻了他，並且在從窗戶照進屋裡的陽光下一直抱著他。

「妳還沒有裝設聖誕樹。」他說。

「我從來不裝設聖誕樹。」她說，並且從他懷中輕輕退開，轉身繼續切青椒和洋蔥。

「為什麼不？」

「我還小的時候，我父親在聖誕節承諾過各種事，可是他從來沒有實現過。聖誕節對我來說充滿失望。」

「讓我完成我的薯餅。」寇克說。

「你安心喝完你的咖啡吧。」莫麗表示。「我看得出你打算怎麼煎。」

寇克從他的馬克杯啜飲了一口咖啡。「如果我們一起去挑選，妳願意買棵聖誕樹嗎？」

「可以考慮。」她看了窗外一會兒。「但前提是我們必須自己製作聖誕飾品。你知道，將爆米花和蔓越莓用繩子串起來，或者用彩紙做成紙鏈，諸如此類。我不想要充滿商業氣息的飾品，例如那種會發光的串燈、閃閃發亮的裝飾品，還有那些線狀的華麗燈飾。」

「冰條燈？」

「對，就是那種東西。」

「妳想怎麼做就怎麼做。」他說。「我們今天就去買聖誕樹吧。」

「什麼時候？」

「妳下班之後。」

「好。」她同意了。「今晚我們來做聖誕樹的裝飾品。」

電話響了，寇克去接聽。他聽了一會兒，說了聲謝謝，然後掛上電話。

「什麼事？」莫麗問。她把鑄鐵製的長柄煎鍋放在爐子上，開了中火，然後在鍋裡放入一些牛油。

寇克坐下來啜飲他的咖啡，這杯咖啡香純強勁，如果能抽根香菸會更完美。

「艾德說地址是法官家。」寇克告訴莫麗。「這很合理，畢竟法官在每一份文件上都簽了名。但考量到這間公司的本質，我不認為他在大北方開發公司的辦公室裡處理相關業務，畢竟很可能會被別人意外撞見。」

「但我以為你說法官的房子已經被沙諾和他的部下徹底搜查過了。」

「或許他們忽略了什麼。」寇克抱著希望說。「我不知道遊戲科技這家公司與裘強遭到謀殺是否有任何關聯，但在很大程度上它可能解釋了沙諾警長最近的怪異行徑。有時候調查案子就像拉扯毛衣鬆動的線頭，只要拉對線頭，整個謎團就可以解開。」

「你要去找沙諾談？」

「如果我在法官家找不到任何線索，可能就必須借助最直接的方式——去找與沃利或其他那些顧問。」

「聖人川崎和那輛雪地摩托車呢？——那輛車叫什麼名字？拉撒路？」

「我絕對會找他談，他得解釋很多事情。另外，我需要去找一臺錄音機，這樣我才能知道那些錄音帶裡的內容。」

「你今天會很忙。」她說。「你確定你有時間陪我去挑聖誕樹嗎？」

寇克在櫃檯前看著莫麗把砧板移到爐子上。莫麗穿著紅色睡袍，頭上頂著溼溼的紅髮。他看見她厚厚的紅色羊毛襪垂在腳踝處，忍不住露出微笑。當她把切成小丁的蔬菜和馬鈴薯倒進滾熱的煎鍋時，他對她說：「莫麗，我愛妳。」

可是煎鍋發出很大的嘶嘶聲，莫麗似乎沒有聽見這句話。

37

寇克穿過雪地，爬過法官家的長坡。後門破掉的玻璃窗格上蓋著一片夾板，寇克兩三下就將它推鬆，伸手進去將門打開，走進屋裡。羅素·黯淡之水死去那天晚上被他打翻的罐頭依然散落在廚房地板，垃圾的腐臭味越來越濃烈。寇克回到法官的書房，霰彈槍將法官頭炸開的所有證據仍然濺在桌子後方的地圖上，那些痕跡如今已經變成褐色，看起來比較像泥巴而不是紅色的河流。寇克從桌子開始搜查，先檢查了電話。那是一臺很複雜的電話機，上面有許多按鈕，其中兩個按鈕旁邊列著電話號碼，號碼之一就是遊戲科技的電話。他也檢查了抽屜，可是沒發現任何看起來相關的物品。他翻遍了法官的桃花心木辦公桌，最後一無所獲。他像沙諾那樣把書架上的書本拿下來，結果什麼都沒找到，沙諾可能也一樣。

一樓包括浴室在內總共有七個房間，寇克把每個房間都找了一遍。如果法官將遊戲科技的相關檔案放在家裡，那麼顯然不是放在一樓。寇克走上二樓，當他走到樓梯最頂階時，聽見前門打開並悄悄關上的聲音。地板上的一道陽光前閃過一個人影，可是寇克看不到那個人是誰。他小心翼翼地走下樓梯，廚房裡傳來輕輕的櫥櫃開關聲，宛如老鼠發出的聲響。寇克走在木頭地板上，希望老舊的地板不要發出暴露他行蹤的聲音。他沒有帶溫徹斯特步槍來，因此隨手拿起了一個黑色的金屬雕像，一隻棲息的老鷹。他將這個沉重的雕像拿在手上，走到廚房門邊。

漢娜·穆勒從廚房走出來，看見寇克拿著重重的黑鷹雕像準備發動攻擊時，嚇得發出尖叫。

「老天，漢娜，真對不起。」寇克立刻將手放下。

「歐康納警長！」漢娜喘著氣說。她的眼睛因為受到驚嚇而睜大。

「沒事沒事。漢娜，我不知道是妳。」

漢娜．穆勒是年約四十歲的女性，身材矮小肥胖，不具光澤的深金色頭髮以橡皮筋紮成馬尾辮。她的容貌平凡，藍色的眼睛透出一種比她實際年齡還年輕的天真感，因為她是輕度智障者。她穿著藍色牛仔褲、藍色工作衫和運動鞋，手裡拿著拖把和水桶。

「我是來打掃的。」她說，彷彿想捍衛自己在這裡的理由。「帕倫特先生打電話給我，說我可以過來打掃了。前幾天我在固定打掃的日子都沒來。」

「沒有關係，漢娜。」寇克安慰她。「妳沒來打掃真的沒關係。」

漢娜看著他，眼神中充滿疑惑。

「我是來調查的，漢娜。」

「噢。」漢娜表示，彷彿這個解釋很好。她越過寇克望向通往法官書房的走廊。「我聽說裡面很可怕。」

「裡面不太賞心悅目。」寇克承認。「漢娜，妳平時都是星期幾來打掃？」

「星期一、星期三和星期五。但如果法官周末舉行派對之類的活動，有時候我星期天也會來打掃。法官會預先留紙條讓我知道。」

「他不直接和妳說話嗎？」

「我從來都沒有遇到他，他總是不在家。」

寇克看看手錶。「妳都是九點鐘過來？」

「九點鐘。」漢娜點點頭。「我都是九點鐘過來。」

「而法官總是不在家。」

「他總是不在家。」漢娜點點頭。

「如果妳需要和他說話呢？妳可以打電話給他嗎？」

「可以。」

「打去哪裡？」

「在電話號碼上。」

「什麼電話號碼？」

漢娜把手伸進牛仔褲的後口袋，拿出一個老舊的皮革錢包，錢包上有精美的圖案。她從錢包裡掏出一張破舊的紙條，遞給寇克。紙條上寫著兩個電話號碼，漢娜在其中一個號碼旁邊寫著星期一和星期五，另一個號碼旁邊寫著「星其三」。代表星期三可撥打的那個電話號碼，第一個數字是1，顯示為長途電話，可是區域號碼與奧羅拉相同。

「漢娜，請等我一下。」寇克將老鷹雕像放回原位，走到樓梯旁的電話機前，撥了星期一和星期五的號碼。

「早安，大北方開發公司。請問您要找哪位？」

寇克露出微笑。「喬伊絲，我是寇克·歐康納。」

「是的，我是喬伊絲。嗨，寇克。」

「我可以問妳一個問題嗎？」

「可以，但不代表我能回答你。」

「法官每個星期三會到大北方開發公司上班嗎？」

「不會。過去一年左右的時間，他每個星期三都休假。」

「謝謝，喬伊絲，妳人真好。」

「你可以告訴艾伯特我有多好。」

寇克掛斷電話之後便試著撥打星期三的號碼，但電話響了很久都沒人接，於是他又打電話給艾德．拉森，請艾德幫他最後一個忙。他請艾德查詢這個長途電話的地址。

「我必須等一通回電。」他向漢娜解釋。寇克撥打電話時，漢娜拿著拖把和水桶耐心地站在一旁。

「當然，沒問題。」她聳聳肩，然後不太熱情地再次往走廊後方望去。

「妳可以不要進去打掃，漢娜。」寇克說。

「今天是聖誕節。」她解釋道。「我需要錢。」

「讓我替妳打掃吧。」寇克提議。

「不行。」她用力地搖搖頭，沒有光澤的馬尾辮在藍色衣領上晃動。「這樣是不對的，帕倫特先生說他會付錢給我。」

「帕倫特先生不必知道是誰打掃的。」

「這樣不對。」她堅持地表示，並充滿感激地看著寇克。「不過，謝謝你，警長，你人真好。」

「至少讓我幫妳一起打掃吧。」

「不行，這是我的工作。」

電話響了，寇克拿起話筒。他聽著對方說話。「稍等一下，讓我寫下來。」電話旁邊有便條紙，可是沒有書寫工具。寇克找了一下口袋裡的鋼筆，然後看漢娜一眼。漢娜放下水桶，遞給他一支粗短的鉛筆，看起來像是用刀削尖的。寇克感激地對漢娜投以微笑，寫下地址，並且謝謝艾德，然後掛斷電話。

「謝謝妳，漢娜。」

「不客氣。」她拿起水桶，深深吸了一口氣，開始往走廊後方的書房走去。

寇克覺得好人總是在收拾爛攤子。

星期三那個電話號碼，地址位於杜魯斯。這點並不令人意外，因為杜魯斯是個適合的地點。當寇克開了兩個小時的車抵達這個位於蘇必略湖湖畔的港口城市時，他想像法官每個星期都做一次這樣的小旅行，先到郵局信箱領取遊戲科技的郵件，然後坐在某個隱匿的辦公室裡處理事務。寇克還不完全確知是哪些事務，但是他知道得越多，就越確定這間公司不太光彩。

那個地址位於海港大橋附近，是一幢外型方正、以紅磚砌成的小型辦公建築。這棟辦公建築在運礦船隻定期航行時可能曾經相當熱鬧，但現在看起來大部分空間都已無人使用。一樓的某扇窗戶掛著「辦公空間出租」的廣告牌，建築前方則停著一輛白色廂型車，車側印有「墨利斯裝修公司」的字樣。大門裡的公司名牌目錄上有許多空白格，眼望去宛如明尼蘇達州滿是坑洞的街道。遊戲科技不在名牌目錄上。

上方某處傳來一陣電鋸聲，幾秒鐘之後停了下來，然而當寇克走上樓時，電鋸聲又再度傳來。樓梯的梯面被雪鞋和雪靴底部夾帶的泥沙弄得髒兮兮，寇克走到二樓，沿走廊往裡面走，走廊地板上沒有鋪設地毯，棕色的地磚需要好好重新上蠟。只有少數辦公室的半透明玻璃門板上貼有公司名稱，但目前似乎已經沒有幾間辦公室裡有人在。寇克聽見前方某間辦公室裡的電話鈴聲響起，隨後有個女人接聽電話並發出笑聲。

艾德・拉森給的地址是二一四號套房，但二一四號門上沒有任何跡象顯示這裡是遊戲科技的辦公室，裡面的電燈沒亮，門也上了鎖。

樓上的電鋸聲突然再次響起，掩蓋了女人講電話的聲音，幾秒鐘後又停止了。有個東西——可能是被切斷的木頭——咚地一聲掉落在地板上，幾乎就在寇克頭頂正上方。過了一會兒，上面開始傳出鐵鎚敲敲打打的聲音。

寇克看著那扇上鎖的門思忖。走廊另一頭的電話又響起，那個女人的說話聲與笑聲隨之再現。她聽起來似乎很享受自己的工作。鐵鎚停止敲擊，電鋸緊接著又發出壓倒性的嘎嘎聲。

寇克回到停在街上一輛廂型車後方的野馬款越野車，拿出他的碎冰棒，然後走回二一四號套房，趁電鋸再次發出聲響時敲碎門上的一片玻璃。他把手伸進門內，打開門鎖。

房間裡很黑，於是寇克打開百葉窗。這間辦公室可以往東北邊看見美麗的風景，越過大橋和開闊的港口，結冰的蘇必略湖在早晨的陽光下往另一頭延伸，宛如猶他州的博納維爾鹽灘[34]。寇克仔細看了一下這間辦公室，空間很小，而且是單房格局，根本不是套房。牆壁上什麼東西都沒掛，地毯是米色的，看起來很新，如果不是新鋪設的，就是這間辦公室很少使用。窗戶旁有一張辦公桌，L形的辦公桌，在L字較長的那個部分擺著一臺電腦和一臺印表機。一個白色的三層抽屜檔案櫃放在角落，與之前出現在沙諾辦公室的那個櫃子一模一樣。

寇克檢查了那個檔案櫃，最上層的抽屜標示著「遊戲科技」，裡面有許多資料夾，包括預算資料、財務資料、租賃合約、人事資料、稅務資料。寇克拿出人事資料夾，裡面有許多標示著他熟悉姓名的文件，那些文件就是他在利頓家發現的相關底片的原始版本。接著他又拿出租賃合約的資料夾，裡面裝著羅素・黯淡之水簽署的博弈設備租賃合約，租金按月給付。他把這些文件放在辦公桌上，剛才那疊文件旁邊。

中間的抽屜標示著「供應商」，裡面的每一個資料夾都標示著不同公司的名稱。寇克將一份標為北極星遊戲的資料夾拿出來，發現裡面有購買各種博弈設備的發票。他比對了那些發票的金額與黯淡之水簽署的租賃合約價格，比對完北極星遊戲的發票之後，又比對了另外兩家供應商的資料。

最後一個抽屜沒有任何標示，裡面只擺著一個資料夾：合夥協定。這份文件是法官擬定的，雖然內容冗長複雜，可是當寇克快速瀏覽時，他完全明白裡面的意思。

寇克彎著腰研讀合夥協定時，他頭頂上方的電鋸聲又開始了。隨後突然安靜下來時，寇克聽見背後傳來輕微的沙沙聲。他轉過身，正好對上赫爾·漢諾威那雙冰冷果決的淡藍色眼眸。漢諾威兩邊分別站著艾爾·拉馬克和波·彼德森，寇克之前在明尼蘇達州平民軍的照片裡看過這兩個人。

「我想你應該不是來邀請我參加聖誕節報佳音的活動吧？」寇克說。

漢諾威慢慢脫下他的黑色絨線帽，在窗外照進來的光線下，漢諾威的光頭如一個象牙做的門把般閃閃發亮。他的左嘴角微微抽動，彷彿想笑又不笑出來。

「歐康納，你第一次開始插手這件事時，我就已經派人讓你打消念頭了。」漢諾威說。「可是沒有用。」

寇克瞥了拉馬克和彼德森一眼，他們兩人都拉開了皮夾克的拉鍊，各自腰上皆繫著軍用的點

34 譯注：博納維爾鹽灘（Bonneville Salt Flats）是位於美國猶他州西北部大鹽湖以西的鹽灘，面積達兩百六十平方公里，是鹽湖的遺跡。

四五手槍。寇克不確定在山姆小店攻擊他的人是否包括這兩人的任何一個。

漢諾威跨出他的義肢，一瘸一拐地走到辦公桌旁，研究寇克攤放在桌上的文件。「後來你繼續管這件事，我決定放任你去做。」漢諾威繼續說道。「因為最壞的情況就是你會遇上我們碰到的死胡同，但是另一方面，你有可能帶我們找到我們想要的東西。」

「我來猜猜你們要找什麼。」寇克說。「你們要找平民軍武器裝備的資金來源。」

漢諾威繞過辦公桌並走到電腦前，將電腦打開。他看著螢幕，說：「歐康納，你覺得我們在做什麼？」

「我可以猜上一整天，赫爾。你何不替大家節省時間，直接告訴我答案？」

漢諾威一邊說話一邊敲打著鍵盤。「你還記得你學過的美國歷史嗎？你還記得那些農民為什麼在萊辛頓和康科德戰役[35]中拿起步槍嗎？因為他們受夠了被遙遠的暴政所統治，不想繼續活在那些對農民生活毫不了解或沒有利害關係的人所制定的法律下。」他沉默了一會兒，研讀他在電腦上找到的資料。「可是現在的美國又退回到起點。你認為華盛頓特區的那些愚蠢的混蛋律師們知道因為反歧視運動而被印第安人搶走工作是什麼樣的感覺嗎？」

「或者因為一些該死的貓頭鷹在你承租的土地上擇木而居，害你失去生意。」波・彼德森憤怒地補充。

「政府執政應該經過人民同意。」漢諾威繼續說道。「可是，歐康納，當人們不再同意時，發生了什麼結果？當那些掌權者拒絕承認人民的異議時，發生了什麼結果？」

「明尼蘇達平民軍因此誕生？」寇克猜測道。

「還有亞利桑那州的毒蛇民兵部隊、蒙大拿州的自由民，以及英國的民兵團。這一切都只是開端，只是前奏曲。我們和全國各地與我們相同的人保有聯繫，萊辛頓和康科德戰役即將再次發生，我們已經做好準備。」

漢諾威從電腦前離開，更詳細地看著桌上的文件。

「赫爾，如果你想聽，我可以為你說明。」寇克提議。

「讓我聽聽你知道多少。」漢諾威回答。「應該很有趣。」

寇克動動身子，拉馬克和彼德森緊張了一下，差點就要衝上前去。寇克高舉雙手，表示他沒有任何惡意。

「大致上很簡單。遊戲科技為奇佩瓦大賭場提供所有的博弈設備。遊戲科技從許多家公司購買那些設備，然後出租給賭場使用。如果你比較一下租賃成本與直接購買的價格，就會發現賭場向遊戲科技支付的費用在不久之後就遠遠超出設備本身的價值。經過幾年的時間，累積的租金可能高達數百萬美元。赫爾，這對你來說充滿誘惑，對不對？」

「你這句話什麼意思？」

「法官是個王八蛋，一心渴望權勢。他的政治生涯結束後，就開始尋找其他謀取權力的途徑。根據我的猜測，哈蘭·利頓是法官與平民軍的聯絡人。法官讓你成為遊戲科技的合夥人，如此一來平民軍就能獲得持續且可觀的收入以購買武器。法官要求的回報，就是可以穿上軍服，讓波和艾爾這些人向他行禮。」

「說得好像我們曾經向那個老渾球行禮似的。」艾爾·拉馬克訕笑道。

---

35 譯注：萊辛頓和康科德戰役（Battles of Lexington and Concord）是英國陸軍與北美民兵之間的武裝衝突，發生於一七七五年四月十九日。

「赫爾，法官是不是想與你共享指揮權？」寇克猜測地問。「這是你們交易的一部分嗎？」

「共享？」赫爾．漢諾威差點就要吐口水。「那個混蛋想擁有全部的指揮權。他是個大麻煩。」

「所以你就除掉他了。」

漢諾威聞言後似乎真的有點困惑。「你在說什麼？」

「我不懂的是，你為什麼在查出他把文件藏在哪裡之前就動手殺了他？」寇克繼續說。

「歐康納，你瘋了嗎？你到底在說什麼？誰殺了法官？他是自殺。那個老渾球因為癌症纏身所以想不開，大家都知道這件事。」漢諾威盯著他，看起來依然一臉困惑。

門外的走廊上傳來靴子沉重的腳步聲。

「羅伊，放在那裡就好。」一個男人的聲音說。「我們可以拆掉天花板上的瓷磚，從這裡安裝管線。藍圖顯示上面有一個管線接合處。」

漢諾威與他的手下們交換了一個擔憂的眼神，他的藍色眼眸看著門上的碎玻璃。

「赫爾，我問你一個問題。」寇克冒著險小聲地說，口吻聽起來像是為了這幾個平民軍著想。「你是不是打算殺我？」

「我還在考慮。」赫爾說。

「如果我是你，我就不會動手。」

「如果你是我，為什麼不會動手？」

「一方面，外面有人在，他們可以做證，除非你還打算殺死好幾個無辜的人。」

「有時候無辜的人必須犧牲。」漢諾威說。

「但是你沒有理由殺我或者他們，尤其假如你真的沒有殺死法官。」

「我並不介意殺死他，可是我沒殺就是沒殺。」

「我要說的是，從文件上來看，你沒有觸犯任何罪行。合夥的約定看起來沒有問題，設備租賃合約也具有效力。看來法官都已經處理好稅務事宜及其他可能會使遊戲科技受到過度審查的雜事。就目前為止一切都是合法的，除了你這些護衛隊掛在腰上的軍用武器。」

拉馬克和彼德森低頭看了他們的武器一眼。

「赫爾，你今天何不就到此為止？」寇克提議。

漢諾威的薄唇緊閉，宛如一把剃刀在他臉上劃出一道不見血的傷口。「我知道你會害我們失去遊戲科技。」

「你們無論如何都會失去遊戲科技，但那是法官的死造成的，不是我。很多人看東西很仔細，就算我沒發現，別人也會發現。停止你的計畫以減少損失，赫爾，趁萊辛頓和康科德戰役還沒再次發生之前。」

走廊傳來工人將摺梯定位的聲響，然後是鋁製摺梯靠在瓷磚上的刮擦聲。「叫路德打開對講機，告訴他我們會在這裡忙一會兒，等我們看到管線接合處時再通知他。」

「現在怎麼辦？」拉馬克問。

「赫爾，現在快點離開，平民軍想要開戰還多得是機會。」寇克明斷地建議。

彼德森說：「我們必須做點什麼，赫爾。」

漢諾威定睛看著寇克，他光禿禿的頭皮閃閃發亮。最後他才終於點點頭。「歐康納，那就下次再說。」他戴上黑色的絨線帽，從桌邊一瘸一拐地走到門邊。「來吧，我們走。」

他們離開之後，寇克將桌上的文件收好。當他看遊戲科技的辦公室最後一眼時，發現檔案櫃旁的地毯上有一個凹陷的痕跡。他蹲下來仔細察看，發現那個痕跡的形狀與大小正好符合被沃利・沙諾燒掉的那個檔案櫃。

沃利和艾萊塔・沙諾住在奧羅拉郊外一間漂亮的單層鄉間小屋，屋牆漆成藍色，窗戶上裝著灰色的百葉窗。小屋的後院緊鄰一座小池塘東側，池塘周圍長滿美國赤松；小屋前院矗立著幾棵蘋果樹，春天樹上開滿花時非常美麗。艾萊塔・沙諾做的蘋果果凍在塔馬拉克郡相當有名。

應門的人是艾萊塔，她帶著溫暖的微笑向寇克打招呼。「歐康納警長，你的來訪真令人驚喜，快請進來。」

「謝謝妳，艾萊塔。」寇克走進屋裡，脫掉他厚厚的手套。「妳先生在家嗎？」

「寇克，我在這裡。」沙諾的聲音從客廳裡傳來。

「你的外套交給我吧。」艾萊塔說。「需不需要我替你倒杯咖啡？」

「不必了，謝謝妳。」寇克回答。

他把外套遞給艾萊塔，她小心翼翼地將外套掛在門邊的衣帽間裡。

「進來吧，寇克。」沙諾向他喊道。

寇克走進客廳。這個房間十分宜人，有一張花布長沙發和同樣花色的雙人沙發，以及一張大大的皮革安樂椅。沙諾穿著睡袍坐在安樂椅上，他纏著繃帶的腿則放在軟墊凳上。長沙發和雙人沙發中間放著一張玻璃咖啡桌，桌上放著一個插滿雛菊的白色小花瓶，花瓶旁邊整齊地擺放著幾期《史密森尼[36]雜誌》。磚砌的壁爐是灰白色系，壁爐架上展示著沙諾兩個女兒的高中畢業照，兩張照片中間有一個漂亮的老時鐘。房間的一角擺著一棵裝飾好的聖誕樹——是一顆高大的歐洲赤松。另一個角落擺著一臺大大的電視機，但電視機關著。沙諾摘下眼鏡，將一本放在他腿上的書闔上。寇克看見那是一本標準修訂版的聖經。

「妳有沒有好好照顧他？」寇克問陪他走進客廳的艾萊塔。

「他很難伺候。」她笑了笑並無奈地搖搖頭。「要不要我替你倒杯咖啡？」

「妳剛才問過了。」沙諾溫柔地提醒她。

艾萊塔美麗的臉上浮現一絲難堪。

「妳的聖誕樹好漂亮。」寇克馬上轉移話題。

艾萊塔立刻又展露愉悅的神情。「我女兒喜歡大大的聖誕樹。警長，你有孩子嗎？」

「我有三個孩子。」寇克回答。其實珍妮和安妮先後在奧羅拉小學讀三年級時，艾萊塔曾經是她們的老師。寇克也曾多次到艾萊塔班上參加家長會。

「那麼你一定很清楚，聖誕節對孩子們而言是多麼重要的節日。」

「艾萊塔，我可不可以和你丈夫單獨聊一聊？」

「當然可以，我還有事情要忙。」她轉身走開，但是又突然回過頭。「要不要我替你倒杯咖啡或什麼飲料？」

「不用了，謝謝妳。」寇克說。

艾萊塔走出客廳，一邊哼歌給自己聽。

---

36 譯注：史密森尼學會（Smithsonian Institution）是美國博物館和研究機構的集合組織，地位大概相當於其他國家的國家博物館系統。

「請坐。」沙諾說。

寇克坐在花布沙發上。

「你是以朋友的身分來探望我還是來談公事？」沙諾問。

「警局那些人告訴我你在家裡養傷。」寇克說。「沙諾，我想知道一些答案。」

沙諾往椅背一靠。「聽起來你是來談公事的。」

寇克靠向他。「告訴我關於遊戲科技的事。」

「遊戲科技？」沙諾疑惑地看著寇克。

「不要裝傻了，就是遊戲科技。」

沙諾聳聳肩。「沒什麼好說的。」

「遊戲科技是什麼？」

艾萊塔從廚房經過走廊，準備走到後面的房間。她以純淨的嗓音輕輕唱著：「雪橇的鈴聲響起，你是否聽見了……」

「是一家由我擔任保全維安顧問的公司。」

「保全維安顧問？你提供什麼服務？」

沙諾不耐煩地怒視寇克一眼。「你覺得我提供什麼服務？」

「大樓保全？」寇克說。「人員出入的檢查？諸如此類的事嗎？」

「對，諸如此類的事。」

「聘僱你的人是誰？」

「寇克，你到底是怎麼回事？」

「沃利，聘僱你的人是誰？」寇克追問。

「你怎麼會知道遊戲科技這間公司？」沙諾憤怒地反駁。

「你沒回答我的問題。」

「我不想和你玩遊戲。」

「這不是遊戲，沃利，已經很多人死了。」寇克怕艾萊塔聽見而壓低聲音，然而他的語氣中有一種爆炸性的緊繃。「你是遊戲科技的保全維安顧問，郡委會的主任委員史都．格蘭瑟是不動產顧問，本區印第安事務局的馬克．霍拉斯是印第安事務顧問，西格德．尼爾森是人事顧問。我可以繼續說下去，這份名單很長。如果你是我，你會怎麼想？沃利，你燒掉那些資料夾，是為了保護自己，還是為了掩護別人？」

沙諾修長的手指抓緊椅子的扶手，在皮革表面留下深深的凹痕。「那些資料夾的內容與遊戲科技無關，我可以向你保證。」

「混帳！沃利，你現在說的話對我而言就像兔子大便一樣。遊戲科技到底是怎麼回事？」

「遊戲科技完全合法。」沙諾堅稱。

「那麼你為何如此提心吊膽？你為什麼不告訴我是誰聘僱你？如果一切合法，你為什麼這麼緊張？說吧，沃利，遊戲科技到底是怎麼回事？那些人的死是不是因為遊戲科技的緣故？」

沃利以右拳重重搥了椅子的扶手。「我已經告訴過你，遊戲科技與最近發生的任何事都沒有關聯！」

「沃利，雖然你說個不停，可是我沒有聽到任何答案。你在隱瞞什麼？你在害怕什麼？」

沙諾以他那雙冷酷的灰色眼睛狠狠瞪著寇克，長長的下巴往前伸，不發一語。他深沉且快速地吸氣呼氣，空氣在憤怒的呼吸聲中進進出出。

「好。」寇克冷冷地說。「我告訴你我目前知道的事，並告訴你我在懷疑什麼。然後，如果你無法提供我更多資訊，我就會打電話給我認識的《聖保羅先鋒報》記者，看你希不希望自己的名字出現在頭條新聞上。」

寇克站起身，走到聖誕樹旁。聖誕樹裝飾得很漂亮，上面有許多彩球、花環和冰條燈。這些聖誕裝飾看起來都很老舊，可能充滿沙諾一家人對歷年聖誕節的回憶。往年的聖誕節肯定比今年更愉快。

「我查過遊戲科技在杜魯斯的辦公室。」寇克告訴沙諾。「今天早上去查的。沃利，那是位於一棟老建築裡的一間單房辦公室，沒有倉庫，沒有機器，沒有零件，只有一個房間。這間只有單房辦公室的公司，由你負責保全維安的工作。至於這家公司的人員進出，據我所知，遊戲科技的員工都是和你一樣的顧問，什麼事都不必做，就能領到豐沃的報酬。我說得對不對？」

沙諾低頭看著他纏著繃帶的腿，似乎暫時仍無話可說。

「厄尼．梅魯負責把遊戲科技的商標貼在賭場的每個博弈設備上，他不知道為什麼要這麼做，只是按照接獲的指令去做。法官買下那些博弈設備，透過遊戲科技的名義將設備租給賭場。他甚至懶得以隱匿的方式進行這個流程，叫廠商直接把博弈設備送到賭場，讓厄尼在那裡貼上遊戲科技的商標。我看到的租賃協議書與設備的發票清楚顯示，遊戲科技在這個過程中獲得龐大的利潤，成為法官的財庫。法官要這些錢做什麼？我猜，如果他找不到可以威脅別人的弱點，就改以利誘的方式收買對方。你和西格德．尼爾森、史都．格蘭瑟及其他人都被他花錢收買了，反正最後也不會有人因此受到傷害，對不對？當然，印第安人也從中抽走了一點錢，反正錢那麼多，誰會在乎？整件事最美妙的地方，就是一切合法。沃利，我說得對嗎？你的手還是乾乾淨淨的，對不對？」

沙諾的怒氣已經消失，原本憔悴的臉似乎更凹陷了。他閉上眼睛。

寇克走到他面前，近距離地靠向他。「可是法官因此掐住了你的弱點，沃利，我說得沒錯吧？你和其他那些人的弱點。也許你不會因此入獄，但如果別人知道你和遊戲科技的事，你良好的聲譽就會因此嚴重受損。沃利，以這種方式結束工作生涯真的很糟，是吧？」寇克又站直身子。「黯淡之水開槍射中你的那個晚上，他並非跟蹤我，而是想找回你讓我看的那份資料夾。他之所以去法官家，是因為法官一直在勒索他。沃利，你去法官家也是因為同樣的理由，對不對？你想找出任何可能將你捲入這一切的證據，而不是去尋找真相。你為什麼要讓自己陷入這種困境？」

沙諾將頭轉向後面的房間，艾萊塔的歌聲傳來的方向。「她的病情只會越來越糟。」沙諾平靜地說。「到了最後她將需要不間斷的照護，憑我當警長的這點薪水，只能負擔得起很差的養老院或長照機構。我希望這筆錢能讓艾萊塔留在家裡，因為她在家裡很開心，我們在這個家裡很開心。」他靜靜聽著艾萊塔的歌聲，然後轉頭看著寇克。「我不想把她送到沒有人真正關心她的地方，你明白嗎？」

寇克當然明白。可是現在有好幾個人因此丟了性命，情況已經不同。他走回聖誕樹。

「法官有沒有要求你做什麼事？」寇克問。

「什麼意思？」

「他有沒有要求你做一些讓你產生疑慮或違背良心的事？」

「你是指犯法的事？」沙諾似乎對這種揣測感到相當憤怒。

「看在老天的份上，沃利，那個傢伙在檯面下塞錢給你，他可不是聖誕老人。」

「沒有。」沃利回答。憤怒使他的語氣再次變得僵硬。

「那麼關於裘強．勒博呢？」

「他怎麼了？」

「你有沒有仔細調查過他失蹤的事？」

「裘強有酗酒史，也曾經憑空消失又回來。他的卡車散發著濃濃的威士忌氣味，所以我沒有花太多時間去調查。如果是你，你會花時間在這種事情上嗎？」他瞇起眼睛看著寇克。「你為什麼突然提到他？」

寇克走向他掛在衣帽間裡的外套，拿出他在利頓的小屋裡沖洗出來的照片。「你看看這些吧。」

沙諾將老花眼鏡從他放在膝蓋上的燙金聖經上拿起來，將眼鏡戴上。他花了幾分鐘的時間仔細看著那些照片，最後才將臉轉向寇克，表情看起來非常沮喪。「我真的不知道。我可以發誓，寇克，我真的不知道。」

「我再問你一次，沃利，你燒掉那些資料夾，是為了保護自己，還是為了掩護別人？」

「都不是。」沙諾嚴肅地堅稱。「是因為那些資料夾的內容會讓很多體面人士蒙羞。上帝可以做我的見證，我燒掉的資料夾裡沒有這種東西。」他朝手上的照片點點頭。「我猜你已經找到底片了。我也親自去找過，要不是因為這條腿，我會繼續找下去。你在哪裡找到的？」

「一個你找不到的地方，就像你永遠到不了的天堂，沃利。」他伸手去拿回照片，但沙諾似乎不願意交還給他。

「我應該留著這些照片。」沙諾說。

「你要做什麼？」

「我應該要重新調查裘強的案子。」

「也許應該，也許不必。」寇克把照片抽走。

「寇克，你打算怎麼做？」

「等我挖到這堆狗屎的最底部時，我就會知道該怎麼做。」

「也許一切都將水落石出。」沙諾帶著微弱的希望說。「黯淡之水確實因為被勒索的緣故而殺害法官和利頓。」

「這個論點似乎將一切聯結在一起，但又不盡然。」

「你還有什麼疑慮？」

「兩件事。首先，法官有個搭檔，赫爾・漢諾威。我很確定遊戲科技的錢就是平民軍的資金來源，我手上有文件和照片，稍後會交給你。我不在乎你和遊戲科技，沃利，但我希望平民軍得到應有的制裁。」

「另外一件事呢？」

「那個男孩子。」寇克說。「保羅・勒博。他在法官家看到了一些東西，讓他嚇得躲起來。我想弄清楚他看見什麼。」

「那你得先找到他。我沒辦法找到他。」

「我猜我知道誰可以找到他。」寇克站了一會兒，低頭看著沙諾。沙諾在寇克來訪的這幾分鐘內似乎整個人變得乾枯。

「我是不是真的做錯什麼？」沙諾問。他的表情有著深深的絕望。

「你的錯在於你不再尋找真相，沃利，但我想這是我們每個人都犯過的錯。」他轉身走向門口。「我會再與你聯絡。」

他離開前在門口停頓了片刻，他聽見艾萊塔還在後面的房間裡唱歌，她的歌聲中帶著一種喜悅，帶著聖誕季節該有的美好感受。寇克打開門走到屋外，心想艾萊塔會不會知道這個聖誕假期結束後她將面對什麼變化。

38

莫麗從松林烤肉店的後門走出來，她的滑雪板和滑雪杖倚在垃圾箱旁的牆上。她拿起滑雪杖並將滑雪板扛在肩上，徒步走了三個街區來到湖邊。

陽光從空中照射下來，她從來沒有見過天空如此蔚藍。湖面上空無一人，甚至也沒有劃破寧靜的雪地摩托車。遠方矗立著幾間冰釣小屋，宛如孤立的小社區散聚於湖面上各處，讓她聯想起西部電影中荒涼的小鎮，在不法之徒騎馬到來之前，每個怯弱的居民都會先躲藏起來。

她朝北方滑行，繞過釀酒廠後面的開闊水域。羅素・黯淡之水在試圖射殺寇克時在這裡溺斃，莫麗發現自己不禁望著天空說：謝謝祢保護寇克的安全。她經過北尖，法官在這裡被人發現死亡，警長沃利・沙諾也在這裡受了傷。她知道這一切都與裘強・勒博遭到殺害有一些關聯。這些事當然都很可怕，不過在這個燦爛的午後，太陽照耀在她身上，湖面上的整片雪白都是屬於她一個人的，讓她不想沉溺於悲劇中。她對自己的感覺一點也不內疚，甚至不確定自己是否有過這麼棒的感受。

在回家半途中，她停下來並轉身，倚著滑雪杖注視奧羅拉。奧羅拉的方向盡是煙囪冒出的白霧。她從來沒有喜歡過這個小鎮，對這個小鎮不曾有過歸屬感。幾年前她毫無牽掛地逃離這個地方，直到她父親去世。她回來只是為了接管生意，但也萌生賣掉老舊度假村的想法。她想拋售度假村，可是沒有人開價。最大間的木屋已經破舊不堪，較小間的小屋的毀損狀況更為嚴重。她在松林烤肉店找了一份工作，開始整理大間的木屋。一開始她並沒有特別的想法，只希望屋裡水電暢通，以及她在廚房吃飯時有桌子可用、有椅子可坐。她獨自整修，邊做邊學。她完成的部分越多，計畫也變得越多。她重新打造廚房的餐桌、重新砌好壁爐的煙囪，也修好了壁爐架。她更換了每個水龍頭的銅管，讓水流得又急又快。

第二年夏天，她收到一份報價。一位明尼亞波利斯聖保羅都會區的建築師想買下這間較大的木屋，將屋裡的一切全部拆除，再依照自己的品味裝潢。對方出的價錢很不錯，可是她最後拒絕了，並且不再出售這個度假村。

她望著奧羅拉並露出微笑。奧羅拉並非天堂，也沒有什麼不凡之處，可是有她在其他地方無法擁有的東西。她在奧羅拉曾有一段歷史，有些人可能將之稱為根源，而如今她在奧羅拉也有了未來。

她在三溫暖房前停下，在烤爐裡生火。她希望寇克已經辦完事情並且回來了，然而當她返抵木屋時，寇克的野馬款越野車並不在那裡。她把滑雪板和滑雪杖倚在後門旁，走進廚房。屋裡感覺空蕩蕩的，她甩開失望，決定自己去享受三溫暖。使用完三溫暖之後，她會回木屋裡來，騰出一個空間擺放聖誕樹。

趁著三溫暖房還在加熱時，她替自己切了一片黑麵包，然後沾著牛油和蜂蜜吃。她倒了一大杯果汁，並且在喝完果汁後決定隔天要休假一天，她要和寇克共度一整天，也許一起去北安小徑滑雪，或者整天賴在床上。無論他們做什麼，這都是第一次，因為在一天結束時寇克不必離開。

她走到冰箱旁的壁掛式電話，打算打電話到松林烤肉店請假，可是電話線斷了。這種情況並不罕見，因為電話線結冰之後有時會導致電話不通，也有可能是某棵樹被風吹倒之後壓斷了電話線。她決定晚一點再來處理這件事。

她把果汁杯洗乾淨，收好牛油和蜂蜜，擦掉砧板上的麵包屑。當她正要出門走向三溫暖房時，突然聽見樓梯的一塊舊木板發出聲響。

「寇克？」她嚇了一跳。「是你嗎？」

她走進客廳，望向樓梯並仔細聆聽。她念頭一轉，趕緊去檢查木柴箱。裝著底片的塑膠袋還藏在木柴底下的紙袋裡。她走到樓梯，抬頭望向二樓，但聽不到一點聲音。老房子裡經常到處發出怪聲，她以前從來不曾特別留意，但現在屋裡有那袋底片，讓她格外謹慎。

後門突然傳來一聲敲門的聲響，讓她倏地轉身。她小心翼翼地走到廚房，後面的樓梯上看不到半個人影。她掙扎著要不要開門。為什麼只有一聲敲門聲？她問自己。誰會敲一聲門然後跑掉？最後，她伸手轉開門把，將門打開。

滑雪板在她開門時往屋裡倒下，讓她嚇得往後退開，然後嘲笑自己的膽小。是她的滑雪板來敲門，她的滑雪板被風吹倒在門板上。她笑自己神經質，滿腦子想著那些間諜故事的情節。

她上樓到浴室拿了一條鬆軟的毛巾，並且從臥室衣櫃裡拿了一雙白襪，然後去三溫暖房。她在更衣室裡脫掉衣服，整齊地放在長凳上。在烤爐的熱量和從窗外透進來的陽光下，更衣室裡溫暖宜人。她帶著那雙待會兒到外面冰湖上要穿的白襪，走進三溫暖房。除了從烤爐柵欄透出的火光之外，這個小房間裡一片漆黑。她從水桶裡舀水，潑灑在加熱的石頭上，一股蒸汽隨之冒出。她坐在最高層的木板上，幾分鐘後她已經汗水淋漓。

她閉上雙眼，讓自己開始做夢。不是睡著之後的做夢，而是夢想她的生活可能是什麼模樣。她不常做這種事，因為根據她的經驗，好事要發生相當困難，而且很容易被人搶走。她很久以前就學會得到什麼就接受什麼，並試著滿足於現況。她可以思考未來，甚至計畫未來，可是無法期待，因為期望是個陷阱。

但她現在在三溫暖房裡滴著汗水，期待著她與寇克的未來。這樣很傻，她知道，不過她放任自己去傻，就這麼一次。她很幸福，比她有記憶以來的所有感覺都還要幸福。

朝向湖邊的門打開了，刺眼的陽光照進她所處的黑暗中。她眨眨眼睛，看見一個高大的身影擋在門口。

「寇克？」她問，並且將手放到眼睛上方，試著看清楚對方。

那個身影朝她走近，帶來一陣寒氣。「再猜一次。」

39

「他不在。」艾莉．格魯伯在神父寓所門前告訴寇克。「今天早上我到這裡的時候，格里芬神父就已經外出了，到現在還沒回來。」

「他有沒有告訴凱爾西神父他去哪裡？」

「他從來不說自己要去什麼地方。」她生氣地表示。「我想讓你知道，凱爾西神父對此有點不太高興。」

「他騎摩托車還是雪地摩托車出去？」寇克問。

「為什麼問這個？那輛破舊的雪地摩托車在大約一個星期前就已經拋錨了，我想他應該把它丟在傳教堂那邊。他是騎他那輛老爺摩托車出去的，肯定是如此。」

「拉撒路現在還停放在傳教堂嗎？妳確定嗎？」

格魯伯想了一會兒。「我想我很確定。」

保留區的馬路在連續的松樹林間彎彎曲曲，往下延伸至一片長長的平坦沼澤地，那裡長滿了赤楊樹、美洲落葉松和多節瘤的橡樹。寇克來到沼澤地的一條旁道，距離老舊的傳教堂不到半英哩遠。那條旁道是很久以前通往沼澤區的路徑，寇克甚至不記得為什麼會有這條路存在，因為沼澤區根本沒有可砍伐的樹木，地面也因為太溼軟而無法支撐任何類型的建築物。這條旁道的施工過程並不順利，一輛沉沒在路旁沼澤中的老舊推土機便是證明。那輛推土機如今只剩生鏽的車殼暴露在雪堆外。這條路的興建工程只進行不到四分之一英哩就中止了，旁道的盡頭現在被鏟雪車推來的積雪堵住。寇克將野馬款越野車改為四輪傳動模式，並且清掉那堆積雪。他在樹林裡行駛了一百碼，直到主要幹道上的車流看不到他，他才把車子停下來。

他在溫徹斯特步槍裡裝進幾枚子彈，脫掉外套和紅色法蘭絨襯衫，身上只剩下牛仔褲——這條牛仔褲已經洗到幾乎變成冰雪般的白色——和白色羊毛保暖內衣與白色運動鞋，以及一頂淺灰色的絨線帽。在冬天的蒼白色彩中，這身打扮比較不容易被人看見，但如果他長時間只穿這身衣物，可能會因此凍僵。他希望自己不會有那種下場。

傳道堂矗立於沼澤地盡頭一座小山後的草地正中央。寇克蹲低身子走近小山，緊貼著雪堆的灰色陰影。在前方一百五十碼處，草地上的白色積雪中有一座白色建築，就是老舊的傳教堂。煙囪裡冒出白色煙霧，徐緩地飄進開闊的藍白色天空。他蹲著觀察傳教堂好一會兒，無論寬敞的草地或松樹及光禿禿的樺樹所形成的陰暗樹牆，都沒有任何一絲動靜。寇克位於傳教堂北邊稍微偏東邊一點，此刻已經快要下午兩點了，太陽開始下沉，不過依舊明亮，雪地上的反光讓他雙眼刺痛，不得不移開視線。他身後的美洲落葉松、赤楊樹與樹葉掉光的橡樹似乎比較陰暗。馬路上閃過一個影子，一隻大烏鴉停在寇克附近的美洲落葉松上，以黃色的眼睛盯著他看，似乎滿足於這種靜靜的好奇。對尼什那比人而言，烏鴉是智慧的象徵。寇克因寒冷而蹲著發抖，他非常希望這隻烏鴉是個好預兆，顯示他在凍死之前能找出一些答案。

他又看了傳教堂一眼，然後立刻將身子蹲得更低。

有一個人站在後門外，他沒看清楚是男是女。無論那人是誰，對方站著動也不動，目光似乎正越過草地望著寇克的右側。一隻白尾母鹿和兩隻小鹿從那裡的樹林間走出來，小心翼翼地踩在深深的積雪上。小鹿必須以跳躍的腳步才能跟上母鹿，而母鹿每走幾步就停下來一會兒。牠處於警戒狀態，在觀察四周與傾聽時都會動動耳朵。每次母鹿停下腳步，小鹿就會把握機會跳到牠身旁。這三隻鹿都朝著寇克的方向直直走來，如果他不趕快移動位置，盯著鹿看的那個人最後就會看到他，但如果他移動了，那些鹿就會受到驚嚇。無論哪種情況，他都可能被那人發現。他僵硬地待在原地，看著那些鹿慢慢走近。

寇克後方傳來一輛車從保留區的馬路行駛而來的聲音。他回頭看了一眼，目前還看不到什麼，但是那輛車很快就會繞過彎道，來到平坦的沼澤區。無論對方是誰，都會清清楚楚地看見他。然而他現在無法在不被傳教堂那人發現的情況下移動，因此陷入進退兩難的困境。

幸好那隻大烏鴉救了他。那隻烏鴉突然發出三聲刺耳的鳴叫，宛如打雷般劃破草地上的寧靜。母鹿的視線往寇克這邊看過來，然後搖搖擺擺地跑開，兩隻小鹿也跟在母鹿身後瘋狂跳走。傳教堂的那個人目不轉睛地看著三隻鹿跑走，寇克趁著鹿隻消失於樹林的瞬間帶著溫徹斯特步槍跳進遠處的雪堆中，因為這時傳教堂那人的視線已移動到距離寇克最遠的地方。寇克臉朝下埋進柔軟的雪堆裡，動也不動地趴著。這時有一輛車——寇克從引擎低沉的聲音與底盤發出的嘎嘎聲響推論，那輛車應該是老舊的卡車——沿著馬路來到低窪的沼澤區，然後爬上小山，繞到雪堆的另一側。他聽見那輛車在傳教堂前停下來，並且聽到它老舊的車門在打開與關上時吱吱作響。他簡短地聽到一些聲音，可是不敢抬頭看，深怕被人發現。

過了幾分鐘，他終於冒險地偷看一眼。傳教堂外面已經不見人影，剛才那輛車停在傳教堂的另一側，所以他看不到。寇克握緊溫徹斯特步槍，以俯衝方式奔過雪堆，然後滾到路面上，再爬行到雪堆的陰影處，蹲下身子渾身發抖。他剛才趴在雪地裡導致全身溼透，知道自己必須趕快做點什麼以免失溫。他可以返回野馬款越野車讓身體恢復溫暖，但如果他這樣做，可能會失去在傳教堂發現重要線索的契機。

他往傳教堂移動，盡可能隱身在雪堆下方的陰影中。當他接近傳教堂時，看見了拉撒路和湯姆·格里芬神父那輛老舊的川崎摩托車都停在傳教堂後面。他衝到這棟建築物側邊，站在深及大腿的積雪中，緊緊靠在破舊的白色牆板上。傳教堂的每一扇窗都已經拉上窗簾，寇克只能倚在前側的窗玻璃旁傾聽屋裡的聲音。

裡面有人發出嗚咽聲，彷彿受了傷。

40

寇克爬到傳教堂後方，在轉角處偷看。後門旁邊堆放著半捆劈好的木柴，建築物後方的積雪被來往的人踩過，踩得很硬，而且後門兩側外的深厚積雪被染成黃色，顯示有人在那裡小便。寇克躡手躡腳地走到後門邊，並且靠得很近，想再次聽聽屋裡傳出的嗚咽聲，但這一次他只聽見門發出的咔嚓聲，因為後門突然打開了，一根發青的步槍槍管從黑暗中朝著他伸過來。

「你一個人？」

「我一個人。」寇克點點頭，並慢慢放下他的溫徹斯特步槍，將步槍倚在傳教堂的牆邊。

汪達．梅尼迪茲以步槍示意寇克往後退一步，然後冒險地朝門外看了一眼，確認左右兩邊都沒人之後，對著她身後的房間扭扭頭。「到裡面去。」

她退後一步讓寇克走進屋裡，然後關上門。只有一道昏暗的光線從閉合的窗簾縫隙照進傳教堂裡，寇克的瞳孔仍因外面刺眼的陽光而收縮著，他覺得自己彷彿失明，宛如走入一個黑暗的洞穴。他被一個軟軟的東西絆倒，但在跌倒之前又站穩腳步。他在一扇窗戶旁的牆邊認出一座圓形火爐碩大笨重的輪廓，這個火爐是房間裡溫暖的源頭。在寇克左方不遠處，窗戶下方的牆邊堆放著雜亂的木板和兩臺鋸木機，那些東西都是聖人川崎持續努力翻新傳教堂結構的證據。寇克正前方是許多老舊的灰色長椅，一路排向房間另一頭，不過他依然無法看清楚眼前的陰暗。這時從黑暗中傳來一聲嗚咽。

「**噓**，瑪娃。**噓**。」一個溫柔的聲音輕聲地安撫。

另一個聲音堅定地說：「汪達，把步槍放下。」

聖人川崎從黑暗中走出來，老舊的木頭地板發出呻吟般的吱吱聲響。緊跟在他後方的是達拉．勒博，在達拉後面幾步之遙的則是保羅．勒博。保羅懷中抱著一個包在毯子裡的蠕動嬰孩。

「*Poo-wah*。」保羅用奧吉布韋族的俚語說。很臭的意思。「汪達姑姑，他該換尿布了。」他用英語說。

汪達將步槍靠在牆上，抱起嬰兒。

神父露齒一笑。「達拉和我花了一整個早上試著找你，結果是你找到了我們。你怎麼知道要到這裡來？」

「我在找拉撒路。」寇克回答。「一直死而復生的拉撒路。」寇克看了壁爐一眼。「我快凍僵了，湯姆，介意讓我暖暖身子嗎？」

「快去快去。」

熱量從火爐裡散發出來。寇克站著先烤乾身體的一側，然後再烤乾另外一側。

「我被你發現了嗎？」他問。

「保羅發現外面有人。」湯姆．格里芬回答。「但我們不知道是你。」

「你一直在這裡嗎？」他問男孩。

保羅看看神父，神父以幾乎難以察覺的動作點點頭。「大部分的時間。」保羅回答。「湯姆神父認為這裡是最安全的地方。」

寇克的眼睛適應了傳教堂裡微弱的光線，他看見地板上有捲收起來的睡袋，應該就是他剛才走進來時絆到的柔軟障礙物。他還看到一張長椅上擺著幾袋生活雜貨。

「你在躲什麼？」他問。

沒有人回答寇克。寇克看看保羅——這個男孩已經不再是男孩了，他已經和寇克差不多高，如果他再繼續長高，很快就會追上他父親的身高。

「昨天有人騎拉撒路到哈蘭・利頓家。」寇克繼續說。「湯姆，是你嗎？」

「不是。」神父一臉疑惑，並且瞥看男孩一眼。

「是我騎去的。」保羅承認。

「你戴滑雪面具嗎？」寇克問。

男孩搖搖頭。「我朝著那個戴滑雪面具的人開了幾槍，把他嚇跑了。」

「開了幾槍？」神父驚訝地說。「等一等。保羅，你再添一些木柴到火爐裡，為我們的朋友調高一點溫度。寇克，我們會告訴你一切，不過可能得花上一些時間。」他瞥看保羅一眼。「可能比我預想的時間還要長。達拉，妳在爐子上煮點熱水好嗎？我想喝咖啡，就算三合一咖啡包也可以。」

保羅和達拉都依照神父的指示去做，汪達・梅尼迪茲替瑪娃換了乾淨的尿布。

「寇克，幫我把這張長椅拖到火爐旁邊。」神父說。「讓你坐在溫暖的地方。」

等到椅背鏤空的老舊長椅擺好、開水煮沸、三合一咖啡倒進從雜貨袋裡拿出的塑膠杯並攪拌均勻後，神父說：「好，我們來談談吧。但是在此之前，寇克，我想提醒你幾件事。首先，你已經不是警長了，這是我們決定信任你的原因之一。而且在不久之前你告訴我，你不相信正義這種東西。這裡的幾位都與你有相同的感受。」

寇克坐在汪達・梅尼迪茲旁邊的長椅空位上，汪達抱著瑪娃輕輕搖動，達拉和保羅站在後門邊，湯姆・格里芬手裡端著咖啡走來走去，對在場的人比手畫腳。

「我們在這裡討論的事情不得傳出去。」神父說。

「那為什麼要告訴我？」

「因為我認為你會繼續挖掘真相，不如我們現在就趕快告訴你整件事的來龍去脈。」

寇克思忖了一會兒。「好。不過有件事我必須先告訴你們。」他看著達拉和保羅．勒博。「你們最好坐下來。」

達拉走到她兒子身旁，保護性地摟著他，儘管他比她高出整整一個頭。「我們站著就好。」她說。

寇克就直話直說了，因為似乎沒有其他更好的方法。「裘強死了。我相信他是被謀殺的。」他以前也告訴過受害者家屬這種令人感傷的消息，這是他工作的一部分，但是對於悲劇在受害者家屬身上造成的打擊，他從來無法因為經驗變多就感到麻痺，他永遠無法習慣自己在這種場面的無助感。然而勒博母子的反應讓他大吃一驚，因為他們的表情絲毫沒有任何變化。

「寇克，他們已經知道了。」聖人川崎平靜地說。「我已經告訴他們了。」

「你知道這件事？」寇克問神父。

「弗儂．黯淡之水去世時我就知道了。」他對著汪達做了個手勢。「我們兩個都知道。」

「為什麼？」

汪達一邊搖晃著瑪娃，一邊開口說：「弗儂臨死前要我們兩人去找他。他希望湯姆在場，因為他是天主教徒；他找我去，因為我是靈醫。當時只有我們兩人在他旁邊，所以他向湯姆做出最後的告解時，我也聽見了。」

「他承認他協助殺死裘強？」寇克問神父。

湯姆．格里芬站在窗邊，表情看起來很不自在。「讓汪達告訴你她聽到的內容吧。雖然現在可能不重要了，但我仍覺得不應該分享我從別人告解中聽到的事。」

「可是你與達拉和保羅分享了這個消息。」寇克指出。

「那不一樣，我別無選擇。」

「為什麼？」

神父將窗簾拉開一道縫隙，望著外面的馬路。午後的陽光劃過他的臉龐，像一道黃色的戰漆。

「因為我必須向保羅解釋法官是怎麼死的。」

寇克覺得自己的大腦一時接受到太多資訊。他瞇起眼睛望著聖人川崎，低聲地問：「你殺了法官？」

神父把窗簾拉回原位，搖搖頭。「不是。」

汪達說：「是我殺的。」

瑪娃又開始啜泣。汪達站起身來，在房間裡緩步走動並輕聲安撫嬰兒。她似乎不急著繼續把真相告訴寇克。

「汪達，妳是不是意外誤殺了他？」寇克懷著希望問。

「不是。我就是想殺了他。」

「交給我吧。」達拉在嬰兒繼續哭鬧時對汪達說。「讓我抱他一會兒。」

汪達把瑪娃交給她的嫂嫂，然後走到寇克旁邊。她的黑色長髮被編成辮子，像一根繩子垂掛在肩膀上。她的臉色有如砂岩，表情也像砂岩一般堅毅。

「弗儂承認他看到哈蘭・利頓殺死我哥哥。他說是法官安排的，但不肯說出原因。他只說裘強遭到謀殺，法官和利頓必須為此負責。弗儂不希望死後要走靈魂之路時還得背負這個祕密。」

寇克瞥了神父一眼。「你沒有追問弗儂那兩人為什麼要謀殺裘強？」

聖人川崎搖搖頭。「當時他已經幾乎無法說話，所以我只靜靜地聽他說。」

「你應該問的。」汪達以指責的語氣說。

「汪達，我只是他告解時的聆聽者，不是他的審判官。」神父溫柔地提醒她。「但我們推測可能與羅素挪用公款的事情有關。」

「你也知道這件事？」寇克十分驚訝。

「現在每個人都知道。」汪達說。

「這是一個小地方。」神父補充道。

「那麼妳和法官之間起了什麼衝突？」他問汪達。

「那天下午我去法官家找他說話。湯姆原本希望我能等到我們找出解決方法之後再說，可是我不想等。我沒辦法等。我覺得我身體裡有一隻野獸吞噬了我的理智。」

「所以妳去找法官對質。」寇克說。

「對。」

「我敢打賭，他只是嘲笑妳。」

汪達給了寇克一個眼神，表示他猜得沒錯。

「他說我沒有證據可以證明任何事。他說我只是『道聽途說』。我告訴他我不需要任何證據。我可以逢人就說出我聽見的事，人們會相信我說的話。」

「妳恐嚇法官？我真希望親眼看見這一幕。他怎麼回答？」

原本直視著寇克的汪達，這時移開了視線。

「寇克，法官也恐嚇了汪達。」聖人川崎接話。「他說他有一些……情報。」神父猶豫了一下，似乎以眼神與汪達默默交談著。

寇克說：「沒關係，你不用說出來。我知道法官和他的那些情報。汪達，妳不是被他恐嚇的唯一受害者。後來呢？」

「他叫我滾出去。」汪達憤憤地繼續說道。「他轉身走向前門，我就從壁爐裡抓起火鉗打他。我甚至沒有思考，直接出手打他，我打在他的後腦勺上。」她用手在自己頭上指出她攻擊法官的部位。

「然後妳把霰彈槍放進他的嘴裡，讓他看起來像自殺。」寇克替她把話說完。

「不。」雙臂交叉倚在傳教堂牆邊的神父說。「那是我做的。」

「你？」

「汪達從法官家打電話給我，我以最快的速度騎拉撒路穿越鋼鐵湖趕去，可是當我抵達時，法官已經死了。」

「你認為在白人的法庭、白人的法律之下，汪達不會有獲得正義的機會，所以你偽造成自殺。」

「大概就是這樣，寇克。這不是一件好事，但是可行。我這輩子看過更糟的，相信我。」

寇克確實相信。他擦擦額頭，恨不得可以抽根菸。他瞥了保羅一眼。「你肯定是在偶然的情況下發現這一切，對不對？」

「是的。」保羅說。

「你如何發現的？」

「我去法官家送報紙時聽到霰彈槍的槍聲。」

「你走進屋裡查看法官的狀況，結果發現湯姆神父和你的汪達姑姑。」

男孩點點頭。

神父這時插話進來。「我把保羅帶到這裡，以便更仔細地向他解釋他看到的一切。然後我去達拉家找她，讓她不必擔心保羅的安危。當你告訴我們警長想找保羅談法官死去的事情時，我想最好讓保羅在這裡多待一會兒。所以我們放出裘強回來的風聲，希望製造一些錯誤的線索。」

「那麼哈蘭．利頓呢？湯姆，哈蘭．利頓是誰殺的？」

房間裡的靜默讓寇克想起在水底的感覺，宛如你在深沉且無法呼吸的靜止狀態，努力想浮出水面。在場的每個人都看著其他人，顯然不高興他問了這些問題。

這時保羅突然踏出一步，挺起身子說：「是我殺了他。而且我會很樂意再殺他一次。」

如果說保羅以前的聲音聽起來像個男孩，那麼他此刻的聲音已經不再有那種稚嫩。寇克看著他，他已經是個堅毅的男人。

「不，他沒有殺人。」達拉說，並且摟住她的兒子。

保羅掙開他母親的雙臂。「他殺死我父親，所以我殺了他。我會毫不猶豫地再殺他一次。」

「寇克。」神父插話進來。「這並不完全是保羅的錯。是我把拉撒路留在這裡讓他代步，而汪達——呃，汪達——」

「我把我的步槍交給保羅。」她平靜地說。「我沒想到他會以這種方式使用步槍，可是我一點也不怪他。」

寇克打量著保羅，這個年輕人在寇克的注視下沒有一絲退卻。「昨天騎拉撒路到利頓家的人也是你。」

「是。」

「你去那裡做什麼？」

「我去那裡殺另一個人。」這男孩的口吻幾乎有點自豪。

「保羅！」他的母親看起來很害怕。

「你不是那個意思。」聖人川崎對保羅說。

「這是事實。」男孩表示。「我以為我們應該說出真相。」

「不，保羅。」達拉懇求道。

「讓他說出來吧，達拉。」聖人川崎表示。「保羅說得沒錯，我們在這裡的目的就是要說出真相，既然我們已經走到了這一步。」

「你打算殺什麼人？」寇克問這個年輕人。

「最後一個參與謀殺我父親的人。」保羅說。

「誰？」

「帕倫特先生。」

「帕倫特先生？你是指山帝？」

「是的，就是他。」

達拉雙手摀著嘴巴。「不。」她低聲地說。

「保羅，你為什麼認為他和你父親的死有關？」寇克問。

「呃。」保羅停頓了片刻，神情頭一次看起來不那麼肯定。他瞥看神父、汪達・梅尼迪茲和他母親一眼。「是他們說的。」

「你們說了什麼？」寇克問那幾個大人。

最後開口的是達拉。「山帝・帕倫特說，裘強在失蹤的那天晚上醉醺醺地到大北方開發公司。帕倫特說他們交談了一會兒，然後他解僱了裘強。當時我相信他說的話，因為裘強以前常有喝醉的紀錄。我向上帝發誓，我真的相信了他的話。可是裘強被人謀殺了，他沒有拋棄我們。這表示山帝・帕倫特肯定說謊。」

「除了掩飾罪行之外，他有什麼理由說謊？」神父表示。

寇克回頭看看保羅。「你怎麼知道他在哈蘭．利頓家？」

「我昨天去他家。」保羅回答。「我騎拉撒路去，帶著汪達姑姑的步槍。我打算殺了他。」

「不，不是這樣的。」達拉堅稱。「我兒子不是殺人凶手。」

「達拉，保羅的念頭情有可原。」寇克表示。「保羅，你繼續說。」

「我穿越鋼鐵湖，經過他家的樹林，可是他正好要出門，我看見他的車從車道上開出來。」

「什麼樣的車？」

「白色的車。」保羅聳聳肩。

「白色的什麼車？」

「我隔著樹林看不清楚。」

「帕倫特有一輛白色的車。」聖人川崎說。

「很多人都有白色的車。」寇克指出。「繼續說，保羅。」

「我試著跟蹤他，讓拉撒路行駛在路側的溝渠邊。我看見他轉向十六號郡公路，心想他肯定是要去利頓家，因為那條路上除了利頓的小屋之外幾乎沒有其他住家。我改走冰河小徑，那條小徑可以直接通往利頓家的土地，所以我比帕倫特還早抵達。我躲到樹上，但是沒有看見他，反而看到你。我在樹上看著、等著，當你從那間小棚屋裡走出來時，我看到他用木棒偷襲你。我以為他要殺你，所以我就對著他開槍。」然後保羅以羞愧的語氣補充：「不過我沒射中。」

「他逃走了，結果我差點開槍打你。」寇克做出結論。「保羅，我很抱歉。」

男孩聳聳肩，勉強露出一絲笑容。「沒事。」

「你確定那個人是帕倫特？」

「一定是他。」

「你看見他的臉了？」

「他戴著滑雪面具。」

「你在利頓家有沒有看見那輛白色的車？」

保羅搖搖頭，但他肯定地說：「一定就是他。」

「一定就是他？」寇克的聲音變得嚴厲。「你可以在法庭上發誓嗎？你可以毫不懷疑地發誓說山帝・帕倫特就是攻擊我的人嗎？」

「呃——」保羅似乎被寇克突如其來的嚴厲口吻弄糊塗了。他低頭看著地板一會兒。

「毫不懷疑地發誓。」寇克追問。

「我想我不能。」保羅承認。

「寇克，你的意思是你不認為那個人是帕倫特？」汪達問，彷彿不敢相信自己的耳朵。

「我們沒有確實的證據，沒有帕倫特直接涉及此事的證據。」寇克回答。「目前的一切都只來自間接推測。」

「弗儂・黯淡之水的告解呢？」萬達追問。

「他有沒有提到帕倫特？」

「沒有，但是那個傢伙一定知情。」

「裘強會不會真的喝醉了？山帝會不會也確實解僱了裘強？」寇克說。「而這件事與裘強被人謀殺的事情無關？」

「寇克——」

「你們有什麼證據可以證明山帝・帕倫特與這一切有關？」他停頓了一會兒。「我認為你們的沉默不語表示沒有證據。所以你們只依據猜測就打算判一個人死刑，是這樣嗎？」

「我們沒有打算判他——」汪達開口。

「你們的猜測導致保羅昨天拿著那支步槍開槍。據我們所知，他很可能會殺死一個無辜的人。」

「我才不相信那個傢伙無辜。」汪達說。「你相信嗎？」

「我只知道人可以說服自己相信任何事。」寇克接著轉向保羅。「你殺了哈蘭．利頓，你的感覺如何？」

「如果你希望我道歉，我絕不道歉。」保羅固執地回答。

「那不是我的問題。我想問你殺人是什麼感覺？」

「寇克，拜託你不要。」達拉哀求道。

「讓保羅回答。」神父說。

寇克繼續說道：「我看見利頓躺在小屋的地板上，他的胸口被炸爛，鮮血四濺，可是他還活著。你在小屋裡的時候，他還活著對不對？」

男孩臉上沒有表情。

寇克站起來走向保羅，緊緊靠向這個男孩。「利頓當時還活著，他的胸口有個大洞，鮮血流得到處都是，你無法相信他還活著，可是他確實活著，對不對？他有沒有看著你？他有沒有試著和你說話？他是不是因為即將死去而發不出聲音？怎麼樣，保羅？眼睜睜看著被你殺害的人死去，感覺怎麼樣？」

保羅的嘴角抽動了一下，嘴唇也不停地顫抖。「我……他……」

「手裡拿著步槍，看著一個人死在你的腳下，感覺很好嗎？保羅，你告訴我那種感覺有多麼好，告訴大家那種感覺有多麼美妙。」

保羅．勒博的眼中透出一絲受傷，他的表情開始變化，像蠟製面具般的堅毅男人表情融化了，露出一個男孩極為痛苦的面容。

寇克又嚴厲地追問保羅：「繼續說啊，告訴我們，告訴我們所有人，那種感覺多麼棒、多麼光榮。」

保羅的眼眶盈滿淚水，不一會兒就開始順著他的臉龐流下。「當時他看著……我……」

達拉站到保羅和寇克中間。「不要再說了。」她懇求道。

寇克狠狠地抓著保羅的肩膀，將他從他母親身旁拉開。達拉想拉住保羅，可是神父阻止她。寇克要這個男孩看著他。「看著利頓死去，會讓你覺得自己像個男人嗎？是這樣嗎？」

保羅說不出話來，他的聲音因啜泣而哽咽，最後才設法說出：「我很抱歉。」

「看著我。」寇克命令道。

男孩緩緩抬起頭。

「一旦有人死了，你再後悔也無法改變一切。如果你打人，你可以向他道歉；如果你弄壞別人的東西，你可以賠償。但如果你奪走別人的性命，你永遠也無法彌補自己的過錯。你明白了嗎？」

「保羅——」達拉試著掙脫神父的手，可是神父緊緊拉住她。

「保羅，你明白嗎？」

這個男孩啜泣得很厲害，無法回答。

「現在你打算殺死另一個人，一個可能無辜的人。你能承受良心苛責一輩子嗎？你能承受嗎？」

傳教堂裡迴盪著男孩的啜泣聲。

「回答我！」寇克逼著保羅。

「我不能。」男孩終於大哭。

寇克原本與保羅保持著一定的距離，但現在他將保羅拉近，伸出雙手摟著他，緊緊抱住這個哭泣的男孩。「不要難過。」寇克輕聲安撫他。「感謝上帝你沒有繼續犯錯。」

過了一會兒，保羅才從寇克懷裡退開，寇克讓他回到他母親身旁。神父平靜地說：「我想這就是所有的真相了，寇克。」

「你打算怎麼做？」汪達問。

寇克看著他們一會兒，用力地嘆了一口氣。「我已經不再是警長了。」接著他對達拉說：「讓保羅繼續留在這裡，直到整件事永遠結束。」然後他對神父說：「跟我一起開著野馬款越野車去繞一繞好嗎？」

「寇克。」汪達摸摸寇克的手臂。「*Migwech*。」這是謝謝的意思。

聖人川崎與寇克走出傳教堂，此時太陽已經落在樹梢之下，草地上的積雪呈現一片柔和的藍白色，空氣變得越來越冷。

「我不知道保羅昨天去了利頓家。」神父說。「我覺得自己應該負起責任。」

「保羅可以為自己的行為負責，他很清楚這一點。」寇克拿起他剛才倚在傳教堂牆邊的步槍。「謝謝你。」他對湯姆．格里芬說。

「謝什麼？」

「謝謝你拉住達拉，讓我和保羅交談。」

「雖然這樣逼保羅告解有點殘忍，但比起面對司法可能輕鬆許多。他是一個很好的年輕人。」神父深深吸了一口氣。「現在該怎麼辦？」

「現在我已經得到我所需的資訊，可以讓一個真正的混蛋得到應有的制裁。」

「你準備對付帕倫特？」

「我想我可能會這麼做。」

「你能讓今天聽到的一切不被牽扯進來嗎？」

「無論發生什麼事，他們都會很安全。」寇克對著傳教堂點點頭說。他打開汪達・梅尼迪茲那輛舊卡車的車門。「現在我感到筋疲力竭。你每次聽完告解就是這種感覺嗎？」

「通常是。」聖人川崎說。「而且會讓我想要喝一杯。」

41

莫麗從極高處俯瞰水面，水面完全是藍色的，平靜得像萬里無雲的晴空。她心想：這是太浩湖[37]嗎？太浩湖就是這個樣子，很藍，很平靜，很冷，冷得像冰。她在太浩湖裡游泳時，有時候會冷到全身發痛，彷彿被一隻藍色的大手捏住。

她突然想到，那種感覺就像現在這樣。但此時她意識到自己並不是在水面上，而是在水裡。她被完全靜止的湖水緊緊握著，身體冷得打顫。她被冷得像冰的藍色湖水緊緊握住，令她渾身顫抖。

太陽刺痛了她的雙眼。她知道自己應該將目光移開，因為如果她盯著太陽過久，她就會變成一朵向日葵。她小時候在她父親經營的度假小屋聽一位女性遊客這樣說過。那位女士很胖，很喜歡笑，還請她吃巧克力棒。那些巧克力棒聞起來像花一樣香，有梔子花的香味。

那位胖女士用一根豐滿的手指指著她，笑著告誡她：妳會變成一朵向日葵喔。但她父親說的不一樣，他只告訴她她會因此失明。她父親可能說得沒錯，也許這就是她的頭如此疼痛的原因，因為她一直盯著太陽以致即將失明。他告訴她的都是真相，無論這件事或其他許多事。他告訴她她的血統不佳，他告訴她她的母親是個蕩婦，還告訴她她最後也會像她母親一樣。他告訴她男人

37 譯注：太浩湖（Lake Tahoe）是位於美國加利福尼亞州與內華達州邊界的湖泊，為北美最大的高山湖泊，深五百〇一公尺，是美國第二深的湖泊。

會像惡魔一樣纏著她，如果她讓他們得到她，她就會被烈火焚燒。是這樣嗎？這就是她的頭現在痛如火燒的原因嗎？她像她父親說的那樣被烈火焚燒了嗎？可為什麼她的身體卻如此冰冷？

她想舉起手遮住眼睛，以阻擋燃燒她雙眼的火焰，但是她感覺不到自己的手，分不清她的手在什麼地方，甚至不知道她的手有沒有動。

我快死了嗎？她暗忖著。但為什麼我一點也不害怕呢？

寇克手裡捧著鮮花，鮮豔的黃色花瓣圍繞著黑色花盤。是向日葵。他輕輕捧著花束，然後將花束往前伸，像是要獻花一樣。他站在平靜的藍色水面上，背後有火焰燃燒。他獨自捧著向日葵，她想呼喚他，可是她發不出聲音。他讓向日葵一朵接一朵掉落在水面上，那些花掉落在水面時沒有產生漣漪，而是向她飄來，並形成一個圓圈。這個圓圈裡很溫暖，讓她感到開心，因為她又有溫暖的感覺了。她躺在向日葵形成的溫暖圓圈裡，想著自己多麼疲倦，如果能睡一覺的話感覺會有多好。睡覺的感覺很好，她等寇克也躺下來。

她很害怕。

……我有沒有告訴過他？……

火焰在她周圍的藍色湖水中燃燒，此刻她眼中只看得見藍色。藍色和火焰。她還看到了雲，漆黑如煙的烏雲出現在她頭頂上方。在那朵烏雲籠罩下，她什麼都看不見了。

……我有沒有告訴過他……

有的。

那個聲音從雲端傳來。

有的，你告訴過我。

……不……不是你……我有沒有告訴過寇克……

告訴他什麼？

她的眼皮好沉重，而且她太累了，根本無法說話。莫麗往後倒去，倒向一片黑暗，倒向一片溫暖的無垠黑暗中。最後這個問題像一根斷線般尾隨著她。

……我有沒有告訴過寇克……我告訴過他嗎？我有沒有告訴過他我愛他……

42

在傍晚漸漸變淡的藍色餘暉中，寇克驅車朝著奧羅拉駛去。雖然整件事令人生畏，可是他很滿意，因為已經拼湊出真相，至少大部分都有了眉目。法官的死、利頓的死、裘強・勒博令人費解的拋妻棄子。這些事情都有了合理的解釋，並且在某種程度上都不令人意外。然而在奧羅拉發生的這些悲劇事件中，仍有一個尚未解開的謎，在最後一條錯綜複雜的路徑中躲藏著山帝・帕倫特。帕倫特知道自己被盯上了嗎？寇克心想。如果他還不知道，時間也快了，因為那個帆布袋將會讓他毀滅。寇克確信只要有那個染血帆布袋裡的證據，帕倫特就算插翅也難飛。就是這樣！

下午四點鐘，寇克把車子開進強尼的松林烤肉店停車場。他原本以為來接莫麗下班會讓她驚喜，可是她卻不在店裡。

強尼站在收銀臺前，彎著腰拿鉛筆在一張菜單背面寫一堆數字。當寇克問他莫麗去哪裡時，他看起來有種被逗樂的表情。

「她兩、三個小時前就下班了，走得很匆忙，說她要回家清出一個地方擺聖誕樹。她竟然說她要擺聖誕樹。」強尼輕蔑地說。「女人才不會為了要擺聖誕樹而如此匆忙，只會為了男人，我敢跟你打賭。」強尼停頓了一會兒，將鉛筆放下，眼神銳利地看著寇克並露齒而笑。「呃，她實在讓人搞不懂啊。」

寇克向強尼道謝，朝著門口走去。

「竟然為了聖誕樹！」強尼看著寇克的背影大笑。「噢，聖誕樹。」他大喊著。

寇克走回他的野馬款越野車時，一輛車在街上緊急剎車，差點因此打滑。寇克抬頭一看，發現喬駕駛的藍色豐田正在倒車，匆匆轉進松林烤肉店的停車場，在距離他站立之處幾英呎遠的地方停下來。喬下了車，一邊走向寇克，一邊以憤怒的眼神瞪著他。她瞥看松林烤肉店一眼，脫下手套，似乎想要賞寇克一個狠狠的耳光。

「你知道，你真的騙倒我了。」喬不滿地說。

「什麼意思？」

「我以為你是真心想要復合。」

「我是真心的。」

「鬼話連篇。」她厲聲怒斥。

「喬，到底怎麼回事？」

「我內疚、我羞愧、我後悔，所有你能想到的感受我都有。你讓我覺得自己是個可怕的女人，竟然對你這麼好的男人做出那些事。你是個超級好的父親、是個忠實的丈夫。噢，你真的棒透了。」

寇克倚在野馬款越野車的引擎蓋上，喬的怒斥聲傳到人行道，路過的行人都往他們這邊看了過來。

「我完全不懂妳想表達什麼。」他說。

「我想說的是你和莫麗・努爾米那個蕩婦。」喬伸手指向松林烤肉店。

「什麼？」

「不要假裝你很驚訝，寇克，你們之間多久？嗯？她除了在松林烤肉店為你斟咖啡之外還提供別的服務。你們到底多久了？」

寇克從野馬款越野車朝著喬靠近一步，他開口時嘴裡呼出的白氣噴在她的臉上。「誰告訴你莫麗的事？」

「這有差別嗎？」

寇克抓住喬的肩膀。「誰告訴妳的？」

「放開你的手，否則我一定會讓你因為施暴而遭到逮捕，別以為我不會這麼做。」寇克鬆開手，喬撫平被他抓皺的外套。「被偷拍到不雅照的人不只有我一個。」

寇克看著喬臉上的得意，頓時恍然大悟。「有人拿照片給妳看了。」

「很棒的特寫照，寇克，我絕對沒看錯。照片拍到了三溫暖、拍到了裸泳，還拍到了——」

「誰拿照片給妳看？」

喬賣關子似地笑了笑，沒有回答。

「是不是山帝．帕倫特？是帕倫特，對不對？」

「我去告訴他，我和他最好暫時不要再見面，因為我認為你和我也許應該試著解決問題，也許去找婚姻諮詢。我真是愚蠢。」

「他拿了照片給妳看？」

「沒錯！」喬朝著寇克走近一步，假裝驚訝地搖搖頭。「你真的把我耍得團團轉，我差點就被你說服了。」

寇克從喬身旁快步走過，朝松林烤肉店走去。

「你要去哪裡？我的話還沒說完。」喬在寇克身後喊道。

寇克推開松林烤肉店的門，走到掛在牆上的公用電話前。他把手伸進口袋，可是找不到銅板。

去。

寇克撥通了莫麗家的電話號碼，可是只聽見忙線訊號。他用力掛回電話聽筒，匆匆走出門

喬走進店裡，然後站在一旁看著寇克。強尼看看喬又看看寇克，輕呼一聲：「糟糕。」

站在收銀臺前的強尼打開收銀機，拿出一枚銅板丟給寇克。「要算利息。」強尼笑著說。

「強尼。」他叫道。「借我一枚銅板打電話。」

「我的銅板！」強尼在他身後喊著。

寇克已經走出去了，喬緊跟在寇克身後。

「你到底在做什麼？」她問。

「帕倫特知道我和莫麗的事了，我必須在他之前趕到莫麗家。」寇克跑了起來。

「為什麼？」喬踩在一小塊冰上差點滑倒，趕緊站穩腳步，急急忙忙追上寇克。「他去找她做什麼？」

「他不是去找她，而是去找放在她家的東西。」

寇克坐進野馬款越野車，喬也坐進副駕駛座。

「妳要做什麼？」寇克咆哮道。

「我要確定你找的人不是山帝，我不希望你做出任何傻事。」

「坐穩了。」寇克說。他非常擔心莫麗，因此不想與喬繼續爭辯。

他猛力倒車，差點撞上位於松林烤肉店後方的垃圾箱。然後他把野馬款越野車轉到大街上，朝著莫麗家直衝而去。

寇克在路上把自己知道的事全部告訴喬，關於法官和利頓涉及謀殺裘強的事，以及遊戲科技

和平民軍的事。他也告訴喬他對山帝・帕倫特的懷疑。喬雙臂交叉地坐著，眼睛望著車窗外，彷彿根本沒在聽寇克說話。

「這全都是謊言。」她說。「我完全不相信。」

寇克拿出利頓和裘強・勒博的照片並交給喬，喬一張一張地看著。

「我的天啊。」她驚呼。然後又說：「山帝對這件事毫不知情。」

寇克將車子轉進莫麗家的巷子。

「這些照片在法庭上無法成為證據。」喬堅稱。「也無法證明山帝與這件事情有關。」

「拜託，喬，他怎麼可能不知道？」

寇克把車子停在莫麗的院子前。他看見她的滑雪板倚在後門旁，天色已經漸漸暗下來，可是木屋裡沒有亮燈。寇克跑向後門並走進廚房。

「莫麗！」他朝著樓梯那邊喊道。

他掀開木柴箱的蓋子，拿出最上面的木柴，那袋底片已經不見蹤影。他衝上樓，一邊跑一邊喊著：「莫麗！」

她不在樓上。當寇克匆匆下樓時，發現喬一臉不悅地站在廚房裡。「怎麼了？」她問。

「出事了。她應該要在這裡的。」

寇克經過喬的身旁，衝向外面莫麗停車的車棚，車子還停在那裡。

「看吧？」喬說。「根本沒人在。你親愛的莫麗不在，山帝也不在。完全沒人。」

「袋子不見了。」寇克語調陰鬱地說。

「什麼袋子？」

「裝著底片的袋子。那些底片的內容，就像我剛才給妳看的照片以及山帝給妳看的照片，都是法官用來勒索別人的東西。」

「如果真的有這樣的袋子，也許是莫麗拿走了。」喬說。「或許她有她的理由。」

「不是莫麗拿的。」

寇克望向湖邊的三溫暖房。喬拉住他的手臂。

「寇克，你不許散佈關於山帝的惡毒謠言，起碼現在不可以。他馬上就要去華盛頓了，如果你這麼做，如果你敢說出任何影響他去華盛頓發展的事，我發誓我會幫他告你誹謗，讓你吃不完兜著走。」

寇克掙脫喬的手，往三溫暖的方向走去，喬也緊隨在後。

「是因為我們之間的問題嗎？」她幾乎以大喊大叫的方式說。「你是因為我所以才想傷害山帝嗎？」

「少往自己臉上貼金。」寇克回答。「妳為什麼堅信帕倫特是無辜的？」

「如果他做過什麼，我一定會知道。」喬認真地表示。「他從來不欺瞞我任何事情。」

「老天，喬，在我們經歷過那麼多風波之後，妳還相信這種事？人們一直在說謊，只不過他們把謊言的真相隱藏得很好。」

「山帝不是這種人。」

「去他媽的山帝。」寇克罵了一聲，然後開始跑起來。

他推開三溫暖更衣室的門，裡面幾乎一片漆黑，可是寇克看見莫麗的衣物整齊地放在長椅上。他拿起毛衣確認顏色，絕望地思忖這是不是莫麗今天早上穿的毛衣。他推門走進裡面依舊暖烘烘的三溫暖房，稍等了一分鐘，讓眼睛適應這個因為沒有窗戶而顯得更為陰暗的房間。他確認莫麗不在這裡。他佇立了一會兒，試著想出莫麗會去哪裡？她逃走了嗎？還是被人帶走了？

「我受夠了，寇克。」喬站在更衣室裡說。「我想回家了。你可以在這裡等你女朋友回來，但不必拖著我。」

寇克望向另一扇門，那扇緊閉的門通往湖面。

「面對事實吧，寇克，你只是想傷害山帝，因為他傷害了你。你所有的指控——」

「都千真萬確。」寇克說。

他伸手推門。

「那你拿出證據啊，該死，拿出證據給我看。」

寇克推開那扇門，那扇門的門檻位於白雪皚皚的湖面上，湖面在暮色中呈現出蒼白寧靜的藍色。純淨如泉水般的天空在湖面上延伸至遠方的湖岸，距離門檻十碼處就是莫麗和寇克前一天晚上使用完三溫暖時浸泡的冰洞。在那個冰洞和寇克佇立的木門之間，莫麗赤身裸體地躺在冰層上。

寇克的雙腿無法動彈，只能勉強支撐著不讓自己倒下。他的喉嚨乾澀，無法吞咽口水，甚至無法呼吸，然而他的感官卻把莫麗此刻的模樣全部看進眼底。她睜著雙眼，表情平靜，白皙的肌膚已經變藍，幾乎與暮色將白雪變成的柔和色彩相同。她的紅色長髮黏在肩膀上和冰面上，黯淡無光的髮絲像掃帚的稻草一樣僵硬。她的右手臂往外伸出，握著拳頭，彷彿緊緊抓著什麼。

寇克覺得自己彷彿在門邊站了很久，但實際上只有短短一瞬間。喬在他身後低聲驚呼：

「噢，寇克，我的天啊。」

然後寇克的雙腳動了起來，雖然他冰冷空洞的心非常確定一切為時已晚。他跪在莫麗身旁，試著在她的喉嚨處摸索頸動脈的脈搏。她的肌膚已經被一層薄薄的冰雪覆蓋，在他的指尖下顯得脆弱。最後寇克將手移開，目光轉向喬。

「去打電話給警長。」他靜靜地說。

喬退後一步，什麼話都沒說就轉身往莫麗的木屋走去。

「順便拿條毯子來。」他在喬身後說。

寇克試著將莫麗的頭抬高並放在他的腿上，可是她的頭髮把她緊緊黏著冰層。

「電話不通。」

喬把毯子遞給寇克。

他將莫麗的身體蓋住，只讓她的臉部露在毯子外。然後他從口袋裡拿出野馬款越野車的鑰匙。

「去找電話。」他說。

喬接過鑰匙，卻沒有馬上走開。

「寇克。」她摸摸他的肩膀。「我很抱歉。」

「嗯。」

喬退後一步，轉身離開。寇克聽見野馬款越野車發動的聲音，齒輪在喬嘗試將排檔打入倒車檔時發出摩擦聲。然後喬把車開走，剩下寇克和莫麗獨處。

太陽已經降到樹林後方，橘色的光芒彷彿來自遙遠的火堆，從西邊蔓延至整片天空。傍晚的星星在東邊黑暗的地平線上閃閃發亮，此刻萬籟俱寂，甚至連最微弱的風聲都沒有打破這種靜默。

莫麗灰綠色的眼睛望向天空，寇克也抬頭看著沒有人能測量究竟多高多遠的天際。

「上帝，請求祢照顧她。」他低聲地說。這是多年來他第一次禱告。

他低下頭開始哭泣。他沒有看到，但是他的眼淚落在莫麗柔軟的藍色臉頰上。在短短的那一瞬間，莫麗臉上的冰被寇克的淚水融化了。

43

沃利・沙諾的樣子看起來極為狼狽。沙諾拄著拐杖蹣跚而行，每走一步路都露出痛苦的表情，他從湖邊走到莫麗・努爾米的木屋，跟在那些抬著擔架的人後方幾碼處，一路走到救護車旁。雖然沙諾長得很高，年紀也不算太大，可是整個人看起來又小又老，似乎被那天晚上發生的事壓得彎腰駝背。

相形之下，寇克像一塊堅硬的木頭，只不過被雕刻成男人的形狀，臉上沒有任何表情。他坐在莫麗・努爾米家廚房的桌子旁，自從警長抵達後不久，他就動也不動地坐在那裡。喬想為他煮杯咖啡，因此在廚房的櫥櫃和抽屜翻找濾紙、咖啡罐和量匙，寇克從頭到尾不發一語，艾德・拉森小隊長問他的問題，他幾乎沒有回答。沙諾把調查主導權交給拉森，自己則拄著拐杖旁聽。西格德・尼爾森來了，他穿著厚重外套蹣跚走到結冰的湖面上，不停表達他對於又被叫來做這種他被選任的工作——而且是薪水過低的工作——深感不滿。在沙諾部下設置的聚光燈底下，西格德指出體溫過低時長時間的氧氣不足會導致嘴唇變藍，和一氧化碳中毒時一樣。四肢僵硬和皮膚因深度凍傷而堅硬如冰，也都是體溫過低導致死亡的明確跡象。他推測莫麗可能是從三溫暖房出來時跌倒，頭撞在冰層上而導致凍死。喬原以為寇克會大吼大叫地反駁這種倉促做出的判斷，可是他什麼都沒說。寇克小心翼翼地用溫水融解莫麗・努爾米冰凍的肌膚與湖面冰層所產生的黏合，將她的身體從冰上移開。現場沒有血跡，也沒有掙扎的跡象，一切看起來就像只是一場非常不幸的意外。

「你先回木屋去。」沙諾在莫麗的屍體被移開時對寇克說。「在那裡等我，我們談一談。」

此時寇克全身僵硬地坐著，喬為他倒的咖啡原封不動地放在桌上。喬站在洗碗槽前，看著沙諾的部下將湖面上那盞移動式聚光燈關掉並收好，然後那支警察小隊安靜地走回莫麗木屋的後院。他們將警車停放在亮著燈的後院裡。

「他們已經把她抬上救護車了。」喬說。她認為寇克可能想知道這一點。

寇克沒有回應，但是救護車車門關閉的悶聲讓他微微縮了一下。

「沃利在哪裡？」寇克最後終於開口。

「他正在和艾德．拉森說話，他們在讀一些文件。艾德要離開了。噢，沃利過來了。」

沙諾拄著拐杖走進屋內，來到寇克坐著的桌子旁，然後將原本撐著的拐杖倚放在桌子邊緣處，拉張椅子坐了下來。他坐下的動作突然且沉重，彷彿身上的重力瞬間增加十倍。

「警長，你要喝點咖啡嗎？」喬問。

沙諾揮手婉拒，並且在脫下手套時吃力地哼一聲。他先看看寇克，然後又看看喬，思忖了一會兒才開口。

「她的衣物整整齊齊地疊在更衣室的長椅上，三溫暖裡還很溫暖，也沒有任何掙扎的跡象。那道結冰的斜坡很危險，我的兩個部下也差點在那裡跌倒。因此，我有理由認為這不是一場可怕的意外嗎？」

喬等著寇克開口。她心想，如果寇克打算說出關於帆布袋和山帝的事，現在就是時候。然而寇克最後只說了：「沒有。」

「噢。」沙諾點點頭，可是看起來並不相信寇克。「你告訴艾德，你們到這裡來是為了陪她去買聖誕樹，是嗎？」

「當時你就在旁邊，沃利，你很清楚我說了什麼。」寇克回答，眼睛盯著沒有碰過的咖啡。「她沒有聖誕樹，你自己看一看就知道。」他的頭從廚房的門微微抬向客廳的方向。

警長思忖了一會兒，他的眼睛大部分的時間都看著喬，喬也堅定地盯著他。

「你們兩人是一起來的？你們兩人都要陪她去買聖誕樹？」沙諾問。

「對。」喬回答。她轉身避開沙諾懷疑的眼神，走到咖啡機前，在自己的杯子裡裝滿咖啡。

「聽說你們兩人正準備辦離婚手續，可是你們卻一起來幫這個女孩張羅聖誕樹。」

寇克說：「聖誕節就該如此。」

「喬，妳介不介意我和妳丈夫單獨說幾句話？」沃利終於說。

「警長，請原諒我這麼問，但他需要律師在場嗎？」

沙諾疲憊的目光轉向寇克。「你希望我們談話時有律師陪同嗎？」

「不。」寇克平靜地說。

於是喬穿上外套。「那麼我到外面去。」

等喬離開之後，沙諾真誠地說：「寇克，我很遺憾發生這種事。」

「嗯。」

「寇克……」沙諾結結巴巴地說。「寇克，我必須問一下。喬知道你和莫麗・努爾米之間的事嗎？」

「為什麼這麼問？」寇克眼神空洞地問。「噢，老天，沃利，喬和這件事沒有任何關係。」

「那麼你告訴我這是怎麼一回事。」

「你覺得這看起來是怎麼一回事？」

「看來這個可憐的女孩發生了一場不幸的意外，但是你我都很清楚，這裡發生的事情表面上看起來如何已經不再重要。」警長往椅背一靠，用手摸摸自己稀疏的白髮。「唉，我曾以為自己很了解這個小鎮，但現在我望著那些我認識大半輩子的人，心裡卻懷疑著他們是否隱藏了什麼祕密。寇克，就是這種感覺，對不對？你自己的衣櫃塞滿枯骨，卻懷疑別人的衣櫃裡是不是也藏著不可告人的東西。」沙諾看著寇克，眼底滿是疲憊和猶疑。「莫麗的事是一場意外嗎？」

寇克說：「我沒有找到任何反證。」

「你沒有回答我的問題。我再問你一次：今晚這裡發生的事和最近發生的一切有關嗎？」

「沃利。」寇克一臉認真地靠向這個包紮著腿部的男人。「回家去吧，回家去找艾萊塔，回家好好抱著她，趁你還有機會的時候。今晚這裡已經沒有什麼好查的了。」

沙諾盯著寇克，最後似乎也接受了他待在這裡不會有任何進展的事實。他閉上眼睛，他的眼瞼佈滿血紅色的靜脈。「我真的好累，我的大腦就像在黏呼呼的糖漿裡游泳。」他揉揉臉頰，並且在雙手摀著臉時嘆了一口氣。「我明天想再找你談一談。」

「我相信你會再找我談的。」寇克說。他站起身，將拐杖遞給沙諾。「晚安，沃利。」

警長戴上手套，把拐杖塞到腋下，身體重重地倚著拐杖。「所有的一切都在逐漸消失，寇克，所有的一切都在分崩離析，而我好像無力阻止這些事情發生。」

「不是你的錯，沃利。」寇克說。

沙諾咕噥了一聲，然後走向門口。他在屋外對著喬說了一句寇克聽不清楚的話，然後蹣跚走回車上，一名員警正等著開車送他返回鎮內。車子開走之後，後院裡只剩下喬一個人。她轉身走回屋裡，發現寇克站在洗碗槽前，眼睛看著窗外。

「現在該怎麼辦？」喬問道。

「現在應該伸張正義。」寇克說。他走到咖啡機旁，關掉咖啡機的電源，然後關掉屋裡的電燈。「我們走吧。」他說。

「去山帝家？這就是你一直保持沉默的原因嗎？你打算做什麼？你想殺了他？」

「我說我們走吧。」

「不。」

寇克想了一會兒。「好，那妳就留在這裡。妳哪裡也去不了。電話斷線了，妳沒有辦法警告他。」

他開始往後門走去，喬走過去擋住他的去路。

「你沒有任何證據，寇克。」她爭辯道。「如果你想錯了，而且做出了可怕的事，你的下場會如何？那些你告訴我的關於山帝的事，你所知道的一切，全都只是間接猜測。我拜託你以一個執法人員的角度思考，不要做出任何傻事。」

「傻事？」寇克以冰冷而堅定的目光看著喬。「讓我告訴妳什麼才叫傻，喬，以為法律可以處理任何事才叫傻，以為法律很重要才叫傻。喬，現在請妳讓開。」

他粗暴地將她推到一旁，走到停在屋外的野馬款越野車，並且將他稍早離開傳教堂之後從溫徹斯特步槍退出的子彈重新裝回槍內。他坐上駕駛座時，喬也坐進副駕駛座。

「下車。」他命令道。

「不然呢？」她以憤怒的眼神質問他。「你要開槍打死我？」

寇克也以憤怒的眼神盯著喬。「如果妳阻止我，我可能會這麼做。」

44

他們在冷淡的沉默中行駛數分鐘之後，喬說：「我會幫你，可是你必須答應我一件事。」

「我不需要妳幫忙。」寇克告訴她。

他們已經接近奧羅拉，約杭森打撈公司波紋狀的長圍欄在他們右方從車頭燈光束的邊緣閃過，左前方是鋼鐵湖旅館黃色天篷上所掛的紅色聖誕鐘裝飾。鹵素燈的強光也照亮了馬路對面那家全新加油站裡的十二個加油機。對喬而言，這都是平淡無奇的熟悉環境，然而她卻感到非常害怕，覺得自己迷失了方向。這一切就像是危險且未知的領域，無論她轉向哪一邊都不會有任何幫助。

「你打算怎麼做？」她問。「帶著那支步槍闖進去？如果他真的拿走了帆布袋，可是藏起來了，那該怎麼辦？如果你輕舉妄動，可能就永遠找不到那個袋子了。」

寇克開著車穿過城鎮，經過霓虹燈依然亮著的松林烤肉店，再經過橡樹街的開放式商店，那些商店的櫥窗裡掛著花環、金箔裝飾與燈串。接著他經過旁道進入醋栗巷。喬往街上看了一眼，看見她家前門與大窗外的燈光閃閃發亮。她希望自己和蘿絲及孩子們在家裡享受天倫之樂，希望自己不知道她獲悉的一切，也希望自己不需要一直為家人擔心受怕。

寇克最後終於開口：「繼續說。」

「我們到山帝家之後，我希望你把步槍留在車裡。這支槍只會帶來麻煩。」

「繼續說。」他表示，語氣聽起來並沒有被說服。

「由我來問他問題，這是我最擅長的。」

「妳？」寇克差點就偏離了公路。「妳愛著那個該死的王八蛋。」

「而你恨他入骨。」喬繼續說服寇克。「你看看自己現在的樣子。你心煩意亂到幾乎說不出話。如果你不喜歡我問的問題或者我問話的方式，隨時可以插話。如果他真的做了你聲稱的那些事，我也想明白一切——雖然我完全不相信他會做那些事。」

「不，妳根本不想知道真相。」寇克給了她一個嘲諷的眼神。雖然她坐在黑暗中，寇克的眼睛依舊緊盯著她。

「對不起，你說得沒錯。可是我必須知道真相。」

他們經過了奧羅拉市區和通往賭場的道路，幾分鐘後寇克就將車子轉向可以穿越樹林並通往山帝那棟豪宅的長長車道。

「你還沒有回答我的建議。」喬說。

「對，我還沒有回答。」寇克表示。

他讓車子在豪宅主建築下方的雙車庫前停下來，關掉引擎，然後點了個頭。

「好吧。」他說。

「你答應了？」

「我讓妳負責問話，但是我會把步槍當成讓他開口回答的動力。」他將手伸到後座，拿起溫徹斯特步槍。

「他不會被你這支步槍嚇倒。」喬堅稱。「因為他很清楚你不會開槍，我也知道，寇克，甚至你自己也明白這一點。在談判過程中，永遠不要用你不打算做的事來威脅對方。」

「我可以馬上在那個傢伙的心窩上轟出一個大洞。」

「如果他真的做了那些事，也許你會這麼做，可是他沒有。寇克，把槍放下。放下吧。」
寇克雙手握著步槍，看著這支步槍修長流暢的線條。他把子彈退出來，將子彈放在座位上。
「我還是要帶槍去。」他說。「我喜歡手裡握著槍的感覺，帕倫特可能也會喜歡。」
山帝的豪宅亮著燈。喬按了門鈴，可是沒有人應門。寇克用力敲門，同樣沒有得到任何回應。寇克往後退了一步，看看房子，然後走到車庫前。車庫門框上有一個數位密碼鎖。他看向喬。
「妳知道密碼嗎？」
她走向前去，掀開數位密碼鎖的蓋子，按下四個數字，車庫門開始往上滑動。寇克看見山帝．帕倫特的兩輛車都停在裡面，包括白色的寶馬轎車和黑色的吉普休旅車。他打開寶馬轎車的車門，把手伸到儀錶板下方，拉動開啟引擎蓋的把手。他把手放在引擎上。
「你在做什麼？」喬問道。
「檢查引擎是否還熱著。我想知道你朋友剛才是不是出去過。」
「結果呢？」
「這輛車的引擎是冷的。」寇克說。
他也檢查了吉普休旅車的引擎，臉上露出疑惑的表情。「這輛車的引擎也是冷的。」
「滿意了嗎？我們現在可以離開了嗎？」
「他有雪地摩托車嗎？」
「沒有。他覺得那種交通工具破壞了樹林裡的寧靜。」喬看得出寇克很失望，可是他似乎不準備就此打退堂鼓。
「我想和那個王八蛋談一談。」

「我可能知道他在哪裡。」喬說。

她按了車庫門上的數位密碼鎖，將車庫門關上，然後開始往左邊繞過房子。那裡有一條寬闊的車道，可以直接通往船庫和鋼鐵湖。車道上的積雪都已經剷除乾淨。

「他想去冰釣時，就會開著他的吉普休旅車走這條路。」喬解釋。

「妳對他非常了解。」寇克挖苦地說。

喬懶得回應。她離開鏟過雪的車道，走到積著深雪的後院，再往露天平臺的樓梯走去。寇克聽見位於露天平臺下方的熱水浴池傳來湧動的水聲。他們走到樓梯時，看見山帝．帕倫特正躺在大大的紅木浴池裡，冒著熱氣的池水在他身體四周旋轉，他睜著眼睛望向天空，彷彿被人催眠了。浴池旁放著一杯葡萄酒，還有一個菸灰缸，菸灰缸裡有支點燃的雪茄。他似乎沒有注意到寇克和喬接近。

「山帝。」喬輕聲地說。

「喬。」他輕鬆地向她打招呼，然後才看到寇克。他似乎覺得有趣。「寇克？請原諒我無法站起來迎接你，我現在一絲不掛。我沒想到會有客人來訪。」他伸出滴水的手指指向天空。「我在欣賞極光。」

喬瞥視鋼鐵湖對岸一眼，發現山帝說得沒錯。天空中有極光，紅色和綠色的極光像微動的窗簾，中間透著像探照燈一樣的黃色條紋。

「才剛剛開始。」帕倫特表示。「接下來會越來越漂亮。」他坐起身，熱水從浴池邊緣灑出，濺到露天平臺上。露天平臺的木頭地板上有稍早濺出的水花在遇冷凝結後變成的冰，那些冰在碰到灑出的熱水時散發出蒸氣。山帝頭頂上的屋簷垂著一層厚厚的霜，是水蒸氣上升後凍結而成的。「如果你們願意，歡迎和我一起欣賞極光。」

「你這個王八蛋。」寇克說。「你明明知道我們為什麼來找你。」

「寇克！」喬厲聲地說，並走到寇克和山帝兩人中間。

帕倫特看看寇克手中握著的步槍。「或許我應該修正我對槍枝管制的立場。」他伸手拿起酒杯，啜飲了一口葡萄酒。「我猜你們來這裡的目的，是因為我們終於可以像大人一樣坐下來討論我和喬之間的事。我想她已經告訴你我讓她看了幾張照片。」

「山帝，你那些照片是從哪裡來的？」喬問。「你告訴我是你父親給你的。」

「是他給我的沒錯。」

「你這個騙子。」寇克指控道。「你是從檔案櫃裡拿的，你把那個檔案櫃搬到哈蘭·利頓在奧羅拉倉儲租的倉庫。」

「我聽不懂你在說什麼。」

「遊戲科技、你父親、明尼蘇達州平民軍，還有謀殺。你這個王八蛋。我說的是謀殺案。」

「夠了，寇克。」喬轉向寇克，定睛地看著他，他才往後退開。喬再次面對帕倫特，並解釋寇克在杜魯斯那間辦公室的發現。

山帝·帕倫特一臉驚訝。「我不相信。」

「寇克手上有證據。」

帕倫特緩緩地搖搖頭。「我父親有時候可能是個超級混蛋，但我絕對不相信他會做出你指控他的事。讓我看看你手上的證據。」

寇克拿出他放在大衣口袋裡的照片。帕倫特小心翼翼地以溼漉漉的手接過照片。

「我父親對很多事情的態度都很偏激。」山帝最後表示。「他不是完美的人。到了晚年，他的許多判斷都不見得正確。關於平民軍這件事我可以理解，可是他會殺人？我不這麼認為，寇克。這幾張照片無法讓我接受這項指控。」他把照片放在浴池邊緣，寇克馬上把照片拿回去。

「還有更多照片。」寇克說。「莫麗家的那些底片。」

「莫麗？」帕倫特看看喬。

喬說：「我們剛才在莫麗．努爾米家。」

「喬，妳去找那個女人對質？到了這種地步，我不認為有必要這麼做。」

「山帝，她死了。」喬告訴他。

「死了？怎麼回事？」

「看起來像是一場意外，她似乎在湖面的冰層上撞到頭。」

「看起來？似乎？」帕倫特端詳著寇克和喬的表情。「聽起來你們不認為如此。你們認為我與她的死有關嗎？」他朝著寇克右手緊握的那支溫徹斯特步槍點點頭。「我想這解釋了你為什麼帶武器來。」

「今天中午到下午三點之間你在什麼地方？」喬問。

「這裡。事實上，我今天一整天都待在這裡。我在書房的電腦前，準備我進參議院之後的第一篇演講稿。」

「你能證明嗎？」

「我可以讓你們看我電腦裡的演講稿。」

「我不認為那能證明什麼，山帝。」喬表示。「那篇演講稿可能是你在任何時間寫的。」

帕倫特再次拿起酒杯，思忖了一會兒。「你們可以去問我的管家露絲．貝克。她知道我今天有沒有外出。」

「她現在在這裡嗎？」喬問。

「露絲五點鐘就下班了，喬，妳知道的，妳晚上經常待在這裡。」

喬沒有看寇克，但是她感覺得到寇克看她的眼神。「你介不介意我們打電話問她？」

「請便。你們可以使用廚房裡的電話。如果需要電話簿，電話簿放在冰箱右邊的第一個抽屜裡。」

「寇克，去打電話吧。」喬說。

「我寧可和帕倫特待在這裡。」寇克回答。

「我寧可你去打電話。」

寇克不情不願地屈服了，順著樓梯走到通往房子主樓層的露天平臺，身影消失在拉門之後。

「喬，妳不會真的認為我和那個女孩的死有關吧？」山帝問。「我何必殺她？」

「寇克相信她手中有可以毀掉你的證據。他相信你為了得到那些證據而殺了她。」

「妳相信嗎？」

極光變得越來越清楚，但喬覺得很奇怪，因為她沒有被這種奇觀所震撼，此刻她只是利用極光來轉移她注視山帝的目光。

「喬，妳相信我會做那種事嗎？」山帝追問。

喬回答時沒有看他。「你是一個企圖心旺盛的人，我見識過你在非常想要得到某個東西時，會變得冷酷無情。」

「我承認我是個有野心的人，至於冷酷無情，我只能說沒有人能在不無情的情況下完成大事。但我不是殺人凶手。」他伸出手握住喬戴著手套的手。「喬，我曾經將妳擁入懷中，也曾經與妳溫存，難道妳沒有看過我的那一面嗎？每個人都有很多面，如果只看我其中一面就批判我，對我很不公平。妳不覺得嗎？」

露天平臺上層的滑門打開了，寇克從屋裡走出來。喬抽回她的手。

「怎麼樣？」山帝在寇克走下樓梯時冷冷地問。

「她說你整天都在這裡，你把自己鎖在書房中，她沒有看到你離開過。」

「你得到你想要的答案了。」山帝做出結論。

「但她也表示你進了書房之後，她就再也沒有看到你。」寇克繼續說。「她敲門告訴你她要下班時，你完全沒有回應。」

「這很平常。如果你問她，她會告訴你我經常這樣。」

「這是真的，寇克。」喬插話進來。「山帝經常自己一個人在書房裡待好幾個小時，沒有人能找到他。」

「這樣我才能寫出最好的演講稿。」山帝說。

「露絲說，大約下午一點鐘的時候，她把你的午餐放在你的書房門外，可是你完全沒碰。她下午三點鐘的時候把餐盤收走。」

「當我專注做一件事的時候，例如寫演講稿的時候，我完全不管其他的事。喬，對不對？」他轉向喬尋求她的證實。

「這也是真的，寇克。」

「你還有什麼問題嗎？」山帝帶著一絲不耐煩的語氣問道。

寇克閉著眼睛思考了一會兒，喬看見他肩膀下垂，身上散發著一股怒氣。然而當他再次注視山帝時，他的表情依然充滿決志。

「昨天早上我在哈蘭．利頓家遭人攻擊。」他說。「在事發前不久，有人看見你開著車往十六號郡公路的方向而去。」

「有人看見我？」

「可靠的消息來源。」

帕倫特看了喬一眼。

「不可能是他，寇克。」喬平靜地說。

「為什麼不可能？」

「因為他和我在一起。我們兩人在一起。」

「在這裡？」寇克看看喬又看看帕倫特。「整個早上？」

「對。」

「應該不是工作。」寇克猜測道。

「不完全是。」帕倫特說。

寇克的眼神似乎變得空洞而絕望，喬很高興寇克已經取出步槍裡的子彈。

帕倫特在浴池裡將身子往前傾，明辨事理地說：「聽我說，寇克，我知道這個女人的死一定讓你傷心欲絕。考量到喬和我之間的關係，我能理解你想把我當成發洩怒氣的對象，可是你真的找錯目標了，我可以發誓。」

「他說得沒錯，寇克。」喬輕聲地說。

寇克低頭看看自己手中那把沒用的步槍。當他抬起頭時，喬看見他臉上的疲憊。

「我輸了。」寇克低聲地說。「我完全輸了。」

他轉身走向樓梯。

「寇克，我跟你一起走——」喬開口。

「不。」他說話時沒有轉身。「我寧可獨處。」

寇克從雪地走過，消失在屋子的拐角處。

「我替寇克感到難過。」喬說。「過去這幾年他失去了很多。他是一個好人，山帝，寇克真的是一個好人。」

「妳該不會還想要努力解決妳的婚姻問題吧？」山帝的語氣中帶著一絲惱怒，就像破裂的鈴鐺所發出的刺耳聲響。

「我不愛寇克了。」喬向山帝保證。「可是我會一直關心他，我會替他感到難過，如此而已。現在我真的很想哭。」

「和我一起泡泡熱水浴池。」山帝提議，並用手拂過水面。「我向妳保證，妳在熱水浴池裡沒有辦法哭泣，這是很不尋常的物理定律之一。」

「不了，謝謝。」

「那麼讓我送妳一份聖誕禮物。」

「聖誕節還沒到。」

「我一向不擅於等待，尤其當我想讓一位悲傷的女士振作起來的時候。先讓我穿上衣服。」

山帝裸著身子，從熱氣騰騰的浴池裡站起來。

45

山帝穿上衣服時，極光變得更亮了，船庫那頭的湖面也因此變得五彩繽紛，充斥著紅光和綠光及短暫的黃色閃光。喬這輩子從來沒有看過這種奇景。

「這是宇宙送妳的聖誕禮物。」山帝對她說。他們沿著鏟過雪的車道走向湖邊。「整個宇宙都試著讓妳振作起來。」他揮揮手臂，指著色彩斑斕的天際。

「你似乎不擔心寇克發現你父親的祕密。」喬說。

「那是我父親犯下的罪孽。我猜可能會有人試圖要我為此負責，但我認為自己能夠與那些事保持一定的距離。我還有很多時間可以證明自己，明天再來擔心這些事也不遲。現在我只想讓妳看個東西。」

山帝不肯告訴喬為什麼他們要往船庫走去，只表示與她的禮物有關。其實喬寧可等到聖誕節再說，因為今天發生的種種不愉快——莫麗・努爾米被凍在冰上的畫面、寇克憤怒的指控、她自己對山帝不可原諒的懷疑——都在她心中嘎嘎作響，宛如斷裂的螺帽和螺栓。她希望自己能有多一點時間整理並釐清這些事，但是山帝十分堅持。雖然他努力方向錯誤，不過他很用心，因此她默默跟著山帝往前走。

到了船屋，山帝說：「閉上眼睛。」

她聽見山帝推開那扇大大的拉門，並聽到他打開電燈開關的咔嚓聲。

「走路時小心。」他引導她走進船庫時說。

船屋裡有帆布、繩索和汽油的味道，即使閉著眼睛，她也知道裡面放著哪些東西：有設著層架和儲物櫃的區域，牆面上掛著救生衣、救生用具和滑水板；船庫正中央則停著一輛拖車，山帝的大型汽艇就放在拖車上。然而當山帝說「睜開妳的眼睛」時，喬大吃一驚。

她沒有看到山帝的大型汽艇，反而看見一輛全新的白色賓士轎車。

「喬，聖誕快樂。」

「這是給我的？」

「不然還會給誰？」

「山帝，我不能收——」

「妳當然可以，而且妳會收下。我已經厭倦看妳開著那輛老舊的豐田汽車在鎮上東奔西跑。」

「我要怎麼向別人解釋這輛車哪裡來的？」

「妳不需要解釋。」山帝脫下手套，然後也脫掉她的手套，讓她感受到他雙手的溫暖。「喬，我已經參與了妳的人生。而且我當選了，妳也要和寇克離婚了，我希望我們明年可以結婚。」

「結婚？這裡是明尼蘇達，山帝，不是加利福尼亞或紐約。離婚在這裡沒那麼簡單。」

「如果寇克決定公開妳我的照片，最好的抗辯就是愛與婚姻。六年後，當我競選連任時，人們會忘記妳曾經和別人結過婚。」他溫柔且真誠地捏捏她的手。「喬，我參選總統的時候，需要有人陪在我身旁。」

如果這句話是從別人口中說出來的，喬可能會認為對方是個自大狂，毫無根據地亂說大話，可是她知道如果山帝．帕倫特決心競選總統，他一定做得到。

「和我一起站在白宮玫瑰園裡的妳，看起來一定會很美。」山帝繼續說著。「妳和我，我們很相配，我們是優秀的團隊，我們的想法相近。」

喬將雙手從山帝手中抽回來。「我現在甚至無法思考這個問題，山帝，我很抱歉。」

「那就別想了。」他鼓勵她。「只要感覺就好。」他將她的右手放在白色賓士轎車冰冷光滑的車身上。「感受這份優雅，我可以讓妳習慣這種生活方式。妳再也不必擔心付不出錢給孩子的牙齒矯正醫師，而且妳有機會成為第一夫人。別說妳不希望擁有這種生活。」山帝像正式舞會裡的舞伴一樣，引導喬走到車門旁，然後以優雅的動作將車門打開。「來，請坐。」他拍拍椅背。

「山帝——」她試著婉拒，可是他將手放在她的肩膀，溫柔地要她坐下。他把她的手放到方向盤上。

「現在妳不覺得自己就像置身天堂嗎？」

「可能不是『就像』，而是非常接近天堂。」她笑著說。

山帝將引擎蓋打開。「妳來看看引擎，這輛車的心臟。」

她不知道自己要看什麼，可是她看見的一切完全不像她那輛豐田汽車引擎蓋下的東西。豐田汽車的引擎已經沾滿油污和塵垢，管線看起來很脆弱，皮帶也裂開了。這輛賓士車的引擎就像醫療儀器一樣乾乾淨淨，看起來強勁得足以發射火箭。

「這是E-4-20型的引擎，有八個汽缸，三十二個汽門，排氣量4172CC[38]。」山帝讚美地摸摸引擎。「二百七十五匹馬力，從零加速到六十英哩只需要六點六秒鐘。」

38 譯注：原文為256 cubic inches。

「這是很厲害的意思嗎？」她問。

「很厲害。」他回答。

她伸手去觸摸這輛豪華轎車的心臟。然而在那一瞬間，她所有的興奮感都消失了。

「這輛車駕駛起來也像看起來的一樣好嗎？」她把手收回時這樣問山帝。

「完全一樣。駕駛起來的感覺就像夢境般美好。」

「所以你一路開到很遠的地方？」

「只有上路小小測試一下。」

「你今天沒開嗎？」

「沒有。為什麼要開？」他關上引擎蓋。「我原本想在妳看到它之前先打上一個蝴蝶結。」

「你今天沒開嗎？」

「今天？」他疑惑地看她一眼。「沒有，我剛才已經說了。」

「但是有人開了這輛車。」她說。「引擎還有一點餘溫，散熱器的管線也是。」

「噢，妳是指那個。我只開了幾分鐘，讓機油流動一卜。車子在寒冷天氣下長時間閒置不太好，尤其是這種高級車。」

喬慢慢地繞著這輛車走，走到後車廂時停下腳步。「你可以打開後車廂嗎？」

「後車廂？」山帝也走過來，站在她身邊。「後車廂沒什麼，不像引擎那麼令人興奮，相信我。」他笑著說。

「這輛車的每個地方我都想看一看。」

「我沒帶鑰匙。」他聳聳肩。

「我相信駕駛座旁邊有可以打開後車廂的把手。」

他臉上的興奮表情消失了。「妳想看後車廂。」他說。「那就隨妳的意思。」

山帝打開駕駛座的車門，彎下腰拉動把手，後車廂隨即打開一道縫隙。喬突然遲疑了一會兒，不願走向前去打開後車廂，深怕後車廂裡有個裝滿底片的袋子。

「看啊。」山帝對喬說。「妳不是想看後車廂？」

她依然退縮著。真相除了毀掉一切之外還能做什麼？

「那麼我打開給妳看。」山帝說。

山帝伸出手，喬很緊張。他掀開後車廂的蓋子，後車廂裡空無一物。

喬因為鬆了一口氣而感覺腿軟。她轉身面對山帝，伸出雙手擁抱他。

「這是我所見過最漂亮的後車廂。」

「我很高興妳喜歡。」他笑了。「車子的每個部位都曾設計得很吸引人。妳想去兜個風嗎？」

「我該回去了。」

「那麼我們就在附近簡單地繞一繞，好不好？我先回屋裡拿車鑰匙。」

她心裡掙扎了一下。「好吧。」

山帝給了她一個短短的吻，她抱住他，以一個較長的吻回應他，然後才放他回屋裡拿鑰匙。

山帝離開後，喬坐上駕駛座，雙手放在方向盤上。她怎麼可以懷疑他？確實，正如她所說，他有時候非常無情，但是對於一個追尋遠大目標的男人而言，這是可以理解的。她一點都不懷疑山帝將來能成就許多大事。

「第一夫人。」她有點飄飄然地自言自語著。

她用手撫摸著儀錶板，這輛車的觸感真的不同凡響。她又摸摸旁邊的座椅，感受著奢華又柔軟的皮革。她的指尖突如其來地摸碰到一個鋒利的尖角，有個東西卡在椅背和座椅椅墊之間的幽暗縫隙中，一個薄如紙片的黑色方形物。

山帝回到船庫時，喬倚著車身，小心翼翼地用兩隻手指將那條底片拿到山帝面前，彷彿那是她不願觸摸的骯髒腐爛物。

「那是什麼？」山帝一臉無辜地問。

「你明知道這是什麼。」

「我沒有殺她。」山帝說。「我可以對妳發誓，喬，我沒有殺她。」

「幾分鐘之前，你甚至騙我說你沒有去過她家。」

「聽我說。」他一邊解釋，一邊慢慢走向喬。「今天下午我接到一通電話，對方是一個女人，她說她有個東西是我會有興趣買下的，然後還提到寇克說的那些事，那些關於我父親的證據。她說她手上有底片，接著告訴我怎麼去找她。所以我依照她的指示去了她家。」

「對方是莫麗．努爾米？」

「我不敢肯定。」

「你的管家說你沒出過門。」

「她打掃時戴著耳機，可能什麼都聽不到。我偷溜出門，開這輛賓士。她應該完全不知情。」

「所以你見到莫麗．努爾米了嗎？」

「一開始沒見到。我敲了門，沒有人來應門。我看見三溫暖房的煙囪在冒煙，所以我就走到那邊去找她。帆布袋被人丟在更衣室裡，底片散了一地，看起來像是有人發瘋似地翻找過。」

「莫麗·努爾米呢？」

「我往三溫暖裡看了一眼，她不在裡面。然後我看看外頭，當時她已經死了，喬，我救不了她。」

「然後你就跑了。」

「對。」他慚愧地低下頭。

「你怎麼知道她當時已經死了？」

「老天，她整個人凍在冰上。喬，我嚇壞了，我覺得自己一切的努力好像即將從我手中溜走。我對於自己轉頭就跑的反應並不自豪，但是當個懦夫總比當殺人犯好。」

「你拿走了底片？」

「不算是。我把底片藏在努爾米她家，因為我不希望有人發現那些底片，妳應該能理解這一點。我當然也不會把那些東西留在自己手邊。」山帝看著喬，深深的擔憂正侵蝕著他俊美的五官。「妳是不是不相信我說的話？」

「沒錯，我不相信。」

「妳是不是覺得我是一個沒人性的怪物？」

「我開始這麼懷疑。」

他站直身子注視著她，眼神中透出受傷，但是他說話時的語氣依然平靜。「妳希望我怎麼做？告訴我，我會照做的。無論我必須做什麼來向妳證明我的人品，我都願意做。」

「把底片交給寇克。」喬毫不猶豫地說。「並且告訴沃利·沙諾這一切。」

山帝深深吸了一口氣，然後點頭表示同意。「我認為那個帆布袋裡的東西會把這個郡——老天，或許這整個州——摧毀。」他警告喬。「但是我同意把袋子交給寇克，如果這是妳希望的。」

「這就是我希望的。」

「這樣妳就願意相信我說的話了嗎？妳相信我真心愛妳嗎？」

「我什麼都相信你。」

「那麼我就去做。妳是我生命中最重要的人，喬，我願意做任何事情留住妳。」

他向喬伸出手，她牽起他的手。

「我們回屋裡去吧。」他表示。「妳可以打電話給寇克，叫他到努爾米家與我們碰面，我會把袋子交給他。」

她遲疑了一會兒。「但這表示你所有的夢想都將破滅。」

然而山帝露出一個淺淺的微笑。「不，這只表示我永遠當不了總統。」他輕輕吻了她的手。

「可是我能一直擁有妳。」

46

寇克有一張莫麗的照片，只有一張，是夏天時他用她的拍立得相機拍攝的，在她游完泳之後，從三溫暖房旁邊上岸時拍的。她穿著黑色連身泳裝，皮膚曬得很黑。照片中的她有點尷尬地彎著腰，準備伸手去拿沙灘浴巾，同時試著對鏡頭露出笑容。她的紅色長髮緊貼著她的背與肩膀，臉上垂著溼漉漉的髮絲。她笑著。

他把這張照片放在羅伯特・佛洛斯特[39]的詩集中，不讓任何好奇的閒人偶然發現它。他總是把這張照片夾在〈雪夜林邊小駐〉[40]這首詩的頁面，雖然寇克懂的詩不多，可是他很清楚在睡前還有幾英哩路得走是什麼感覺。

此刻他躺在床上，一隻手枕著頭，凝視著他唯一一張允許自己保有的莫麗照片。莫麗在照片中的樣子就如同他想記住她的模樣：活力四射且笑容燦爛。這就是莫麗對他而言的樣子，而不是皮膚變成淡藍色，全身結一層冰、以再也看不到任何事物的眼睛望著天堂。莫麗應該被人們以不

39 譯注：羅伯特・佛洛斯特（Robert Lee Frost，1874.03.26—1963.01.29）是美國詩人，曾四度獲得普立茲獎（Pulitzer Prize）。

40 譯注：〈雪夜林邊小駐〉（Stopping by Woods on a Snowy Evening）是羅伯特・佛洛斯特於一九二二年創作的詩，收錄於他在一九二三年發表的詩集《新罕布夏》（New Hampshire）中。

同的方式記住，她值得擁有許多人生不曾給過她的事物，其中最重要的就是有人應該經常對她說他愛她。他為什麼從來不曾對她說過這句話？他為什麼要這麼膽怯？此刻的寇克想不出有什麼重要的理由可以阻止他不告訴莫麗他深深愛著她。

但現在為時已晚，永遠來不及了。

山姆的小屋從來不曾給寇克如此空虛的感覺，他懷疑這種空虛不是來自這間老舊的昆賽特小屋，而是來自他心裡。他現在什麼都沒有了，只剩下死亡帶來的無盡空虛。這種空虛就像他身上的某種病毒，如影隨形地跟著他，害他身邊的人一個接一個死去，而他自己卻免疫，實在太不公平了。他早就該死了。如果他早就死去，莫麗還會活著，山姆．凜冬之月和阿諾．司坦利也還會活著，天知道還有多少人也會活著。寇克想起他曾聽過的一句話，一句似乎來自某本古老書籍的話語：「我已經變成死神……」[41]這就是他的感覺。

電話響了，寇克不想和任何人說話，可是他忘了打開答錄機。一直到電話第十次響起，他才拿起聽筒。

「寇克，我是喬。」

「嗯。」他哼了一聲。

「我知道底片在哪裡了。」

他頓時警覺地坐起身子。「在哪裡？」

「去莫麗．努爾米家和我碰面。」她停了一會兒，摀著話筒對身旁的人低聲說了幾句話。

「半個小時後見。」最後她說。

「去莫麗家？」

「對。」

「喬，妳從頭到尾都知情？」

「不。」

「是山帝做的。」他猜測道。

「去那裡和我碰面，寇克，讓我解釋清楚。」她不等寇克回答就先掛斷了電話。

寇克平靜地走到門口，穿上外套並戴上絨線帽。他拿起他的溫徹斯特步槍，把他在帕倫特家收起的子彈裝進步槍裡。

「好一個參議員。」他一邊說一邊拉了槍機拉柄，將第一發子彈送入槍膛。

「他會去嗎？」山帝在喬掛上廚房的電話時問她。

「他會去。」

「好。」他陰沉地說。「我們去結束這件事吧。」

她碰碰他的手臂。「把事情說清楚就好。無論發生任何事、無論那些底片裡面有什麼，起碼我們後半輩子不必提心吊膽，總是擔心可能會被人發現這個祕密。」

「妳說得沒錯。妳說的都是對的。」

他們下樓走到地下室，經過娛樂房和山帝的工具間來到車庫。

「我們開吉普休旅車去吧。」山帝建議。

於是喬從寶馬轎車旁邊走過去。

---

41 譯注：這句話的英文譯文為I am become death，出自印度教的重要經典《薄伽梵歌》（Bhagavad Gita）。

「**糟糕**。等我一分鐘。」山帝拍了一下自己的額頭說，彷彿突然想起什麼。「我馬上就回來。」他走回工具間，拿了一捲銀色的封箱膠帶。「我差點忘了這個。」他笑著走向喬。

「拿這個做什麼？」她問。

山帝突然撲向喬，讓她措手不及。他將她轉過身並壓在吉普休旅車的引擎蓋上，把她的手臂拉到背後。當她開始掙扎時已經太晚了，她的手腕被封箱膠帶緊緊綁在一起。

「你弄痛我了，山帝！」

「妳不也傷害了我嗎？」他冷酷且凶惡地回答。「老天！妳竟然要求我放棄一切。」他打開吉普休旅車的車門。「進去。」他命令她。

喬往後退開，於是他上前抓住她的手臂，把她拉到打開的車門邊，再將她推進車子裡。他先粗暴地讓她坐定，然後蹲下來開始用封箱膠帶綁住她的腳踝。她敏捷地將膝蓋一抬，膝蓋正好撞上他的鼻子。山帝往後一仰，鮮血從他的鼻孔裡冒出來，讓他錯愕地坐到車庫的水泥地板上。喬試著掙脫腳上的封箱膠帶準備逃走，可是山帝馬上又在她腳踝上纏了一圈膠帶，使她動彈不得。

山帝伸手摸摸鼻子，然後看著手指沾染的血跡。

「這是我活該。」他以一種聽起來相當理性的口氣說。他從後口袋掏出一條手帕，輕輕擦掉鼻血。「我問妳，喬，如果我告訴妳我殺了努爾米，妳能釋懷嗎？妳還願意和我一起生活、與我一起工作、像從前一樣愛我嗎？」

「我的天啊。」可怕的真相攤在眼前，讓喬頓時喘不過氣。「真的是你殺了她。」

「那是意外。」山帝站起身，從寶馬轎車的後視鏡檢查他鼻子受傷的狀況。「我去那裡不是為了殺她，我只想做我應該做的事來保護自己。妳知道，這件事不僅會終結我的政治生涯，那個袋子裡的底片還會讓我吃很久的牢飯。我可以接受自己的政治生涯毀滅，也可以接受其他的挑戰，可是我不想坐牢。要我坐牢還不如直接殺了我。」

「你打算殺了我？還有殺了寇克？」

「如果妳是我，妳會怎麼做？」

「你說過你愛我。」

山帝倚著寶馬轎車，雙腿隨意地交叉，彷彿在為廣告拍攝擺姿勢。「愛情這種東西，人們可能在轉角就遇上愛，愛情可以來得很容易。至於入主白宮，這種機會並不常有。」

「太令人無法置信了，我竟然傻到會相信你。」喬說。

「讓我告訴妳我認為什麼叫做偉大：將自己的能力和意志力以不凡的方式表現出來。這就是我，喬，我一向知道自己注定要做偉大的事。」他再次向她走近。「我現在要在妳的腳踝上纏膠帶，如果妳敢再用膝蓋攻擊我，我會揍妳，狠狠地揍妳。我不希望動手傷害妳，可是我真的會這麼做，妳聽懂了嗎？」

她沒有表示自己聽見了，或者同意他開出的條件，因此他先稍微躲開一點，伸手抓住她的腿。她突然把腳抬起來，往他的臉上踢去，但山帝的反應很快，立刻低下肩膀並且將頭歪向旁邊，宛如訓練有素的拳擊手閃躲攻擊。她的腳無效地踢中車門，而且幾乎在同一時刻，她馬上就感覺到他說過會動手打她的承諾。山帝重重地擊打喬的頭，讓她眼冒金星。等到她眼前的星星消失後，她的右耳發出耳鳴，下巴也嚴重顫抖。這時山帝已經將她的腳踝緊緊綁住，並且將吉普休旅車以倒車方式駛出車庫。山帝告訴喬他真的很抱歉，但是他不得不這麼做。

他沿著鏟過雪的車道駛向湖邊，然後在船庫旁將車子停下來，關掉引擎。

「我馬上回來。」他拍拍她的膝蓋說。他走進船庫，將電燈打開。

山帝用安全帶將喬緊緊綁在吉普休旅車裡，儘管如此，喬還是可以將身體往前傾，幾乎可碰到儀表板。她掙扎著用被綁在身後的雙手尋找門把，最後終於成功。她用手指握住冰冷的金屬門把，測試一下在機會出現時她能不能將門打開。她心滿意足地坐回原位，這時船庫裡的電燈熄滅了。

山帝回來時手裡拿著一個裝滿底片的透明塑膠袋，他將這個塑膠袋放在後座的地板上。他坐上駕駛座，再次發動吉普休旅車。「我把這些東西藏在放繩索的箱子裡，另外還有這個。」他舉起戴著手套的右手，他手裡正握著一把左輪手槍。「這是警察專用的點三八手槍，註冊使用人是寇爾克朗．歐康納。」山帝把車子開到結冰的湖面上，準備穿越鋼鐵湖前往莫麗．努爾米的木屋。「妳看。」他以一種得意的口吻說。在這一秒鐘之前，喬從來不覺得山帝的語氣如此討人厭。「當其他人都在湖裡找尋羅素．黯淡之水的屍體時，我在尋找寇克的手槍，因為我有一種預感，在他的打探下，我在某個時間點可能不得不與他交手。人生就像政治，有先見之明才能擁有一切。」

山帝開車時沒有打開前車燈，可是他依然可以清楚地看見前方，因為極光讓前方的飄雪變得五彩繽紛，而且月亮剛剛升起。奧羅拉那些住家的燈光從他們左方的遠處閃過並逐漸變暗，最後除了湖岸邊的陰暗樹林之外，沒有任何東西與山帝的吉普休旅車平行而立。

「我原以為可能要對努爾米使用這把槍。」山帝過了一會兒又說。「不過我只用它逼迫她走到湖面上。我以為只要讓她在湖面上站幾分鐘，她就會告訴我所有的事，結果她比我想像中還要強悍。然而沒有人能在這種寒冷的天氣中撐住，她在湖面上摔倒並且撞傷頭部，看起來像一場可怕的意外。」山帝瞥看喬一眼，他的臉上映照著萬花筒般的色彩，顏色隨著天際的極光而變化。「坦白說，我真心覺得妳和我一起到華盛頓發展會是很棒的事。」山帝說，語氣聽起來顯然相當失望。「我以為我們有相同的夢想，喬，但我猜是我誤會了。」

「你永遠無法達成你的目標，山帝。」喬說。「你看看你做了什麼：說謊、賄賂、勒索。」

「政治就是這樣。」他聳聳肩。

「那麼殺人呢？」

「我不是第一個殺人的政客，而且我認為我不會是最後一個。」

「我怎麼會愛上你？」喬痛苦地自責。

「妳怎麼可能不愛上我？當我決定要妳的時候，一切就已經確定了。我一向能得到我要的，喬，這就是我充滿魅力的理由之一，不是嗎？」

他們靜靜地繼續往前行駛，月亮也繼續升高。月光的亮度在那一小塊天空裡足夠蓋掉極光的色彩，也更清楚地照出鋼鐵湖與湖岸的細節。月光映照在螺旋狀的飄雪上，陰影就像雪地上的黑蛇。湖岸邊的常青樹看起來陰暗且參差不齊，喬試著思考：往那個方向而去，除了莫麗・努爾米的木屋之外還有什麼？如果她能夠逃走，可以往哪邊跑？她望著那些高大的松樹，希望能看到一盞明燈、一絲希望，可是她什麼都看不到。

「昨天在哈蘭・利頓家偷襲寇克的人也是你。」喬說。

「妳睡得很熟。」山帝笑了。「我出去了又回來，妳一直在夢境裡的安全鄉。我沒打算殺寇克，我只想要得到底片。事實上，我對努爾米也一樣。妳知道，只有在擋住我的去路時，我才會變得可怕。」山帝自嘲地笑了笑。「我不像我父親，他是一個真正的渾球。他死了之後，我發現他的鑰匙和其他的東西，因此找到了他在杜魯斯的辦公室以及利頓那個儲物倉庫。寇克說的一切都沒錯，那個老王八蛋記錄了鎮上的各種壞事，他甚至有我的檔案。我猜他有個想法，他打算等我到華盛頓之後威脅我，讓我對他言聽計從。如果他沒有自殺，到最後我可能真的會被他操控。」山帝說，並且從外套口袋裡拿出一捲錄音帶。「妳聽聽這個，也許可以幫助妳理解一切。

在過去一、兩年的時間裡，這個狡猾的王八蛋錄下他辦公室裡的每一段談話。他根本就是鋼鐵嶺的理查．尼克森[42]。」

他把錄音帶放進儀錶板的錄音帶播放器裡，按下按鍵讓錄音帶快轉一會兒，接著放開按鍵。

「……在競選期間，該死。」山帝憤怒的聲音出現在錄音帶裡。

山帝再次快轉。

「……我不懂，羅素。」山帝的聲音再次傳出，語氣依然憤怒。「你做得明明很好，為什麼要搞出這種事情搞砸一切？」

「你給我聽著，你這個有錢人家的少爺——」羅素．黯淡之水試圖打斷他。

「不，你才給我聽著。我不打算因為你盜用公款而輸掉這次選舉。」

「山帝，你有什麼建議？」這是法官的聲音，他的語氣聽起來很平靜，而且似乎覺得這件事有點可笑。

「老天，我不知道。弗儂，你為什麼不管好你這個幼稚的孩子？」

「他是個男人。」弗儂．黯淡之水憤慨地回答。「不是什麼幼稚的孩子。」

「他在賭場搞的勾當，讓我懷疑他是不是個男人。」

門鈴聲在背景中響起。

「我有一個提議。」法官插話表示。「我找了裘強過來，我想我們可以一起理性地討論這個問題。山帝，你可以去開門嗎？」

山帝．帕倫特伸手按下按鍵，再次讓錄音帶快轉。

「……裘強，你到底想要什麼？」是山帝的聲音。

「族人值得更好的待遇。」裘強回答。他聽起來自負又憤怒。「我以為你會理解並幫助我們。」

「我確實理解。」山帝堅稱。「我也很想幫忙。」

「我不這麼認為，我覺得你只擔心你自己。」

「坐下來，裘強。」法官命令道。他停頓了一會兒，改以較為客氣的口吻說：「請你坐下來，我想與你進行最後一次協商。」

接下來是一片靜默。喬在吉普休旅車裡傾身向前，努力想聽清楚錄音帶裡的內容。然後錄音帶裡傳來某人重重地坐到椅子上的聲音。

「謝謝你。」法官繼續說。「自從你第一次偶然發現這些事之後，我就一直認為我們所能提供的普通誘因對你而言不具吸引力。裘強，我仔細觀察過你，你從一個醉漢變成一個具有充分理由自重之人，我認為你不可能輕易放棄這種得來不易的自尊，更不可能為了金錢就放棄。今晚你已經證明了這一點。我想在此表達，我很感謝你答應在我們有機會解決問題之前不公開一切。現在，我兒子不能輸掉這場選舉，而且基於許多理由，羅素・黠淡之水應該繼續管理賭場，因此我從外面找了一位談判代表，來幫助我們達成決議。裘強，我相信這個人已經準備向你提出一個你

42 譯注：理查・尼克森（Richard Nixon，1913.01.09—1994.04.22）是美國政治家，曾任聯邦參議員，並於一九六九年至一九七四年擔任第三十七任美國總統。尼克森於一九七四年因水門案（Watergate scandal）成為美國歷史上唯一一位在任期內辭職下臺的總統。水門案是一樁政治醜聞，位於華盛頓特區水門綜合大廈的民主黨全國委員會於一九七二年遭人侵入，時任總統的理查・尼克森及其內閣試圖掩蓋事件真相並阻撓國會調查。一九七三年七月，受到調查的白宮幕僚為了脫身，主動表示理查・尼克森在就任總統後曾在整個白宮安裝由語音啟動的錄音系統，並且錄下白宮中幾乎所有的談話。

無法拒絕的提議。哈蘭？」

一扇門打開的聲音傳來。

「搞什麼——」裘強說。

三聲槍響。三聲幾乎接續的槍響。錄音帶裡傳出的聲音很大，讓坐在吉普休旅車裡的喬嚇了一大跳。

「我的天啊！」錄音帶裡的山帝．帕倫特大喊。

坐在駕駛座上的那個真正的帕倫特，嘴裡也輕聲嘟囔著這四個字，彷彿他已經聽過這捲錄音帶一百遍並且能背誦出裡面的對話。

「老天！」羅素．黯淡之水驚呼。

「各位，就是這麼簡單。」法官總結道。「所有的問題都解決了。」

山帝按下播放器的停止鍵。

「一切發生得太快，我完全無能為力。」他解釋道。

「但是你可以選擇，不是嗎？」喬不高興地表示。「你可以揭露一切並因此輸掉選舉，或者保持沉默。」

山帝的臉色在黑暗中變得緊繃。他激動地說：「我生來就注定要成為不凡的偉人，我這輩子都很清楚這一點。就算我遇上很糟的事，眾神還是會青睞我，幫助我突破逆境。命運之神已經對我微笑，把所有能把我牽扯進來的人全都消滅了：我父親、利頓，還有黯淡之水父子，這些人全部都消失了。根本沒有人懷疑過我，除了妳那個該死的丈夫。」山帝目不轉睛地透過擋風玻璃直視前方，並且將吉普休旅車的車速放慢。「我們到了。」

喬看見了外形方正的黑色三溫暖房，並且從樹林間看見位於較遠處的木屋。莫麗的木屋裡亮著燈，她記得寇克在稍早離開時已經關掉所有的燈，因此這意味著寇克已經在木屋裡，毫不知情地等他們到來。這一切都是她的錯！天啊，她怎麼會如此愚蠢、如此盲目？

山帝把吉普休旅車停在三溫暖房後面，從莫麗的木屋那邊無法看到車子。他拔出車鑰匙，將車鑰匙放進牛仔褲的口袋裡。「應該不必花太多時間。」他拿起放在膝蓋上的左輪手槍。

「你該不會打算——」喬開口。

「殺了他？冷酷無情地殺了他？如果我必須這麼做，我會的。但我認為我不會殺他，至少暫時不會。」

他從口袋裡拿出那捲封箱膠帶，撕下一段然後貼住她的嘴。他把手伸進置物箱，拿出一支手電筒。他從駕駛座下車後，走到喬那邊並將車門打開。他拿出他的折合式小刀，啪地一聲將刀刃彈出。

「我要割開妳腳上的膠帶，好讓妳方便走動。我不想傷害妳，但如果妳輕舉妄動，我絕對不會手下留情。」

他慢慢蹲下來，小心翼翼地用小刀將她腳踝上的膠帶割開。

他把她帶到三溫暖房的門口，說：「到裡面去。」

他將手電筒打開，三溫暖房裡有三層座位，以堅硬光滑的西洋杉木板打造而成。山帝叫喬坐到最高的那一層，然後用封箱膠帶再次綁住她的腳踝。

「我先去偷看一下，確保寇克不會給我任何驚喜。我馬上就回來。」

山帝從三溫暖的座位走下來，關掉手電筒，將喬留在一片黑暗中。山帝躡手躡腳地繞到三溫暖房的另一側，朝著木屋走去。喬聽見三溫暖房外面那個小露臺的木頭地板發出吱吱聲響，等聲音停止後，她又多等了一會兒，然後才側躺下來，讓身子從一層又一層的西洋杉木板上滾下。當她終於撞到地板時，她的右肩發出猛烈的疼痛。她匆忙地滾往門邊，那扇門是往裡面開的，她只好把自己推到牆邊，想辦法貼著牆面站起來。她在黑暗中用被綁在身後的雙手摸索門把的位置，最後終於被她找到。她把門打開一條縫隙，她的身體正好可以從縫隙擠出去，整個人跌在外面的露臺上。

她像一隻尺蠖，彎起身子然後又挺直身子，就這樣沿著露臺往邊緣爬去。她終於來到露臺邊緣，露臺距離地面的冰層有三英呎高。她想辦法讓身體與露臺邊緣處呈平行，然後往下滾。由於寒風將積雪吹成高低不平的冰層，她滾落之處幾乎沒有東西可以緩衝頭部的撞擊，讓她在這個晚上第二次眼冒金星。她的頭感覺又昏又熱，彷彿裡面裝滿某種燒焦的液體。即使頭昏眼花，她依然能意識到一件事：重要的時間正一分一秒地流逝。她受傷的肩膀在掙扎時發出劇痛，可是她馬上開始遠離三溫暖房，朝湖邊一棵後方長著小灌木叢的松樹移動，那棵松樹距離她目前的位置只有十幾碼遠。她在冰上扭動身體，以靴子側邊來推動自己。她身上的外套是尼龍羽絨外套，光滑的材質可幫助她輕鬆滑過冰面，這是她整晚唯一的幸運。

五英呎。十英呎。她強忍著不讓自己暈倒。該死，她絕對不能暈！她要將痛苦化為憤怒，絕不輕言屈服，她不會讓山帝稱心如意的。那棵松樹和那片灌木叢似乎非常遙遠，如果她到不了那裡，也許可以找其他的替代方案。她急迫地環顧四周，想在靠近湖岸邊的地方找一個夠深邃的雪堆，好讓她躲進去並用雪蓋住自己。他會不會發現她？他有沒有辦法在夜裡追蹤尺蠖留下的痕跡？她穿著一身深色衣物，這個錯誤讓她深深後悔，就像她後悔愛山帝一樣。她應該很容易被人發現，尤其在超乎尋常的極光與冉冉上升的月光下。她最大的希望仍然是在山帝回來之前抵達灌木叢。

她沉重地喘著氣，用力推動自己的身體，移動的距離從一英吋變成一英呎，再從一英呎變成一碼，那棵松樹幾乎就在她伸手可及之處了。她看了那個被白雪覆蓋的灌木叢一眼，如果她能順利抵達那裡，躲到樹叢裡面，山帝可能永遠都找不到她。她希望山帝不會殺死她或寇克任何一人，除非他確定自己有辦法將他們兩個都除掉。

喬不顧腦子裡的昏沉、肩膀上的劇痛，卯足了勁加倍努力。過了一會兒，她撞到一個硬硬的東西。這肯定是那棵松樹的樹幹了，她如釋重負地暗忖。當她抬起頭想衡量一下到灌木叢的距離時，發現擋住她去路的並不是松樹，而是山帝・帕倫特的左腿。

「如果妳連試都沒試過，我絕對會感到失望。」山帝說。「我一向認為妳最吸引人的地方就是妳的頑強。」他拿出小刀，蹲下來，輕聲地說：「妳也是一個渾球。」他將她腳踝上的膠帶割開，粗暴地將她拉起來。

「走吧。」他說。「那個傻瓜在等我們了。」

47

寇克坐在廚房的桌子旁，面對著後門。他穿著外套並戴著絨線帽，不過已經脫掉手套，皺皺的手套放在他面前的桌上。木屋裡很暖和，但這不是他脫掉手套的原因。

後門突然打開了，帕倫特帶著喬走進來，寇克看見喬被綁住的手腕和她嘴上的膠帶，以及帕倫特手中那支眼熟的左輪手槍。

「你打算殺光整個郡的人嗎？」寇克問。

「如果有必要的話。」

「所以先從我們開始下手。」寇克總結道。

「看情況。」山帝回答。

「我們都很清楚不需要看情況。」寇克說。然後他問喬：「妳還好嗎？」

她點點頭。

「在我做出決定之前，我們還有很多事要談。」帕倫特表示。

「鬼扯，你早就已經決定了。」

帕倫特用左輪手槍抵著喬的太陽穴。「我要知道一件事：還有其他人知道底片的事嗎？」

「有。」

「誰？」

「你希望我回答這個問題？這好比要我簽下這些人的死刑令一樣。」

「不見得。」帕倫特說。「有些人是可以被收買的。事實上，大多數人都可以被收買，或者他們很容易被嚇唬。到底還有誰知道？」

「我騙你的。」寇克對山帝說。「沒有人知道。」

「我不相信。」帕倫特一邊揉著鼻子一邊思忖。「讓我告訴你我準備怎麼做。從現在開始，只要我聽到我不信的答案——」他伸出手摟住喬，並且用點三八手槍對準她的腳。「——我就對著喬的四肢開槍。」

「你真的會這麼做？」

「也許。也許我只是在唬你，但是你仔細想想我的處境，我是一個渴望入主白宮的人，在必要的情況下，我必須冷酷無情。所以你覺得呢？我真的會這麼做嗎？」

帕倫特的眼神清澈，像蛇一樣眨也不眨一下。「我們重新來過。」他說。「你有沒有告訴其他人關於底片的事？」

「沒有。」

「你有沒有和別人談過你對我的懷疑？」

「沒有。」

突來的槍聲讓寇克像被子彈擊中般抽搐了一下。喬被膠帶封住的嘴巴發出尖叫，同時試著掙脫帕倫特的掌控。寇克將他放在大腿上的溫徹斯特步槍從桌底下抽出來，步槍的保險已經打開，子彈也已上膛。在最短的時間內，他對準帕倫特開了一槍，但他顯然沒有射中，因為帕倫特正將喬拉回他身旁。寇克遲疑了一下，山帝．帕倫特就等這一刻。

「放下你的步槍！」山帝對著寇克大喊，並將左輪手槍對準喬的後腦。「我沒有對她開槍，可是我發誓我會直接殺了她。」

寇克看見喬雖然搖搖晃晃地站著，不過她毫髮無傷。於是他把步槍放到地板上。

「這就是邊緣政策，歐康納。」帕倫特帶著勝利的口吻解釋。「這是我相當擅長的遊戲。相形之下，約翰・甘迺迪只不過是個他媽的業餘玩家。」帕倫特重新緊緊抓著喬，用手摟住她，並且再次拿槍對準她的腳。「我向你保證，下一次我絕對會射中她。我再問你一遍，你有沒有告訴任何人關於底片的事？」

「沙諾。」

「什麼時候？」

「我今天去找他，我們討論了遊戲科技的事。」

「沙諾。」帕倫特思忖了片刻，可是沒有顯得太沮喪。「我有他的把柄，我可以對付他。」

「我覺得你低估了沙諾。」寇克說。

「還有沒有人知道底片的事？」

「沒有了。」

「你有沒有和任何人討論過你對我的懷疑？」

「神父。」

「湯姆・格里芬？你找他告解？」

「我已經很多年沒有告解了。」

帕倫特深深吸了一口氣，思考了一下這件事。

「他有把這件事說出去的自由。」寇克提醒山帝。「也許他已經說出去了。山帝，你最後可能不得不把整個奧羅拉的人都殺光。」

「可是他不知道底片的事？」

「就像我說的，除了沙諾之外沒有人知道。」

帕倫特低頭看了一眼，彷彿準備朝著喬的腳開槍。「我覺得你在說謊。」

「我要如何證明我沒說謊？」寇克急忙問。「聽著，我已經將兩個人的性命置於危險中，我還要怎麼做才能讓你滿意？」

帕倫特將手伸進外套口袋，拿出一把小刀。他小心翼翼地將刀刃彈出，把刀移到喬的背上。

「老天，不要，山帝！」寇克幾乎要從椅子上站起身來。

帕倫特割開喬手腕上的膠帶。「把膠帶撕掉。」他對喬說。

她照著他的話去做，將自己手腕上和嘴上的膠帶撕下來丟在地上。「我很抱歉。」喬對寇克說。

「沒關係。」

「到他旁邊去。」山帝說，並將喬推向寇克，然後彎腰撿起散落在地上的膠帶，放進口袋。他拿出那捲膠帶，丟給寇克。「用膠帶綁住她的手腕。」他命令道。

喬原本一頭霧水，但隨即就明白了。「指紋。你希望膠帶上有寇克的指紋。」

「所以看起來是我綁架妳並且殺了妳。」寇克說。

「但你必須因為心煩而發狂。」喬又說。「你要因為什麼事而心煩呢？」

帕倫特將手伸進他的外套裡，拿出幾張摺起來的照片。他把照片扔到桌上。「把那些照片拿起來。」他指示寇克。

寇克拿起那幾張照片，是他和莫麗在三溫暖房擁抱的照片。那些照片是透過夜視鏡從湖面某處拍攝的，肯定是哈蘭·利頓的傑作。

「這些就是他拿給妳看的照片？」寇克問喬。

「對。」

「現在這些照片也有你的指紋了。」帕倫特得意地說。

「我的槍，膠帶上的指紋，以及這些照片。」寇克點點頭，宛如十分欣賞如此周全的計畫。「我們因為我死去的情人而爭吵，我在發狂的情況下殺了喬。山帝，然後呢？我畏罪自殺？還是像裘強・勒博一樣從人間蒸發？」

「替她綁上膠帶。」帕倫特說。

「寇克，我們該怎麼辦？」喬問。

「照著我說的去做。」帕倫特威脅道。

「不然呢？」寇克問。「反正你終究會殺了我們。」

莫麗爐子上的茶壺突然跳了起來，從爐子上滑出，把帕倫特嚇了一跳。他揮舞著左輪手槍，射出一發子彈，那枚子彈射進牆裡。「怎麼回事？」

「半獸人。」寇克說。「山帝，你知道半獸人是什麼，不是嗎？」

「是他媽的童話故事。」

「讓那個茶壺跳起來的可不是童話故事。」寇克說。

外面起風了，洗碗槽上方的窗玻璃嘎嘎作響。木屋周圍的黑夜中傳來一聲長長的低嚎，那不是風聲，而是包藏在風中的嚎叫。在那聲嚎叫中，可聽見山帝・帕倫特的名字。

「半獸人在呼喚你，山帝，你知道這代表什麼意思嗎？」

帕倫特憤怒地盯著窗戶。「這表示有個小丑會和你們一起死。」

「你沒辦法用那把槍殺死半獸人。」寇克對他說。「半獸人也喊了羅素・黯淡之水和哈蘭・利頓的名字。黯淡之水知道自己被半獸人盯上了，他隨身帶槍，可是毫無幫助。」

「我才不相信那些廢話。」

「山姆・凜冬之月曾經告訴我，樹林裡的東西比你能看到的還多，也比你希望理解的還多。」

「閉嘴！」

帕倫特將左輪手槍對準喬的心臟，彷彿就要開槍以結束這一切，但是廚房裡的電燈突然熄滅了。寇克趁機把喬推到一旁，自己也往另一邊跳開。帕倫特開始瘋狂開槍，在失去光線後的盲目中，寇克展開雙臂，撲向帕倫特原本站著的地方。他將對方抱在懷裡，兩人一起摔倒在地上，寇克聽見點三八手槍在地板上滑動的刮擦聲。

帕倫特從寇克懷中掙脫，瞬間重新站起來，然後狠狠踢了寇克的肋骨。寇克滾到一旁，也站了起來。帕倫特面向寇克，在黑暗中揮出拳頭，一拳又一拳地擊打寇克的身體。寇克跌跌撞撞地往後退，一路敗退到撞上洗碗槽。他彎著腰發出咕噥聲，試圖保護自己卻徒勞無功，因為帕倫特不停搥打他的身體兩側與頭部。

此時，突然傳來一陣陶器的碎裂聲，讓帕倫特停下動作。月光從洗碗槽上方的窗戶照進屋裡，穿著一身乳白色衣褲的帕倫特抱著頭踉蹌地後退。寇克試著移動並發動攻擊，可是肋骨的疼痛使他無力進擊。

喬伸出手拉住寇克的手臂，她的聲音催促他：「寇克，快走！」她推著他穿過後門，進入寒冷的夜色中。喬一路拉著寇克往樹林奔去，試圖尋找遮蔽物。

他們還沒跑到第一棵樹，寇克的左輪手槍就已經從木屋對著他們發射子彈。喬拚命奔跑，在樹林和灌木叢間穿梭，也在積雪和飄雪中努力掙扎。她跑到幾乎喘不過氣，才冒險地回頭看一眼。寇克不見了。她停下腳步，轉過身來，瘋狂地在樹林中尋找寇克的蹤影。一個黑色的身影從旁邊的樹幹冒出來並靠向她，讓她差點發出尖叫，然後她才認出對方是亨利・梅魯那個老先生。

「到這裡來。」梅魯低聲地說，並且指著一棵西洋杉。那棵西洋杉的樹枝在積雪的重量下彎得很低。

「寇克——」喬試著開口。

老人不理會她。「快點進去。」他將其中一根西洋杉樹枝拉到一旁，雪地裡頓時出現一個凹洞，一個小小的避難所。他催促喬進去，他的力氣大得令她驚訝。「那個人快到了。」他小聲地說。

不到一分鐘後，山帝已經穿過樹林，用手電筒的光束掃視著地上的積雪。喬意識到他正在追蹤她的足跡，再過幾秒鐘，他就會來到梅魯遇上她的地方，足跡會把他帶到他們的藏身之處。梅魯臉上沒有露出恐懼，只有強烈的專注。

這時，木屋那邊傳來寇克近乎大吼大叫的聲音，讓帕倫特猛然停下腳步。他轉過身，開始吃力地往回跑。

「寇克有危險！」她低聲地說，心裡非常害怕。

「我會找到寇克的。」梅魯說。「待在這裡。」

「我怎麼可能待在這裡不管寇克。」

老人伸出有力的手拉住她。「妳有孩子，想想他們。」

梅魯一轉眼就消失了，留下喬獨自一人在西洋杉樹枝底下的安全洞裡。

48

在樹林裡數十碼處，寇克知道自己跟不上喬的步伐了，因為腎上腺素無法蓋過他的疼痛，亦無法恢復他因長期抽菸而導致的呼吸急促。隨著喬越跑越遠，寇克直接找了一個地方躲起來。他發現一處被積雪覆蓋的灌木叢，然後用盡全力跳進去，灌木叢另一頭的深雪在他落地時形成緩衝。他爬進可供掩護的藤蔓底下不到幾秒鐘，帕倫特就從他身旁衝過去追喬。

寇克不知道喬能跑多遠，但他希望為她提供最大的機會安全逃離，於是他又從安全的灌木叢中爬出來，在山帝的手電筒光束距離他四、五十碼遠時大喊一聲。他原本想發出挑戰式的吶喊，然而肋骨上的刺痛讓吶喊變成痛苦的哀嚎。儘管如此，這聲喊叫還是達到了效果。帕倫特轉過身來追寇克，寇克開始逃命。

他繞過木屋，但沒有試著進屋裡找步槍，因為在屋裡四處摸索、期望在帕倫特發現他之前找到溫徹斯特步槍的風險太大。相反地，他一路奔往位於東北一英哩處蘇必略國家森林那片遼闊的荒野。

他麻木地跑過深及膝蓋的積雪，笨拙地抬起一棵倒下的樹木，來到另一側的一堆樹枝中，結果雙腳被樹枝纏住。當他設法掙脫那些樹枝時，順便回頭往後方的樹林張望。沒有人，沒有任何動靜，只有聲音。冷風拂過他的頭頂，吹過松樹頂端，在所經之處不斷讓樹枝發出刮擦和呻吟。更遠處的東邊傳來深沉的聲響，宛如喉嚨深處發出的咕嚕聲，寇克認出那是溪流湍急的水聲。半英哩泉。水流從高地湧出，順著深溝快速流向湖面。顧名思義，這道泉水從源頭到終點並不長，因此即使在最冷的冬天，泉水也從來不曾結冰。

寇克還注意到別的東西：風裡有木頭燃燒的煙味。梅魯的小屋！那個地方離半英哩泉不遠。寇克試著思索梅魯是否擁有槍枝。這位老先生曾是一名獵人，而且據說是個偉大的獵人，但是他有還能發射的槍枝嗎？

寇克知道自己應該繼續移動，然而有兩件事讓他留在原處：一是他想確定帕倫特還跟著他。如果帕倫特正在追他，就表示喬可能有機會順利逃走。二是他無法動彈的簡單事實。腎上腺素已經從他身體退去，取而代之的是灼熱的疼痛感。他的肋骨被毆打太多次，使他無法挺直身子，甚至無法呼吸。就算只是稍微動一下，他的胸口也會發出一陣刺痛。

他把手套留在莫麗家的廚房桌上了，他的雙手在夜晚的低溫中變得相當脆弱，因天寒地凍而開始疼痛。他試著對著雙手呵氣以取暖，可是肋骨處的刺痛讓他幾乎無法吐氣。

手電筒的光束像弓箭般射過樹林。寇克試著站直身子，不過肋骨處的刺痛讓他疼得彎下腰並發出呻吟。手電筒往他這邊照來，當燈光從身旁閃過時，他急忙蹲到一根斷木後方。他想到後方就是峽谷，但即使他能躲過帕倫特的手電筒光束，峽谷深邃崎嶇的山壁與半英哩泉奔騰的水流也讓他無處可走。他最大的希望是轉往鋼鐵湖邊、穿越冰面，然後躲進梅魯的小屋。不過，他必須先躲過帕倫特。隨著帕倫特邁出的每一步，這種可能性變得越來越小。

點三八手槍突如其來地開火，讓寇克嚇了一跳，可是他附近並沒有任何東西被子彈擊中。帕倫特又開了槍，寇克冒險從木頭上方看了一眼，帕倫特的手電筒光線正來回擺動，掃視著左側的樹林。他到底在對什麼東西開槍？莫非是喬？老天，千萬不要！寇克防備地站起身子，開始大吼大叫以吸引帕倫特的注意，但這時突然有一隻手放在他的肩膀上，阻止他繼續這麼做。

梅魯在寇克身旁蹲著，對著寇克招招手，接著開始以雙手雙腳爬行的方式朝峽谷那邊爬去。

寇克照著梅魯的動作移動，下巴貼在雪地上爬行。爬了一小段距離之後，這個老先生才站起身來，邁開大步往前走。雖然他年紀已經很大，但是動作優雅。寇克也跟著他做，不過動作沒那麼優美，而且速度緩慢許多。

他回頭看了一眼。手電筒的光束消失了。

喬咒罵那個老先生。她咒罵梅魯，因為他讓她心生恐懼。

她在莫麗．努爾米的廚房時感到非常氣憤，因為她當時被困在看不見出路的處境，讓她氣得失去思考能力。她因為山帝的真面目而憤怒，也因為他隱瞞得那麼好而憤怒，更因為自己的愚蠢和盲目而憤怒。老梅魯為她提供的庇護所改變了一切，她不再有被逼到絕境的感覺，也有了希望，但是還有一些她意想不到的東西伴隨這種希望出現：恐懼。恐懼壓倒了一切，導致她強烈地發抖，彷彿她非常冷。她從來沒有如此害怕過，如今她知道因為膽怯而全身麻木是什麼感覺了，因為她此刻覺得自己無法動彈。

她照著梅魯所說的去做，心裡想著孩子們。倘若寇克和她都遭到殺害，孩子們該怎麼辦？她試著精確回想他們遺囑裡的措辭。她希望蘿絲成為孩子們的監護人，她很清楚地表明這一點。當然，這不表示法院一定得遵從她的意願，除非沒人對這項要求提出異議。孩子們將失去雙親，這時的喬比以往任何時候都更清楚地意識到他們在世界上將會變得多麼孤單。老天，她和寇克應該團結，他們必須找出存活的方法。

她看著自己蜷縮在陰暗的小洞裡，心裡充滿了厭惡。寇克發出大喊使她免於被山帝發現，老梅魯也讓自己置身於危險之中，儘管這個麻煩根本與他無關。

但我卻躲在這裡，像隻該死的兔子一樣躲起來。她冷冷地思忖著，在憤怒與自我嫌惡中漸漸恢復鎮定。

她又聽見山帝開槍，其中兩槍來自一段距離以外之處，似乎已遠離莫麗的小屋。如果她打算移動，如果她要採取任何行動，現在是時候了。

於是她推開樹枝、爬出小洞。在她的後方，沿著鋼鐵湖走幾英哩路，就是奧羅拉的安全區了。她辦得到的。她緊貼著樹林小心翼翼地移動，她辦得到的。這麼一來，寇克和老梅魯就得獨自對付山帝了，倘若寇克和老梅魯都還活著。如果他們已經死了，她就是山帝需要清除的唯一麻煩，他會盡全力殺死她。每當山帝想要任何東西時，他一定會盡全力做到。

她往南望向奧羅拉，以一種極為思念的眼神望向她的孩子們與蘿絲身處的安全之境，然後轉身開始往木屋的方向奔去。

她在空地邊緣停下來，研究著黑暗中的木屋。最後一槍是從很遠的地方傳來的，她相信山帝還沒回來，但是她靜靜地等著並仔細觀察。月光和極光使得空地和木屋變得清楚可見，再次開始吹拂的寒風讓松樹上及木屋屋頂上的積雪飛起，白色的漩渦如鬼魅般在她面前舞動，四周沒有半個人影。喬最後終於衝到木屋門邊，安靜地開門進去。她跪在廚房地板上，藉著月光找尋寇克掉落的步槍。她發現步槍被踢到護壁板邊，便將步槍拾起並握在手中。

喬透過廚房洗碗槽上方的窗戶，仔細觀察空地和木屋之間那條延伸至湖邊的小路。她身處的木屋在強風中發出呻吟般的聲響，飛散的雪花被強風吹過空地。她的雙腿在顫動，全身因為可怕的念頭而不停發抖。她想過用步槍殺死山帝．帕倫特。不到十五分鐘前，她可以毫不猶豫地動手，但此刻她很懷疑這一點。如果真的有必要，她能扣下扳機嗎？她真的有辦法動手殺死他嗎？無論如何，這可能是一個沒有實質意義的問題，因為她根本不確定自己能否平穩地發射步槍。即便如此，她依然能明白老亨利．梅魯的智慧：倘若她剛才懷著怒氣盲目地衝出那個小避難所，唯一的結果只會害死自己，而現在她至少還有機會活下去。

一個身影從樹林中出現，大步跑向那片空地。喬舉起步槍，透過窗玻璃想看清楚對方。她不知道自己能否開槍擊中那個移動的目標，也不確定那人是誰。她的手因為死命握緊步槍而發痛，全身彷彿因為寒冷而劇烈顫抖。那個身影轉向小路往湖邊走去，這時喬才看清楚那個人是山帝。可惜為時已晚，他已經離得太遠。她看著山帝以小跑步方式經過那排老舊的小屋，消失在三溫暖房後方。喬感覺一陣欣慰，因為山帝不是來找她的，她不必開槍。

然而山帝要做什麼？

她打開後門，在強風吹過樹梢的聲音之外，她還聽見了吉普休旅車引擎發動的聲音。過了一會兒，她看見車子在黑暗中緩緩駛過冰面。

山帝要去哪裡？

然後她想起了剛才的兩聲槍響，心裡一沉，知道他要去確認寇克和梅魯的屍體。

半英哩泉的聲音在峽谷中變成小小的轟鳴。梅魯回過頭，望著他們身後的樹林，搜尋著是否有帕倫特的蹤影。

「喬還好嗎？」寇克一趕到梅魯身旁就嘶啞地問。他用手壓著肋骨處，站立時必須彎著腰，彎到他必須抬頭才能看著老先生佈滿皺紋的臉。

「安全。」梅魯回答。

「感謝老天。」寇克喘著氣說。他咳了幾聲，並在疼痛來襲時發出呻吟，回應著帕倫特對他的每一擊。

「你的手。」梅魯說，並示意寇克向他伸出手來，完全無視寇克疼痛的表情。

寇克赤裸的手變得很不靈活，而且沒有知覺。老先生脫掉自己的針織手套，用滿是皺紋的手握住寇克的手，可是寇克甚至感覺不到老先生的觸碰，更遑論老先生手中的熱量。老先生對著寇克的雙手吹吐熱氣並輕輕揉搓，一邊不忘留意樹林裡是否出現帕倫特的身影。寇克聞到老先生的衣服、皮膚與頭髮飄散出鼠尾草的氣味。

過了一會兒，寇克開始覺得指尖發麻，他知道自己可能被凍傷了，可是麻痺感迅速變成劇烈的刺痛，反而讓他鬆了一口氣。

「這個給你。」梅魯將自己的手套戴到寇克手上。寇克想拒絕，可是老先生要他安靜，並示意寇克繼續跟上，沿著深谷往湖邊走去。

喬很安全，但是她在哪裡？她能安全多久？

他們來到一個可以俯瞰鋼鐵湖的懸崖。在二十英呎下的岩石底部，半英哩泉從那裡流進鋼鐵湖黑色的開闊水域，一條黝黑細長的流動水舌伸進了結冰湖面中數十碼處。梅魯沿著懸崖走，直到他們抵達一棵獨自生長的高大松樹邊，接著又小心翼翼地往下走。雖然有月光和極光的照明，寇克自己也不可能看見這條路。他明白梅魯一定熟知鋼鐵湖的這個區域，因此他盲目地跟著老先生往前走。

亨利．梅魯站在冰面上等寇克跟上，他與鋼鐵湖的開闊水面保持著安全距離。狂風將白雪吹落山崖，雪花像閃閃發亮的魔法亮粉在他四周飛散。月光之下，梅魯在冰面上的影子變得相當巨大，寇克覺得自己彷彿突然看見了這位老先生的另一面，那個長長的黑色身影才是真實的梅魯，一個了不起的狩獵精靈，既沉默又強大。寇克非常感激這位老先生能夠陪在他身旁。

寇克以為他們要繞過開闊水域周圍的薄冰，然後往梅魯位於烏鴉角的小屋避險，可是老先生的做法令他大吃一驚，因為梅魯開始帶著他往莫麗家的方向走。

「亨利？」寇克伸手拉住梅魯的手臂。

「我們一直是兔子。」梅魯解釋。「但現在應該要變成一種更具危險性的動物。莫麗・努爾米的三溫暖房附近停著一輛車，他很快就會去那裡。」

梅魯掀起他方格厚毛衣的下緣，他的腰帶上掛著一個刀鞘。老先生從刀鞘裡抽出一把獵刀，那把六英吋長的獵刀在月光下閃著冷光，寇克看得出那把刀的刀刃已經被磨得無比鋒利。梅魯把獵刀交給他。

「要殺死半獸人，必須也成為半獸人。」老獵人嚴肅地建議。「他必須有一顆冰凍的心，不能有任何遲疑。」

梅魯開始沿著湖岸線大步前進，寇克緊緊握著刀，試圖將注意力從自己肋骨上的刺痛移開。

現在應該要成為一種更具危險性的動物。

他想起幾十年前和山姆・凜冬之月一起獵熊的情景，也想起那隻碩大的動物如何擺脫他們的追蹤並偷偷繞回來。當那隻熊從漆樹林中衝向他時，他感到多麼驚訝。那種出人意料的戰術非常狡猾，只不過有個問題：他們最後還是殺死了那隻熊。

喬快步走到鋼鐵湖邊，想看清楚山帝開著車往哪個方向去。強勁的寒風在冰面上吹拂，將刺骨的寒意吹到她臉上，她的眼睛被刺激得淚流滿面，只能隱約辨識出黑色的車影沿著湖岸邊小心翼翼地在冰面上移動。引擎聲在風中微弱地傳來，雖然她不太熟悉這座湖，但她知道那個方向有一座小小的水泉。泉水再過去就是烏鴉角，寇克會去那邊拜訪亨利・梅魯。

山帝知道梅魯家在那個方向嗎？如果他知道，他可能知道寇克會朝那個方向前進。倘若真是如此，可能意味著兩件事：寇克和老先生都還活著，而山帝・帕倫特打算在他們到達梅魯的小屋之前除掉他們。

她開始穿過冰面，正好山帝那輛車的剎車燈亮了一下，紅得就像夜魔的雙眼，然後又熄滅。喬停下腳步，思考著山帝的舉動。他為什麼要把車子停下來？如果寇克和梅魯打算回梅魯的小屋，山帝不是應該繼續往前開嗎？或許他們不準備回梅魯家，或許他們正回頭穿越冰面，朝著山帝直奔而來。

喬開始跑起來。

峽谷和莫麗家之間的湖岸線呈鋸齒狀的內向弧形，中間夾著幾個小水灣和長滿矮松的小型岩石半島。寇克和梅魯兩人直接往三溫暖房走去，這條路線使他們遠離湖岸的弧線，也遠離了遮蔽物。寇克知道這是大膽又危險的舉動，但可以讓他們更快抵達梅魯發現的那輛車。

他們走了沒多遠，梅魯就停下腳步。

「聽。」老先生說。

寇克將耳朵轉向莫麗家的方向，可是他只聽見強風在他身後吹拂的聲音。

「那裡。」梅魯指指右前方的暗處。

寇克什麼都看不到。

「在下方的冰面上！」梅魯說，並且突然轉身往湖岸線走去。「動作快！」老先生開始奔跑，他這次不是大步前進，而是全面撤退。

寇克盲目地跟著梅魯，但是過了一會兒，他就明白了。

車頭燈在右前方的暗處亮起，彷彿一頭野獸睜開了眼睛。帕倫特的吉普車開始朝著他們駛來，他們距離湖岸只有五十碼，但也可能有一英哩遠。寇克知道他們已經逃不了了，無論腎上腺素如何刺激他的肌肉，麻痺他的痛苦，都已經沒有用了，他無法依著自己必須使用的方式奔跑。至於梅魯，雖然梅魯的本領驚人，但他終究是個老人，帕倫特會在他們抵達安全地區之前就先輾過他們。

寇克突然從梅魯身旁走開，走向半英哩泉的懸崖。當他回頭看時，帕倫特已經將吉普休旅車減速，甚至幾乎停下來，彷彿心存疑惑。寇克也停下腳步，轉過身子，讓自己清楚地暴露於車頭燈的光束中。

「我在這裡，你這個王八蛋！我才是你要對付的人！」

寇克動也不動地站在湖面上，逃走的緊迫感已經消失，取而代之的是深沉的平靜。這種平靜就像日蝕的光環一樣，激發出他終結一切的強烈決心。

梅魯說過，要殺死半獸人，自己也必須成為半獸人。

男人並非生來就是男人，男人必須經過無限挑戰才能夠成為男人。

在車頭燈刺眼的光線中，寇克變了，他成長了。他超越了身體的痛苦、超越了對死亡的恐懼，也超越了使一個人變得渺小的善惡觀念。他像一個巨人般站立著，充滿冰冷的決心。他要看見山帝·帕倫特死去，他要親手殺死山帝·帕倫特。他握著梅魯那把獵刀的手指已經不再感到疼痛。當他直挺挺地站立時，他的肋骨也不再感覺到任何痛楚。他只覺得有一種深不可測、冷酷無情的寒冰將他的心完全凍結。

當吉普休旅車朝著他衝過來時，他甚至笑了。

那輛車從鋼鐵湖對面急速駛來，帕倫特以殺戮般的速度猛踩油門，寇克聽見了車輪在冰面轉動的嘶嘶聲，就像饑腸轆轆的動物發出的嗚叫。死亡衝著寇克而來，寇克也展開雙臂準備擁抱死亡，他要把死亡帶到身邊來，以便從死亡之中獲得滋養。他內心深處某個未知的黑暗角落發出一聲他不認得或無法理解的吶喊，那是饑餓的野獸所發出的嚎叫。他拿著獵刀站著，在月光下發出怒吼。吉普休旅車朝他直撲而來，他將身子蹲低準備迎接它。

他沒有聽見槍聲，可是他聽到玻璃碎裂的聲音，並看見車子在最後一刻突然轉向。吉普休旅車偏離了寇克幾英呎，即使帕倫特努力想控制方向盤，終究還是沒能控制住。最後的結局似乎進行了很長的時間，寇克以一種對美麗事物的冷靜旁觀看著一切發生。

吉普休旅車駛向半英哩外的開闊水域，泉水邊緣的薄冰因此出現裂縫，彷彿地球即將裂開。吉普休旅車變得傾斜，輪胎掉入水中，車身也歪向一邊，然後整輛車上下翻倒。它驚險地閃過開闊的水域區，像一架嶄新的聖誕雪橇滑過冰凍的湖面，在撞上半英哩泉遠處的懸崖底端之前幾乎沒有減速。

緊接著是片刻的完全靜謐，彷彿連黑夜也屏住了呼吸。然後，車子的油箱爆炸了。大火橫掃過懸崖與周圍的湖泊區，呈現一片駭人的搖曳橘光。岩壁上的冰雪都因此融化，如黑色的眼淚般沿著懸崖峭壁流下。寇克從站立之處就能感覺到那股熱量。他看著火焰將吉普休旅車吞沒，並聽見玻璃因為高溫而爆炸。

「寇克！」喬手拿著溫徹斯特步槍從黑暗中走出來。「你沒事吧？」

寇克看著步槍。「我沒事。我想這得感謝妳。」

梅魯突然出現在他們旁邊，他也看見了溫徹斯特步槍，因此對著喬點點頭。「我本來以為我這個老頭子沒機會繼續變老了。謝謝妳。」

溫徹斯特步槍似乎突然變得沉重，讓喬再也拿不動。她把槍遞給寇克，感到空虛和一絲虛弱，因而癱坐在冰面上。梅魯也在她身旁盤腿坐下。

寇克問：「亨利，我們在木屋的時候，半獸人的呼喚聲是你發出來的嗎？」

在起火燃燒的吉普休旅車發出的顫動光線下，寇克看見老先生臉上露出不勝其擾的表情，宛如寇克問了一個非常蠢的問題。閃閃發亮的細雪從他們身邊吹過，梅魯抬頭看了天空一眼。極光已經漸漸淡去，但月亮依舊高掛，看起來明亮且新鮮，彷彿剛被創造出來。

「無論把半獸人引來這裡的是什麼，如今都已經消失了。」梅魯表示。

他閉上眼睛開始哼歌，寇克雖然聽不懂歌詞，但是他知道這首歌代表什麼意思。死亡之歌。亨利・梅魯以歌聲將邪惡的敵人送往靈魂之路。

49

聖誕節的早晨下起雪來。雪花小小的，表示這一場雪會下得很久。奧羅拉被白雪覆蓋，讓人分不出哪裡是馬路、哪裡是人行道。路旁原本髒污的雪堆也鋪上了一層新雪，宛如老舊的床上鋪著一條乾淨的被單。雪花從天空筆直落下，像夢境似地輕輕落在地面上。寇克前往莫麗家的時候，覺得這是他所遇過最可愛的一場雪。

木屋裡沒有人，也沒有點燈。通往湖邊的小徑兩側有排列成行的破舊小屋，看起來像是沉默的哀悼者。寇克最後一次走在那兩排小屋中間，前往三溫暖房，從莫麗原本非常討厭但後來非常喜歡的地方俯瞰湖面。烏鴉角就像一根肥肥胖胖的灰色手指，指向遠方的某個東西，某個在雪花紛飛中迷失方向的東西。在結冰的湖面上，曾經發生危險的所有跡象，此刻都已經被白雪覆蓋，整面湖看起來十分寧靜。

寇克回到他的野馬款越野車，從後座拿出一棵有綠色金屬腳架的迷你聖誕樹。他在這棵樹上掛了以爆米花和蔓越莓做成的串飾，以及彩紙做成的紙鏈，還在樹頂放置一個他用菸斗通條和一點點白色蕾絲做成的天使。他不想走進木屋——少了莫麗，那裡已經變成最空虛的地方，因此他把迷你聖誕樹放在屋外的雪地上。

「我裝飾得不太好。」他解釋道，彷彿她能聽見。他還舉起被凍傷而纏著繃帶的雙手，說明他手藝不佳的原因。「不過，我覺得成品看起來還不錯。」

白雪掩蓋了所有的聲音，讓寇克想起以前他還相信上帝時在教堂裡的感覺，那時候他對於聖艾格尼斯教會的寂靜充滿崇敬。

「珍妮昨天在聖誕活動中表演讀詩，我想我已經告訴過妳了。她原本要朗讀希薇亞・普拉斯的作品，但後來改變主意，朗讀了佛洛斯特的作品，〈雪夜林邊小駐〉。妳知道這首詩，『在睡前還有幾英哩路得走』。喬說珍妮是為了我才改變主意。我猜這是一個好預兆。」

寇克低下頭，對於自己隨興漫談的舉動感到些許尷尬，儘管開口說話可以讓他覺得不那麼孤單。他發現後門附近的雪地上有看似人類小手印的痕跡，是浣熊的足跡。

「那兩隻野雁回來了。妳記得嗎？羅密歐與茱麗葉。有牠們在身邊真好，牠們就像是我們的老朋友一樣。」

小小的雪花落在寇克的臉上，在融化成水之後像眼淚般順著他的臉頰緩緩流下。然而他沒有哭，他的淚水早已哭乾。假如莫麗能看見他——說不定她正看著——他希望她看見他的笑容，起碼在這個聖誕節的早晨。

因此他露出微笑，面帶笑容地往上看著從天而降的白雪。

「莫麗，聖誕快樂。」

雪花慢慢堆積在迷你聖誕樹的樹枝與彩紙紙鏈上，也輕輕地落在寇克所做的天使肩膀上。他轉過身，離開了木屋。

【Mystery World】MY0030

鐵湖疑案

作　　者❖威廉・肯特・庫格 William Kent Krueger
譯　　者❖李斯毅
封面設計❖許晉維
內頁排版❖HAMI
總 編 輯❖郭寶秀
編　　輯❖江品萱
行　　銷❖力宏勳

事業群總經理❖謝至平
發 行 人❖何飛鵬
出　　版❖馬可孛羅文化
　　台北市南港區昆陽街16號4樓
　　電話：(886)2-25000888
發　　行❖英屬蓋曼群島商家庭傳媒股份有限公司城邦分公司
　　台北市南港區昆陽街16號8樓
　　客服服務專線：(886)2-25007718；25007719
　　24小時傳真專線：(886)2-25001990；25001991
　　服務時間：週一至週五9:00～12:00；13:00～17:00
　　劃撥帳號：19863813　戶名：書虫股份有限公司
　　讀者服務信箱：service@readingclub.com.tw
香港發行所城邦（香港）出版集團有限公司
　　香港九龍土瓜灣土瓜灣道86號順聯工業大廈6樓A室
　　電話：(852)25086231　傳真：(852)25789337
　　E-mail：hkcite@biznetvigator.com
馬新發行所城邦（馬新）出版集團【Cite (M) Sdn. Bhd.(458372U)】
　　41, Jalan Radin Anum, Bandar Baru Seri Petaling,
　　57000 Kuala Lumpur, Malaysia
　　電話：(603)90563833　傳真：(603)90576622
　　E-mail：services@cite.my
輸出印刷❖前進彩藝股份有限公司
初版一刷❖2024年09月
定　　價❖480元
定　　價❖336元（電子書）

國家圖書館出版品預行編目(CIP)資料

鐵湖疑案：落魄警長寇克・歐康納系列・首部曲／威廉・肯特・庫格（William Kent Krueger）著；李斯毅譯. -- 初版. -- 臺北市：馬可孛羅文化出版：英屬蓋曼群島商家庭傳媒股份有限公司城邦分公司發行, 2024.09
面；　公分. --（Mystery world；MY0030）
譯自：Iron lake
ISBN 978-626-7520-12-3（平裝）

874.57　　113011767

ISBN：978-626-7520-12-3（平裝）
EISBN：978-626-7520-11-6 (EPUB)

城邦讀書花園
www.cite.com.tw